W0381575

Für Minuno

*Herzlich willkommen auf unserem Schloss in der Toskana!*

*Nur wenige Kilometer von Pisa entfernt, liegt es inmitten hauseigener Weinberge. Schwelgen Sie im Schatten der Olivenbäume, dem Anblick goldener Sonnenblumenfelder und dem Duft von Zypressen und Lavendel. Lauschen Sie der Musik großer Meister, und lassen Sie sich von den besten Köchen Italiens an reichgedeckten Tischen verwöhnen.*

*Im Sommer bieten wir Ihnen zudem eine Fülle von Aktivitäten:*

*Geführte Touren durch die Weinberge, die Sie bei einem gemeinsamen Abendessen inklusive Weinverkostung ausklingen lassen können.*

*Oder reizt es Sie, in dunklen Wäldern auf Trüffel-Suche zu gehen? Anschließend können Sie die Delikatesse auf einer eigens für Sie im Steinofen gebackenen Pizza genießen.*

*Anfang Juni findet unser jährliches Motorradtreffen statt, zu dem wir Gäste aus ganz Europa erwarten. Im selben Monat arrangieren wir ein langes Wochenende für Liebhaber der Barockmusik.*

*Sie sind Single? Dann bieten wir Ihnen eine Woche*

*»Liebe zwischen Turm und Zinne«, eine Gelegenheit für den Romantiker, in einer Umgebung, der kaum jemand widerstehen kann, die große Liebe zu finden.*

*Bequem wohnen Sie in unseren Turmzimmern, wo das Himmelbett mit feinster Bettwäsche für Sie gemacht ist. Dort werden Sie schlafen wie Gott in Italien.*

*Benvenuto!*

# 1

Immer wieder hatte Jessica in den vergangenen Monaten Essen aus dem Asia-Restaurant mitgebracht. Sie hatte Sara in den Arm genommen, wenn sie eine ihrer Heulattacken hatte, den Müll runtergetragen, das Geschirr abgewaschen und angeboten, über Nacht bei ihr zu bleiben. Jessica war wirklich ein Schatz. Sie hatte sie buchstäblich durch den gesamten Prozess getragen.

Arm dran, wer keine beste Freundin hat, dachte Sara.

Ein ganzes Leben musste vom Eigenheim auf die Größe einer kleinen Wohnung reduziert werden. Aber hin und wieder musste Sara auch unter Tränen lächeln, wenn sie in den Kartons auf dem Dachboden auf Erinnerungen stieß. Zum Beispiel die Fotoalben. Zwei pubertierende, pickelige Mädchen. Schon damals war Jessica einen ganzen Kopf größer gewesen als sie. Auf einem Bild hatten sie sich die Arme um die Schultern gelegt. Wie alt mochten sie gewesen sein, siebzehn? Was für ein Unterschied es doch war, richtige Fotos in der Hand zu halten, statt sie sich lediglich auf dem Computer anzusehen! Künftig würde sie wieder mehr

Bilder ausdrucken und rahmen. Das würde sich an den Wänden ihrer neuen Wohnung bestimmt gut machen.

Hinter dem Karton mit den Fotos stand eine Kiste Schallplatten, die Danne und sie in ihren ersten gemeinsamen Jahren rauf und runter gespielt hatten. Sie zögerte einen Moment, dann beschloss sie, sie wegzuwerfen. Den Soundtrack zu Saturday Night Fever, ABBA, 10cc und Supertramp – alles gab es auf Spotify, falls sie es sich tatsächlich noch einmal anhören wollte. Die Platten hätten ohnehin keinen Platz in ihrer neuen Wohnung. Wunden lecken und Erinnerungen wälzen konnte sie nach dem Umzug, falls es dann noch nötig sein sollte.

Sie würde sich in der neuen Wohnung verkriechen und in Selbstmitleid versinken.

Zumindest für eine Weile.

Eventuell würde sie hinausgehen, wenn eines ihrer Kinder sie brauchte. Doch das war eher unwahrscheinlich, sie lebten längst ihr eigenes Leben. Alle drei waren erwachsen und schienen durch die Scheidung keinen größeren Schaden davongetragen zu haben. Weder Pontus noch Emelie waren sonderlich überrascht gewesen, und Charlotte, das jüngste und pragmatischste ihrer Kinder, hatte gemeint, Danne und sie hätten doch ohnehin schon getrennte Leben geführt, da Sara so viel reiste. Damit hatte sie natürlich recht, doch Sara hatte immer gedacht, ihre Ehe würde es aushalten, dass sie Bedürfnisse hatte, die über die Familie hinausgingen. Ihre Tochter hatte offenbar früh verstanden, dass das nicht funktionierte, zumindest nicht mit einem Mann wie Danne.

Hätte Danne nicht so schnell eine Neue kennengelernt, hätte sie sich jetzt wohl auch schon besser gefühlt. Sara hatte eigentlich gehofft, dass sie durch eine zeitweilige Trennung zueinander zurückfinden würden, und nicht damit gerechnet, dass er sofort eine neue Beziehung eingehen würde.

Der nächste Karton enthielt ihre Reiseberichte, die allerersten, die konnte sie nicht wegwerfen. Noch immer träumte sie davon, irgendwann ein Buch über ihre Abenteuer zu schreiben, und dann brauchte sie die Aufzeichnungen als Erinnerungsstütze. Natürlich brachte sie schon viel in ihren Reportagen und Lesungen unter, doch das war nur ein Bruchteil dessen, was sie erzählen könnte, wenn sie vierhundert Seiten zur Verfügung hätte.

Als das Telefon klingelte, spielte sie kurz mit dem Gedanken, nicht ranzugehen, doch dann sah sie, dass es Jessica war. Schwer ließ sie sich auf einen Umzugskarton sinken, der mitten in der Bodenkammer stand.

»Hilf mir packen«, bat sie halbherzig. Jessica war viel zu sentimental, als dass sie beim Aufräumen eine Hilfe gewesen wäre. Sie hätte alles hinterfragt, was Sara wegwerfen wollte.

»Vergiss es. Aber ich kann dich gern moralisch unterstützen. Ich könnte dich anfeuern oder was dich sonst aufbauen würde und was eine beste Freundin leisten kann.«

»Danke, das ist lieb.« Sara schob einen Karton zur Seite, den Hörer zwischen Kinn und Schulter geklemmt.

»Entschuldige, ich weiß, es ist die Hölle für dich.

Kannst du mich brauchen, wenn ich verspreche, ganz still zu sein? Wenn ich ein Taxi nehme, bin ich in einer Viertelstunde bei dir.«

»Du fängst doch sofort an zu heulen, wenn ich etwas wegschmeiße. Außerdem bräuchtest du einen Blaumann, das müsstest du erst mal googeln, um zu wissen, was das ist. Ich dachte immer, ich hätte alles im Griff, aber den ganzen Kram auf dem Dachboden hatte ich dabei wohl vergessen.«

Sie seufzte. Oh Gott, es war so schmutzig überall! Sie würde selbst noch einmal putzen müssen, bevor die Reinigungsfirma kam.

»Und Danne hat nicht angeboten, dir ein bisschen zu helfen?«

Sara lachte rau. »Nein, das hat er hübsch bleibenlassen. Er will sogar, dass ich sein Motorrad verkaufe. Ich darf zehntausend behalten, wenn ich es für hunderttausend verkaufe. Ich erkenne ihn gar nicht wieder. Irgendwo habe ich gelesen, Menschen verändern sich durch eine Scheidung, und das stimmt wohl.« Sie machte eine kurze Pause. »Findest du, dass ich mich verändert habe?«

»Wahrscheinlich eher in Bezug auf ihn als auf mich«, erwiderte Jessica. »Du bist trauriger und müder, aber das ist nach dem, was du durchgemacht hast, ja auch kein Wunder. Was sagen die Kinder eigentlich, haben sie ihm verziehen?«

»Ich glaube nicht, dass sie ihm etwas vorwerfen. Charlotte sagte neulich, sie hätte es kommen sehen.«

Jessica seufzte.

»Was denn? Bist du enttäuscht, dass es nicht so ausgeht wie in deinen Büchern?«

Sara musste trotz allem lächeln. Niemand schrieb so schöne Happy Ends wie Jessica. Allerdings handelten die Bücher ihrer Freundin auch nicht von langen Ehen, sondern davon, wie Menschen sich kennenlernten und sich verliebten. Wenn sie sich dann gekriegt hatten, war das Buch zu Ende.

»Es gibt viele Autoren, die über Scheidungen schreiben«, sagte Jessica. »Aber mir ist das zu traurig. Ich freue mich lieber darauf, deine neue Liebe als Roman zu verarbeiten.«

»Dann wird nichts aus dem Buch, das kann ich dir jetzt schon sagen. Ich werde mich jetzt ganz auf mich selbst konzentrieren.«

Sara lachte, meinte jedoch, was sie sagte. Seit die Kinder aus dem Haus waren, hatte sie einen Lebensstil gefunden, der ihr gefiel. Dass Danne nicht mehr da war, wenn sie von ihren Reisen heimkehrte, daran würde sie sich gewöhnen müssen. Sie hatte schließlich keine andere Wahl.

»Fehlt er dir?«

»Ständig. Ich bin gern zu ihm nach Hause gekommen.«

»Es ist so traurig.«

»Ja.«

Sara schaute an die Decke, um nicht schon wieder in Tränen auszubrechen. Das große Weinen war eigentlich vorbei, aber manchmal – wenn jemand sie bemitleidete oder sie, wie jetzt, ihre Sachen zusammenpackte – ging es wieder von vorne los.

»Ich muss weiterpacken.« Sie streckte den Rücken durch, dem die niedrige Bodenkammer nicht gut bekam. Zum Glück war sie bald fertig hier oben.

»Aber du rufst an, wenn du mich brauchst, ja? Ich sitze ohnehin nur vor einem leeren Blatt Papier.«

»Keine Idee für einen Roman?«

»Keine einzige. Ich hoffe auf das Autorentreffen in Malmö: dass die Begegnungen mit den anderen mein Gehirn wieder auf Trab bringen. Normalerweise fällt es mir so leicht, meine Figuren zu finden, und jetzt habe ich keinen Schimmer, wer der oder die Liebenden in meinem neuen Buch werden sollen.«

»Wo wir gerade bei Liebe sind, du hast nichts mehr von J...«

»Nein«, fiel Jessica ihr ins Wort, »das habe ich nicht und ich will auch seinen Namen nicht hören. Siebenundzwanzig Jahre älter und noch immer genauso pathetisch, ich weiß. Und ich weiß auch, was du sagen willst, nämlich, dass wir uns aussprechen müssen.«

»Vielleicht wird es Zeit, dass du deinen Anteil an eurem Drama erkennst.«

»Mhm. So wie du selbst das so gut kannst, wolltest du sagen?«

»Das habe ich jetzt nicht gehört ... Hallo, hallo ... Die Verbindung ist ganz schlecht, ich leg jetzt auf.«

Jessica lachte. »Wir hören uns später noch mal.«

Vor fünfzehn Jahren hatte sie sich auf die Warteliste für eine Wohnung setzen lassen. Sie hatte gedacht, sie und Danne würden das Haus vielleicht verkaufen wollen, wenn die Kinder ausgezogen waren. Jedes Jahr hatte sie die Gebühren bezahlt, obwohl sie gar keine Wohnung suchte. Schließlich hatten sie ja ihr Haus, nur dreihundert Meter vom Zentrum von Farsta entfernt. Als frisch verheiratetes Ehepaar hatten sie es sich noch nicht leisten können, aber als das dritte Kind unterwegs gewesen war, war es schließlich so weit. Danne war zum Verkaufsleiter befördert worden, und Sara arbeitete in Teilzeit als Journalistin, so dass sie es endlich kaufen konnten.

Jetzt wollte sie nur noch weg. Nicht aus Farsta, aber aus dem Haus. Es war leer und kalt, wenn man ganz allein darin wohnte.

Sie hatte die Schlüssel zur Wohnung bekommen und würde so bald wie möglich dort einziehen. Einige Sachen waren bereits dort, ein Umzugsunternehmen brauchte sie nicht. Das meiste hatte sie bei IKEA neu gekauft, sie nahmen 799 Kronen dafür, alles nach Hause zu bringen und in die Wohnung zu tragen, und so stand alles, was sie sich ausgesucht hatte, bereits in ihrem neuen Heim. Das Bett war einen Meter zwanzig breit. Mehr ging nicht, wenn sie auch ein Sofa haben wollte: ein einfaches weißes, das sie mit Kissen und Decken bestücken wollte. Gardinen, ein Bücherregal sowie Teppiche nahm sie aus dem Haus mit. Die Teppiche hatten ihrer Mutter gehört, die wollte sie auf keinen Fall wegwerfen.

Der neue kleine Küchentisch war von Mio und so hübsch, dass sie sich gut vorstellen konnte, den ganzen Tag daran zu sitzen. Meistens wohl allein, aber vielleicht ja auch mit den Kindern oder hin und wieder mit Jessica. Dass es dann eng würde, machte ihr nichts aus, im Gegenteil, sie wollte, dass die Wände näher rückten, sie umarmten und sagten, bald wäre alles wieder gut.

Was sie aus dem Haus mitnehmen wollte, packte sie also in ihr Auto. Sie musste mehrmals fahren, aber das war es ihr wert. Ein Paar aus ihrem Bekanntenkreis hatte nämlich richtig Pech gehabt bei seinem Umzug. Nicht genug damit, dass die Firma getrödelt hatte, die Packer hatten auch Lampen zerbrochen, was natürlich erst herauskam, als die Besitzer alles ausgepackt hatten. Sara hatte viel zu viel Angst um ihre Sachen, als dass sie sie jemand anderem anvertraut hätte.

Die sieben Kristallgläser ihrer Mutter, die Sara noch nie benutzt hatte, hatte sie sorgfältig in Zeitungspapier eingeschlagen. Und noch während sie den Karton in die Wohnung trug, beschloss sie, dass jetzt Schluss damit war, schöne Sachen im Schrank herumstehen zu lassen. Von jetzt an würde sie Stoffservietten, schöne Gläser und Geschirr aus feinstem Porzellan benutzen. Sie würde Obst in die großen, handbemalten Schüsseln legen und ihren Kaffee aus den Tassen von Villeroy & Boch trinken. Mehr als zehn Jahre hatten diese unangerührt im Schrank gestanden. Sie hatte sie sich selbst gegönnt, als sie ihr erstes großes Honorar bekommen hatte. Heute hätte sie mehrere Dutzend in der Woche kaufen können, so viel Publikum kam zu ihren Lesungen, doch es war, als wären sie besonders kostbar, gerade weil sie sie gekauft hatte, als sie es sich eigentlich nicht leisten konnte.

Als sie die Wohnungstür aufschloss, sprach sie stumm ein kleines Gebet: *Lieber Gott im Himmel und auf Erden, hilf mir, etwas zu finden, auf das ich mich freuen kann.*

# 2

Es war, als würde Vasastan erwachen: Die Straßencafés rund um Jessicas Wohnung stellten Tische und Stühle nach draußen, und wenn sie nicht auf dem Weg zu ihrer Mutter gewesen wäre, hätte sie sich einen Augenblick hingesetzt, obwohl es nach wie vor kühl war. In Skåne ist bestimmt schon Sommer, dachte Jessica und zog den Mantel fester um sich.

Jessica hatte höhere Erwartungen an das Autorentreffen in Malmö, als sie noch bei der Anmeldung gedacht hatte. Sie war Schreibblockaden einfach nicht gewohnt. Normalerweise strömten die Worte nur so aus ihr heraus, sobald sie den Computer einschaltete. Jetzt dauerte die Flaute schon seit Wochen an, was ja im Grunde nicht weiter schlimm gewesen wäre, aber es ging ihr immer so schlecht, wenn sie nicht schrieb. Nur beim Schreiben konnte sie ihr Elend vergessen. In ihrer fiktiven Welt konnte sie Happy Ends erfinden, so viele sie wollte, auch wenn die Wirklichkeit ganz anders aussah. Zumindest für Jessica Romin.

Normalerweise brauchte sie ein halbes Jahr, um etwas Lesbares zustande zu bringen, doch jetzt hatte sie nicht einmal den Funken einer Idee. Die Männer, die sie in Malmö treffen würde, waren jeder für sich eine Inspiration, das ließ hoffen. Die männlichen Protagonisten fielen ihr nämlich immer besonders schwer. Sara meinte, das läge an Jessicas begrenzter Erfahrung mit dem anderen Geschlecht, sie müsse mehr ausgehen und sich amüsieren. Und da war vielleicht sogar etwas dran. Wer Jessicas Bücher las, musste glauben, ihr Leben bestünde darin, mit immer neuen Typen anzubandeln. Niemand wusste, wie es wirklich war. Literarisch war Jessica sehr erfolgreich, aber das war leider auch schon alles.

Und heute hatte sie überhaupt keine Zeit, an künftige Bücher zu denken. Der Besuch bei ihrer Mutter Astrid würde den gesamten Nachmittag in Anspruch nehmen. Lasse war ganz bestimmt nicht dort gewesen, obwohl er es versprochen hatte und obwohl es doch auch seine Mutter war. Er verließ sich einfach darauf, dass sie sich um alles kümmerte.

»Du hast doch Zeit und kannst es dir leisten. Ich muss arbeiten, um über die Runden zu kommen«, hatte er gesagt und dabei gelacht. Aber Jessica wusste, dass er es ernst meinte.

»Du meinst wohl, das bräuchte ich nicht?«

»Doch, aber du schaffst deine Arbeit in nur einem halben Jahr, während ich jeden Tag von acht bis fünf arbeiten muss.«

Da war es heraus, und es hatte keinen Sinn, ihm zu widersprechen. Er glaubte immer noch, ihre Arbeit wäre beendet, wenn das Manuskript abgegeben war.

Im Übrigen war das gar nicht der springende Punkt, Astrid war schließlich ihrer beider Mutter. Noch dazu fragte sie immer nach Lasse. Und dann spürte Jessica jedes Mal den alten Zorn aufwallen, die andauernde Eifersucht: Lasse, Lasse, Lasse.

Ihre eigenen Erfolge ignorierte ihre Mutter oder tat sie mit einer Handbewegung ab.

»Sch, ist ja schon gut«, sagte sie, wenn Jessica versuchte, sich hervorzutun. Es war albern, aber aus irgendeinem Grund war ihr die Anerkennung der Mutter immer noch wichtig.

Aber selbst wenn Königin Silvia gesagt hätte, sie läse Jessicas Bücher, hätte ihre Mutter immer noch genauso reagiert: »Sch, ist ja schon gut.« Dass Jessica diejenige war, die sich um alles kümmerte, sowohl ökonomisch als auch praktisch, spielte überhaupt keine Rolle. *Wo ist Lasse?*, würde immer ihre erste Frage sein.

Seit dem Schlaganfall vor fünf Jahren lebte Astrid im Heim, und dreimal die Woche, sonntags, dienstags und freitags, war Jessica dort. Während intensiver Arbeitsphasen versuchte sie, die Besuche auf den Nachmittag zu legen, wenn sie ohnehin nichts mehr schaffte. Doch die ständige Verpflichtung zehrte. Lasse hatte versprochen, einzuspringen, wenn sie in Malmö war. Er hatte zwar geseufzt, aber gesagt, er werde sein Bestes tun, was auch immer das bedeutete. Sie versuchte, nicht darüber nachzudenken.

Jessica schloss ihren Honda Civic auf, und noch während sie sich hinter das Steuer setzte und den roten Startknopf drückte, wünschte sie, der Tag wäre vorbei.

Es hatte Vor- und Nachteile, berühmt zu sein. Jessica lächelte sich durch die Gänge des Pflegeheims. Sie wusste, dass man sie genau beobachtete. Aber sie war kein Mensch, der wegen allem und jedem eine Szene machte. Wäre sie ein bisschen streitlustiger gewesen, wäre vielleicht ihr Bruder etwas präsenter gewesen. Und ihre Mutter weniger fordernd. Ich habe es mir selbst zuzuschreiben, dachte sie und öffnete die Zimmertür.

»Hallo, Mama, ich habe uns etwas zum Kaffee mitgebracht«, rief sie fröhlich und schaute auf die zerbrechliche Gestalt im Bett herab. Sie hatte mit der

Ärztin über den Gewichtsverlust ihrer Mutter gesprochen, ob es einen physischen Grund dafür gäbe, dass ihr Appetit so schlecht wäre. Doch offenbar bestand keine akute Gefahr. »Eine leichte Depression, das ist nichts Ungewöhnliches«, hatte die Ärztin gesagt und war weitergerauscht. Dass Jessica eine erfolgreiche Autorin war, schien sie kein bisschen zu beeindrucken. Die Elite las ihre Bücher eben nicht, oder sie gab es zumindest nicht zu.

Jessica setzte sich auf die Bettkante und holte Zimtschnecken aus der Tasche.

»Wie geht es dir?«, fragte sie.

»Wo ist Lasse?«

Jessica lächelte und hoffte, es sähe echt aus.

»Er hat auf der Arbeit viel zu tun. Soll ich dir helfen, dich hinzusetzen?«

»Gern.«

Jessica zog ihre Mutter hoch, um die Kissen in ihrem Rücken aufzuschütteln, und erschrak, als sie durch das Nachthemd ihr Rückgrat spürte.

»Frau Romin, ich glaube, Sie müssen mal ein paar Kilo zulegen«, sagte sie in leichtem Ton, obwohl es ihr die Kehle zuschnürte.

Die Mutter hustete und räusperte sich.

»Kann sein«, sagte sie tonlos. »Wann darf ich wieder nach Hause? Es ist langweilig hier. Und wenn ich zu dünn bin, dann deshalb, weil das Essen hier so schlecht ist. Außerdem ist das Personal ziemlich pampig.« Sie hustete erneut, und ihr magerer Körper schüttelte sich. »Du hättest wirklich etwas Besseres finden können, wenn ihr mich schon abschieben musstet.«

Jessica wusste, dass sie losheulen würde, wenn sie

ihre Mutter jetzt ansähe. Sie hatte enorme Schuldgefühle, weil sie die Verantwortung für sie an das Pflegeheim abgegeben hatte. Die Alternative wäre gewesen, sie selbst zu pflegen, wie es viele Angehörige taten. Aber eben nicht Jessica, die egoistische Schriftstellerin. Die steckte ihre arme Mutter einfach in ein Pflegeheim in Danvikstull. Mit Meerblick zwar, frisch zubereitetem Essen und gut ausgebildetem Personal, doch da Astrid immer zerbrechlicher wurde, hatte dies auf ihr Wohlbefinden offenbar keine Auswirkungen. Lediglich Jessicas Gewissen wurde dadurch etwas entlastet. Astrid litt vor allem darunter, nicht mehr aktiv sein zu können, und es war Jessica, an der sie ihre Enttäuschung ausließ.

»Das hier ist doch jetzt dein Zuhause«, sagte Jessica. Sie versuchte aufmunternd zu klingen, wich dem Blick ihrer Mutter jedoch aus. Sie schämte sich, obwohl sie wusste, dass es keine Alternative gab. Ihre Mutter bekam hier eine ausgezeichnete Pflege. Jessica selbst hätte das so nie leisten können.

Wenn es wärmer gewesen wäre, hätte sie sie im Rollstuhl mit in den Garten nehmen können, um die Aussicht auf den Djurgården zu genießen. Aber es war noch viel zu kalt für den völlig geschwächten Körper ihrer Mutter.

Sie packte die Zimtschnecken aus und legte sie auf einen Teller.

»Ich hole uns nur noch schnell Kaffee«, sagte sie und stand auf. Vor der Tür schaute sie auf die Uhr. Nur noch ein Stündchen ungefähr, dann würde ihre Mutter sie bitten, wieder zu gehen. Gott sei Dank.

Manchmal dachte sie daran, was ihr Vater immer gesagt hatte. »Ein Romin arbeitet hart, vergiss das nie, mein Kind.« Er selbst war konsequenterweise am Arbeitsplatz gestorben, an seinem Schreibtisch. Da besuchte Jessica gerade die zweite Klasse des Gymnasiums.

So wie sie jetzt um die Aufmerksamkeit ihrer Mutter rang, hatte sie damals bei ihm Anerkennung gesucht. Aber die hatte sie auch bekommen. Er wäre unendlich stolz auf sie gewesen, als ihr erstes Buch angenommen wurde. Wie alt war sie da eigentlich gewesen, dreißig? Sie wusste es nicht mehr. Es half nichts, darüber nachzudenken, was einmal war. Das war seine Devise gewesen, und Jessica musste ihm recht geben. Grübeln führte zu nichts, und sie hatte ihre Strategien entwickelt, um nicht allzu viel nachdenken zu müssen. Das Schreiben war eine davon. Es hatte einige Jahre gedauert, bis es zu ihrem Broterwerb geworden war. Davor hatte es sie vor allem von anderem abgelenkt, das war damals die Hauptsache gewesen.

Ihre Mutter beschwerte sich, wie schlecht sie behandelt wurde, und Jessica nickte und lächelte mitfühlend, damit sie glaubte, sie lausche ihr aufmerksam. Tatsächlich jedoch flüchtete sie sich – wie immer – in ihre eigenen Gedanken.

Frau trifft Mann. Wie schwer konnte das sein? Wenn Malmö ihr nichts brachte, wusste sie nicht, was sie noch tun sollte, um Stoff für ihr nächstes Buch zu finden. Das meiste hatte sie bereits versucht. Sie war spazieren gegangen, hatte gelesen und Fernsehserien geschaut. Unterhaltungssendungen im Radio gehört. Geredet.

Mittlerweile war sie so weit, zu denken, der Ideenmangel könne etwas mit dem Klimakterium zu tun haben. Manche litten ja überhaupt nicht unter dem Übergangsalter, aber zu denen gehörte Jessica leider nicht.

Sie schwitzte schon beim Gedanken daran.

Sie schwitzte, wenn sie sich bewegte.

Sie schwitzte, wenn sie wach war, aber nicht so viel, wie sie schwitzte, wenn sie schlief.

Ihre Gynäkologin hatte ihr geraten, noch ein halbes Jahr abzuwarten, ob es nicht besser würde, doch nach vier Monaten hatte sich immer noch nichts geändert. Im Gegenteil, es wurde immer schlimmer, und Jessica schlief immer schlechter. Zweimal pro Nacht stand sie auf. Einmal, um sich abzukühlen, trotz des offenen Schlafzimmerfensters, und einmal, um auf die Toilette zu gehen. Sie rechnete aus, dass sie effektiv etwa vier bis fünf Stunden pro Nacht schlief.

Da war es vielleicht gar nicht so verwunderlich, dass sie nicht so fit war wie sonst.

Endlich schloss sie die Zimmertür ihrer Mutter von außen und ging an die frische Luft.

## 3

Mit der Zeitung vor sich blieb sie am Küchentisch sitzen. »Herzlich willkommen auf unserem Schloss in der Toskana …«

Das Schloss. Der Schlossherr. Der Verrat an ihrer Familie.

Sara dachte mittlerweile nur noch selten daran, es war so unendlich lange her. Ein ganzes Familienleben. Manchmal hatte sie überlegt, ob Dannes Vorwurf, sie ließe ihn nicht wirklich an sich heran, wohl mit ihren Erfahrungen von damals zu tun haben könnte. Aber woher wusste man, was stimmte und was nicht?

»Du kannst nicht mir die Schuld an allem geben«, hatte Danne gesagt. »Schließlich hast du dich entschieden herumzureisen, statt mit mir zu Hause zu bleiben. Was glaubst du, wie sich das anfühlt? Ich habe nicht vor, weiter ein schlechtes Gewissen zu haben. Denk wenigstens einmal über dein Verhalten nach. Ich bin nie an dein Innerstes herangekommen, und warum das so ist, kann ich mir immer noch nicht erklären. Vielleicht hast du etwas erlebt, wovon du mir nie etwas erzählt hast.«

Dass sie damals abserviert worden war, hatte sie längst verwunden, als sie Danne kennengelernt hatte. Zumindest hatte sie das immer angenommen. Dagegen hatte sie ihm tatsächlich nicht alles erzählt. Es gab ihrer Ansicht nach keinen Grund, über Dinge zu reden, die man erlebt hatte und für die man sich schämte. Wenn Danne über all seine Reinfälle sprechen wollte, konnte er das gern tun. Er war jedoch auch nicht besonders offen zu ihr gewesen, zumindest nicht in den letzten Monaten. Und wenn er jetzt behauptete, sie ließe ihn nicht an sich heran, so war das doch nur ein Vorwand. Er brauchte einfach etwas, worauf er die Schuld schieben konnte.

Sie ging zur Küchenschublade, um eine Schere zu holen.

Sie würde die Anzeige ausschneiden und an den Kühlschrank heften.

1980. Im Anschluss an den Sommer, den sie bei ihrem Großvater in Pisa verbracht hatte, war dieser mit ihr nach Schweden gekommen. Eigentlich wollte er nur ein paar Wochen bleiben, doch nachdem er den Brief vom Schloss erhalten hatte, vermochte er nicht mehr zurückzukehren.

Die Gräfin, für die er zwanzig Jahre lang gearbeitet hatte, war gestorben. Das war ein harter Schlag für ihn.

Ihr Großvater war beinahe nicht mehr ansprechbar gewesen. Saras Eltern machten sich große Sorgen, und sie durfte in ihrem Zimmer keine laute Musik mehr hören, um Großvater zu schonen. Heute begriff sie es besser als damals. Er hatte nicht nur seine Arbeit verloren. Im Weinkeller des Schlosses befand sich überdies das Wertvollste, das er besaß: die Flaschen, die er für jede Lira gekauft hatte, die er erübrigen konnte. Im Laufe der Jahre hatte er eine Sammlung zusammengestellt, die eine Menge Geld wert war. Doch für Großvater war es mehr als das. Es war sein Lebenswerk.

Etwas zerbrach deshalb endgültig in ihm, als die Kinder der Gräfin in einem weiteren Brief behaupteten, die Flaschen existierten gar nicht, der Großvater würde lügen. Er konnte nie das Gegenteil beweisen. Es war die Gräfin gewesen, die ihm erlaubt hatte, seine Flaschen im Schlosskeller aufzubewahren, nachdem er sein eigenes Haus nach dem Tod der Großmutter verkauft hatte.

Ein Jahr darauf war der Großvater gestorben, nur noch ein Schatten des Kraftmenschen, der von morgens bis abends auf dem Schloss vor den Toren Pisas gearbeitet hatte.

Die Geschichte hatte ihre Familie all die Jahre begleitet. Saras Vater hatte immer gesagt, er könne es nie verzeihen, dass Großvaters Sammlung gestohlen worden war.

Lag es an dem Grafen, dass sie selbst irgendwann nicht mehr daran gedacht hatte?

Eros.

Die Erinnerungen brachen über Sara herein. Sie legte die Schere auf den Tisch.

Er war schön gewesen. Unwiderstehlich. Sara hatte noch nie jemanden wie ihn kennengelernt, und in dem Eifer, ihm zu gefallen, hatte sie sich immer wieder erniedrigen lassen.

Er hatte mit ihr gespielt. Hatte sie geküsst, bis sie zu allem bereit gewesen war. Sie hatte sich für ihn ausgezogen. Hatte zusammen mit anderen, ebenso nackten Frauen, in einem großen Bett gelegen, während Eros langsam darum herumging und sie betrachtete, bis er schließlich diejenige wählte, die er haben wollte.

Sara hatte er nie genommen.

Seit jenem Sommer war sie nicht mehr dort gewesen. Wie war Eros heute? Natürlich hatte er Familie und lauter kleine Grafen und Gräfinnen in die Welt gesetzt. Ein Mann wie er spielte ein paar Jahre, doch dann erfüllte er seine Pflicht. Jemand musste schließlich das Schloss erben, wenn er starb.

Was, wenn sie einfach hinführe? Sie hatte einen Motorradführerschein und eine Maschine in der Garage. Gewiss, die gehörte Danne, und sie hatte den Auftrag, sie für einhunderttausend Kronen zu verkaufen. Doch wenn ihr das nun nicht gelänge und sie deshalb gezwungen wäre, sie selbst zu kaufen? Freilich konnte Danne dann nicht mit einhunderttausend rechnen, sondern musste sich mit fünfzehnhundert zufriedengeben. Und dann würde sie damit nach Italien fahren …

Sara lächelte. Ein Motorradtrip in die Toskana? Nachsehen, was mit Großvaters Wein geschehen war?

Vielleicht war das genau die verrückte Aktion, die sie brauchte, um auf andere Gedanken zu kommen.

Wie immer musste sie das mit Jessica erörtern, und so trafen sie sich drei Stunden später in einem Bistro in Birkastan. Sara nahm die U-Bahn bis zum T-Centralen, dann ging sie rasch zu Fuß zum Eriksplan. Es war ein schöner Tag im Mai, und das Atmen fiel ihr leicht, die Tränen waren endgültig versiegt. Stattdessen freute sie sich darauf, Jessica zu überreden, mit ihr nach Italien zu fahren. Als sie das Restaurant erblickte, fing sie beinahe an zu rennen, so eilig hatte sie es plötzlich, ihr alles zu erzählen.

»Musst du unbedingt zu diesem Autorentreffen in Malmö?«, fragte sie schließlich, und schob sich die Gabel Tiramisu in den Mund. Sie hatte sich ihre Frage aufgehoben, bis sie beide satt waren. Mit einer hungrigen Jessica konnte man nicht reden.

Sara kippte ihren Espresso hinunter. Sie konnte genauso gut jetzt schon mit der italienischen Lebensart beginnen. Auf dem Heimweg würde sie Rückensteak, Parmesan und Rucola einkaufen. Die dazu passende Flasche Barolo hatte sie sicher noch zu Hause.

Jessica lehnte sich mit ihrer Teetasse zurück und sah Sara abwartend an.

»Ja. Warum?«

»Ich wollte dich fragen, ob du nicht lieber mit mir nach Italien möchtest. In die Toskana. Eine Woche im

Schloss. Du und ich. Wein, Abenteuer, Männer und eine unglaublich schöne Motorradfahrt dorthin.«

Sie holte tief Luft und wartete gespannt auf Jessicas Reaktion.

»Meine liebe Sara, du hast dir in deinem Leben ja schon manches Verrückte ausgedacht, aber wenn du glaubst, dass du mich, *mich* auf ein Motorrad bekommst, dann muss ich dich leider enttäuschen. Ich fahre nur mit etwas, in dem ich hochhackige Schuhe und Leopardenkleider tragen kann. Wir können uns gern einen Abend in Malmö treffen, aber ich nehme den Zug dorthin, du kannst ja mit dem Motorrad fahren.«

Sie stieß ein Lachen aus, das normalerweise jede Diskussion beendete. Doch diesmal hatte sie es mit Sara Raphael zu tun.

## 4

Wenn Jessica überlegte, wie standhaft sie zunächst Sara gegenüber gewesen war, konnte sie sich im Nachhinein gar nicht erklären, wann das Ganze gekippt war, so dass sie jetzt dabei war, einen Rucksack zu packen.

*Einen Rucksack!*

Ausgerechnet sie!

Jeder, der Jessica kannte, wusste, dass sie flog oder den Zug nahm, im Hotel übernachtete und ihre Körperfülle auf hohen Absätzen balancierte. Was das anging, lebte Jessica wie ihre Romanheldinnen, die kaum einen Waldspaziergang unternahmen, da sie die starken Gerüche der Natur schwindlig machten.

Möglicherweise hatte sich ihr Sinneswandel vollzogen, als Sara sie zu diesem Geschäft in der Norra Stationsgatan geschleppt hatte. Zu Beratungszwecken sollte sie sie begleiten, doch wie es dazu gekommen war, dass sie plötzlich selbst von Kopf bis Fuß in Leder gekleidet dastand, hätte sie hinterher nicht mehr sagen können. Sie konnte Sara nicht die alleinige Schuld daran geben. Es lag auch an diesem Verkäufer, der sie wohlwollend lächelnd von oben bis unten gemustert und dann gesagt hatte, er hätte bestimmt eine Montur, die ihr ausgezeichnet stehen würde.

3999 Kronen ärmer, verließen sie das Geschäft, und der Verkäufer hatte augenzwinkernd ein Paar Handschuhe gratis dazugelegt. »Auf diese Hände wollen wir gut aufpassen.«

Es war nicht das erste Mal, dass Jessica auf einen Menschen traf, der davon ausging, sie hätte selbst all die Sexszenen erlebt, die sie in ihren Romanen schilderte. Da sie auf allen Fernsehsofas und Bühnen des Landes präsent war, wurde sie auf der Straße oft wiedererkannt, und die meisten hatten natürlich ein ganz bestimmtes Bild von ihr.

Wenn sie gewusst hätten, wie begrenzt ihre sexuellen Erfahrungen waren! Ihre weiblichen Hauptfiguren nahmen sich, was sie wollten, doch das war Fiktion und nicht selbst erlebt. Es fiel ihr unendlich schwer, Sexszenen zu schreiben, manchmal vergingen drei Stunden, bis sie drei Zeilen geschrieben hatte, und dann änderte sie doch alles noch einmal, wenn sie den Text hinterher redigierte.

»Vielleicht meinte er das gar nicht so, sondern findet nur, dass du nette Bücher schreibst«, wandte Sara ein. Sie öffnete die Heckklappe und packte die neuen Motorradklamotten in ihr Auto. »Vielleicht ist seine Frau Fan von dir.«

»Sportler haben Fans. Autoren haben, wenn sie Glück haben, Leser.«

»Du bekommst massenhaft Briefe und E-Mails, also hast du Fans. Basta«, sagte Sara und warf den Kofferraum zu. »Jetzt fahren wir nach Hause und packen.«

Sara fühlte sich wohl in ihrer kleinen Wohnung, und bereits nach drei Tagen vermisste sie das Haus überhaupt nicht mehr.

Wenn jemand ihr vor einem Jahr gesagt hätte, dass Danne und sie sich innerhalb von sechs Monaten würden scheiden lassen, hätte sie ihn ausgelacht. Wenn man über dreißig Jahre zusammengelebt hatte, ließ man sich doch nicht einfach scheiden! Sara zumindest hatte kein Bedürfnis danach gehabt. Sie war zufrieden gewesen. Schließlich hatten sie es doch gut miteinander. Sie war einfach davon ausgegangen, er hätte es akzeptiert, dass sie regelmäßig auf ihre Reportagereisen ging und dass er diese Zeiten nutzte, um Golf zu spielen und Zeit mit seinen Kumpels zu verbringen. Dieses Arrangement hatte tadellos funktioniert, seit Sara bei der Tageszeitung gekündigt hatte und stattdessen als Freiberuflerin arbeitete. Nach elf Jahren waren sie und ihr Mann ein eingespieltes Team gewesen.

So hatte sie es zumindest empfunden.

Er hatte seine Sachen abgeholt, während sie auf Lesereise in Göteborg gewesen war.

»Feigling«, murmelte sie und packte den Lederanzug aus. Das brachte sie gleich auf angenehmere Gedanken. Sie und Jessica würden auf große Tour gehen.

Sie hielt die Jacke hoch. Von den Achseln über die Brust verliefen Rallyestreifen, und Sara nickte zufrieden, als sie sie über den BH zog.

Diese Italienreise war der Anfang zu etwas Neuem. Sie hatte Dannes Motorrad gekauft und fünfzehnhundert Kronen auf sein Konto überwiesen. Wahrscheinlich würde er wütend werden, doch das kümmerte sie nicht im Geringsten. Sie brauchte eine Maschine, und wenn eine direkt vor ihrer Nase stand, konnte sie die doch nicht einfach an jemand anderen verkaufen. Gut, sie war viele Jahre nicht mehr gefahren und niemals so weit wie jetzt, doch sie hatte noch ein paar Tage zum Üben, bevor Jessica und sie Richtung Süden aufbrechen wollten.

»Bist du dir sicher?«, fragte Jessica und betrachtete skeptisch das glänzende Motorrad und seine Besitzerin, die nicht einmal an den Lenker heranzureichen schien.

Sara verdrehte die Augen und gab ihr den Helm.

»Nun setz ihn schon auf.«

Das war leichter gesagt als getan, und während Sara den Motor startete, zerrte Jessica an dem Visier, um den Helm über den Kopf zu bekommen. Das leicht knackende Geräusch überhörte sie geflissentlich, und schließlich rutschte er an seinen Platz. So etwas ging schon nicht so leicht kaputt. Aber wie eng der saß, war das wirklich so gedacht?

»Setz dich«, sagte Sara und klopfte mit der Hand

hinter sich auf den Sitz. »Du siehst übrigens echt sexy aus in deiner Kluft.«

Jessica war in der engen Lederhose kaum die Treppe heruntergekommen, und wahrscheinlich würde sie das Bein nicht über den Sitz bekommen.

Ihr sollte es recht sein. Diese Reise unternahm sie nur, weil Sara verlassen worden war und sie selbst deswegen Schuldgefühle hatte. Sie hatte längst gemerkt, worauf es hinausgelaufen war, hatte gesehen, wie sie sich immer mehr voneinander entfernt hatten. Als Saras beste Freundin hätte sie sie warnen müssen. Bestimmt gab es Beziehungen, die davon profitierten, wenn die Ehepartner nicht zu viel aufeinanderhockten, aber sie hatte Sara gekannt, lange bevor sie und Danne ein Paar geworden waren.

Manchmal hatte Jessica sich gefragt, ob Sara so viel reiste, weil sie es zu Hause nicht aushielt. Wenn sie etwas in dieser Richtung andeutete, hatte Sara sie ganz erstaunt angeschaut, und Jessica begriff, dass sie selbst nie auf diesen Gedanken gekommen wäre. Deshalb war er doch nicht weniger richtig. Danne war ein guter Mann, aber furchtbar langweilig. Und er hatte einen seltsamen Humor. Jessica lächelte manchmal aus Höflichkeit über seine Scherze, wenn man jedoch überlegte, wie witzig Sara war, so bildeten die beiden ein seltsames Paar. Dennoch hatte ihre Beziehung dreißig Jahre gehalten.

Wie seltsam das sein muss, dachte Jessica, in einem eigenen Haus zu wohnen und verheiratet zu sein und sich dann plötzlich als Single in einer Einzimmerwohnung wiederzufinden. Als Single mit einem viel zu großen Motorrad.

»Das kann doch nicht gutgehen«, sagte Jessica. »Wir werden umkippen.«

»Nein, sicher nicht«, sagte Sara. »Ich habe in der Fahrschule gelernt, jemanden auf dem Sozius mitzunehmen. Das ist zwar schon eine Weile her, aber der Fahrlehrer war ein Riese, und mit dem hat es problemlos funktioniert.« Sie setzte den Helm auf und klappte den Ständer ein. »Im Vergleich zu dem bist du eine Feder.« Sie gab ein paarmal Gas, als wollte sie zeigen, dass sie alles im Griff hatte. »Komm, wir haben nicht den ganzen Tag Zeit.« Wieder klopfte sie auf den Sitz und zeigte Jessica, wo die Fußstütze war. »Na los, schwing dich hoch.«

»Ich habe doch gar keinen Platz, wo soll ich denn meine Beine hintun?«

»Vor die Taschen, mein Schatz. Stell dich doch nicht so an, setz dich einfach.«

Sie drehte noch ein paarmal am Gas.

Merkwürdigerweise ging es gut, und zum ersten Mal an diesem Morgen lächelte Jessica ein bisschen.

Sara drehte den Kopf: »Halt dich an meinen Hüften fest, Süße, es geht los!«

## 5

Scheißmotorrad. Sara fluchte, und Jessica heulte.

»Was sollen wir denn jetzt machen?«, schluchzte Jessica und versuchte den Helm abzunehmen. Er saß wie angeschraubt, und wenn sie ihn nicht sofort abbekam, würde sie eine Panikattacke bekommen.

*Tragödie in Småland. Berühmte Autorin von Motorradhelm erdrosselt.* Sie sah die Schlagzeile vor sich, während sie mit beiden Händen an dem Helm zerrte.

»Weiß ich doch nicht«, antwortete Sara wütend und trat gegen den Vorderreifen. »Ich kann nicht fahren und gleichzeitig die Tankanzeige im Auge behalten, wenn du hinter mir sitzt und ständig auf meine Schulter klopfst.«

»Also bin ich schuld, dass das Benzin alle ist?« Verärgert schob Jessica sich das Visier in die Stirn, das sofort wieder herunterklappte.

Sara nahm ihren Helm ab und schüttelte ihr Haar, und wieder einmal wunderte sich Jessica, wie zwei so unterschiedliche Menschen beste Freundinnen sein konnten. Natürlich wusste sie es. Saras Wesen hatte ihre Freundschaft möglich gemacht. Gleich nach dem Kennenlernen in der dritten Klasse der Oberstufe hatte sie Jessica adoptiert, und seitdem waren sie Freundinnen. Es gab keinen besseren Menschen als Sara. Es gab keine bessere Zuhörerin als Sara. Wie sie die endlosen Litaneien über JP ertragen hatte, mit denen Jessica sie über die Jahre gequält hatte, war ihr bis heute ein Rätsel. Sara hatte sie nie verurteilt. Das Einzige, worauf sie beharrte, war, dass sie und JP sich aussprechen müssten, statt vor ihren Problemen davonzulaufen.

Wenn Jessica sich doch nur trauen würde, ihr alles zu erzählen, sie wusste doch tief in ihrem Innern, dass Sara dennoch zu ihr stehen würde. Aber sie wagte es nicht. Die Scham war zu groß. Im Laufe der Jahre hatte sie gigantische Ausmaße angenommen, obwohl sie noch so jung gewesen war, als das alles passiert war.

Eigentlich war Sara erst wieder die Alte geworden, als sie beschlossen hatten, diese Motorradreise zu unternehmen. Allein deshalb war Jessica froh, mitgefahren zu sein. Sie versuchte noch einmal, den Helm herunterzubekommen. Es ging nicht. Sie hielt das Visier hoch.

»Ja, es ist deine Schuld, also fang schon mal an zu winken. Ich werde das nämlich bestimmt nicht tun, so wie ich aussehe.« Inzwischen hatte sie aufgehört zu weinen. Schlimmstenfalls würden sie ein Taxi nehmen müssen, das war alles. Was Jessica anging, so war sie erst mal fertig mit Motorrädern, und sie freute sich schon auf ein warmes Bad und einen Drink in einem netten Hotel. Schließlich waren sie gar nicht mehr so weit von Jönköping entfernt, das hatte sie kurz zuvor auf einem Schild gelesen.

Sara trat an den Fahrbahnrand, und als eine ganze Motorradkarawane angebraust kam, breitete sich ein Lächeln auf ihrem Gesicht aus.

»Guck, die nehmen uns mit«, sagte sie und winkte mit einer Hand, während sie sich mit der anderen den Helm wieder aufsetzte. Und genau wie sie gesagt hatte, hielt die ganze Gruppe an.

Sara streckte dem vordersten Fahrer die Hand entgegen und zog gleichzeitig ihren Kinnriemen fest.

»Hallo, ich bin Sara, nett, dass ihr angehalten habt. Uns ist das Benzin ausgegangen.«

»Tja. Ich bin Texas.« Er nahm ihre Hand, ohne Handschuhe oder Helm auszuziehen. »Steig auf, in ein paar Kilometern kommt eine Tankstelle. Und du?« Er sah Jessica fragend an.

»Ach, kümmert euch nicht um mich«, sagte sie. »Ich warte hier und pass auf das Motorrad auf.« Sie lächelte, um ihn davon zu überzeugen, dass das eine gute Idee war.

»Okay«, sagte er. Sara setzte sich hinter ihn und legte ihm die Arme um die Taille. »Dann mal los.«

Nach knapp zwei Minuten tauchte das Tankstellenschild auf.

»Bitte sehr«, sagte Texas und hielt an der Zapfsäule.

Sara stieg vom Motorrad und nahm den Helm ab.

»Ich komme gleich.« Sie sah ihn an und lächelte. Er verschränkte die Arme vor der Brust und schien sie einen Moment zu betrachten. Dann startete er das Motorrad.

»Es dauert bestimmt keine halbe Stunde, zurückzulaufen.« Er klang überhaupt nicht mehr freundlich. Vielleicht hatte sie sich verhört. Wenn jemand etwas sagte und den Helm dabei aufbehielt, konnte man schon mal etwas missverstehen.

»Wär toll, wenn du mich zum Motorrad zurückbringen könntest.«

Er fuhr langsam ein Stück vor und sah sich noch einmal um. Dann beschleunigte er und ließ Sara an der Tankstelle zurück.

Wie bitte? Was war das denn? Sara verstand gar nichts mehr.

»Idiot«, murmelte sie und ging hinein, um einen Kanister zu kaufen. Dabei war sie so davon überzeugt gewesen, dass Motorradfahrer einander halfen! Was war das überhaupt für ein Name: Texas!

Immer noch empört, stapfte sie in die Tankstelle. Sie dachte gar nicht daran, sich länger mit so einem Affen zu beschäftigen. Nicht einmal den Helm hatte er abgenommen! Ein richtiger Macho war das gewesen, wie alle Männer. Jetzt gerade schor sie alle über einen Kamm, und das würde sie wohl auch noch eine Weile tun. Natürlich würde das wieder vorübergehen, vielleicht schon in Italien. Italiener wussten schließlich, wie man mit Frauen umging. Gott, wie sie sich auf diese Gentlemen freute!

Drei Liter mussten genügen. Damit würden sie es bis zur Tankstelle schaffen, und sie war einverstanden mit Jessicas Vorschlag, sich dann ein Hotel zu suchen.

Sie stopfte eine Schaumbanane in den Mund.

Von jetzt an würde sie immer Süßigkeiten im Gepäck haben, falls sie wieder einmal liegenbleiben sollten. Das hatte sie aus diesem kleinen Zwischenfall gelernt.

Sie baumelte mit der Tüte und schlenderte gemächlich zurück. Zwei Tüten Polly-Schokotoffees, drei 200-Gramm-Tafeln Schokolade Schweizer Nuss und zwei Flaschen Wasser. In der anderen Hand trug sie den Benzinkanister. Über Headset telefonierte sie mit Jessica.

»Ja, ich *gehe* zurück. Ist das nicht frech, mich einfach stehenzulassen? Wie geht es dir, hast du den Helm abbekommen?«

Jessica überlegte, ob sie nicht lieber ohne Helm bis zum Hotel fahren sollte. Das Gefühl der Befreiung, als sie ihn endlich herunterbekommen hatte, war überwältigend gewesen. Aber das Risiko war zu groß: Wenn sie sich nun überschlagen würden! Sie brauchte ihren Kopf noch ein Weilchen, falls sich doch noch ein neuer Roman einstellen sollte. Sie sehnte sich so sehr danach, in den eigenen Text abzutauchen. Nach dieser Isolation, wenn alles andere zweitrangig wurde. Ihr letztes Buch hatte auf Platz eins der Bestsellerliste gestanden, aber ohne neue Ideen konnte sie nichts Vergleichbares schaffen. Und ohne Kopf keine Ideen, also musste der Helm wieder drauf.

Es war richtig angenehm in der Sonne, und als Sara ankam, winkte Jessica fröhlich.

»Komm, setz dich neben mich auf den Stein, hier ist es richtig schön«, rief sie ihr schon von weitem zu.

»Guck, was ich mitgebracht habe«, sagte Sara, setzte sich und hielt ihr eine Tüte Polly hin.

Zwei Minuten später knüllte Jessica sie zusammen. Mit offenem Mund starrte Sara sie an.

»Mund zu«, sagte die Freundin. »Das passiert eben, wenn man mir Süßigkeiten anbietet.«

Sie stand auf und ging zum Motorrad.

»Wie weit sind wir von der Zivilisation entfernt?«, fragte sie. Sara füllte das Benzin ein.

»Ich weiß nicht genau ... ungefähr 50 Kilometer?«

»Schön, ich freu mich schon auf die Badewanne.«

»Ich auch«, sagte Sara und drehte den Tankdeckel zu. »Pack deine Sachen zusammen, dann fahren wir.«

Sara war stolz. Bis auf den Zwischenfall mit dem Benzin war bisher alles nach Plan gelaufen. Sie hatte die anderen Verkehrsteilnehmer im Blick, war sich immer bewusst, dass Autofahrer oft Schwierigkeiten haben, von hinten kommende Motorradfahrer richtig einzuordnen, und ging das Ganze so ruhig und umsichtig an, wie sie es Jessica versprochen hatte. Sie hatten es ja auch nicht eilig.

Sie verstaute die restlichen Süßigkeiten und das Wasser in der Motorradtasche und setzte den Helm auf.

»Steig du ruhig zuerst auf, wenn das bequemer für dich ist«, sagte sie zu Jessica und zog den Kinnriemen fest.

»Ich hasse diesen Helm«, sagte Jessica. »Bevor wir morgen weiterfahren, muss ich mir einen neuen kaufen.«

»Natürlich.« Sara stieg auf. Sie drehte den Zündschlüssel und drückte den Startknopf. Nichts. Der Motor tat keinen Mucks. Das Licht funktionierte, aber der Motor nicht.

»Oh, Scheiße«, sagte sie und versuchte es noch einmal. Immer noch nichts. Der Motor rührte sich nicht.

»Ist was kaputt?«, fragte Jessica.

»Woher soll ich das wissen, ich bin doch kein Motorradmechaniker!«

»Jetzt reiß dich aber mal zusammen! Du brauchst mich doch deswegen nicht anzufauchen. Was machen wir jetzt? Sollen wir es stehen lassen und ein Taxi in die Stadt nehmen? Ich glaube, wir können besser nachdenken, wenn wir ein paar Cocktails intus haben.«

»Wenn du glaubst, ich lasse das Motorrad hier stehen, dann hast du dich geirrt. Ich werde einen Abschleppdienst anrufen, vielleicht können die uns helfen, es wieder in Gang zu bekommen.«

Die Nummer hatte sie in ihrem Handy gespeichert, und nachdem sie endlich durchgekommen war, erzählte sie die ganze Geschichte. Dann legte sie auf. Jessica sah sie fragend an. »Massenkarambolage. Vor heute Nacht können sie nicht kommen.«

Jessica lachte auf. »Und jetzt?«

Sara zeigte auf das Gepäck. »Wir zelten.«

Entgeistert starrte Jessica sie an.

»Sag, dass das einer deiner merkwürdigen Scherze ist.«

Aber Sara schüttelte den Kopf und schnallte das Gepäck ab. »Glaub mir, ich würde heute Nacht auch lieber im Hotel schlafen, aber ich werde dieses Ding auf keinen Fall hier alleine lassen.« Sie klopfte auf den Sitz. »Hier«, sie warf Jessica das Zelt zu. »Wir müssen das Motorrad noch ein bisschen in den Wald schieben, damit wir nicht direkt an der Autobahn sind. Kannst du schon mal vorausgehen und uns ein nettes Plätzchen suchen?«

## 6

Texas schaute in den Rückspiegel. Er hatte sie wiedererkannt, sobald sie den Helm abgenommen hatte, und anschließend noch einmal sein Gedächtnis überprüft, um wirklich sicherzugehen. Es war diese Journalistin gewesen. Er schüttelte den Kopf. Wann würden diese Leute ihn endlich in Ruhe lassen? Er hatte keine Lust, interviewt zu werden, und Sara war eine richtige Klette gewesen. Sie hatte ihn bestimmt hundertmal angerufen, obwohl er gesagt hatte, dass er nicht wollte. Diese

Frau war nicht nur dumm, sie war auch noch unglaublich stur.

Sicherlich war es reiner Zufall, dass sie sich hier begegnet waren, und da er streng darauf achtete, sich von den Kameras fernzuhalten, konnte sie gar nicht wissen, wer er war. Sie hätte ihn nicht einmal erkannt, wenn er den Helm abgenommen hätte. Dennoch war es ihm unangenehm zu wissen, dass sie auf denselben Straßen unterwegs war wie er. Dass sie den Kanister auffüllen und zurücklaufen musste, würde ihm und seinen Freunden zumindest einen kleinen Vorsprung gewähren.

Er hatte sich so auf diesen Urlaub gefreut! Das letzte Jahr war anstrengend gewesen, und er brauchte dringend Entspannung. Etwas mit Freunden unternehmen, an der Maschine herumbasteln, Wein trinken und Zeit mit Lovisa verbringen.

Als Freunde ihm das Motorradtreffen in der Toskana vorgeschlagen hatten, wo Biker aus ganz Europa zusammenkommen würden, hatte er ohne zu zögern ja gesagt. Nicht zuletzt, weil er das Schloss kannte. Texas war alles andere als ein Weinkenner, aber von dieser speziellen Sammlung hatte auch er bereits gehört. Da sollte es richtige Raritäten geben, und so etwas probieren zu dürfen wäre schon etwas Besonderes.

Er schloss zu Lovisa auf, um zu sehen, ob sie okay war, und ihr Lächeln bestätigte ihm, was er gehofft hatte. Dem Äußeren nach war sie das exakte Ebenbild ihrer Mutter. Doch zum Glück war sie nicht so falsch. Seine Tochter war ehrlich, und wenn es ihr langweilig geworden wäre, Kilometer um Kilometer zurückzulegen, dann wäre sie längst umgekehrt. Und zwar ohne von ihm zu verlangen, sie zu begleiten.

Er selbst war zwanzig gewesen, als er seine erste Motorradtour unternommen hatte. Lovisa war fast zehn Jahre älter, jetzt, auf ihrer ersten Fahrt. Er war einundzwanzig gewesen, als sie geboren wurde, aber für sie waren Kinder kein Thema, obwohl sie schon fast dreißig war. Dennoch führte sie ein erfülltes Leben. Sie hatte ihr Medizinstudium abgeschlossen und arbeitete seit ein paar Jahren als Ärztin. Wenn sie irgendwann eine Familie gründen wollte, und da war sie sich nicht einmal sicher, dann würde sie damit noch weitere zehn Jahre warten, hatte sie mal gesagt. Vierzig wäre das richtige Alter. Dazu konnte ihr Vater nichts sagen, es war schließlich ihr Leben. Immerhin hatte er sie überreden können, mit ihm in die Toskana zu fahren, und nun war es wichtig, dass es ihr auch gefiel.

Texas dachte an das Schloss und seinen Besitzer, über den er so viel gelesen hatte. Bei seiner Recherche war er auch auf ein paar italienische Seiten gestoßen, die er mit Hilfe von Google übersetzt hatte, wenn sein eigenes Italienisch nicht mehr ausreichte. Dass es Gerüchte über den Grafen gab, der das Schloss gemeinsam mit seiner Schwester betrieb, war stark untertrieben.

Es hieß, in den Turmzimmern sei alles möglich, und der Graf selbst sei hochbegehrt bei der weiblichen Society. Ganz offensichtlich war das Schloss ein Ort für die Reichen und Schönen, was Texas eigentlich nicht ansprach, doch die Bilder hatten ihm gefallen. Die Fotos vom Erntefest, auf denen ein ganzer Saal vom Boden bis zur Decke mit Äpfeln, Birnen und Orangen geschmückt war, musste ein Profi gemacht haben. Auf übervollen Tischen lagen große Büschel von Weintrauben und Bananen, Melonen sowie gigantische Blumenarrangements. Auf einem Bild war auch eine nackte Frau zu sehen, so dass Texas der Verdacht gekommen war, es handele sich nicht um irgendein beliebiges Fest. Die Dekadenz des Grafen und seine speziellen Vorlieben waren durchaus bekannt in der Gegend.

Diese Woche hier würde ganz anders verlaufen, zumindest hoffte Texas das. Er wollte Motorräder sehen, mit seinen Freunden über die Maschinen sprechen, die Toskana erkunden und von den einheimischen Weinen kosten. Dekadenz war nicht seine Sache, er war aufrichtig, praktisch veranlagt und für Gleichberechtigung. Vielleicht ein bisschen langweilig. Und sicherlich hätte er jeden ausgelacht, der versucht hätte, ihn mit Weintrauben zu füttern. Das war ungefähr das Letzte, was er sich vorstellen konnte.

Anders' Gestikulieren Richtung Raststätte konnte nur bedeuten, dass er Hunger hatte, und so folgte ihm die ganze Karawane auf die Abfahrt von der E4. Kurz darauf hatte jeder sein Tablett mit Schnitzel und Pommes vor sich. Texas sah sich in dem einfachen Lokal um. Auf den Holzbänken saßen seine besten Freunde, viele von ihnen kannte er schon seit Kindertagen. Manche standen ihm näher als andere, vor allem Anders, dem gegenüber er sich öffnete und vor dem er sich sogar zu einem »ziemlich beschissen« hinreißen ließ, wenn dieser fragte, wie es ihm gehe.

Keiner von ihnen hatte das Bedürfnis, ständig über alles reden zu müssen, wie Texas' Exfrau es mit ihren

Freundinnen immer getan hatte. Meist genügte es, sich aufs Motorrad zu schwingen, wenn einem gerade alles über den Kopf wuchs. Wie zum Beispiel während der Scheidung. Anders hatte sich ungefähr zur selben Zeit getrennt, und so waren sie etliche Kilometer gefahren, hatten sich ein paarmal volllaufen lassen, und damit hatte es sich dann auch.

Anders hatte hin und wieder Frauen angebaggert, wenn sie in der Kneipe gewesen waren, aber das war nichts für Texas. Er hatte kein Interesse, jemand Neues kennenzulernen. Es ging ihm gut allein, und nachdem er seine Exfrau aus der Wohnung am Slussen herausgekauft hatte, wo sie seit Lovisas Teenager-Zeit wohnten, hatte er sich auf das neue Sofa gesetzt, über das Wasser geschaut und erst mal tief durchgeatmet. Anschließend hatte er sich in seine Arbeit gestürzt.

»Was ist eigentlich mit der Tank-Lady geworden, die du mitgenommen hast?«, fragte Anders und lehnte sich zurück.

»Was soll mit ihr sein? Sie wird zu ihrer Maschine zurückgelaufen sein, nehme ich an.« Er zuckte mit den Schultern.

»Ich kapier's einfach nicht! Eine superhübsche Frau braucht Hilfe, und du lässt sie an der Tankstelle stehen. Da ticken wir echt verschieden, das steht fest.«

Anders lachte und schüttelte den Kopf, und Lovisa betrachtete neugierig ihren Vater.

»Du bist sauer geworden, als sie ihren Helm abgenommen hat. Kanntest du sie?«

Texas lächelte. Seine Tochter hatte ihn offensichtlich durchschaut. Sie wäre eine richtig gute Fotografin geworden.

»Das kann man wohl sagen. Erinnerst du dich an diese Journalistin, die mich vor einem Jahr ungefähr verfolgt hat und die sich einfach nicht abwimmeln ließ, obwohl ich nein gesagt hatte?«

»Die war das? Sara Irgendwas?«

Er nickte. »Raphael.«

»Klatschjournalistin?«

»Das nehme ich an. Es war während der Scheidung, weshalb hätte ich dazu etwas sagen sollen? Ich lasse mich nie interviewen. Soll sie doch andere Fotografen verfolgen, die auskunftsfreudiger sind. Neulich erst habe ich eine »Zu Hause bei …«-Sendung mit Håkan Lagersson gesehen.«

»Vielleicht wollte sie ja nur ein ganz normales Interview.« Lovisa tunkte eine Pommes in den kleinen Ketchupberg, den sie auf ihren Teller gehäuft hatte.

»Besten Dank, ich habe keine Lust, einem Journalisten irgendetwas aus meinem Leben zu erzählen.« Er leerte sein Glas. »Sie kann sich meine Bilder anschauen, genau wie alle anderen. Will noch jemand eine Cola?«

Sie beschlossen, in Älmhult zu übernachten. Nicht, dass es eine Metropole gewesen wäre, aber die Gang wollte Bier trinken und Fußball gucken.

Das Hotelzimmer war einfach, verfügte aber über alles, was man brauchte. Eine Minibar, ein Bett, einen Fernseher. Texas war durch die ganze Welt gereist, viel häufiger als durch Schweden. Für den darauffolgenden Sommer hatte er sich eine Rundreise durch Schweden vorgenommen, das hätte er mit Lena nie machen können. Seine Exfrau hätte eher Gift genommen, als auf dem Motorrad durch die ländlichen Gegenden Schwedens zu fahren, wovon er schon seit langem träumte.

Es hatte durchaus seine Vorteile, Single zu sein, und jetzt, wo Lovisa mit von der Partie war, vermisste er die Ehe überhaupt nicht.

# 7

Das Schlimmste am Klimakterium war weniger das Schwitzen als der Geruch. Wenn Jessica das nächste Mal jemanden treffen würde, der behauptete, reiner Schweiß stinke nicht, dann würde sie ihm ihre Achsel unter die Nase halten. Sie schüttelte sich, wenn sie ihren eigenen Geruch wahrnahm. Wenn sie nicht bald aus diesem verdammten Wald herauskämen, würde sie Sara stehenlassen und ein Taxi nach Jönköping nehmen. Nach einer furchtbaren Nacht mit einer sanft schlummernden Sara neben sich im Zweierzelt wollte sie nur noch duschen und dann schlafen.

Sie bohrte ihrer immer noch wie eine Lilie duftenden Freundin einen Finger in die Seite.

»Wach auf«, flüsterte Jessica, so freundlich sie konnte. Aber als Sara nicht reagierte, boxte sie ihr in die Rippen.

»Au, was soll das?« Sara setzte sich auf. »Wie spät ist es?« Sie gähnte herzhaft.

»Halb sieben, und ich will jetzt hier weg.« Jessica öffnete den Reißverschluss am Eingang und schaute hinaus. Keine Elche oder Wölfe in Sicht. Sie krabbelte nach draußen und erhob sich auf zittrigen Beinen. Ihr

Magen knurrte, und sie brauchte dringend einen Kaffee.

»Komm schon«, sagte sie und steckte den Kopf ins Zelt. »Wie gesagt, ich will hier sofort weg.«

»Und woher sollen wir um diese Uhrzeit Hilfe mit dem Motorrad bekommen?«, fragte Sara, die immerhin aus dem Schlafsack gekrochen war.

»Keine Ahnung, und ich finde auch, dass es dein Problem ist. Ich muss jetzt pinkeln.«

»Was passiert eigentlich, wenn man auf den roten Knopf hier drückt?«, fragte Jessica, als sie endlich alles eingepackt und das Motorrad an den Fahrbahnrand geschoben hatten.

»Welchen roten? Den hier?«, fragte Sara zurück und schob den Regler nach oben. Sie drehte den Zündschlüssel, drückte auf den Startknopf, und das Motorrad schnurrte, als hätte es nie etwas anderes getan.

Jessica warf die Arme in die Luft.

»Hurra«, schrie sie, »hurra.« Sie verzieh der Freundin sofort, dass sie nicht selbst darauf gekommen war und sie die Nacht im Wald hatten verbringen müssen. Jetzt würden sie *endlich* hier wegkommen und könnten das grässliche Naturerlebnis hinter sich lassen.

Aber Sara starrte sie wütend an. »So. Und wann hast du an den Knöpfen herumgefummelt? Ist ja wohl klar, dass du daran nichts zu suchen hast. Du hast schließlich keine Ahnung von den Dingern.«

Jessica verkniff sich die Bemerkung, Sara würde sich ja selbst nicht damit auskennen. Sie war viel zu erleichtert, dass dieses Ungetüm endlich wieder funktionierte.

»Vielleicht bist du selbst drangestoßen, als du deinen Helm an den Rückspiegel gehängt hast?«, schlug sie vor. »Ich habe meinen ja nicht herunterbekommen, wie du dich sicher erinnern kannst.«

»Dann ist es also meine Schuld?«

»So was in der Richtung.«

Sara antwortete nicht, sondern band ihr langes und immer noch glänzendes Haar zu einem Pferdeschwanz zusammen. Kein Blättchen, keine Tannennadel hatte sich darin verfangen. Wenn Jessica Sara nicht wie ihre eigene Schwester geliebt hätte, wäre sie eifersüchtig geworden. Doch auf Sara konnte man nicht eifersüchtig sein. Sie war klug, freundlich und schön, und wenn sie einmal ins Klimakterium kommen würde, würde dieses sicherlich vorbei sein, bevor es richtig angefangen hatte. Dass Sara schwitzen und stinken könnte, schien völlig unmöglich.

Sara zog den Reißverschluss ihrer Lederjacke hoch.

»Drück niemals irgendwelche Knöpfe«, ermahnte sie Jessica noch einmal. »Es sind noch etwa vierzig Kilometer bis Jönköping, aber ich würde heute gern noch ein Stück weiterkommen. Värnamo ist ein besseres Ziel. Wir halten an der Tankstelle, um einen Kaffee zu trinken, aber dann müssen wir erst mal noch ein paar Stunden fahren.«

»Bitte, von mir aus. Ich verspreche auch, keine Knöpfe zu drücken. Ich werde mich nur noch um meine Angelegenheiten kümmern, Hauptsache, du fährst uns zu einem Hotel«, sagte Jessica. Sie nahm gern sowohl die Schuld als auch den Helm auf sich, um endlich hier wegzukommen.

Falls die Rezeptionistin des Hotels sich wunderte, weshalb die berühmte Autorin Jessica Romin in Lederkluft hereinkam, ließ sie sich nichts anmerken. Sara warf einen kurzen Blick in den Frühstücksraum, während Jessica die Schlüssel entgegennahm. Zum Glück konnten sie sofort auf die Zimmer. Sara hatte Kopfschmerzen und brauchte dringend einen Kaffee.

»Kommst du mit?«, fragte sie Jessica, die ihr die Schlüsselkarte reichte.

»Nein, ich warte lieber, bis ich wieder einigermaßen präsentabel aussehe.«

»Ich finde dich richtig sexy in deinen Lederklamotten«, meinte Sara. »Aber ich gebe zu, dass du erbärmlich stinkst.« Geschickt wich sie dem Handschuh aus, den Jessica nach ihr warf.

Sara hatte immer schon gefunden, dass Jessica ein verzerrtes Bild von sich hatte. Die einzige Situation, in der Jessica sich wirklich wohl fühlte, war, wenn sie über ihr Schreiben reden konnte. Auf der Bühne oder der Fernsehcouch wirkte sie absolut souverän. Und Sara liebte Jessicas Bücher, obwohl das kaum nachvollziehbar war. Sie selbst beschäftigte sich schließlich vor allem mit Reisen und Abenteuern, die alle gleich unromantisch waren: Immer reiste sie allein, und nur selten unternahm sie etwas mit anderen.

Saras Reiseberichte fanden ein beinahe ebenso großes Echo wie Jessicas Romane, trotz mangelnden Komforts und fehlendem *all inclusive.* Es gab offensichtlich eine Sehnsucht nach etwas anderem als Charterurlauben und billigen Flugreisen nach Thailand, und viele Leser berichteten ihr, dass sie auf ihren Spuren gereist wären. Zuletzt war sie auf den Galapagosinseln gewesen, wo sie insgesamt zwei Wochen verbracht hatte. Sie war auf drei verschiedenen Inseln gewesen, um so viel wie möglich zu entdecken, und zu Hause hatte sie die Reportage »Schildkrötenland« geschrieben, aus der dann ein Vortrag entstand. 45 000 Leute hatten sich diesen bislang angeschaut.

Abenteuerreisen für über Fünfzigjährige waren stark im Kommen, und Sara musste sich nie um Aufträge bemühen, im Gegenteil, sie musste oft absagen, weil ihr Kalender voll war. Auch während der Scheidung hatte sie gearbeitet, obwohl es ihr so schlechtgegangen war. In gewisser Hinsicht war das wohl ihre Rettung gewesen. Doch diesen Sommer wollte sie sich freinehmen, wollte ihre Kinder treffen, ein bisschen zur Ruhe kommen und sich um ihre neue Wohnung kümmern.

Der Frühstücksraum war leer bis auf ein paar Rentner, die an einem Ecktisch saßen und Karten spielten. Eine Frau mit kurzem blondem Haar Mitte siebzig lachte laut und gestikulierte dabei lebhaft. Sara stutzte. Wie sehr sie ihrer Mutter ähnelte! Genauso hatte sie immer dagesessen, bis die Krankheit so sehr Besitz von ihr ergriffen hatte, dass ihre Freunde sie nur noch im Krankenhaus besuchen konnten. Immer fröhlich war sie gewesen. Und immer hatte sie etwas Nettes zu sagen gehabt.

Sara erinnerte sich an ihr letztes Gespräch. Sie hatte noch einmal betont, wie freundlich das Krankenhauspersonal sei und dass Sara nicht vergessen dürfe, allen zu danken, wenn alles vorüber wäre.

Saras Augen brannten.

Jetzt waren ihre Eltern zusammen in irgendeiner Art Himmel, so zumindest wollte sie es sich vorstellen. Soweit sie wusste, hatten sie eine gute Ehe geführt, und als ihr Vater gestorben war, war ihre Mutter am Boden zerstört gewesen, selbst war sie noch völlig gesund gewesen. Ihre geliebte Mama. Nach Papas Tod war sie dennoch nie wieder die Alte geworden.

Sara ging an den alten Leuten vorbei zur Kaffeemaschine. Würden Jessica und sie auch einmal so dasitzen? Und würden sie mit siebzig noch immer ihren derzeitigen Berufen nachgehen? Bei Jessica wäre es in siebzehn Jahren so weit, bei Sara in achtzehn. Würde sie dann noch reisen können? Wenn sie das Land nicht mehr verlassen konnte, wenn sie es mit Ischias zu tun bekam oder irgendwas anderem, das sich nicht mit Flugreisen vereinbaren ließ. Dann würde sie in ihrer neuen kleinen Wohnung herumsitzen und käme nirgendwo mehr hin. Sie schüttelte sich, dann schenkte sie sich Kaffee ein. Es war besser, die Zeit zu nutzen, solange sie noch jung genug war, um zu reisen.

Eigentlich wäre es viel besser, wenn Jessica mit Sara in die Toskana käme, statt in Malmö zu bleiben. Autorentreffen konnte sie schließlich immer noch besuchen, wenn sie alt und gebrechlich war. Jetzt war es an der Zeit, Erfahrungen zu sammeln, von denen man bis zum Tod zehren konnte. Zumindest sah Sara das so. Sie beschloss, mit einem Lächeln zu sterben, wenn es so weit wäre. Und dazu brauchte man etwas, worauf man lächelnd zurückschauen konnte.

Gleich heute würde sie damit anfangen.

Oder allerspätestens morgen.

Sara war überzeugt, dass Jessica genau dasselbe brauchte, auch wenn sie es vielleicht selbst noch nicht ahnte.

Sie wusste, dass es ihr nicht gelingen würde, Jessica wieder auf das Motorrad zu bringen, bevor diese sich gründlich ausgeschlafen hatte. Daher war es wohl besser, das Ganze morgen anzugehen. Dann würden sie bis Helsingborg durchfahren, und Sara würde zusehen, dass der Tank voll war. Es wäre schließlich zu dumm, wenn ihnen das Benzin ausgerechnet in Malmö ausginge, wo sie doch jetzt so schöne neue Pläne hatte.

Sara steckte sich einen Keks in den Mund, nahm den Kaffee in die eine und ein Glas Wasser in die andere Hand und ging zu den Aufzügen. Unter der Dusche wollte sie überlegen, wie sie Jessica so behutsam wie möglich mitteilen könnte, dass ihr Autorentreffen gecancelt wäre und sie stattdessen Urlaub auf einem Schloss in der Toskana machen würde.

# 8

Als Sara anrief, las Jessica gerade die Frühstückskarte. Wie sich herausstellte, war das Hotel in Värnamo sowohl bequem als auch gemütlich, und Jessica studierte zufrieden das Angebot.

»Wo bist du? Hattest du nicht zwei Zimmer nebeneinander gebucht? Bist du fertig? Wollen wir brunchen? Wir müssen unbedingt reden, welche Zimmernummer hast du?« Sara klang aufgeräumt.

»Ich habe noch mal getauscht«, antwortete Jessica. »Mir ist nämlich eingefallen, dass ich eine sehr erfolgreiche Autorin bin und mir deshalb eine Suite leisten kann.«

»Sollen wir das Essen dorthin bestellen? Also nur, wenn du möchtest, natürlich.«

»Komm rauf. Vierte Etage, Zimmer 402.«

»Stell dir vor, dieser Texas hätte dich nicht auf der Straße stehen lassen. Dann hättet ihr euch wiedertreffen können, und vielleicht hätte er die Übergangsperson werden können, mit der jede Geschiedene ins Bett gehen sollte, bevor sie sich einen neuen Partner sucht.« Jessica hatte etwas zu essen bekommen, was bedeutete, dass sie bester Laune war.

»Hör doch auf.« Sara bestrich ihr Toast dick mit Butter, und Jessica tat es ihr nach.

»Mmmh«, stöhnte sie mit vollem Mund. »Mmmh.« Sie schloss die Augen und ließ die gesalzene Butter genüsslich auf der Zunge zergehen. »Das ist besser als Sex, und viel befriedigender.« Sie schlug die Augen auf und leckte sich einen Krümel vom Zeigefinger. »Wo waren wir stehengeblieben? Genau, bei Texas.« Sie sah Sara an.

»Nein, ich will nicht über ihn reden. Ich will lieber mit dir über Malmö sprechen. Musst du dorthin? Kannst du nicht stattdessen mit nach Italien kommen?«

Sie schenkte sich noch mehr Kaffee ein und bot auch Jessica welchen an.

»Denk doch mal, was das für eine einzigartige Umgebung für dich wäre! Warst du schon mal in der Toskana? Allein die Gerüche bringen dich auf Themen für deine nächsten drei Romane. Und die *Männer*! Stell dir aristokratische Nasen und hochmütige Mienen vor, hinter denen sich ein warmes Herz verbirgt. Wenn du diese romantische Umgebung mit Malmö vergleichst, dann musst du doch zugeben, dass Italien gewinnt.«

Jessica schüttelte den Kopf. Sie streckte die Füße unter dem Tisch aus und wackelte mit den Zehen. Nie zuvor hatte sie ein Hotelzimmer so sehr genossen wie dieses. Vielleicht tat es ihr ganz gut, zwischendurch mal im Zelt zu schlafen. Anschließend wusste sie die Bequemlichkeit umso mehr zu schätzen.

»*Absolut* nicht«, sagte sie. »Ich werde Kollegen treffen, mich über sie aufregen und sie als Recherchematerial benutzen.«

»Und was ist bitte so verkehrt an feurigen Italienern im Schlossmilieu?«, fragte Sara.

»Die gibt es in meiner Phantasie«, antwortete Jessica. »In Wirklichkeit glaube ich, dass sie vom selben Schrot und Korn sind wie die schwedischen Männer. Ob du es glaubst oder nicht, aber zum ersten Mal überhaupt freue ich mich auf dieses Autorentreffen.«

Sara sah sie erstaunt an.

»Guck mich doch nicht so an. Ist es so merkwürdig, dass ich mal ein bisschen smalltalken möchte?«

»Die Eremitin Romin und Small Talk? Das ist zumindest mal was Neues.«

»Du bist die Einzige, mit der ich mich regelmäßig treffe, und ich habe beschlossen, dass ich meinen Horizont ein bisschen erweitern und Kollegen treffen muss. Wenn ich weiterhin über männliche Prachtexemplare schreiben will, wäre es zudem nicht schlecht, wenn ich mal wieder einem begegnen würde.«

»Ha, du denkst doch, es gibt sie gar nicht. Du bist da ja noch zynischer als ich, und dabei bin ich hier die Frischgeschiedene.«

»Ganz genau. Ich muss meine Vorurteile überprüfen.«

»Auf diesem Autorentreffen? Ach, das kannst du dir sparen! Da geht doch jeder jeden Tag mit einer anderen ins Bett. Vergiss nicht, dass ich, wie die meisten Journalisten, auf der Klatschseite angefangen habe.«

»Stopp, nicht weitersprechen. Lass mir meine Illusionen.« Jessica stand auf. Es kribbelte sie in den Beinen. Das war bestimmt die Butter, die ihre Krampfadern angriff.

»Ruben Bååth, zum Beispiel.«

»Oh nein, nicht Ruben«, stöhnte Jessica. Sie hatte diesen Kollegen immer bewundert und sogar anziehend gefunden. Zumindest bis er den Mund aufgemacht hatte. Was er schrieb, war hochtrabendes Geschwafel, aber mal abgesehen davon, war er ihr heimlicher Favorit, auch wenn sie ihn nicht besonders gut kannte.

»Und Pelle.« Sara schmunzelte, als wäre das auch nur ansatzweise komisch.

»Oh nein, nicht der! Der war ja so eine Enttäuschung. Nenn bitte keine Namen mehr.« Sie hielt sich die Ohren zu, und Sara formte stumm die Buchstaben K-V-A-S-T.

Jessica nahm die Hände wieder weg. »Hör auf, ich kann nicht mehr. Die ganze Truppe? Woher weißt du das?«

»Weil die Zeitungen darüber berichtet haben.«

Jessica starrte sie an. »Tratsch?«

»Ja, oder Wahrheit. Ich glaube, Letzteres.«

»Und seit wann interessieren wir uns für dummes Geschwätz?«

»Seit mein Exmann so schnell eine Neue kennengelernt hat. Er muss das ja schon eine Weile parallel laufen lassen haben, ohne dass ich etwas bemerkt habe. Und wenn sich jemand die Mühe gemacht hätte, über ihn zu tratschen, dann hätte mir das so manchen Kummer erspart.« Sie trank einen Schluck Kaffee.

»Meinst du wirklich? Wäre es nicht immer vor allem der Verrat gewesen und nicht so sehr die Art und Weise, wie du es herausgefunden hast?« Jessica bewegte ihre Zehen abwechselnd, um das Kribbeln wegzubekommen, und als sie dabei fast das Gleichgewicht verlor, stützte sie sich an der Wand ab.

»Tu doch nicht so schlau. Wenn ich vorher was gehört hätte, hätte ich seine Lügen früher durchschaut. Ich glaube, das hätte sich gut angefühlt. Was machst du da überhaupt? Gymnastik?«

»Ich versuche mein Wadenjucken zu kurieren. Und ich glaube nicht an Rache.«

»Ich schon. Es hat sich verdammt gut angefühlt, Dannes Motorrad an mich selbst zu verkaufen, das kann ich dir sagen!«

»Wie, das Motorrad ... War das Dannes?«

»Habe ich dir die Geschichte nicht erzählt?«

Jessica hob abwehrend die Hände. Sie wollte nichts mehr hören, sie brauchte nicht alles zu wissen. Und in Malmö würde sie selbst herausfinden, ob die Kollegen in Ordnung waren oder nicht. Sie würde sie ganz genau beobachten. Vielleicht hatte ihr nächstes Buch einen Autor als Protagonisten, und der wäre in jedem Fall ein Traummann, wie unrealistisch das auch sein mochte.

In Jessicas Büchern kamen selten richtige Schurken vor. Bei ihr standen Liebesgeschichten im Vordergrund, und die Paare darin waren immer gute Menschen. Nicht perfekt, im Gegenteil, aber wenn sie Fehler machten, nahmen sie hinterher auch die Verantwortung dafür auf sich. Sie waren selbstkritisch, genau wie sie selbst, und verletzlich. So, dass es weh tat. Erinnerungen tauchten auf und verschwanden wieder. Türkisblaues Meer, die Altstadtmauer, der Hafen und die Schiffe, ein Arm um ihre Schultern. *Agapi mou. Meine Liebste.*

Sie blinzelte ein paarmal, um wieder in die Suite in Värnamo zurückzukommen. Damals ist damals, und heute ist heute. Jedes Mal, wenn die griechische Stadt in ihren Gedanken auftauchte, sagte sie das wie ein Mantra vor sich auf. Damals ist damals, und heute ist heute. Es half ihr, sich auf die wirklich wichtigen Dinge zu konzentrieren.

Dass auf dem Autorentreffen alle ihre jeweiligen Partner betrügen würden, glaubte sie nicht. Allerdings forderten ihre Egos eine gewisse Aufmerksamkeit, aber wessen Ego tat das nicht? Sie selbst war immer überglücklich, wenn jemand sagte, dass er ihre Bücher mochte. Es war, als wären sie und ihre Leser ein Team: Diese wussten, was sie bekamen, wenn sie eine Jessica Romin kauften, und genau so sollte es ihrer Meinung nach sein.

Mittlerweile bekam sie Post aus der ganzen Welt. Gestern erst war ein Brief aus Italien gekommen, wo sie mit ihrem letzten Buch ganz oben auf der Bestsellerliste stand. Laut ihrem Agenten wurde auch im Fernsehen Werbung dafür gemacht. Und obwohl Jessica kein Wort verstanden hatte, begriff sie doch, dass nichts Negatives in der Mail stand. Sie schloss mit *Love and Kisses*, und da musste es wohl etwas Freundliches sein.

Bei der Erinnerung daran wurde ihr ganz warm ums

Herz. Vielleicht sollte sie ihre Mutter anrufen und fragen, wie es ihr ging? Oder Lasse, der jetzt gerade bei ihr sein müsste?

»Was meinst du«, fragte sie Sara. »Wollen wir wetten, dass er noch nicht bei ihr gewesen ist?«

## 9

Ohne neuerliche Zwischenfälle fuhren sie am nächsten Morgen weiter nach Helsingborg, und Jessicas glänzende Laune färbte auch auf Sara ab. Sie gingen in die Stadt, aßen im Hafen zu Mittag und gönnten sich anschließend ein Nickerchen im Hotel. Am Nachmittag ließen sie sich mit einer Massage verwöhnen, lasen eine Weile in Jessicas Suite und nahmen später im *Gastro* ein dreigängiges Menü zu sich.

Obwohl sie keinen Tropfen Alkohol tranken, strahlten sie jede Menge Charme und gute Laune aus, so dass sie beim Dessert jede einen Kavalier an ihrer Seite hatten. Jessica genoss die Aufmerksamkeit, die ihr zuteilwurde. Sie war so lange nicht mehr ausgegangen, dass sie ganz vergessen hatte, welchen Kick ein kleiner Flirt dem Selbstbewusstsein geben konnte. Sara empfand es offenbar genauso, denn als sie später am Abend Arm in Arm ins Hotel zurückgingen, waren beide sehr vergnügt.

Jedes Mal, wenn Jessica ein Hotelzimmer betrat, musste sie daran denken, wie froh sie noch vor gar nicht langer Zeit gewesen war, wenn sie in jemandes Zustellbett schlafen durfte. Wenn man arm war, bedeutete Geld alles. »Kannst du nicht bitte, bitte mit nach Italien kommen?«, fragte Sara.

Sie waren noch auf einen Sprung in die Bar gegangen, um noch ein Wasser zu trinken, bevor sie schlafen gingen. Sara wirkte plötzlich längst nicht mehr so fröhlich wie noch vor wenigen Minuten.

Jessica wand sich. Dass Saras Stimmungen sie aber auch immer so beeinflussten!

»Nein, Sara, ich möchte nicht, ich habe nicht die geringste Lust auf Italien. Und erst recht nicht auf eine Motorradfahrt dorthin.«

Am nächsten Morgen setzte Jessica sich gutgelaunt hinter Sara auf die Maschine, denn jetzt waren sie ja bald in Malmö. Sara hatte gemeint, sie würden eine gute Stunde brauchen, das wäre die bislang kürzeste Strecke. Sara fuhr richtig gut, das musste Jessica zugeben. Und nachdem sie selbst herausgefunden hatte, wie sie sich am besten setzen musste und dass es nicht weiter gefährlich war, sich mit in die Kurven zu legen, machte es ihr sogar ein bisschen Spaß.

Das sagte sie Sara, und die lachte.

»Ich habe es dir doch gleich gesagt.« Sie zog die Gepäckschnallen fest. »Was hältst du von der Öresund-Brücke?«

»Gerne. Die habe ich noch nie gesehen, also warum nicht?«

Hätte sie gewusst, dass Sara nicht vorhatte, an der Brücke in Malmö zu halten, sondern mit ihr darüber nach

Dänemark zu fahren, wäre sie vom Motorrad abgestiegen, als Sara die Brückengebühr bezahlte.

Wie wild klopfte sie auf Saras Rücken, aber Sara antwortete nicht, im Gegenteil, sie fuhr weiter, als säße sie allein auf der Maschine.

Jessica hatte Angst, sie könnten sich überschlagen, wenn sie sich allzu heftig bewegte, aber sie hoffte, dass sie bald tanken müssten. Dann würde sie Sara gründlich die Meinung sagen! Sie war stinksauer, dass die Freundin einfach an Malmö vorbeigefahren war. Sie würde den Zug nehmen, schlimmstenfalls auch ein Taxi, und den ganzen Weg wieder zurückfahren. So weit waren sie ja nun auch noch nicht gekommen. Auf dem letzten Schild hatte sie einen Hinweis auf das Gisselfeld-Kloster gesehen, und seit sie über die Brücke gefahren waren, war gerade einmal eine Stunde vergangen.

Sie überlegte, was ihre Romanheldin getan hätte, wenn dies eine Situation aus einem ihrer Bücher wäre. Vermutlich nichts, denn sie wäre wohl eher wie Sara. Auch hätte die Heldin ihr eigenes Motorrad gesteuert. Sie wäre überirdisch schön und würde nie auf den Gedanken kommen, sich in so einen Lederanzug zu zwängen wie Jessica. Eher wäre sie gestorben. Oder doch nicht? Vielleicht wäre sie auch eine Frau, die ihre Kurven akzeptierte. Dann hätte sie sich eine sexy Lederjacke maßschneidern lassen und würde eine rotlackierte Maschine fahren, einen großen, starken, aber sensiblen Mann hinter sich auf dem Soziussitz.

Auch wenn Jessica momentan keine Ideen zu einem Roman hatte, hieß das noch lange nicht, dass sie das Genre wechseln wollte. Nicht weil es so gut lief, sondern weil es das Einzige war, das sie sich vorstellen konnte. Einmal hatte sie sich an einem Krimi versucht, doch die Arbeit daran hatte sie so gelangweilt, dass sie beschlossen hatte, nur noch das zu schreiben, was sie selbst am liebsten las: Liebesromane.

Als sie endlich anhielten, konnte von Liebe und Romantik allerdings keine Rede sein.

»Bist du bescheuert!«, schrie Jessica Sara an. Aber leider wurde ihre Stimme durch das Visier gedämpft, da sie wieder einmal den Helm nicht herunterbekam. Sie riss daran und brüllte, und Sara beobachtete sie interessiert, nahm lässig ihren Helm ab und schüttelte ihr dunkles, glänzendes Haar, dass es über ihre schmalen Schultern wallte. In diesem Moment hasste Jessica sie.

»Wollen wir Kaffee trinken?«, fragte Sara ruhig.

Noch nie hatte Sara Jessica so aufgebracht erlebt.

»Ich will nicht mehr Motorrad fahren!«, brüllte Jessica. »Du hast mich übers Ohr gehauen, und jetzt bin ich es endgültig satt, Teil deines Fluchtplans zu sein. Im Gegensatz zu dir gefällt mir mein Leben so, wie es ist, und ich habe keine Lust, auf einem Motorrad durch Europa zu gondeln. Wie hast du dir das überhaupt vorgestellt? Glaubst du, ich habe Lust, auf der Autobahn durch Deutschland zu fahren, um vielleicht irgendwann auf deinem italienischen Schloss anzukommen?«

»Nein. Da dich vor allem das Motorradfahren zu stören scheint, habe ich gedacht, wir könnten von Hamburg aus mit dem Autozug weiterfahren.«

Jessica sagte nichts, aber ihr Brustkorb hob und senkte sich so schnell, dass Sara begriff, dass Jessica immer noch wütend war.

»Was machst du da?«

Jessica riss ihr Gepäck vom Motorrad. Sara glaubte nicht, dass Jessica auch nur einen Meter zu Fuß gehen würde. Natürlich war es übergriffig gewesen, über die Brücke zu fahren, ohne es mit ihr abzusprechen, aber sie waren doch beste Freundinnen. Sara war überzeugt, dass Jessica es schon verstehen würde, wenn sie sich erst eingekriegt hatte und sie in Ruhe darüber sprechen konnten.

Das Bistro war voll, aber sie fanden einen kleinen Bartisch ganz hinten in der Ecke. Sara nippte an ihrem Cappuccino. Was war nur mit Jessica los? Die Toskana hätte ihr mit ihrer romantischen Ader doch absolut zusagen müssen! Keine von ihnen hatte in der nächsten Zeit Termine, sie konnten Monate wegbleiben, wenn sie wollten, zumindest wenn Lasse so lange einspringen und Jessica bei ihren Besuchen bei Astrid vertreten würde. Vielleicht konnten sie anschließend sogar noch in die Schweiz weiterfahren? Ein kleines Chalet mit zwei Zimmern mieten, wo sie mit Blick auf schneebedeckte Alpen und schwarzweiße Kühe mit klingenden Glocken auf sommergrünen Wiesen ungestört arbeiten konnten?

»Jetzt sag schon was!«

Sara wurde jäh aus ihren Gedanken gerissen.

»Okay. Ich überlege nur gerade, wo wir als Nächstes hinfahren.«

»Wir? *Ich* fahre zum Autorentreffen nach Malmö.«

»Warum fragst du dann?«

»Ich frage nicht, wie wir in die Toskana kommen, ich frage mich, was du dir eigentlich dabei gedacht hast, einfach weiterzufahren, ohne es mit mir abzusprechen.

Ich war so nett, mich mit dir aufs Motorrad zu setzen, ich habe eine furchtbare Nacht in einem Zelt verbracht, weil du nicht alle Knöpfe kennst, die du kennen solltest, und jetzt sitze ich in *Lederklamotten* an einem *Bartisch* – und ich *hasse* Bartische – in Dänemark, dabei könnte ich längst im St. Jörgen in der Badewanne liegen!«

»Ich habe es mit dir abgesprochen! Du hast gesagt, du willst nicht den ganzen Weg bis Italien mit dem Motorrad fahren. Dafür habe ich eine Lösung gefunden. Wo ist bloß deine Abenteuerlust geblieben?«

Natürlich konnte sie verstehen, dass Jessica sauer war, damit hatte sie gerechnet. Aber sie fand, dass sie alles gut geplant hätte. Sie war die halbe Nacht wach geblieben und mittels Google zu dem Schluss gekommen, dass der Zug eine ausgezeichnete Alternative war. Ja, sie hätte Jessica vielleicht fragen sollen, bevor sie über die Brücke gefahren war, das war im Nachhinein betrachtet vielleicht wirklich nicht die klügste Entscheidung gewesen. Aber jetzt waren sie hier und mussten das Beste aus der Situation machen. Auf Jessicas Bedürfnis nach Komfort konnte Sara im Moment keine Rücksicht nehmen.

Sie selbst hatte auf dem Weg zu schneebedeckten Gipfeln im Sturm gezeltet. Zwar war sie nur ein kleines Stück mit hochgegangen, da ihre Kondition nicht gut genug war, aber immerhin. Später hatte sie den Vortrag »Himalaya: hoch und wieder runter« aus diesem Erlebnis gemacht. Jessica hatte keine Ahnung, was furchtbare Nächte waren. Ihre einzige Campingerfahrung war die Nacht neulich kurz vor Gränna, bei sommerlichen Temperaturen und in einem nagelneuen Zelt, das Sara für sie beide aufgebaut hatte, während Jessica auf einem Stein gesessen und geschmollt hatte.

»Was hast du gesagt?«, fragte Jessica mit einer Stimme, die Donner und Blitz verkündete. *»Abenteuerlust?«*

Mit zusammengezogenen Augenbrauen starrte sie Sara an.

»Du flüchtest dich auf deine Reisen, weil du dein Leben nicht erträgst. Mein Leben *ist* mein Abenteuer, ich brauche nicht draußen zu schlafen, um mir selbst irgendwas zu beweisen.« Sie hieb mit der Faust auf den Tisch. »Außerdem behandle ich meine Nächsten mit Respekt und nicht so egoistisch wie du.«

Letzterem konnte Sara nicht ganz zustimmen. Unzählige Male hatte sie Jessica Beistand geleistet, wenn nötig auch mitten in der Nacht. Sie wusste gar nicht mehr, wie oft sie mit der Nuckelflasche in der einen und dem Telefonhörer in der anderen Hand dagesessen hatte.

Stunden-, tage-, nein, jahrelang hatten sie JPs und Jessicas Geschichte durchgekaut, ohne dass Sara ihr je vorgeworfen hätte, respektlos oder egoistisch zu sein.

Aber jetzt klang Jessica genau wie Danne. Hatte der nicht ungefähr dasselbe gesagt: Es sei respektlos von ihr zu reisen, statt mit ihm zu Hause zu bleiben?

Sie fühlte sich verletzt. Hunderte Male hatte sie darüber nachgedacht, ob es vielleicht wirklich ihre Schuld gewesen war, dass ihr Job ihre Ehe zerstört hatte. Hinzu kam natürlich, dass sie älter wurde. Wenn man sich Dannes Neue ansah, deutete vieles darauf hin, dass sie selbst in seinen Augen alt und verbraucht war.

Nie hätte sie gedacht, dass er fremdgehen könnte.

Und auch wenn es nur eine Vermutung war, so hatte sie doch allen Grund zu der Annahme. Danne hatte immer gepredigt, wie wichtig es sei, dass man nicht im falschen Bett landete. Für Sara war die Sache mit dem Bett nicht das Entscheidende. Es war eher der Verrat, der sie schmerzte. Dass er es hinter ihrem Rücken getan hatte. Dass er einer anderen Nettigkeiten zugeraunt hatte, während sie noch verheiratet gewesen waren. Und dass er mit dieser anderen romantische Abenteuer genossen hatte, während sie selbst auf irgendeinem Berggipfel saß und fror. Eine schreckliche Vorstellung!

Danne wollte sich scheiden lassen und hatte es geschafft, es so aussehen zu lassen, als wäre alles ihre Schuld. Sie sei distanziert, wolle keinen Sex und generell nicht mehr so viel mit ihm zusammen sein wie früher.

Aber war das denn wirklich so seltsam? Sie liebte Danne, unternahm aber auch gern mal was auf eigene Faust. Und dass sie nicht richtig präsent wäre, darüber hatte er sich schon immer beschwert. Dass sie sich wegzuträumen schiene, selbst wenn sie in seinen Armen läge. War das tatsächlich so gewesen?

Sie hatten drei kleine Kinder zu versorgen gehabt, das war nicht besonders romantisch gewesen, aber immerhin waren sie eine Familie. Dass sich Sara oft mehr danach gesehnt hatte, endlich einmal schlafen zu dürfen, als Sex mit ihm zu haben, schien ihr selbst nicht weiter verwunderlich. Doch er hatte sich wohl beiseitegeschoben gefühlt, vielleicht war das schon immer so gewesen.

Er war zu der anderen gezogen und hatte sich verlobt, bevor er und Sara vor dem Gesetz geschieden waren. Das tat ihr am meisten weh.

Was hatte Jessica gesagt, sie würde fliehen? Da war vielleicht etwas daran. Und dann war es bloß gut, dass sie das Motorrad gekauft hatte. Sie würde weiterfliehen, bis sie den Grundstein für eine Reportage gefunden hatte. Zurzeit fühlte es sich an, als könnte dies in Italien geschehen.

»Bitte, Jessica.« Sara legte den Kopf schief. »Komm doch mit.«

Sie sah ihr in die Augen, konnte aber nicht erkennen, was die Freundin fühlte, denn diese versteckte sich hinter einer riesigen Hollywood-Sonnenbrille.

Sara seufzte. »Bitte«, sagte sie noch einmal.

Doch Jessica antwortete nicht. Sie stand auf, hängte sich den Rucksack über die Schulter und nahm ihre Tasche in die Hand.

»Gute Fahrt«. Stocksteif verließ sie das Bistro, ohne sich noch einmal nach ihr umzusehen.

## 10

Als sie draußen war, wusste Jessica nicht, wohin sie sich wenden sollte. Aber sie hatte auch keine Lust auf eine nervende Sara, deshalb ging sie einfach in die Richtung, in der sie Schweden vermutete. Sie hatte einen furchtbar schlechten Orientierungssinn und konnte stundenlang im Kreis herumgehen. Sie brauchte ein Taxi oder einen Zug. Irgendwas, das sie nach Kopenhagen oder Malmö bringen konnte.

Sie freute sich wirklich auf das Autorentreffen und darüber, dass dieser Herrenclub sie diesmal eingeladen hatte. Anders als Sara hegte sie keine Vorurteile gegenüber ihren Kollegen, und was diese neben ihrem Schreiben trieben, interessierte sie höchstens zu Recherchezwecken. Ihr Lebenswandel kümmerte sie nicht. Allerdings hatte sie auch einen ganz anderen Erfahrungshorizont als Sara. Hochzeitsnächte, Junggesellinnenabende und all das andere, was in ihren Romanen vorkam, musste sie sich zusammenphantasieren. Sie war eine alte Schachtel mit einer vollkommen unmöglichen Liebesgeschichte im Gepäck.

Vielleicht war es ja nicht einmal Liebe? Zumindest war es keine von der Sorte, bei der aus zweien irgendwann einer wurde.

Sie wusste nicht, wie es war, sein Leben mit jemandem zu teilen. Das hieß nicht, dass sie nie geliebt hätte. Doch im wirklichen Leben waren die Männer sehr viel komplizierter als diejenigen, über die sie schrieb. *Diese* Erfahrung zumindest hatte sie gemacht.

Ihre fiktiven Männer waren zwar tiefsinnig, doch nicht auf diese gekünstelte, angelesene Weise, die sie oft bei Männern erlebte, die sie im Alltag traf. Diese meinten es bestimmt gut, aber zugleich begriffen sie überhaupt nichts. Es war, als würde sie das Leben um sie herum nicht interessieren. Jedenfalls nicht, wenn es sich nicht unmittelbar um sie selber drehte. Wenn Jessica ehrlich war, so hatte sie sich in den vergangenen Jahren eher in Adam, Dante und Christopher aus ihren Romanen verliebt als in Männer, die sie kennengelernt hatte. Folglich hatte sich auch nie etwas Ernsthaftes mit ihnen ergeben, zumal keiner es mit der Liebe ihres Lebens aufnehmen konnte. Und über diese wiederum wollte sie endlich hinwegkommen, dafür gab es so viele Gründe, dass sie gar nicht darüber nachdenken wollte.

Sie blieb stehen, um die Lederjacke auszuziehen, und schirmte ihre Augen mit der Hand ab. Die Sonnenbrille war zwar schick, jedoch nicht besonders effektiv. Dazu hätte sie geschliffene Gläser haben müssen. Sie versuchte ein Gefühl dafür zu bekommen, ob sie auf dem richtigen Weg war, aber das Gefühl stellte sich leider nicht ein. Sie sah auf ihre Uhr. Punkt drei. Also war sie seit einer halben Stunde unterwegs, und zum Glück war Sara ihr nicht hinterhergelaufen. Vielleicht hatte sie ja doch die richtige Richtung eingeschlagen?

Sie stopfte ihre Jacke in den Rucksack und überlegte, was sie tun sollte. Erst jetzt kam sie auf die Idee, ihr Handy herauszuholen. Aber das lag noch unter dem Sitz des Motorrads, wie sie feststellen musste.

»Auch das noch.« Sie knirschte mit den Zähnen.

Es war warm, und die Lederhose klebte an ihren Beinen. Zum Glück hatte sie wenigstens das Portemonnaie bei sich, sie hatte eben noch ihren Kaffee damit bezahlt.

Sie musste versuchen, so schnell wie möglich nach Malmö zu kommen. Nicht zuletzt, um sich ein neues Handy und eine SIM-Karte zu kaufen. Es verursachte ihr beinahe Panik, nicht erreichbar zu sein. Seltsam. Schließlich schaltete sie es oft genug selbst aus, um Anfragen nach Signierstunden, Interviews und Gott weiß was allem zu entgehen, was ihr Agent sich so ausdachte. Das Angebot in der vergangenen Woche, als Frontfrau für eine Abnehmkur herzuhalten, hatte allerdings den Vogel abgeschossen. Es kam nicht über ihren Agenten, sondern direkt über die entsprechende Firma herein. Angeblich hatten sie bereits Sängerinnen und Bäckerinnen unter Vertrag, und jetzt brauchten sie noch eine Autorin.

»Nicht, dass wir finden, dass Sie dick sind, aber bestimmt können Sie sich vorstellen, ein paar Kilo abzunehmen?«, hatte die angenehme Stimme gesagt.

»Wie meinen Sie das jetzt?«, hatte Jessica zurückgefragt.

»Na ja, alle Frauen wollen doch gern abnehmen. Und wir wollen natürlich ein bekanntes Gesicht für unser Produkt, diesmal eben eine ältere Frau, so wie Sie.«

Da hatte Jessica aufgelegt.

Jetzt dagegen hätten sie gern noch einmal anrufen dürfen, wenn es nur bedeutet hätte, ein Telefon zu haben.

Aber wenn Sara dachte, Jessica käme zurück, um ihr Handy zu holen, dann hatte sie sich gründlich geschnitten. Wenn sie wieder zur Vernunft käme und Jessica ordentlich um Entschuldigung bitten würde, dann würde sie wieder mit ihr reden. Schließlich war alles ihre Schuld. Oder vielleicht auch Dannes? Nachdem der sie verlassen hatte, war Sara so wehleidig und selbstbezogen geworden, wie Jessica es noch nie erlebt hatte. Doch das hieß ja nicht, dass sie Jessica mit hineinziehen musste.

»Hasley«, stand auf dem Schild. Das sagte ihr auch nicht mehr, als dass dort vielleicht ein Taxi zu finden wäre, immerhin schien es sich um einen Ort zu handeln. Oder sogar eine Stadt. Vielleicht gab es sogar einen Zug. Aber Taxi wäre schneller. Und deutlich teurer. Aber sie wusste ja nicht einmal, wo der Bahnhof lag und ob es hier überhaupt einen gab.

Etwas weiter vorn entdeckte sie eine Bushaltestelle und fühlte sich gleich ein bisschen besser. Da konnte sie sitzen bleiben, bis ein Bus mit einem netten Fahrer kam, der ihr sagen konnte, wo sie hinmusste.

»Sprechen Sie Schwedisch?«, fragte Jessica beim Einsteigen.

Der Busfahrer schüttelte den Kopf. Das zumindest hatte er verstanden. Sie zog ihr Portemonnaie heraus.

»Zug. Bahnhof. Nach Kopenhagen«, versuchte sie und reichte ihm ihre EC-Karte.

Er zeigte auf die Karte und schüttelte den Kopf.

»Wie jetzt, Sie nehmen nur Bargeld?«

Er nickte.

»Und ich vermute, dass Sie keine schwedischen Kronen nehmen.« Sie lächelte gewinnend, obwohl sie wusste, dass es nichts helfen würde. »Hier«, sagte sie und reichte ihm den Führerschein. »Nehmen Sie meinen Ausweis als Pfand. Ich schwöre Ihnen, dass Sie Bargeld kriegen, sobald wir irgendwo sind, wo ich Geld ziehen kann. Verstehen Sie mich?«

Er musterte erst den Führerschein, dann Jessica. Ein Lächeln erschien auf seinem Gesicht.

»Jessica Romin?«

Sie nickte.

»Meine Frau liebt Ihre Bücher«, sagte er in einem Kauderwelsch aus Dänisch und Schwedisch. »Sie haben Wunder für meine Ehe bewirkt. Dieser Bus fährt Sie kostenlos, wohin Sie auch wollen!«

Jessica brauchte nicht zu fragen, was er meinte, sie hatte so etwas schon oft erlebt. Dass Frauen aktiver wurden, nachdem sie ihre Bücher gelesen hatten, und es nicht mehr ihren Männern überließen, sie zum Orgasmus zu bringen. Statt sich passiv an einem längst eingeschlafenen Sexleben zu beteiligen, stellten sie plötzlich Ansprüche. Mehr als einmal hatten Männer Kontakt zu ihr aufgenommen, um ihr dafür zu danken. Von Frauen einmal ganz zu schweigen.

»Danke, das ist nett«, sagte sie liebenswürdig. »Aber ich muss nur zum Bahnhof, wenn es hier einen gibt?«

»Wenn ich Ihnen einen Zug heraussuche, können Sie sich dann vorstellen, mir ein Autogramm für meine Frau zu geben?«

»Auf jeden Fall, geben Sie mir nur etwas, worauf ich schreiben kann.«

Er hatte ganz rote Ohren bekommen

*Ach Schätzchen, was für ein Glück, dass ich dir helfen kann*, dachte Jessica und gab ihm das Autogramm.

## 11

Dreimal Seeteufel, einmal Rinderfilet medium und zweimal Hähnchen.«

Der Kellner legte den Bon auf die Theke. JP, der gerade an der Durchreiche stand, gab ihn an Michel weiter, dann nahm er seine Schürze ab. Er sah auf die Wanduhr.

»Der größte Andrang ist vorbei«, sagte er und knöpfte seine Kochjacke auf, »ich hau dann mal ab.«

»Mach das. Weißt du schon, wie lange du weg bist?« Michel nahm einen Fischwender vom Haken.

»Ein paar Wochen, nehme ich an. Es kommt darauf an, ob ich in Stockholm erreiche, was ich will.« Er lächelte schief.

Michel lächelte zurück.

»Keine neuen Restaurant-Käufe, ja?«

»Nein, jetzt reicht es.« JP legte Kochmütze, Jacke und Schürze in den Wäschekorb. Die Hose würde er im Personalraum lassen. Er fuhr sich mit den Fingern durchs Haar. Er würde nach Hause fahren, zum zweiten Mal an diesem Tag duschen und frische Sachen anziehen, dann war er bereit, um nach Schweden zu fahren.

Als JP *Sonjas Restaurant* in Paris übernommen hatte, war es ein gut besuchtes Lokal gewesen, dem er eigentlich nur noch seinen eigenen Stempel aufdrücken musste, indem er ein paar Änderungen in der Speisekarte vornahm. Die Vorbesitzer hatten gute Arbeit geleistet. Die Stammkunden blieben dem Lokal treu, auch nachdem JP es übernommen hatte, denn er behielt bei, was sich bewährt hatte. Das Porträt der Frau, nach der die Kneipe benannt worden war, hing immer noch an der Wand, zusammen mit dem des damaligen Präsidenten Mitterrand.

Es war sein drittes Restaurant, und das einzige, das nicht seinen Namen trug. *JPs* in Stockholm und *JPs* in Rhodos-Stadt liefen bereits mehrere Jahre, als er *Sonjas* dazugekauft hatte. Natürlich hatte er durch das neue

Restaurant viel zu viel um die Ohren, aber das passte ihm eigentlich ganz gut. Tatenlos herumsitzen zu müssen war das Schlimmste, was er sich vorstellen konnte. Er hasste die Gedanken, die ihn stets überkamen, wenn er ausnahmsweise einmal nichts zu tun hatte.

Er wusste, dass er Jessica besuchen würde, wenn er in Schweden war. Er konnte es einfach nicht lassen. Sie war wie eine Droge. Ein Rausch, aus dem er niemals erwachte, trotz zahlreicher Versuche in den vergangenen dreißig Jahren. Er hatte sich wochenlang von ihr ferngehalten, mit einem Schmerz, der sich nur dadurch lindern ließ, dass er sie wieder in die Arme schloss, sie an sich drückte, ihren vertrauten Geruch einsog. Wenn er endlich wieder zu ihr nach Hause kam, trotz all der Schwierigkeiten, die sie anscheinend niemals überwinden konnten.

Sie taten alles, außer über das zu reden, was so schmerzhaft zwischen ihnen stand. Er hatte es versucht, wieder und wieder hatte er es angesprochen. Aber Jessica hatte ihre Ausweichstrategien: Sie brachte ihn zum Lachen, so dass er den Faden verlor, verführte ihn mit ihrem üppigen Körper, warf ihn hinaus, brachte ihn dazu, von sich aus das Weite zu suchen, redete einfach über etwas anderes oder verließ das Zimmer. Sie sagte, sie hätte ihm verziehen, aber er spürte, dass es nicht stimmte. Irgendetwas hielt sie nach wie vor zurück.

Manchmal machte sie ihm Vorwürfe, er würde sie immer wieder allein lassen. Niemals schien sie ihren eigenen Anteil daran zu sehen.

Er hätte längst Schluss machen sollen, aber er konnte nicht. Ihre Geschichte hinderte ihn daran sowie der alberne Traum, sie beide könnten sich eines Tages darüber aussprechen, was vor so vielen Jahren geschehen war. Dass sie ihm wirklich vergeben könnte. Es war eine Geschichte, die niemals verjähren würde, und jetzt war sie aktueller denn je. Doch das war nicht der einzige Grund. Auch ohne ihre gemeinsamen Erinnerungen hätte er diese komplizierte, unbequeme und wunderbare Frau immer geliebt.

Jetzt allerdings konkurrierte jemand mit ihr um seine Aufmerksamkeit.

Auf dem Weg zur Garage unter dem Restaurant klingelte sein Handy. Er freute sich, als er sah, dass es einer seiner Freunde in Schweden war.

»Na, hallo«, sagte er. »Lange nichts gehört. Und lustig, dass du ausgerechnet jetzt anrufst, ich bin gerade auf dem Sprung nach Stockholm. Sehen wir uns?«

Er öffnete die Tür und redete weiter, während er einstieg, und als er aus der Garage herausfuhr, hatten sich seine Reisepläne geändert.

Er packte seine Tasche und sah sich in der Wohnung um. Schon mehrmals hatte er überlegt, sie zu verkaufen. Die hundert Quadratmeter waren im Grunde viel zu viel, so selten, wie er sich hier aufhielt. Aber er liebte die Wohnung. Hier war er aufgewachsen. Seine schwedische Mutter war zum Studium nach Paris gekommen und hatte in einem Straßencafé seinen griechischen Vater kennengelernt, gar nicht weit von hier entfernt. Sie hatten ihm oft von den hellen Nächten, der Akkordeonmusik und dem lauwarmen Wein erzählt.

Als er 1958 geboren wurde, waren sie hierher nach Montmartre gezogen, und obwohl sie später Wohnungen sowohl in Stockholm als auch Rhodos gekauft hatten, hatten sie die Pariser Wohnung stets als Basis behalten. Genau wie er es jetzt hielt. Dies hier war sein Zuhause, auch wenn es ihm in Schweden und Griechenland ebenfalls gefiel.

Seine Eltern wohnten seit vielen Jahren etwas außerhalb von Athen. JP besuchte sie, so oft er konnte. Es gab nichts, das er nicht für sie getan hätte. Er war ihr einziges Kind, aber das war nicht der Grund, weshalb er sich so um sie kümmerte. Sie gehörten einfach zu den besten Menschen, die er kannte.

Er wusste nicht, wie lange er diesmal in Schweden bleiben musste. Die Vorstellungsgespräche würden nur einen Tag in Anspruch nehmen, aber anschließend brauchte er noch etwas Zeit für den Restaurantchef. Darüber hinaus hatte er Termine mit seinem Wirtschaftsprüfer sowie mit seinem Anwalt vereinbart, aber danach konnte er tun und lassen, was er wollte. Normalerweise besuchte er immer noch inkognito die besten Kneipen der Stadt. Nicht viele Leute wussten, wie er aussah, so dass er in aller Ruhe dasitzen und sich ein Bild von der Konkurrenz machen konnte. Und jedes Mal stellte er fest, dass das *JPs* in Stockholm sich nicht zu verstecken brauchte.

Jessica liebte es, bei solchen Gelegenheiten mitzukommen und auswärts essen zu gehen. Wenn sie jemals ihre Gefühle ausdrückte, dann beim guten Essen. Nie war sie attraktiver, als wenn sie mit lustvollem Seufzen und geschlossenen Augen aß, was sein Küchenpersonal liebevoll zubereitet hatte. Wenn sie dann beim Dessert waren und immer noch Laute des Entzückens über ihre Lippen kamen, wusste er, dass diese Frau alles war, was er sich wünschte.

Er schaute auf die Uhr. Eins. Höchste Zeit, zum Flughafen zu fahren.

JP war es gewohnt, Blicke auf sich zu ziehen. Es ließ ihn vollkommen unberührt. Er hatte kein Interesse an kurzfristigen sexuellen Beziehungen, im Gegenteil, er staunte über die, die mit jeder Beliebigen ins Bett gehen konnten. Bevor er Jessica zehn Jahre nach ihrer ersten Begegnung wiedergetroffen hatte, hatte er zwei Beziehungen gehabt. Vier Jahre lang war er sogar verheiratet gewesen, bis Carole sich von ihm scheiden lassen wollte. Er selbst war ganz zufrieden gewesen. Er hatte in der Zeit viel gearbeitet und versucht, sich einen so guten Namen zu machen, dass er später ein eigenes Restaurant aufmachen konnte, das die Leute wegen seiner Kochkünste besuchten. Doch seine ehrgeizigen Ansprüche hatten dazu geführt, dass er seine Frau vernachlässigt hatte.

Im Rückblick konnte er das nachvollziehen, aber damals hatte er sich missverstanden gefühlt. Er wollte seine Visionen mit ihr teilen, aber sie nach ihren eigenen Träumen zu fragen war ihm nie eingefallen, bis es zu spät war.

Carole hatte relativ bald jemand anderen geheiratet, und wenige Jahre später hatte JP die Liebe seines Lebens wiedergetroffen. Die Einsicht, dass er bereit wäre, sein Lebenswerk, die drei schicken Restaurants, um Jessicas willen aufzugeben, fühlte sich in diesem Moment erschreckend an.

# 12

Sara schnallte Jessicas Helm fest und versuchte froh darüber zu sein, dass die Freundin abgesprungen war. Schließlich war es nicht besonders lustig, in schlechtgelaunter Gesellschaft zu reisen. Da war es doch besser, sich irgendeiner Gruppe anzuschließen, die ebenfalls nach Süden unterwegs war.

Saras Plan war, sich ganz unauffällig hinten an eine Motorradkarawane dranzuhängen und dann so lange wie möglich mitzuhalten. Nach wie vor wollte sie mit dem Autozug von Hamburg nach Italien fahren, aber wie sie am besten dorthin kam, wusste sie nicht genau. Darüber würde sie nachdenken, wenn sie in Puttgarden war. Vielleicht fand sie ja auf der Fähre eine Gruppe, der sie sich anschließen konnte. Und wenn nicht, musste sie eben alleine fahren.

Sie startete die Maschine. Es war ein schöner Tag, und als sie vom Bistro losfuhr, schaute sie sich nur ein einziges Mal um. In der Ferne sah sie Jessica verschwinden. Kurz überlegte sie, ihr hinterherzufahren und sie mitzunehmen, aber eigentlich hatte sie keine Lust auf ihr Geschmolle, und so fuhr sie einfach weiter. Sie schaute nach Süden und auf die grünen Felder rechts und links der Europastraße. Sie würde Wetter und Aussicht genießen, statt über Jessica nachzudenken.

Sara lächelte und ordnete sich rechts ein. Sie hatte keine Eile. Im Gegenteil, es war viel bequemer, nicht zu überholen und sich nicht hetzen zu lassen. Bis zur Abfahrt der Fähre war noch reichlich Zeit.

Auto um Auto fuhr an ihr vorbei. Doch keine anderen Motorräder. Na gut. Auch wenn sie allein nach Italien fahren musste, war es die Sache doch wert. Vielleicht bekam das Schloss eine neue Bedeutung für sie. Welche, konnte sie sich nicht vorstellen. Dem Wiedersehen mit Eros sah sie mit gemischten Gefühlen entgegen.

Würde er sich noch an sie und ihren Großvater erinnern? Vielleicht konnte er etwas zu dem Wein sagen, den ihr Großvater gern wiederbekommen hätte? Saras Erinnerungen waren etwas ungenau. Soweit sie wusste, hatte Eros behauptet, ihr Großvater hätte da etwas missverstanden, aber Sara wusste, dass das nicht stimmte. Sie hatte den Keller mit eigenen Augen gesehen, als die damalige Gräfin noch lebte.

Ihr Großvater hatte vorgehabt, die Flaschen zu verkaufen, wenn er nicht mehr länger arbeiten konnte. Dass er lieber Weine sammelte, statt das Geld auf der Bank anzulegen, hatte mit seiner Liebe zum Weinbau zu tun. Die Pflanzungen des Schlosses waren riesig, aber Großvater hatte jeden einzelnen Rebstock gekannt. Seine Fähigkeiten waren weithin berühmt gewesen, deshalb hatte das Schloss ihn engagiert und zum Chef über die Weinberge ernannt.

Eros lebte noch immer dort, das hatte sie recherchiert, und sie hatte sich fest vorgenommen, mit ihm über ihren Großvater zu sprechen. Seine Schwester Carlotta, die Sara in jenem Sommer nicht getroffen hatte, hatte ebenfalls den Brief über den Tod der Gräfin unterschrieben. Über sie wusste Sara nur wenig, sie hatte gerade im Ausland studiert, als sie Eros kennengelernt hatte. Eros hatte immer sehr überlegen getan, wenn er über sie sprach. Als würde sie nicht richtig zählen.

Seltsam, wie die Erinnerungen wieder auftauchten. Auf dem Weg nach Süddänemark kamen ihr immer mehr Bilder in den Sinn: Großvaters Trauer, die bekümmerten Blicke ihres Vaters, und dann die Beerdigung, auf der Saras Vater geschworen hatte, zurückzuholen, was der Familie Raphael gehörte. Doch dann war alles anders gekommen.

Aber das würde sich jetzt vielleicht ändern.

Als junges Mädchen war sie viel zu verliebt gewesen, und der junge Eros war ihr unfehlbar erschienen.

Sie ließ den Gedanken ihren Lauf. Es war geradezu meditativ, allein zu fahren, ohne jemanden auf dem Soziussitz. Sie hielt sich auf der rechten Fahrbahn und fühlte sich ganz entspannt. Ihre Konstitution hatte sich in den vergangenen zehn Jahren nicht großartig verändert, und so merkte sie kaum, dass sie Kilometer um Kilometer in derselben Haltung zurücklegte.

Für Sara war es wichtig, in Form zu bleiben. Sonst hätte sie leicht hungers sterben können, als sie einige Jahre zuvor auf einem Felsen an der schwedischen Westküste plötzlich nicht mehr weitergekommen war. Es wäre ein ziemlich lächerlicher Tod gewesen, schließlich hatte sie viel gefährlichere Abenteuer bestanden, als auf den Väderö-Inseln über die Felsen zu klettern. Beinahe hätte sie die Augen zugekniffen, als sie schließlich gesprungen war, so ängstlich war ihr zumute gewesen. Doch jahrelanges Training hatte ihr eine Spannkraft bewahrt, die ihr in diesem Fall das Leben gerettet hatte.

Es war eine gute Reportage geworden: »Auf den glatten Felsen von Bohuslän«. Anschließend hatte sie beschlossen, so etwas nie wieder allein zu unternehmen. Und sie hatte fleißig trainiert. Aber natürlich hatte sie auch danach noch zahlreiche Reisen allein unternommen. Das hier war keine Ausnahme, auch wenn es weh tat, an Jessica zu denken.

Sara gab Gas. Sie wollte sich unauffällig der Motorradkarawane anschließen, die unmittelbar vor ihr aufgetaucht war. Statt auf Jessica würde sie sich auf Italien konzentrieren, auf das Schloss, in dem Großvaters Wein lagerte, und darauf, stets wach und aufmerksam zu sein, um Unfälle zu vermeiden.

Sie hatte keine Probleme, mit den anderen Motorradfahrern mitzuhalten, und legte die hundert Kilometer zwischen Haslev und dem Fähranleger in Rødby in angenehmem Tempo zurück.

Als sie am Fähranleger ankamen, dauerte es noch eine Stunde bis zur Abfahrt. Sara stieg ab und streckte sich. Erst jetzt merkte sie, wie steif sie war. Sie nahm den Helm ab und öffnete die Motorradtasche. Es war warm. Sie faltete ihre Lederjacke zusammen und verstaute sie. Anschließend schaute sie zu der Motorradclique hinüber, der sie hinterhergefahren war, und überlegte, was es wohl für Leute waren. Paare? Kumpel? Die Geschlechterverteilung schien ausgewogen zu sein, zumindest soweit sie das von hier aus erkennen konnte. Sie standen um ihre Motorräder herum und warteten darauf, an Bord zu können.

Plötzlich löste sich ein Mann aus der Gruppe und trat entschlossen auf Sara zu. Sie stutzte. War das Texas? Der sie mitgenommen und dann einfach stehengelassen hatte, als sie kurz vor Gränna liegengeblieben waren? Das Club-Logo war dasselbe. Er fuhr sich mit der Hand durchs Haar und kam näher, und sie kehrte ihm den Rücken zu und tat, als wäre sie mit ihren Taschen beschäftigt.

Sie spürte, wie er sich hinter ihr aufbaute.

»Falls Sie ein Interview von mir wollen: Ich werde Ihnen keins geben, niemals. Also lassen Sie mich gefälligst in Ruhe.«

Verwundert drehte Sara sich um und begegnete seinem Blick.

»Wie bitte? Warum um alles in der Welt sollte ich ein Interview von Ihnen wollen? Sie müssen mich verwechseln.«

Sie betrachtete ihn genauer, jetzt, wo er direkt vor ihr stand. Er sah unverschämt gut aus. Männer mit etwas längerem Haar hatten ihr immer schon gefallen. Zudem besaß Texas den guten Geschmack, sich nicht ganz glatt zu rasieren. Schade nur, dass er mit seinem aggressiven Auftreten all das Anziehende zunichtemachte.

Als er nicht antwortete, drehte sie sich um und öffnete den Sattel, um ihr Portemonnaie herauszuholen. Das würde sie gleich brauchen. Dabei entdeckte sie, dass Jessica ihr Handy vergessen hatte. Das geschah ihr nur recht.

Für einen Moment war sie unaufmerksam, und schon riss er ihr das Portemonnaie aus der Hand. Er war zu groß, selbst wenn sie hochsprang, kam sie nicht daran.

»Geben Sie her«, zischte sie wütend und versuchte, es dennoch zu erreichen.

»Nicht bevor ich Ihren Namen und Ihre Ausweisnummer habe«, antwortete er.

»Die hätte ich Ihnen auch so geben können, wenn Sie mich gefragt hätten.«

»Sara Raphael. Hab ich es mir doch gedacht. '62 geboren? Das hätte ich nicht vermutet. In Wirklichkeit sehen Sie besser aus als auf dem Bild.« Seine Stimme war kühl und sachlich. Er zog sein Handy heraus und fotografierte Ihren Führerschein. »So, das war's schon.« Er gab ihr das Portemonnaie zurück. »Halten Sie sich bloß von mir fern, Sara.«

»Zum letzten Mal: *Ich weiss nicht, wer Sie sind.*« Deutlicher konnte sie es nicht sagen. »Lassen Sie mich doch einfach in Frieden. Jetzt gerade rücken Sie mir auf die Pelle, und wenn ich Ihren Führerschein sehen dürfte, um Ihren richtigen Namen zu erfahren, dann würde ich Sie anzeigen, denn Texas werden Sie ja wohl kaum heißen?«

Er lachte, und Sara hatte große Lust ihm die weißen Zähne einzuschlagen. Die waren doch bestimmt gebleicht. Wie unmännlich! Sein Lachen klang heiser, als hätte er zu viel geraucht. Wahrscheinlich benutzte er deshalb ein Bleichmittel.

Er schloss den Mund und starrte sie böse an. »Wie gesagt, halten Sie sich von mir fern! Und wagen Sie ja nicht, sich uns anzuschließen.«

Sara ballte die Fäuste. Wenn er glaubte, dass sie fortan auch nur irgendetwas mit ihm und seiner Gang zu tun haben wollte, dann hatte er sich geschnitten. Sie sah ihm hinterher, wie er zu seinen Freunden zurückschlenderte und den Arm um eine der jüngeren Frauen legte.

Prompt überlegte sie, was ihr Exmann wohl gerade tat. Vielleicht streichelte er den Bauch seiner neuen Frau. Soweit ihr bekannt war, erwarteten sie kein Kind, aber bestimmt war es nur eine Frage der Zeit, bis er eine neue Familie gründete.

Er war unglaublich hilfsbereit gewesen, wenn Sara schwanger war. Nicht einmal hatte er es versäumt, ihr seine kühle Hand auf die Stirn zu legen, wenn ihr übel war. Danne hatte sich um alles gekümmert, und Sara hatte sich immer wie die wichtigste Frau der Welt gefühlt. Über viele Jahre war das so gewesen. Dannes Fürsorge für die Familie war allseits bekannt, und die Nachbarn hatten oft geseufzt. Die Männer, weil ihnen Danne immer als Vorbild hingestellt wurde, und die Frauen, weil Danne sowohl gut aussah als auch umsichtig war.

Sie schielte zu Texas hinüber, der immer noch einen Arm um die junge Frau gelegt hatte.

Es sah lächerlich aus.

## 13

Nie war Jessica glücklicher gewesen, in Skåne zu sein, als jetzt, und so kümmerte sie sich nicht die Bohne um die fragenden Blicke der Damen an der Rezeption. Gleich würde sie die elenden Lederklamotten los sein und konnte anziehen, was sie wollte. Sie sehnte sich danach, in ein Paar hochhackige Schuhe zu schlüpfen.

»Vier Nächte?«, fragte die Rezeptionistin und schaute auf ihren Bildschirm.

»Ja.« Jessica trommelte mit den Fingern auf der Theke. Sie hatte es wirklich eilig, in ihr Zimmer zu kommen.

Vor den Aufzügen musste sie an die Zeit denken, in der sie von Hafergrütze gelebt hatte, und wie sich nach Erscheinen ihres siebten Romans auf einmal alles verändert hatte. Da war sie dreiundvierzig gewesen. Zehn Jahre war das jetzt her. Plötzlich hatte ihr Agent ihre ersten beiden Bücher in einundzwanzig Länder verkauft und anschließend das dritte und vierte Buch ebenfalls. Die Vorschüsse waren immer höher geworden, und schließlich hatte sie es gewagt, die Nebenjobs aufzugeben und ganz auf das Schreiben zu setzen. Liebesromane waren angesagt, und Jessica hatte mittlerweile so viele geschrieben, dass sie die Beste in diesem Genre geworden war. Noch immer veröffentlichte sie alle zwei Jahre ein Buch, ein Tempo, das ihr gut passte und bei dem sie auch allem anderen gerecht werden konnte, was ihr Status als international bekannte Autorin mit sich brachte.

Sogar ihren Traum von einer kleinen Wohnung auf Zypern hätte sie sich jetzt problemlos erfüllen können. Aber sie traute sich nicht. Noch ein Buch, dann würde sie es vielleicht wagen. Aber eigentlich wusste sie genau, dass sie es nicht machen würde, solange ihre Mutter noch lebte.

Bevor sie irgendetwas anderes tat, würde sie im Pflegeheim anrufen. Nicht, dass sie sich auf dieses Gespräch gefreut hätte, aber fünf Minuten mit ihrer Mutter am Telefon würden ihr schlechtes Gewissen beruhigen. Sie wusste, dass sie kein schlechtes Gewissen zu haben brauchte, doch Vernunft und Gefühl waren hier zweierlei.

Sie musste die Rezeption anrufen und darum bitten, ihr die Nummer herauszusuchen und ein Gespräch zu vermitteln. Es fühlte sich sehr merkwürdig an, kein eigenes Telefon zur Hand zu haben.

»Hallo, liebe Mama.«

»Soso, du bist also auf Reisen.« Ihre Stimme war kaum zu hören.

»Ja, ich habe dir doch erzählt, dass ich zehn Tage weg bin.«

Zur Sicherheit hatte sie ihr einen längeren Zeitraum genannt. Möglicherweise musste sie sich nach Malmö erst einmal ausruhen, und außerdem schadete es wirklich nicht, wenn Lasse auch einen Teil der Verantwortung übernahm. Zehn Tage waren doch gar nichts. Lasse erschien manchmal monatelang nicht, ohne sich dafür rechtfertigen zu müssen.

»Ach ja, denk nicht weiter an mich. Ich komm schon klar. Wenigstens ist Lasse so lieb und besucht mich ab und zu.«

Hätte sie es in einem anderen Ton gesagt, hätte Jessica vielleicht geglaubt, alles wäre in Ordnung. Aber ihre Mutter wusste genau, wie sie klingen musste, das war schon immer so gewesen. »Denk nur dran, wie du deine Mutter ein ganzes Jahr nicht besucht hast.«

Es war lange her, seit sie diese Waffe gegen sie benutzt hatte, aber Jessica hätte wissen müssen, dass sie es ihr nie vergessen würde. Ihr tat diese Bemerkung so weh, dass sie sich hinsetzen musste. Immer diese Erinnerungen. Weshalb konnte sie die Vergangenheit nicht einfach ruhen lassen?

»Ach Mama, das ist so lange her … Reden wir doch lieber von etwas anderem. Wie geht es dir?«

Nach dem Gespräch atmete Jessica tief durch. Das war geschafft, jetzt brauchte sie ein paar Tage nicht an ihre Mutter zu denken.

Sie würde sich ein bisschen frisch machen, ein Kleid anziehen und sich dann um ein neues Handy kümmern. Erst dann war sie bereit, sich zu der Autorengruppe zu gesellen, mit der sie die nächste Zeit verbringen würde.

Sie duschte ausgiebig, und als sie anschließend ihr Make-up auflegte, merkte sie, wie sehr sie sich auf die nächsten Tage freute. Bald würde sie sich mit den anderen Autoren austauschen und endlich mit dem eigenen Manuskript in Gang kommen. Außerdem war Malmö eine superschöne Stadt, zumal bei so gutem Wetter. Sie trat näher an den Spiegel. Für ihre dreiundfünfzig Jahre hatte sie noch nicht viele Falten, vielleicht waren es sogar die extra Kilo, die sich in ihrem Gesicht ganz gut machten. Sie zog die Lippen mit ihrem rostroten Lieblingsstift nach und trat dann einen Schritt zurück. Bauschte das Haar ein wenig und legte sich eine Strähne hinters Ohr. Gar nicht so übel.

Das Kleid hatte sich ausgehängt, das war der Vorteil an teurem Material. Sie band es in der Taille zusammen. Wie schön es doch war, bequeme Kleidung zu tragen. Das Teil, das sie angezogen hatte, passte sowohl vom Material als auch vom Schnitt ausgezeichnet, und mit hohen Schuhen dazu sah sie richtig gut aus.

Froh und erwartungsvoll zog sie die Schlüsselkarte heraus und öffnete die Tür zum Hotelflur. Ein neues Handy noch, dann war sie bereit. Oh, es würde sicher richtig nett!

Sie kaufte sich wieder das gleiche Sony. Neue Modelle stellten sie immer vor eine Herausforderung, und wo sie endlich wusste, wie dieses funktionierte und wie man damit ins Internet kam, hatte sie wirklich nicht vor, schon wieder zu wechseln.

»Welche Farbe?«

»Rot«, sagte Jessica. Das andere war schwarz gewesen. Wenn sie es wiederbekam, wäre es gut, sie unterscheiden zu können.

»Sonst noch etwas?«

»Nein, danke.«

»Eine Versicherung vielleicht?«

»Auf gar keinen Fall.«

»Sagten Sie nicht, Sie hätten das andere verloren?« Die Verkäuferin lächelte.

»Ach nein, gar nicht! Ich habe es auf dem Motorradsattel einer treulosen Freundin liegenlassen, das ist ein großer Unterschied.«

Sie war nicht einmal zur Tür des St. Jörgen hereingekommen, als sie schon auf Ruben Bååth stieß.

Gott, sieht der gut aus, dachte sie.

Er begrüßte sie überschwänglich. »Herrlich, dich hier zu sehen, Jessica, wirklich herrlich! Wir sitzen im Salon, komm doch mit rüber. Ich will alles darüber hören, wie es dir geht. Ich selbst bin ja gerade erst in Thailand gewesen …«

Da er immer noch klang wie eine Deutsche Dogge auf Helium, versuchte sie seine Stimme einfach auszublenden. Jessica war überzeugt, dass es an seiner Stimme lag, dass er niemals Interviews in Radio oder Fernsehen gab, wie so viele andere Autoren. Es hieß von ihm, er sei integer, doch daran glaubte sie keinen Moment.

»Was ist denn so lustig?«, piepste Ruben.

»Nichts. Es ist nur so schön, hier sein zu dürfen.« Sie musste sich wirklich zusammennehmen. Vier Tage würde sie gemeinsam mit den Kollegen verbringen. Offiziell, um endlich mit ihrem Roman zu beginnen. Dass sie darüber hinaus erwog, ihre Kollegen als Studienobjekte für ihren neuen männlichen Protagonisten zu benutzen, brauchte niemand zu wissen. Sie war eingeladen worden, weil ihre Bücher im selben Verlag erschienen. Die Männer kamen jedes Jahr hier zusammen, aber erst jetzt, da man Jessica für erfolgreich hielt, war auch sie einmal eingeladen worden.

Es war Sara gewesen, die Jessicas erstes Manuskript, »Zwischen Traum und Wirklichkeit«, eingereicht hatte, und zwar bei einer Bekannten, die Verlegerin war und sofort Feuer und Flamme war.

Es versetzte Jessica einen Stich, an die Freundin zu denken, sie fehlte ihr so. Einen ganzen Tag schon hatte sie nicht mehr mit ihr gesprochen. Das kam sonst nicht einmal vor, wenn sie sich auf verschiedenen Kontinenten befanden. Dass sie sich stritten, geschah allerdings häufiger. Zwei starke Persönlichkeiten, die beide gleich stur waren – da konnte es schon mal ordentlich krachen. Aber es ging auch immer schnell wieder vorbei. Sie entschuldigten sich in etwa abwechselnd, und diesmal war eindeutig Sara an der Reihe.

Gott sei Dank schwieg Ruben, während sie in den Salon hinübergingen. Er hatte ihr seine große Hand ins Kreuz gelegt und drückte jetzt sanft, ohne dass es irgendetwas in Jessica auslöste.

»Soso, der olle Bååth hat dich schon in Beschlag genommen.« Pelle – Peter Lingonkrantz, der anspruchsvollste Autor in der Runde – saß direkt neben der Tür und erhob sich, als Jessica hereinkam.

»Ja, wir haben uns draußen getroffen.« Jessica lächelte. Pelles Bücher verkauften sich nicht sonderlich gut, wurden jedoch ständig für irgendwelche Preise nominiert, die er dann allerdings trotzdem nicht bekam. Sie hatte es noch nie geschafft, eines seiner Bücher zu Ende zu lesen. Doch trotz seiner sperrigen Texte war er ein recht freundlicher und normaler Mann, wenn auch genauso eitel wie die anderen. Jessica drückte seine schmale Hand.

»Schön, dich wiederzusehen«, sagte sie und schüttelte sie kräftig. Sie sah, dass es ihm weh tat, und ließ schnell wieder los, damit er später nicht behaupten konnte, sie hätte seine Karriere durch einen Händedruck zerstört.

Sie fragte sich, ob es zwei unterschiedlichere Männer geben konnte. Der große, breitschultrige Ruben, der – solange er den Mund hielt – aussah, als würde er vor männlichen Hormonen nur so triefen, und dieses zarte Männlein, das beinahe einen Hocker brauchte, um an die Bar zu reichen. Wenn man den Gerüchten trauen durfte, war er jedoch gut ausgestattet und zeigte das auch gern in der Sauna mit seinen Kumpels. Bestimmt, um seinen schmächtigen Körper zu kompensieren, dachte Jessica, und fragte sich, was die anderen wohl von ihr dachten. Wahrscheinlich fanden sie das, was sie schrieb, einfach nur kitschig.

»Bei dir läuft es ja ziemlich gut«, sagte Pelle. »Preise wirst du dafür natürlich nie bekommen, aber ich nehme mal an, du hast auf dem Weg zur Bank immer gut lachen?«

Dafür, dass es von einem so komplizierten Autor kam, war dieses Klischee richtig erfrischend.

»Na, ich weiß nicht. Aber ja, es läuft gut. Über zweihundert waren es beim letzten Buch.« Sie brauchte die Tausend nicht hinzuzufügen, die beiden anderen verstanden es auch so. Pelle wurde blass, und Ruben musste sich räuspern.

»Glückwunsch, das fühlt sich sicher gut an.« Sein Prinzessinnenstimmchen kippte beinahe.

»Danke. Ja, es ist wirklich ungewohnt, sich nicht mehr so viele Sorgen machen zu müssen«, sagte Jessica. »Das ist sicher die größte Veränderung.«

»Ihr redet doch wohl nicht über mich?«, polterte Kvast, der jetzt hinkend zur Tür hereinkam. »Jessica Romin, die Götterdämmerung. Frau, bist du schön!«

Er lehnte die Krücke an die Bar und ergriff ihre Hand, um sie langsam an seine Lippen zu führen. Jessica schauderte, noch bevor der Kuss auf ihrem Handrücken landete, aber genauso gut konnte sie dies gleich hinter sich bringen. In einer Stunde etwa würden alle wieder normal werden, vielleicht sogar noch früher, denn sie war die einzige Frau in der Runde.

»Danke, von Kvast«, sagte sie. Der Mann lebte gut von seinen Büchern. Seine luxuriösen Häuser, Autos und Urlaube konnte man sich auf Instagram ansehen. Er wäre nie auf die Idee gekommen, dass es ihm gut anstehen könnte, die eine oder andere Krone für wohltätige Zwecke auszugeben. Das jedenfalls hätte Jessica ihm geraten, wenn sie seine PR-Agentin gewesen wäre.

»Von Kvast.« Er lachte und schien zufrieden mit dem neuen Spitznamen. »Ja, bei mir läuft es ebenfalls gut, genau wie bei dir.« Er klopfte ihr auf die Schulter. »Bin gespannt, woran du gerade arbeitest. Wann gibt es Essen?« Er wendete sich an Ruben.

»In zehn Minuten.«

»Großartig. Ich will neben Jessica sitzen.« Niemand protestierte. »Hast du gehört, dass ich JP eingeladen habe? Er wollte eigentlich nach Stockholm, kommt aber erst mal hierher. Ein sehr netter Kerl!«

Na klar. Was hatte sie denn gedacht? Sie wusste doch, dass JP und Kvast sich kannten. Hatte sie sich vielleicht sogar heimlich gewünscht, dass JP nach Malmö kommen würde? Hatte sie deshalb so sehr darauf bestanden, an dem Seminar teilzunehmen, statt mit in die Toskana zu fahren?

Ach, manchmal war es wirklich anstrengend, sich selbst und seine Motive nicht zu durchschauen. Beinahe wünschte sie, ihr Kopf wäre wirklich in diesem Helm stecken geblieben.

## 14

Texas versuchte nicht daran zu denken, dass Sara auch mit an Bord war. Mal ganz abgesehen von ihrem furchtbaren Job hatte er noch nie auf Frauen gestanden, die klein, dunkel und widerspenstig waren. Zumindest nicht nach seiner Jugendzeit. Sie erinnerten ihn wohl zu sehr an seine erste Freundin, die sich als komplett durchgeknallt erwiesen hatte, obwohl sie erst siebzehn gewesen war.

Seine Frau war ganz anders gewesen. Ruhig, geradezu beherrscht, groß und blond. Er hatte sie immer unbeschreiblich schön gefunden. Kleine Korrekturen an dem, was die Jahre an ihrem Aussehen veränderten, hatten dazu geführt, dass sie immer noch wie vierzig aussah. Mit einer Tochter um die dreißig sah das manchmal richtiggehend seltsam aus. Sie war immer noch schön, aber er empfand nichts mehr für sie.

Erst im Zuge der Scheidung hatte er begriffen, dass es einen anderen Mann in ihrem Leben gab. Seltsamerweise hatte ihn das verletzt, obwohl er längst gewusst hatte, dass ihre Ehe nicht mehr lange halten würde. Sie hatten sich nie gestritten, sondern nur aufgehört, einander zu lieben. Er erinnerte sich, dass er sich bereits drei Jahre nach Lovisas Geburt gefragt hatte, wie viel er eigentlich noch für seine Frau empfand. Wie konnte die Liebe einfach aufhören? Darüber hatte er viel nachgedacht. Immerhin hatten sie einander in den ersten Jahren alles bedeutet. Es hieß, man müsse an seiner Beziehung arbeiten, aber wie stellte man das an? Zu Beginn war es nicht nötig gewesen, und als es so weit war, hatten sie bereits getrennte Schlafzimmer gehabt.

Es hatte noch fünfundzwanzig weitere Jahre gedauert, bevor sie getrennte Wege gegangen waren. Und obwohl es weh tat, wünschte er ihr Glück mit ihrem neuen Mann. Er selbst fühlte sich nur einsam, das war alles.

Er lächelte Lovisa an, die langsam auf ihn zukam.

»Haben wir noch Zeit für einen Kaffee?«, fragte sie.

»Ja, es dauert noch eine halbe Stunde«, sagte er und zeigte auf einen Tisch, an dem es zwei freie Stühle gab. »Setz dich schon mal, dann hole ich uns was.«

Seit sie klein war, hatten sie zusammen Kaffee getrunken. Es war ihr gemeinsames Ding. Anfangs hatte er Lovisa hinter sich auf das Motorrad gesetzt, und dann waren sie von ihrem Haus in Enskede bis in die Stadt gefahren. Eine Fahrt von etwa zehn Minuten. Das war damals genau richtig gewesen. Später waren sie immer längere Strecken gefahren, und immer hatten sie irgendein Café als Ziel gehabt. Noch immer trafen sie sich einmal die Woche, wenn auch manchmal nur kurzfristig in der Cafeteria des Karolinska-Krankenhauses, weil Lovisa oft nicht von dort wegkam.

Er holte zwei Tassen schwarzen Kaffee und zwei Stücke Kopenhagener Gebäck.

»Danke«, sagte Lovisa und biss genüsslich ab.

»Mmh, das schmeckt! Darin sind die Dänen echt gut.« Er schloss die Augen und lehnte sich zurück.

»Da ist ja die Journalistin wieder. Sollen wir sie nicht zu uns rufen? Sie sieht einsam aus.«

Er folgte Lovisas Blick. Weiter drinnen saß Sara Raphael. Klein, aber auffällig. Das Haar hatte sie hochgesteckt, was sie zehn Zentimeter größer aussehen ließ. Sie schien allein unterwegs zu sein, denn auch jetzt konnte er die Frau, mit der sie zusammen gewesen war, als er sie kurz vor Gränna aufgegabelt hatte, nirgends entdecken. Er seufzte. Wenn sie ihn einfach nur in Ruhe ließ, war er es zufrieden.

»Nein.« Er beugte sich vor und verschränkte die Arme auf dem Tisch. »Und schau mich nicht so an, ich bin kein Ungeheuer.«

Es war nicht Saras Schuld, dass er Journalisten nicht ausstehen konnte. Als er in jungen Jahren und noch reichlich grün hinter den Ohren einen Job für die Zeitung *Expressen* übernommen hatte, hatte er seine Filmrollen dem sehr routinierten Reporter überlassen, der sie dann eingereicht und behauptet hatte, es wären seine eigenen Bilder. Dass er log, ließ sich nicht beweisen, und so hatte Texas geschworen, nie wieder mit Journalisten zusammenzuarbeiten. Und schon gar nicht wollte er sich interviewen lassen. Er hatte keine Lust, über sich zu reden. Das Einzige, was er wollte, war, seine Bilder zu zeigen. So war er wegen seiner Arbeiten berühmt geworden, aber leider auch interessant für solche wie Sara Raphael.

Eigentlich war es nicht besonders schwierig, sich dem Rampenlicht zu entziehen, man brauchte nur nein zu sagen. Dass es dann immer noch Leute gab, die nicht aufgaben, war nicht sein Problem. Er würde seine Einstellung dazu nicht ändern, womit auch immer sie – oder irgendjemand anderes – ihn herumzukriegen versuchten.

Im Grunde hätte er sogar dankbar sein müssen, dass die Filme ihm damals gestohlen worden waren, sonst wäre er vielleicht in einer Zeitungsredaktion versackt, statt richtig viel mit dem zu verdienen, was manche Leute als Kunst bezeichneten. Er mochte seine Arbeit als Modefotograf ebenso, wie er es liebte, auf einem Bergpass zu liegen und auf einen Schneeleoparden zu lauern. Es waren so grundverschiedene Aufträge, dass er das eine nie leid wurde, bevor er wieder etwas für das andere zu tun bekam.

»Ich weiß, dass du kein Ungeheuer bist, deshalb

wundere ich mich ja so. Ich finde sie süß, und sie sieht einsam aus. Aber wenn du nicht möchtest, rufe ich sie nicht zu uns rüber.«

»Sie ist überhaupt nicht süß, versuch es gar nicht erst.« Er fand, sie hätten genug über die Journalistin geredet. »Wie gefällt dir denn die Reise bis jetzt?«

Diesen Sommer wollte Texas sich bis September freinehmen, dann war er für einen größeren Job in Paris gebucht. Es war der erste Sommer nach der Scheidung, und ihm fehlte überhaupt nichts.

Er stand auf und ging mit Lovisa zu seinen Freunden hinüber, um auf das Autodeck hinunterzugehen.

Nach der Toskana hatte er keine weiteren Pläne, und zum ersten Mal seit langem fühlte sich das gut an. Er und Anders hatten flüchtig darüber nachgedacht, vielleicht nach Norwegen zu fahren, eines der wenigen Länder, die sie beide noch nicht gut kannten. Andererseits wäre es auch vollkommen okay, einfach zu Hause zu bleiben und ein bisschen auszuspannen. Das hatte er bisher noch nie gemacht. Solange sie das Haus gehabt hatten, war alles, was den Garten betraf, sein Job gewesen. Nicht, dass er etwas gegen ein bisschen Anstrengung gehabt hätte, aber Rasenmähen war so ungefähr das Langweiligste, was er sich vorstellen konnte. Genauso wie Grillabende mit den Nachbarn. Seine Exfrau hätte am liebsten jeden Abend Gäste eingeladen, und er konnte das sogar verstehen, denn sie war viel allein. Aber er selbst wollte einfach nur seine Ruhe haben, wenn er endlich von seinen Aufträgen nach Hause kam. Nach der Scheidung konnten sie beide das Leben führen, das ihnen behagte.

Na bitte, wieder ein Vorteil, den man hatte, wenn man Single war. Er setzte den Helm auf und sah zu, wie die Bugklappe sich öffnete.

## 15

Die Überfahrt nach Puttgarden dauerte eine Dreiviertelstunde, und Sara nutzte die Zeit, um die Karte zu studieren. Sie musste erst mal nach Lübeck und dann nach Hamburg. Eigentlich hatte sie vorgehabt, Landstraße zu fahren statt Autobahn. Gemütlich vorwärts zu tuckern und hier und da zum Eisessen anzuhalten. Aber was hatte man davon, wenn niemand da war, mit dem man Pause machen konnte? Bei einer Reportage störten Mitreisende nur, aber jetzt im Urlaub fühlte es sich einsam an.

Einen Moment lang tat Sara sich selbst leid, sie fühlte sich als der verlassenste Mensch der Welt. Kein Mann, keine beste Freundin, und die Kinder lebten ihr eigenes Leben. Single. Pfui, was für ein grässliches Wort!

Doch ab jetzt würde alles besser. Daran musste sie einfach glauben, was sollte sie auch sonst tun?

Aber was, wenn das Elend noch längst nicht zu Ende war? Sie zog das Handy aus der Tasche. »Hallo, hier ist Mama, wie geht es euch?«

Sie ging auf das Fahrzeugdeck hinunter und fragte sich, was ihr Großvater wohl gesagt hätte, wenn er gewusst hätte, dass sie für eine Woche auf dem Schloss bezahlte, das ihn einst gebrochen hatte. Als sie es wieder vor sich gesehen hatte, war es ihr wie ein Märchenschloss vorgekommen. Grünende Parkanlagen, endlose Alleen und mittendrin der glänzende Palast. Aber das war ja nur das Äußere.

Vielleicht war es gar nicht so schlecht, dass sie allein hinfuhr, vielleicht musste sie es einfach mal so sehen. Vielleicht ergab sich für sie ja eine Möglichkeit, einiges zu klären und zurechtzurücken.

Und dann musste sie wirklich endlich die nächste Reportagereise planen. Einen Monat auf einer einsamen Insel. Würde sie es aushalten, so lange allein zu sein? Darüber würde sie kommende Woche bei dem einen oder anderen Glas Rotwein nachdenken. Jetzt wollte sie sich lieber ein Rendezvous mit Eros ausmalen. Und wie sie das bekommen konnte, was er ihr damals verweigert hatte.

Was für eine alberne Idee. Sie brauchte keine Revanche, sie war schließlich erwachsen!

Solche Phantasien sollten verboten werden, murmelte sie vor sich hin. Gemächlich fuhr sie aus Puttgarden heraus und Richtung Lübeck. Es war gut ausgeschildert, und sie musste sich um nichts weiter kümmern.

Texas und seine Gang hatte sie nicht wiedergesehen, seit sie in Rødby an Bord gegangen waren. Da Sara ihn als Verrückten betrachtete, war sie froh darum. Dennoch musste sie immer wieder darüber nachdenken, was er wohl damit gemeint haben könnte, dass er ihr niemals ein Interview geben würde. Es reizte sie herauszufinden, wer er wirklich war. Anscheinend wusste er, dass sie Journalistin war, aber bei welcher Gelegenheit sie versucht haben sollte, ihn zu erreichen, wollte ihr partout nicht einfallen. Hätte sie je einen Menschen namens Texas angerufen, so hätte sie es sich sicher gemerkt. Irgendeine bekannte Person war er jedenfalls nicht, und wenn, dann eher ein Techniknerd, der sein Hightech-Unternehmen für eine Milliardensumme verkauft hatte. Oder ein Anwalt, der Verbrecher verteidigte, denen niemand auf der Straße begegnen wollte. Die junge Frau an seinem Arm schleppte er wahrscheinlich immer mit, sei es auf dem Motorrad oder im Konferenzraum.

Was war das nur immer mit Männern mittleren Alters und jungen Frauen? Sara konnte sich absolut nicht vorstellen, was sie aneinander fanden. Worüber unterhielten sie sich, wenn der Mann doch viel besser zu der Mutter der Frau passte? Und der Sex? Wie erregend war es wirklich für eine Fünfundzwanzigjährige, einen schrumpeligen Hintern zu streicheln?

Sara spürte, wie ihr Puls hochging, wenn sie sich Danne mit seiner neuen Flamme vorstellte. Wenn er es ihr wenigstens gesagt hätte! Wenn er so offen gewesen wäre zu sagen, dass er unzufrieden war. Er hatte behauptet, er hätte jahrelang versucht mit ihr zu reden, aber daran konnte Sara sich nicht erinnern. Natürlich hatte er mal angedeutet, dass er es besser fände, wenn sie zu Hause bliebe, aber sonst konnte sie sich an nichts erinnern. Ihr Bild von dem Ganzen war, dass er sie wegen einer anderen verlassen hatte, auch wenn sie zu dem Zeitpunkt rein technisch gesehen schon getrennt gewesen waren. Daran konnte er nichts ändern, sosehr er auch versuchte, die Schuld auf sie abzuwälzen.

Sie gab Gas, verlangsamte das Tempo dann aber wieder. Vielleicht sollte sie lieber an etwas anderes denken, sonst würde sie noch den Führerschein los.

Auf der A1 herrschte dichter Verkehr, schnell und intensiv, und obwohl die Fahrt nur wenige Stunden dauerte, fand Sara sie unglaublich anstrengend. Die Autos sausten an ihr vorbei, und es reizte sie kein bisschen, es ihnen gleichzutun. Im Gegenteil, sie blieb lieber auf der rechten Spur, wo auch die LKW fuhren. Es war ein langer Tag mit vielen Konflikten gewesen, auch wenn sie sich nur an einem beteiligt fühlte. In den anderen, mit diesem Texas, war sie gegen ihren Willen hineingerutscht.

Jessica fehlte ihr. Sicher hätte sie genau gewusst, wie Sara sich so einem Mann gegenüber verhalten musste. Genauso wie Sara wusste, wie Jessica sich JP gegenüber verhalten sollte. Ebendeshalb waren sie ja beste Freundinnen: Jede wusste genau, was die andere brauchte, während sie über ihr eigenes Leben keinen rechten Überblick hatte.

Sie parkte in der Nähe des Hamburger Hauptbahnhofs, um sich eine Fahrkarte zu kaufen.

Das Abteil war für zwei Personen vorgesehen, und man konnte ihr nicht versprechen, dass sie es für sich allein haben würde, wenn sie nicht für beide Plätze bezahlte. Zumindest entnahm sie das den Erklärungen des Fahrkartenbeamten. Er sprach so schnell, dass sie Schwierigkeiten hatte, ihm zu folgen. Sie fummelte an ihrem Portemonnaie herum. Sein Blick sagte ihr, dass es eilte, und die Schlange hinter ihr wurde immer länger, während Sara nach ihrer Karte suchte. Schließlich fand sie sie im Extrafach ihres Portemonnaies, wo sie sie sonst nie hinsteckte, und mit einem hörbaren Seufzer nahm der Mann ihre Mastercard entgegen. Na toll, diese Reise fing ja wirklich gut an. Sie lächelte entschuldigend und machte Platz für den Nächsten.

Auf der Fahrt nach Hamburg hatte sie sich vorgestellt, wie es wäre, verführt zu werden. Eine flüchtige Romanze in Süddeutschland, ehe der Zug nach Italien weiterrollte. Doch der Fahrkartenbeamte hatte sie auf den Boden der Tatsachen zurückgeholt.

Seit Danne ausgezogen war, hatte sie fünf Kilo abgenommen, und wenn sie erst in Italien war, würde sie Olivenöl in sich hineinschütten, massenhaft Wein trinken, Pasta essen und trainieren, damit sie wieder ordentlich zu Kräften kam, sowohl physisch als auch mental.

Erst dann war sie vielleicht bereit für einen Flirt.

Das Abteil war richtig gemütlich. Sara legte ihre Tasche auf die Bank. Das Gute an Motorradreisen war, dass man gar nicht so viel mitnehmen konnte. Das Dumme war, dass man deshalb oft waschen musste. Das wurde ihr bewusst, als sie ihr letztes sauberes T-Shirt auspackte.

Sie war den ganzen Tag gefahren und vollkommen erschöpft. 350 km im Auto waren gar nichts, aber auf dem Motorrad war das eine ganz andere Nummer, vor allem, wenn man lange nicht gefahren war. Sara war heilfroh, dass sie sich für den Zug entschieden hatte. Von den achtzehn Stunden Fahrt würde sie zehn schlafen. Und damit würde sie in einer Stunde anfangen. Aber erst würde sie duschen und etwas essen.

Die junge Frau, die den Kopf ins Abteil steckte,

schaute gleichzeitig auf ihr Ticket, und Sara wurde klar, dass es mit der Ruhe vorbei war. Von allen Frauen, die in diesem Zug mitfuhren, musste natürlich ausgerechnet sie im selben Abteil wie sie schlafen.

»Hallo, na das ist ja eine Überraschung! Meinen Vater kennen Sie ja schon, zumindest wollten Sie ihn anscheinend kennenlernen«, sagte die Frau freundlich und stellte ihr Gepäck ab.

Sie war also seine Tochter? Das hätte Sara nicht gedacht.

Sie räusperte sich und streckte die Hand aus. »Ich heiße Sara und habe schon das obere Bett in Beschlag genommen. Einen Moment, dann nehme ich meine Tasche da weg.« Sie hob ihre Tasche von der Bank, die eigentlich das untere Etagenbett war.

»Ich bin Lovisa Falk. Sara Raphael, hat mein Vater gesagt. Ist das Italienisch?«

»Ja, mein Vater stammte aus Pisa.«

»Ach, deshalb. Und wo kommen Sie her?« Sie zog die Jacke aus und hängte sie an den Haken links neben dem Fenster, dann setzte sie sich Sara gegenüber.

»Stockholm. Farsta. Und Sie?«

»Kungsholmen, aber ich träume davon, mal in der Toskana zu leben. Sind Sie schon oft dort gewesen?«

»Ja, vor allem als ich klein war. Es ist schon sehr lange her. Aber jetzt bin ich wieder unterwegs dorthin.«

Lovisa lachte. »Wir auch. Wie wahrscheinlich alle hier im Zug.«

Sara stand auf. »Ich will mir schnell den Straßenstaub abduschen, und dann muss ich etwas essen. Wollen Sie mitkommen?«

Wieder lachte Lovisa. »Duschen können Sie allein,

aber ich komme gerne mit in den Speisewagen! Papa kriegt bestimmt einen Herzinfarkt, wenn er erfährt, wer mit mir im Abteil schläft.«

»Warum teilen Sie sich nicht ein Abteil?«

»Weil er schnarcht. Und ich brauche meinen Schlaf.«

## 16

Es spielte keine Rolle, dass es so viele Jahre her und Jessica mittlerweile reich und berühmt geworden war; Jean-Pierre war der einzige Mann, dem sie immer wieder verfiel. Beim ersten Mal war sie sehr jung, beim zweiten Mal zehn Jahre älter gewesen.

Seitdem war JP, wie ihn alle nannten, in regelmäßigen Abständen aufgetaucht. Jessica brauchte nur an ihn zu denken, um einen Orgasmus zu bekommen. Gut, möglicherweise half sie mit den Händen ein bisschen nach, aber wenn sie *nicht* an ihn dachte, verspürte sie überhaupt keine Lust. Er war eine erotische Phantasie, und dass er zwischendurch ganz real und lebendig auftauchte, mit derselben Lust auf sie, war ebenso anstrengend wie erregend.

Er machte es *immer* so, tauchte auf, wenn sie es am wenigsten erwartete.

Im Grunde hatte sie drei Alternativen. Erstens: nach Stockholm zurückzufahren, wohin er ihr garantiert folgen würde, wenn sie ihm jetzt auswich. Zweitens: in Malmö zu bleiben, eine weitere Liebesnacht mit ihm zu erleben und dadurch massenhaft Inspiration für einen neuen Roman zu sammeln, anschließend jedoch wochenlang niedergeschlagen zu sein, weil alles in ihr nach mehr verlangte. Drittens: Sara anzurufen und herauszufinden, wo diese gerade war. Nicht um dann dorthin zu fahren, aber sie musste mit dem einzigen Menschen sprechen, der wusste, was JP ihr bedeutete.

»Ich hatte so gehofft, dass du anrufst«, sagte Sara leise.

»Warum flüsterst du?«

»Ich sitze im Zug nach Italien.«

»JP ist hier.«

»Hast du ihn getroffen?«

»Nein, aber es kann sich nur noch um Minuten handeln.« Jessica seufzte. »Was soll ich tun?«

»Einen Hinterausgang nehmen und nach Italien abhauen?«, schlug Sara vor. »Ich bin überzeugt, es wird dir bessergehen, sobald du in der Toskana bist.«

»Du findest also, ich soll ihn nicht treffen?«

»Das habe ich nicht gesagt! Du hast behauptet, dass du ihn nie mehr wiedersehen willst. Da wäre das doch wirklich eine gute Lösung, zumindest kurzfristig: Du fliegst nach Pisa, und dort hole ich dich morgen ab.«

Keine von ihnen erwähnte, dass sie sich eigentlich gestritten hatten, das würden sie ein andermal klären. In diesem Moment brauchte Jessica ihre beste Freundin, und dass diese gerade auf dem Weg nach Italien war, fühlte sich gar nicht gut an. Überhaupt nicht.

Als es an die Tür klopfte, war sie nicht darauf vorbereitet. Er war zu schnell.

»Wer ist da?«, fragte sie und seufzte erleichtert, als

sie die hohe Stimme hörte. Sie lächelte und öffnete die Tür. Ruben war ihr ausnahmsweise einmal sehr willkommen.

»Jessica«, sagte JP in seinem schleppenden Schwedisch und lächelte. Der leicht französische Akzent in seiner dunklen Stimme war so sexy, dass Jessica beinahe zusammenbrach. Er lehnte sich gegen den Türrahmen und war so groß, wie sie ihn in Erinnerung hatte. Und kräftig. Sie, die immer größer und kräftiger war als alle anderen, fühlte sich klein, wenn sie in seiner Nähe war. Auch das erregte sie.

»Du hast mich reingelegt«, sagte sie mit zitternder Stimme.

»Ja, ich weiß auch nicht, warum ich gedacht habe, dass du eher Ruben aufmachen würdest als mir.« Er lächelte mehr mit den Augen als mit dem Mund.

Er wusste genau, wie er auf sie wirkte.

Als sie sich zum ersten Mal getroffen hatten, war sie sechzehn gewesen. Es war ihr erstes Mal, und sie hatte hinterher alles getan, um den Rest dieser Reise zu vergessen, bis sie JP eines Tages, viele Jahre später, mitten in Stockholm wiederbegegnet war und er sie erneut verführte. Seitdem konnte sie den Buchstaben J nicht mehr hören, ohne weiche Knie zu bekommen.

Nachdem er damals ihren Körper auf jede nur erdenkliche Weise verwöhnt hatte, hatte sie ihren ersten Liebesroman geschrieben, und anschließend diente JP ihr als Modell für viele ihrer männlichen Protagonisten oder zumindest für alles, was sie unter der Bettdecke anstellten. Was sie schrieb, erregte sie manchmal selbst so sehr, dass sie ihren kleinen Freund aus der Schreibtischschublade holen musste, vor allem wenn ein Mann, der JP ähnelte, seine Geliebte packte und auf das Bett hinunterdrückte. Oder sie auf einem öffentlichen Platz liebte. In der Tiefgarage des Kaufhauses NK, fünftes Parkdeck, ganz in der Ecke, auf der Motorhaube eines Mercedes von 1960. Er trug ein weißes Hemd, und sie war nackt unter ihrem knielangen Kleid.

Dass viele der Szenen in ihren Romanen auf reale Begegnungen mit JP zurückgingen, wusste niemand. Sie konnte detailliert beschreiben, wie seine Blicke sich anfühlten, wie sie selbst glucksend lachte, wenn er mit ihr herumalberte, und wie ihre Wangen glühten, wenn er flüsterte, er wolle sie noch näher bei sich haben. Dann empfanden ihre Heldinnen dieselbe Zärtlichkeit und Verletzlichkeit, die ihr selbst so vertraut war, und auch in ihnen regten sich alte Ängste neu.

Zu Sara hatte sie gesagt, dass sie sich in jeder Hinsicht von ihm erfüllt fühlen würde, nur nicht in ihrem Herzen, das jedes Mal brach, wenn er sie anschließend wieder verließ. Dennoch konnte sie nie nein sagen, und sobald er in Schweden war, besuchte er sie. Er forschte nach ihr, wenn sie sich versteckte. Lockte, wenn sie versuchte, sich desinteressiert zu zeigen. Immer wieder zog er sie wie an unsichtbaren Fäden zu sich heran.

Jetzt, in ihrem Hotelzimmer, würde wieder genau dasselbe passieren, wenn sie ihm nicht gleich die Tür vor der Nase zuschlug. Wie konnte er so unglaublich viel Männlichkeit ausstrahlen? Jessicas Hirn arbeitete auf Hochtouren, um irgendeine Ausrede zu finden, die ihr normalerweise im Schlaf eingefallen wäre. Sie hatte sie sich sogar aufgeschrieben, aber die Liste lag säuberlich zusammengefaltet in ihrem Portemonnaie in der Tasche, und das konnte sie jetzt ja schlecht herausholen.

»Es ist so lange her«, sagte er. »Ich hab dich vermisst.« Er trat einen Schritt auf sie zu und streckte die Hand aus. Sie spürte die Wärme, noch ehe sie ihr Gesicht erreicht hatte. Seine Hand war heiß und roch nach Seife. Sie wusste, dass sie sie an ihr Gesicht pressen würde, wenn sie erst so weit käme, und dann würde ihr Körper folgen, als gäbe es eine Art eingebauten Magnetismus zwischen ihnen.

Sie zog sich einen Schritt ins Zimmer zurück und zögerte nur eine Sekunde, bevor sie ihm die Tür vor der Nase zuschlug. Im selben Moment bereute sie es auch schon. Ein letztes Mal noch, dann würde sie niemals wieder Sex haben. Sie lehnte sich an die Tür und verhandelte mit sich selbst, dabei versuchte sie normal zu atmen.

Für Jessica war immer die letzte Begegnung die beste. Rein sexuell betrachtet, war es jetzt viel besser zwischen ihnen als damals, als sie jung gewesen waren. Das war vielleicht auch kein Wunder, denn obwohl zwischendurch immer viel Zeit verging, hatten sie ihre Körper mit der Zeit immer besser kennengelernt und wussten, was der jeweils andere mochte und was eher nicht.

Ihre Gedanken wurden durch sein Klopfen unterbrochen.

»Mach auf, Liebes. Sprich mit mir.«

Sie wusste, dass es ein Trick war, genau wie diese Sache, dass er sich als Ruben ausgegeben hatte.

Sie hatten schließlich noch nie geredet. Allerdings war sie es viele Male gewesen, die ihn am Weitersprechen gehindert hatte, indem sie ihren Mund auf seinen gepresst hatte.

Es hatte jedoch nur leidlich funktioniert, denn natürlich fragte sie sich trotzdem, ob er etwas für sie empfand, das über reine Lust hinausging. War es nur die Vergangenheit, die sie zusammenhielt? Sara hatte Jessica viele Male ermutigt, ihn zu fragen, aber sie hatte sich nie getraut. Außerdem wusste Sara bei weitem nicht alles.

Jessica war in zahlreichen Stunden intensiven Grübelns zu dem Schluss gekommen, dass ein Teil der Magie darin lag, dass sie nie wussten, ob sie sich je wiedersehen würden. Weshalb das so war, hätte sie nicht sagen können. Es war wie ein Spiel, das nie aufhörte, obwohl die Einsätze eigentlich viel zu hoch waren. Sie war nach ihren Begegnungen ja nicht einmal besonders glücklich.

»Bitte.« Das Klopfen war kaum zu hören. »Mach auf.«

Es ging nicht. Sie gab auf.

Als sie eine Minute später die Tür öffnete, war sie splitternackt. Die Kleider lagen zu ihren Füßen.

»Meinst du, es ist richtig?«, fragte sie, den Mund auf seinen Lippen, während sie seine Hemdknöpfe öffnete.

»Ja.« Seine Zunge spielte zwischen ihren Lippen. »Absolut.«

# 17

Sara beschloss, den Speisewagen zu verlassen, sobald sie gegessen hatte. Sie hatte Angst, Texas wiederzubegegnen, auch wenn seine Tochter sich als freundlich und sympathisch herausgestellt hatte. Sie hatten beide vermieden, über ihn zu reden, wofür Sara sehr dankbar war.

Als sie am nächsten Morgen beim gleichmäßigen Rollen des Zuges erwachte, war sie froh, dass sie der Vernunft gefolgt war. Ob Jessica dies auch gelungen war? Sara hatte JP kennengelernt, und auch wenn er überhaupt nicht ihr Typ war, konnte sie Jessicas Faszination gut nachvollziehen. Dass er ebenso verrückt nach Jessica war, wie diese nach ihm, war ebenfalls unübersehbar.

Sara seufzte. Sie selbst war geschieden und lag im oberen Bett eines Schlafwagenabteils.

Sie beugte sich über die Kante und schaute auf die untere Pritsche hinunter, um nachzusehen, ob Lovisa bereits wach war. Doch die war offenbar schon aufgestanden, das Bett war wieder zu einer Bank hochgeklappt und leer.

Ich muss geschlafen haben wie ein Stein, dachte Sara. An irgendeinem Haltebahnhof war sie kurz aufgewacht, sie erinnerte sich nicht mehr, wo, und anschließend hatte sie bis jetzt geschlafen. Sie steckte die rechte Hand unter die Matratze und zog Handy und Portemonnaie heraus. Schon neun Uhr. Nur noch fünf Stunden, dachte sie. Sie war hungrig. Nach dem Frühstück würde sie vielleicht sogar dazu bereit sein, Texas zu treffen, obwohl sie hoffte, es auch für den Rest der Fahrt vermeiden zu können.

Eine halbe Stunde später nippte sie an ihrem Kaffee und schaute durch die nasse Fensterscheibe. Bei so einem Wetter Motorrad zu fahren wäre bestimmt nicht angenehm. Sie lächelte, um ihrem Gehirn weiszumachen, alles sei in bester Ordnung.

Normalerweise war es ihr vollkommen gleichgültig, ob es regnete, stürmte oder brütend heiß war, aber jetzt gerade hatte sie einen besonders hohen Bedarf an positiven Eindrücken, denn wenn sie ehrlich war, fühlte sie sich ziemlich einsam. Es war wirklich netter, wenn man zu zweit war. Seltsam, dass sie das zuletzt gar nicht mehr zu schätzen gewusst hatte, als sie noch verheiratet gewesen war. Da konnte sie wochenlang unterwegs sein, ohne Danne zu vermissen. Auf der Safari in Kenia zum Beispiel, die in der Reportage »Mit dem Fahrrad unter Elefanten« resultierte, hatte sie mehrere Nächte hintereinander allein geschlafen. Sie hatte sich weder verlassen noch ängstlich gefühlt, obwohl sie von gefährlichen Tieren umgeben gewesen war, die jederzeit ihr Zelt hätten einreißen können. Danne war richtiggehend enttäuscht gewesen, als sie unversehrt nach Hause gekommen war; er hatte wohl gehofft, es würde schiefgehen, damit sie endlich mit ihren Abenteuern aufhörte. Er würde sich nur als halber Mensch fühlen, wenn sie nicht da wäre, hatte er gesagt, und sie erinnerte sich, dass sie es überhaupt nicht so empfunden hatte.

Jetzt aber, in einem sicheren Zug, fühlte sie sich wie der einsamste Mensch auf der Welt. Sie schämte sich, weil sie sich wünschte, Jessicas Begegnung mit JP wäre gründlich in die Hose gegangen und dass sie vielleicht einen anderen Zeitpunkt finden würden, um sich auszusprechen, damit Jessica den erstbesten Flieger nach Pisa nahm.

»Buongiorno.« Lovisa kam ins Abteil. »Hast du gut geschlafen?«

Sara nickte. »Danke, und du?«

Lovisa setzte sich ihr gegenüber. »Ziemlich schlecht, wenn ich ehrlich sein soll. Ich habe meinen Vater um halb sieben geweckt, weil ich nicht mehr schlafen konnte, aber er hat mich rausgeworfen.« Sie lächelte schief.

»Er muss sehr jung gewesen sein, als er Vater geworden ist.«

»Ja, etwas über zwanzig.« Sie strich sich eine Strähne ihres blonden Haars hinter das Ohr. Sie war schön. Ein natürliches und ungeschminktes Gesicht mit dunkelblauen Augen und klarem Blick. Dunkle Wimpern. Sie sah ihrem Vater sehr ähnlich.

In diesem Moment klopfte es an das Fenster der Schiebetür, und statt noch etwas zu sagen, errötete Sara.

Es hatte ihr die Sprache verschlagen. Zudem musste sie dringend aufs Klo – der Morgenkaffee. Es war wirklich eilig. Natürlich hatten sie eine eigene Toilette gleich neben dem Abteil, aber es war ihr unangenehm, wenn Texas nur einen halben Meter von der Tür entfernt saß.

Andererseits hatte sie vor langer Zeit beschlossen, niemals wieder einzuhalten, wie sie es getan hatte, als sie durch Mexiko getrampt war. Das hatte sie sogar in ihre Reportage einfließen lassen, »Per Anhalter durch Mexiko«. Einen ganzen Abschnitt hatte sie dem Thema gewidmet, wie man sich auf Abenteuerreisen am besten um seinen Magen kümmerte. Dass einmal ein verrückter Motorradfahrer sie daran hindern würde, zur Toilette zu gehen, hatte sie damals nicht ahnen können.

Völlig ungeniert ließ er sich auf der Bank neben seiner Tochter nieder.

»Du bist schuld, wenn ich nachher nicht richtig fahren kann«, sagte er.

»Warum das?«, fragte Lovisa.

»Du hast mich geweckt«, antwortete er. »Zum Glück habe ich nur dich, mehr von der Sorte, und ich hätte gar nicht losfahren können.«

»Hast du Kinder?«, fragte Lovisa Sara.

»Ja, drei.« Sie lächelte, als sie an sie dachte. Sie hatten es eine ausgezeichnete Idee gefunden, dass ihre zweiundfünfzigjährige Mutter mit dem Motorrad nach Italien fahren wollte. Dass sie von ihren Reisen stets mit kleinen Blessuren zurückkam, kümmerte sie überhaupt nicht. Und die paar Stiche, blaue Flecken, Beulen oder ihr etwas empfindlicher rechter Knöchel waren ja auch eigentlich nicht weiter erwähnenswert. Danne hatte immer gleich so eine große Sache daraus gemacht, die Kinder jedoch nie. Gott sei Dank. Hätten sie sich ernsthaft Sorgen gemacht, wäre es Sara vielleicht schwerer gefallen, ihrer Arbeit nachzugehen. Ein gewisses Risiko war dabei, das machte jedoch auch ein bisschen den Reiz aus.

»Entschuldigt mich«, sagte sie jetzt und stand auf. »Ich brauche ein bisschen Bewegung.«

# 18

»Willst du diesmal auch wieder abhauen?« JP lag auf der Seite und betrachtete sie.

Die Decke war ihm bis zur Taille heruntergerutscht. Sie schloss die Augen, um seinen Oberkörper nicht mehr zu sehen. Sie brachte kein Wort heraus, wenn sie ihn so direkt vor sich hatte. Nach den nächtlichen Aktivitäten hätte er nach Schweiß riechen müssen, aber das tat er natürlich nicht. Männer wie JP sonderten keine unangenehmen Gerüche ab. Sie verbreiteten lediglich männliche Düfte, denen man unmöglich widerstehen konnte. In Kombination mit der behaarten Brust war es lebensgefährlich für Jessica, sich auch nur im selben Raum mit ihm aufzuhalten.

Ich habe es wieder getan, dachte sie mit geschlossenen Augenlidern.

Jessica Romin, erfolgreiche Autorin und leider auch Idiotin, zog die Decke bis zur Nasenspitze hoch. Im Unterschied zu dem Mann, der sie mit seinen braunen Augen betrachtete, rochen ihre eigenen Körperausdünstungen entsetzlich.

»Ich muss duschen«, murmelte sie.

»Ich kann dich nicht verstehen.« JP zog ihr die Decke herunter.

»Ich muss duschen«, sagte sie noch einmal, diesmal mit einem Anflug von Panik in der Stimme. Das konnte sie selber hören.

»Aber warum? Warum jetzt? Können wir nicht erst ein bisschen reden?«

»Weil ich stinke.«

»Das tust du überhaupt nicht. Komm her.« Er schüttelte die Kissen auf, legte sich auf den Rücken und klopfte neben sich. »Leg dich hierhin.«

Sex mit JP war die reinste Wonne. Er mochte das Vorspiel und liebte es, sie so weit zu bringen, dass sie um mehr bettelte. Jessica brauchte das. Sie brauchte das Gefühl, begehrt zu werden. In ihrem Alter war das natürlich albern, dennoch war es so. Dass JP es so offensichtlich genoss, sie zu streicheln, war ein Kick, und es machte sie weich, heiß und so lustvoll, dass es ihr völlig egal war, wie sie aussah. Ihr Körper agierte ohne jegliche Bedenken. Doch wie immer war es, als wäre sie am Abend vorher berauscht gewesen und kehrte am Morgen in die Wirklichkeit zurück.

Jessica stand auf, und als er versuchte sie festzuhalten, stieß sie seine Hand weg. »Lass das«, sagte sie verärgert.

Dass er weg wäre, wenn sie im Badezimmer fertig war, war Wunschdenken. Er blieb immer. Seit neuestem. Immer wollte er reden. Wenn es wenigstens um etwas anderes gegangen wäre als um sie selbst.

Sie wusste, dass er für längst Vergangenes um Verzeihung bitten wollte, das hatte er schon hundertmal getan, aber irgendwie reichte es nicht. Und man konnte doch über so viel anderes reden! Wenn ihnen das gelang, war die Stimmung glänzend. JP konnte von Gewürzen und Gerichten schwärmen, dass Jessica den Geschmack auf der Zunge spürte. Und wenn sie über ihre Manuskripte sprach, dann kam er manchmal mit Einfällen, auf die sie selbst nie gekommen wäre. Es kam sogar vor, dass seine Vorschläge in ein Buch einflossen.

Aber seine Erinnerungen zerstörten die Gemeinsamkeit, *er* konnte nicht vergessen. Erst vor ein paar Monaten hatte er wieder versucht, es anzusprechen.

Sie wusste, dass er nach ein paar Tagen verschwinden würde, wenn sie sich weiterhin weigerte, mit ihm zu reden. Das, was er Schweigen nannte, hielt er einfach nicht aus, und sie wiederum fühlte sich unverstanden, wenn er einfach nicht respektieren wollte, dass sie es nicht schaffte, noch einmal darüber zu reden.

Sara hatte Jessica gefragt, was sie eigentlich wollte, aber woher sollte sie das wissen? Zwischen JP und ihr war es seit vielen Jahren so wie jetzt. Wie konnte man etwas ändern, das sich als eine Art Muster bewährt hatte?

Jessica drehte das Wasser auf und schauderte, als sie der eiskalte Strahl traf. Sie drehte das Gesicht nach oben. Obwohl es ihren Körper stach wie tausend Nadeln, war es genau das, was sie brauchte, um den Teil ihrer Gehirnkapazität zurückzugewinnen, der ihr über Nacht abhandengekommen war.

Als sie die Hand nach dem Duschgel ausstreckte, stieß sie an eine andere Hand, und sie brauchte nicht die Augen zu öffnen, um zu wissen, wer hinter ihr stand.

»Lass mich das machen«, flüsterte er. Jessica konnte nicht antworten. Wenn er sie erst eingeseift hatte, würde sie ihn bitten, sie noch einmal zu lieben, und vermutlich würden sie es vorher noch nicht einmal aus dem Badezimmer hinaus schaffen. Sie stöhnte, als er die Hände auf ihre Schultern legte und ihren Rundungen bis zu den Armen hinunter folgte.

Wie sie es geschafft hatte, nein zu sagen und ihn zu bitten, hinauszugehen, hätte sie hinterher nicht sagen können. Doch ihre Stimme klang fest, als sie behauptete, sie sei ihre Beziehung endgültig leid und bräuchte eine längere Pause von ihm. Diesmal hatte sie wirklich gemeint, was sie sagte.

Er war genauso schnell aus dem Badezimmer verschwunden, wie er gekommen war, und als sie fertig geduscht und sich abgetrocknet hatte, war er weg, genau wie sie ihn gebeten hatte.

Und da fühlte es sich fast schon wieder so an, als würde sie es bereuen.

Jessica musste unbedingt Sara anrufen, sie hatte sonst niemanden, mit dem sie über JP reden konnte. Andererseits war sie es so leid, sich seit Jahren immer wieder zu wiederholen. Wie leid musste Sara es da erst sein, ihr zuzuhören? Jessicas Leben glich den Romanen, die sie schrieb, nicht im Geringsten, im Gegenteil. Ihre Heldinnen hätten ihren jeweiligen Männern längst klargemacht, was Sache war, und wenn die Arschlöcher dann nicht das Richtige sagten, hätten sie sie angebrüllt, mit einem Tritt nach draußen befördert und sich nie wieder nach ihnen umgedreht.

Jessica schrieb ihnen all die Eigenschaften zu, die sie sich selber wünschte, und anfangs hatte sie auch noch geglaubt, das würde irgendwann auf sie abfärben. Aber so war es leider nicht gekommen, JP gegenüber war sie immer noch so wehrlos, dass sie dahinschmolz, wenn sie ihn nur sah. Alle bis auf Sara gingen davon aus, dass sie mehrere Liebhaber gehabt hätte. Doch das hatte sie nicht. Seit dem ersten Mal war JP der Einzige geblieben. Sie verbarg das Gesicht in den Händen und stöhnte. Das war jetzt 36 Jahre her. Es war genauso lächerlich, wie es sich anhörte.

Mit zitternden Händen suchte sie nach ihrem Handy. Wie eine gebrechliche alte Tante, dachte sie und wählte Saras Nummer.

»Ich sag doch, komm her. Ich bin gerade dabei, aufs Motorrad zu steigen und zum Schloss zu fahren«, sagte Sara, nachdem Jessica ihr die Kurzversion ihrer Paniksituation gegeben hatte.

»Welches ist noch mal der nächste Flughafen?«

»Pisa, schlimmstenfalls Florenz. Schau mal nach. Ich habe noch etwa 250 km Fahrt vor mir, also wenn sofort ein Flieger geht, kommen wir ungefähr gleichzeitig an. Aber so schön ich es auch fände, wenn du kommst, rate ich dir doch immer noch, dich mit ihm auszusprechen. Als Erstes. Dann kannst du dich immer noch ins Flugzeug setzen.«

»Ich glaube nicht, dass es irgendwas bringen würde.« Sie *wusste*, dass es nichts bringen würde. Mehr gab es dazu nicht zu sagen.

»Noch einmal: Das kannst du nicht wissen, bevor du es versucht hast. Hör auf, dir im Vorhinein zu überlegen, was die Leute tun, sagen oder denken werden.«

»Aber du weißt doch selbst, wie JP ist. Er kommt, und dann geht er wieder«, sagte Jessica. Sie fühlte sich genauso niedergeschlagen, wie sie klang. Die nächtliche Energie war verpufft, und stattdessen ging sie im Leerlauf. Dieser Gefühlswegfall war fast das Schlimmste; solange sie weinte oder wütend war, spürte sie wenigstens, dass sie lebte.

»Nein, ich weiß nicht, wie JP ist, aber ich weiß, wie du bist, du haust einfach ab. Du fliehst vor deiner Verantwortung für dich und schiebst es auf ihn. Solange ihr euch nicht aussprecht, wird dieses Hin und Her niemals aufhören. Wenn du mich fragst, dann glaube ich, du hast Schiss. Du hast Angst vor dem, was gesagt werden könnte, und dass es dann möglicherweise das letzte Mal ist, dass ihr euch seht.«

»Du klingst, als würdest du mit einem Teenager reden.«

»Stimmt.«

»Wie, das stimmt?! Was meinst du denn jetzt damit?«

»Du benimmst dich wirklich wie eine Fünfzehnjährige, die gerade ihren ersten Freund kennengelernt hat. Unreif und feige.«

»Wirklich?«, murmelte Jessica. »Bist du denn selbst so mutig?«

»Nein, überhaupt nicht. Ich bin wahrscheinlich noch schlimmer als du. Aber es ist immer leichter, seine eigenen Fehler bei anderen zu erkennen, habe ich gehört.« Sie lachte. »Ich habe von Eros geträumt. Von hemmungslosem Sex in einem Turmzimmer.«

»Wie bitte? Warum das denn?«

»Weil es Zeit wird, endlich etwas zwischen mich und Danne zu schalten.«

»Und du traust dich, mit jemandem zu schlafen, den du gar nicht richtig kennst? Du hast ihn doch seit Jahren nicht mehr gesehen.«

»Nein, das traue ich mich ganz und gar nicht. Ich sag doch, ich hab es mir vorgestellt. Komm her, du merkst doch, dass wir zwei Loser uns gegenseitig brauchen.«

Wie in Trance packte Jessica ihre Sachen zusammen. Wenn er klopfen würde, würde sie aufmachen, aber nur dann. Sie würde ihn nicht anrufen. In all den Jahren hatte sie ihn vielleicht zweimal angerufen. Es war seine Aufgabe, Kontakt mit ihr aufzunehmen, das wussten sie beide. Die Wahrscheinlichkeit, dass er jetzt von sich hören ließ, nachdem sie ihn so entschieden abgewiesen hatte, war allerdings sehr gering. Doch sie wusste, was sie sagen wollte, falls er es doch tat: dass sie ihn liebte und ihn immer geliebt hätte. Sie wollte ihm sagen, dass sie es nicht länger aushielte, ihn immer nur hin und wieder zu sehen, dass es dann besser für sie wäre, wenn sie sich gar nicht mehr treffen würden. Sie brauchte das Gefühl, wiedergeliebt zu werden. In Taten *und* in Worten.

Alles oder nichts.

Sie sah vor sich, wie seine Augen sich mit Tränen füllen, er auf die Knie fallen und ihre Beine umfangen würde. Wie er sagen würde, dass er ohne sie und ihre Liebe nicht mehr leben könne. Er würde sagen, sie bräuchten nie wieder über das zu reden, was vor so vielen Jahren zwischen ihnen geschehen war. Und seinen Verrat würde er den ganzen Rest ihres gemeinsamen Lebens wiedergutmachen. Jetzt aber wäre er bereit voranzugehen, statt ständig zurückzuschauen.

Eine halbe Stunde später war sie fertig. Dreimal hatte sie alles wieder herausgeholt, neu zusammengelegt und wieder in die Motorradtasche gepackt. Noch fünf Minuten wollte sie ihm geben. Und dann noch einmal zehn. Die letzte Viertelstunde auf dem Zimmer nutzte sie, um sich die Schuhe zu binden.

Sie weinte, als sie zum Aufzug ging, weinte, als sie auscheckte, und weinte im Taxi nach Kopenhagen und Kastrup. An Bord bat sie schluchzend um Champagner, und zusätzlich zu der kleinen Flasche bekam sie einen Stapel Servietten, der jedoch nicht lange reichte. Erst als sie sich kurz vor der Landung in Pisa im Spiegel betrachtete, gelang es ihr, die Tränenflut zu stoppen. Das lag an der gigantischen roten Nase. Sie leuchtete in ihrem blassen Gesicht und erinnerte sie nur allzu sehr an über dreißig Jahre Tränen. Sie nahm ihr Schminktäschchen heraus und puderte sich die Nase, legte Mascara auf und zog die Lippen nach, und als sie ausstieg, hatte sie sogar ihre hochhackigen Schuhe angezogen. Sie richtete sich auf und strich das Leopardenkleid glatt. Dass sie noch vor einer Stunde vor Trauer völlig außer sich gewesen war, war nicht mehr zu erkennen.

Sie hatte genug geweint.

Zumindest vorläufig.

## 19

Sara wusste nicht, wo sie gelandet war. Das Backsteinhaus, vor dem sie stand, war nicht das Schloss, das sie aus ihrer Jugend kannte. Weshalb das GPS sie hierhergeführt hatte, wusste sie nicht, sie hatte auf jeden Fall die richtige Adresse eingegeben, das hatte sie zweimal überprüft.

Sie wagte kaum, den Türklopfer zu benutzen, er sah aus, als könne er jeden Moment abfallen. Aber es blieb ihr wohl nichts anderes übrig, denn auf dem Hof war keine Menschenseele zu sehen. Vorsichtig hob sie den Messingring und schlug ihn ein paarmal gegen die Tür.

Sara wollte sich gerade schon umdrehen und gehen, als das Tor aufging.

»Si?«

Die Frau sah sie so unfreundlich an, dass Sara einen Schritt zurücktrat.

»Äh … das Schloss? Kann nicht finden. Verfahren.« Sara suchte nach der Buchungsbestätigung, die sie in die Innentasche ihrer Jacke gesteckt hatte. Plötzlich hatte sie ihr ganzes Italienisch vergessen, und ihr Vater wäre im Boden versunken, wenn er hätte mit ansehen müssen, wie sie nicht einmal die einfachsten Begrüßungsfloskeln auf die Reihe bekam.

Die Frau starrte sie an, dann fauchte sie »no« und knallte die Tür wieder zu. Sara war so verblüfft, dass sie noch einen Schritt zurücktrat. Dann machte sie auf dem Absatz kehrt und lief zu ihrem Motorrad zurück. Hier konnte sie keinen Moment länger bleiben. Eine hässliche alte Bruchbude und ein so böser Mensch waren nicht gerade dazu angetan, ihr Wohlbefinden zu steigern, im Gegenteil.

Die Italien-Reise sollte eine Art Über-die-Scheidung-hinwegkommen-Projekt werden, und bisher war es ihr auch ganz gut gelungen, nicht allzu viel darüber nachzudenken. Das war aber auch schon das einzig Positive bis jetzt. Sara war eine Fehleinschätzung nach der anderen unterlaufen, seit sie Farsta verlassen hatte: Jessica, Texas und jetzt diese Frau, die nicht einmal mit ihr reden wollte.

Sara hatte sich etwas Spannendes gewünscht. Nervenkitzel. Eine Herausforderung vielleicht. Aber nicht das. Das war einfach nur anstrengend.

Das Motorrad, das in Småland so kläglich seinen Dienst versagt hatte, sprang zum Glück sofort an. Eine Panne wäre jetzt das Schlimmste gewesen, was ihr hätte passieren können.

*Ich bin in der Nähe von Pisa, ruf an, wenn du gelandet bist.* Noch nie hatte Sara Jessica so sehr vermisst wie jetzt, da sie allein an einem Café-Tisch saß und auf den Hafen hinausblickte.

Tirrenia war eine schöne Stadt, das Wetter war schön, ein angenehmer Abend mit vielen schönen Männern, die zwischen den Tischen umherliefen, aber das alles war ihr egal. Ihre Laune war auf dem Tiefpunkt, und sie hatte die Italiener jetzt schon gründlich satt.

Sie erinnerte sich an die zahlreichen Reisen ins Heimatland ihres Vaters als Jugendliche und wie anstrengend sie die viele Aufmerksamkeit empfunden hatte. Nicht, dass sie mehr davon abbekommen hätte als andere, aber es wirkte so bitterernst, als liebten die italienischen Männer Frauen, *alle* Frauen. Das war Sara nicht gewohnt. Ihre Erfahrung beschränkte sich auf das »Willst du mit mir gehen?« der schwedischen jungen Männer und unbeholfenes Herumdrücken an ihren Brüsten unter dem T-Shirt. Damit konnte sie umgehen, doch den südländischen Charmeuren hatte sie sich immer hilflos ausgeliefert gefühlt.

Aber das war damals gewesen. Inzwischen kümmerte sie sich nicht mehr darum. Niemand wollte ihr etwas Böses, und wenn sie das Interesse erwiderte, verschwanden sie ganz schnell wieder. Den Typen, die sie jetzt lächelnd umkreisten, warf sie lediglich wütende Blicke zu. Sie würde in der Zwischenzeit ein Hotel suchen. Hier konnte sie nicht länger sitzen bleiben.

»Wie, ausgebucht?« Sie starrte die Rezeptionistin an, als hätte sie sich verhört.

»Derzeit finden hier in der Gegend mehrere große Konferenzen statt, Signora, tut mir leid.«

»Na gut, dann versuche ich es woanders«, sagte Sara. Vielleicht war dieses Hotel besonders beliebt. Die Aussicht war tatsächlich phantastisch.

»Ich fürchte, es sieht überall gleich schlecht aus. In Pisa und Umgebung sind wir seit Monaten ausgebucht. Aber Sie können es ja immerhin versuchen.«

»Was wollen Sie damit sagen? Dass ich lieber wieder abreisen sollte? Und was bedeutet Umgebung? Wo kann ich denn wieder ein Zimmer bekommen?«

Die Rezeptionistin sah sie mitleidig an. »Florenz, wenn Sie auf der sicheren Seite sein wollen.«

»Aber bis dahin sind es 100 km. Und das um diese Uhrzeit?« Sie schaute auf die Uhr über dem Empfangstresen. Neun. Wenn sie jetzt losführe, wäre sie um elf, vielleicht sogar erst um zwölf Uhr nachts da. Schneller traute sie sich in der Dunkelheit nicht zu fahren. Eigentlich fuhr sie gar nicht im Dunkeln. Zumindest bisher. Jetzt allerdings schien sie gar keine andere Wahl zu haben.

»Ja, ich weiß. Es ist wirklich verrückt im Moment.« Ein Lächeln huschte über ihr Gesicht. »Kommen Sie doch in einer Woche wieder, da sieht es deutlich besser aus.«

Sara seufzte hörbar, sie konnte nicht anders.

Sich auf das Motorrad zu setzen, wo sie eigentlich

nichts als schlafen wollte, schien ihr weder besonders verkehrssicher noch verlockend, aber sie hatte keine Alternative mehr. Bei drei Hotels hatte sie es schon versucht, und jetzt war es beinahe zehn Uhr.

Zehn. *Herrgott, Jessica.* Sie hatte die Freundin vollkommen vergessen. Hatte sie angerufen? Jessica würde sie töten, wenn sie kein Hotelzimmer für sie fand. Sara fluchte. Es war wirklich nicht ihr Fehler, entweder funktionierte das Navi nicht, oder die Adresse in der Einladung war falsch. Sie startete das Motorrad. In zehn Minuten würde Jessicas Flugzeug landen.

»Wie bitte? Du sagst, wir …«

»… haben kein Hotelzimmer.« Sara starrte zu Boden. Natürlich regte Jessica sich auf, sie hatte allen Grund dazu. Sara hatte ihr ein Schloss versprochen, und jetzt schien ihr nichts anderes übrigzubleiben, als sich hinter Sara aufs Motorrad zu setzen und mit ihr bis nach Florenz zu fahren.

Jessicas Lachen kam so unerwartet, dass Sara schnell aufblickte. Sie lächelte vorsichtig, vielleicht hatte die Freundin ja einen hysterischen Anfall. Derlei Versehen nahm Jessica nicht auf die leichte Schulter, das wusste Sara. Normalerweise wäre die Königin der Bequemlichkeit in einem Fall wie diesem völlig ausgerastet, aber jetzt schien irgendetwas passiert zu sein. Sie lachte aus vollem Halse, warf den Oberkörper dabei vor und zurück und schüttelte gleichzeitig den Kopf. Schließlich stand sie breitbeinig da, vornübergebeugt und die Hände auf den Bauch gepresst, lachte sie Tränen.

»Au, mein Bauch«, jammerte sie. »Au, tut das weh!

Das habe ich jetzt wirklich gebraucht. Den ganzen Tag bin ich traurig gewesen. Danke, Sara, dass du so ein Tollkopf bist und mich zwingst, an etwas anderes zu denken, statt mich selbst zu bemitleiden.« Sie keuchte und holte tief Luft, dann richtete sie sich auf.

»Nein, mal ernsthaft«, sagte sie. »Warum fahren wir nicht einfach wieder dahin zurück und fragen? Das Schloss muss doch ganz in der Nähe liegen. Hast du es mal gegoogelt?«

Sara hob die Augenbraue. »Ich habe es gegoogelt, und ich habe die Nummer auf der Buchungsbestätigung angerufen, aber es ist niemand rangegangen. Außerdem habe ich die Leute gefragt. Das Schloss muss da liegen, wo ich war. Meinst du das ernst, sollen wir noch mal dort klopfen?«

»Ja, was kann uns schon groß passieren? Dass eine wütende Hexe die Tür aufmacht? Davor hab ich keine Angst. Wie weit ist es bis dorthin?«

»Etwa zehn Kilometer.«

»Na los, worauf warten wir noch, lass uns gehen.« Jessica winkte mit der Tasche und dem Rucksack, die sie immer noch bei sich trug, seit sie sich vor gerade einmal ein paar Tagen in Dänemark getrennt hatten.

»Schnall das mal fest, du kannst das ja.«

»Bist du dir sicher? Es kann sein, dass wir das Schloss heute Abend nicht mehr finden, und dann müssen wir vielleicht wieder zelten.«

»Ja, dann ist das halt so. Nichts könnte schlimmer sein, als im selben Hotel wie JP zu übernachten«, sagte sie.

»Darüber haben wir ja noch gar nicht gesprochen«, sagte Sara.

»Dazu gibt es auch nichts zu sagen. Es war genau wie immer.«

»Also habt ihr nicht miteinander geredet?« Sara machte Jessicas Helm los.

»Scheiße, dieses Mistding hatte ich ganz vergessen«, stöhnte Jessica. »In einem engen Kleid zu fahren ist sicher auch völlig undenkbar?« Ihr Lächeln verschwand. »Nein, wir haben nicht geredet. Können wir JP einfach mal vergessen? Ich werde nur traurig, wenn ich an ihn denke. Ich muss zur Toilette, mich umziehen. Bin gleich wieder da.«

Sara war es unangenehm, im Dunkeln zu fahren, aber davon sagte sie Jessica nichts. Stattdessen fuhr sie sehr langsam. Als sie ankamen, war der Himmel pechschwarz. Es war beinahe Mitternacht. Aus den Fenstern drang Licht, also schien immerhin noch jemand wach zu sein. Sie hielt am Gartenzaun.

»So schlimm sieht das doch gar nicht aus?«, meinte Jessica.

»Nein, aber es ist nicht mein Schloss. Wo sind die ganzen Felder, Weinberge und Säle? Das hier ist nur ein ganz gewöhnliches großes Haus.«

»Komm jetzt«, sagte Jessica. Sie stieg ab und trat ein paar Schritte auf das Tor zu.

»Jetzt sofort? Wollen wir nicht erst mal einen Plan machen?«

Jessica drehte sich abrupt um. »Wie kann es sein, dass du Ballon fliegen, Motorrad fahren, in den Bergen herumklettern und im Dschungel zurechtkommen, aber nicht mit einer italienischen Frau sprechen kannst, die mit dem falschen Bein aufgestanden ist?«

»Weiß ich auch nicht«, erwiderte Sara kleinlaut und folgte ihr langsam.

Resolut klopfte Jessica an die Tür.

## 20

Die Frau, die ihnen öffnete, musterte sie eindringlich, erst Sara, dann Jessica. Dann schrie sie plötzlich auf, so dass die beiden Freundinnen zusammenzuckten.

»*Mamma mia*, Jessica Romin!« Sie fuchtelte aufgeregt mit den Händen. »Jessica Romin«, rief sie über die Schulter ins Haus hinein, und kurz darauf drängten sich drei weitere Frauen durch die Tür.

»Was sagen sie?«, fragte Jessica Sara flüsternd.

»Dass wir reinkommen sollen oder so.«

Jessica lächelte breit. »Si, si«, sagte sie und stapfte über die Schwelle, und die vier Frauen verneigten sich ehrfurchtsvoll. Das hier war genau Jessicas Ding. Mit ihren Leserinnen zu reden fiel ihr nie schwer, da spielte es auch keine Rolle, ob sie sich nur per Handzeichen oder auf Schwedisch verständigen konnte. Sie zog Sara hinter sich her.

»Stell dich nicht so an, du siehst doch, wie freundlich sie sind«, sagte Jessica und lächelte die Frau an, die Sara einen solchen Schrecken eingejagt hatte.

»Sono Maria«, stellte diese sich vor und legte einen Arm um Jessica, während sie gleichzeitig Sara zur Seite schob. »I *laav* Jessicas books.«

»Thank you«, sagte die beliebte Schriftstellerin und lächelte erneut. Vielleicht sollte sie sich wirklich wieder mehr auf die Zuneigung konzentrieren, die ihre Leserinnen ihr entgegenbrachten. Und darauf, neue Bücher zu schreiben. Mehr brauchte sie doch gar nicht im Leben.

Maria führte sie resolut hinein, doch Sara blieb zögernd an der Tür stehen.

»Komm jetzt«, rief Jessica. »Du wirst schon nicht daran sterben, mal ein bisschen sozial zu sein.«

Sie hörte nicht, was Sara antwortete, sie lächelte Marias Freundinnen an, die in überbordendem Italienisch miteinander schnatterten.

»Wieso, findest du, ich bin nicht sozial?«, fragte Sara verwundert.

»Doch, du kannst das schon, aber nur, wenn du willst«, antwortete Jessica, bevor Maria sie in einen großen Sessel drückte. Die Italienerinnen fuhren fort, aufgeregt durcheinanderzureden, dann verschwanden sie aus dem Zimmer. »Worüber haben sie geredet?«

»Sie wollen ihre Bücher holen, damit du sie ihnen signieren kannst. Kannst du nicht noch mal fragen, wo das Schloss liegt? Es ist schon sehr spät, und wir müssen bald weiter, wenn wir noch reingelassen werden wollen.«

Sara zog sich einen Hocker heran und setzte sich neben Jessica.

»Darf ich mich erst noch ein bisschen bewundern lassen? Denk dran, ich habe eine tragische Nacht in Malmö hinter mir.«

»So schlimm wird es schon nicht gewesen sein. Ihr hattet doch Sex?«

Jessica warf ihr einen wütenden Blick zu. »Es waren ja auch nicht seine physischen Leistungen, die die Nacht zu so einem Fiasko gemacht haben. Aber Orgasmen können nun einmal nicht die Liebe ersetzen, nach der ich mich sehne.«

»Mann, wie dramatisch du immer klingst«, sagte Sara, »du hast das jetzt schon hundertmal erlebt. Kannst du dich nicht einfach freuen, dass jemand sich deines Körpers annimmt?«

»Bist du etwa eifersüchtig?«

»Ja, bin ich. Ich habe gehört, man kann sterben, wenn man lange nicht berührt wird, also befinde ich mich gewissermaßen schon in der Gefahrenzone, wenn ich nicht bald jemanden finde, der mich haben möchte.«

»Und wenn du niemanden triffst, den *du* haben willst?«

»Dann muss ich eben Wein trinken und so theatralisch werden wie du«, sagte sie und schüttelte den Kopf, als eine der Italienerinnen ihr ein Glas reichen wollte. »Ich kann nicht trinken, ich muss fahren.« Sie lächelte entschuldigend. Die Frau schüttelte ebenfalls den Kopf und schenkte Jessica ein strahlendes Lächeln, als diese das Glas dankend entgegennahm.

»Ein Glas bitte, mehr nicht«, mahnte Sara. »Ich will keine Betrunkene hinter mir sitzen haben, wenn wir weiterfahren. Bitte frag nach dem Schloss, denn hier können wir nicht bleiben. Die hassen mich.«

Sara hatte recht. Es sah wirklich aus, als würden die Frauen, die mit ihren Büchern um die beiden Gäste herumstanden, sie abgrundtief verabscheuen. Jessica konnte sich nicht erklären, warum, glaubte jedoch, es könnte mit Saras Aussehen zu tun haben. Es war viel leichter, sich ihrem eigenen runden, alltäglichen Gesicht zu öffnen als Saras fein geschnittenen Zügen. Sara und sie hatten so etwas schon manches Mal erlebt. Immer musste Sara erst beweisen, dass sie normal und freundlich war, während Jessica nichts dafür tun musste.

Im Augenblick hatte sie zudem den Vorteil, dass die Italienerinnen ihre Bücher gelesen hatten. Maria kam gerade mit einem ganzen Stapel herein, den sie signiert haben wollte.

»Das Schloss«, zischte Sara.

»Signora ...«, begann Jessica, aber weiter kam sie nicht, denn die Tür ging auf, und weitere Frauen mit Büchern kamen herein. Sie machte eine entschuldigende Geste in Saras Richtung, aber es war unmöglich, sich nicht zu freuen, wenn man von einer Leserschar umringt war, die die Bücher, die man geschrieben hatte, offensichtlich liebte. Das würde sie ihrem Agenten erzählen. Es wurde wohl wieder einmal Zeit für eine italienische Lesereise.

Sie übernachteten bei Maria. Gezwungenermaßen, denn Maria schloss einfach die Tür ab, und während Jessica lachte und es großartig fand, verabscheute Sara jede einzelne Sekunde. Sie hatten herausgefunden, dass das Schloss nur wenige hundert Meter entfernt lag, aber es hatte lange gedauert, bis sie Maria diese Information entlocken konnten. Sie hatte sie wütend angesehen, sogar Jessica hatte einen bitterbösen Blick abbekommen. Und auch am nächsten Morgen, als Maria ihnen das Frühstück auftrug, schien ihre schlechte Stimmung anzuhalten. Mit einem Knall stellte sie das Tablett auf den

Tisch und starrte Sara finster an, ehe sie wortlos wieder hinausging.

Eine Stunde später verließen sie Marias Haus, und Sara konnte endlich wieder lächeln.

Als der Palast tatsächlich nur wenige hundert Meter weiter entfernt auftauchte, hielt Sara an. Sie musste stehen bleiben und das Bild in Ruhe in sich aufnehmen.

»Wow. Es ist genauso märchenhaft, wie ich es in Erinnerung hatte«, sagte sie andächtig. In der Morgensonne sah es aus, als wäre es vergoldet. Türme und Zinnen erhoben sich wie ehedem, und eine Flut von Bildern tauchte vor ihrem inneren Auge auf. Von den Festen, auf denen Eros Hof hielt. Aber auch von den wenigen Gelegenheiten, bei denen sie miteinander allein gewesen waren. Dann war er weicher gewesen und nicht so dominant. Dieser Eros war es, der sie geblendet hatte. Der andere hatte ihr eher ein wenig Angst gemacht.

»Warum war sie so sauer? Sie schien am Ende ja selbst auf mich wütend zu sein«, sagte Jessica.

»Keine Ahnung, und es ist mir auch egal«, sagte Sara zerstreut und startete den Motor. Auch wenn die Erinnerungen jetzt nicht mehr weh taten, so hatte es doch lange genug gedauert. Eros wollte damals eine Gespielin, und Sara war völlig unbedarft gewesen. Ganz langsam hatte er sie in seine Sexspiele hineingezogen, und erst als sie im Herbst nach Hause gefahren war, hatte sie gemerkt, was eigentlich passiert war. Damals war sie achtzehn gewesen und hatte vieles erlebt, womit sie lange zu kämpfen hatte. Sie hatte sich unglaublich geschämt und nie irgendjemandem von diesem Sommer erzählt. Sie hatte sich erniedrigen lassen und war in etwas hineingezogen worden, mit dem sie nicht zurechtgekommen war.

Dem Mann, in den sie wahnsinnig verliebt gewesen war, beim Sex mit anderen Frauen zuzuschauen, hatte weh getan und sie zugleich erregt, und mit diesen widersprüchlichen Gefühlen hatte sie nie richtig umzugehen gelernt.

Sie nahm sich Zeit und ließ ihren Gedanken und Gefühlen freien Lauf. Als sie die Reise geplant hatte, war sie davon ausgegangen, es würde sich wie eine Rückkehr anfühlen. Und das wollte sie spüren. Wollte verstehen, wer sie gewesen und zu wem sie geworden war. Was war zwischen 1980 und heute passiert? Steckte noch etwas von der jungen Frau in ihr, die sie damals gewesen war, oder lag ihr früheres Ich unter Scham begraben? Sie war immer noch neugierig, abenteuerlustig und umtriebig, aber soweit sie sich erinnern konnte, war die junge Sara auf einer viel persönlicheren Ebene furchtlos gewesen. Sie hatte gewagt, sich verletzlich zu zeigen. Das fehlte ihr jetzt manchmal.

Es war, als hätten die Erlebnisse jenes Sommers eine Tür in ihr verschlossen. Vielleicht war es genau das, was Danne gemeint hatte, wenn er gesagt hatte, er käme nie richtig an sie heran? Das war ein ganz neuer Gedanke, über den sie erst mal nachdenken musste.

Aber zunächst wollte sie die Fahrt zu diesem mächtigen Gebäude genießen. Sara hatte Marias Kommentare über die Besitzer gehört. Dass sie sie nicht mochte, war offensichtlich, aber warum, hatte sie nicht gesagt.

Sara selbst spürte eine intensive Sehnsucht nach Nähe. Je mehr sie darüber nachdachte, desto mehr sagte ihr Körper ihr, dass eine kurze und intensive

Romanze jetzt genau das Richtige wäre. Eine schnelle Nummer, gern in einer alten Schlossbibliothek, auf einem lederbezogenen Schreibtisch. Goldene, schweißglänzende Haut und ihr eigenes Stöhnen, wenn ihr Körper endlich all die Lust freigeben konnte, die er in den vergangenen Jahren zurückhalten musste. Es war ganz einfach, das vor sich zu sehen. Vergnügt rollte sie auf das Schloss zu. Sie fragte sich, wo sie wohl schlafen würden. In einem der Türme vielleicht? Sie hätte nichts dagegen. Hoffentlich bekam sie ihr eigenes Zimmer, damit ihr feuriger Liebhaber zu ihr unter die Daunendecke kriechen konnte, wenn seine Sehnsucht zu groß wurde. Aber jetzt war Jessica dabei, und vielleicht gab es kein freies Zimmer mehr?

Die Allee war lang, Sara wurde ungeduldig und gab Gas. Wie viele Kilometer Zypressen konnte man eigentlich pflanzen?

Aus der Nähe sah es gar nicht mehr so golden aus, stellte sie fest, als sie in den Innenhof fuhr. Die Fassade war verputzt, aber immerhin glänzten die Zinnen und Kanten rund um die Türme. Sie stieg vom Motorrad und nahm den Helm ab.

»Nun mach schon«, sagte sie zu Jessica, die wieder mit ihrem Helm zu kämpfen hatte. »Nächstes Mal nimmst du am besten Vaseline statt Schminke.« Sie spähte zum Schloss hinüber.

Als von hinten ein Knattern ertönte, drehte sie sich um, und als die Karawane über die Allee näher kam, war sie nicht weiter überrascht. Seine Tochter hatte ja gesagt, sie wären auf dem Weg in die Toskana, und bei Saras derzeitigem Glück war es doch eigentlich klar gewesen, dass sie ausgerechnet hierherfahren würden.

# 21

Siehst du den Mann, der gerade den Helm abnimmt«, flüsterte Sara Jessica zu. »Das ist Texas, der Typ, der mich mitgenommen hat, als uns das Benzin ausgegangen ist. Weißt du, wer das ist? Erkennst du ihn irgendwoher wieder?«

Jessica, die noch immer den Helm nicht herunterbekommen hatte, schob das Visier hoch und betrachtete den Mann, der auf sie zustapfte.

»Gott, sieht der gut aus«, sagte sie. »Aber nein, ich habe keine Ahnung, wer das sein könnte. Oder?« Sie runzelte die Stirn, wie sie es immer tat, wenn sie überlegte. »Ist er vielleicht Koch? Du weißt schon, so einer, von dem alle den Namen kennen, weil er jede Menge Preise gewonnen hat, der sich aber weigert, in irgendwelchen Kochsendungen aufzutreten?« Sie hatte kaum ausgeredet, da stand er auch schon vor ihnen.

»Na klar«, sagte er und starrte Sara wütend an. Dass er sich im Zugabteil dazugesetzt und ganz normal gewirkt hatte, schien einem vorübergehenden Stimmungshoch zu verdanken gewesen sein. Jetzt war er wieder in Hochform.

»Na, na, na«, sagte Jessica. »Jetzt reicht es aber mal.« Sie schob sich zwischen die beiden. »Zurück«, sagte sie zu ihm.

Er gehorchte, sah aber nicht sonderlich beeindruckt aus.

»Ohne Helm würden Sie deutlich respekteinflößender wirken«, sagte er zu Jessica, bevor er sich wieder Sara zuwendete. »Was machen Sie hier?«

»Was machen *Sie* hier?«

»Motorradwoche«, sagte er kurz angebunden.

»Dann sind wir aus demselben Grund hier, auch wenn ich vermute, dass Sie zum Küchenpersonal gehören und ich zu den Gästen.« Sie lächelte sanft. »Also werde ich mich entspannen, während Sie Kartoffeln schälen.«

Texas erwiderte ihre aufgesetzte Freundlichkeit nicht, im Gegenteil, er schien ihr jeden Augenblick ins Gesicht springen zu wollen. Jessica erkannte das sofort, sie hob die Hände und bat ihn zu verschwinden.

Er warf ihnen noch einen letzten Blick zu, dann zuckte er mit den Achseln. »Wir werden ja sehen, wer es hier am längsten aushält«, sagte er und drehte sich auf dem Absatz um.

»Gibt's hier auch Partys?«, fragte Jessica und betrachtete Texas' Rücken. »In meiner Tasche ist wenig Platz für Partykleider.«

»Wir sind hier unter Motorradfahrern, denk dran. Ein sauberes T-Shirt genügt vollkommen«, antwortete Sara. »Und ich kann nicht behaupten, dass ich sehr viel Lust habe hierzubleiben. Ich finde, dieser Koch wirkt total durchgeknallt. Sollen wir nicht einfach nach Mailand abhauen und uns dort ein Luxushotel nehmen?« Sie sah zu, wie Texas und seine Freunde durch das offene Tor traten, und fluchte leise.

»Nein, weißt du was? Ich bleibe«, sagte Jessica entschieden und schaute zu dem vergoldeten Turm hoch. »Das hier könnte genau der richtige Ort für mich sein, um über JP hinwegzukommen, und Partykleider können wir ja noch kaufen. Bestimmt haben sie irgendwo ein Auto versteckt, das man ausleihen kann.«

Sie hängte den Helm an den Rückspiegel und fuhr sich mit den Fingern durch das plattgedrückte Haar.

»Du meinst, wir pfeifen auf Texas?«

»Ja, natürlich. Er wird schon noch einsehen, dass du nicht hinter ihm her bist«, sagte Jessica aufmunternd. »Komm, lass uns einchecken oder was man an einem Ort wie diesem hier tut.«

»Herzlich willkommen.« Die dunkle elegante Dame strahlte Klasse aus, und es war nicht schwer zu erraten, dass es die Gräfin persönlich war, die ihnen im Burghof mit ausgestreckten Händen entgegeneilte. Sie lächelte Jessica an, die ihr am nächsten stand, und reichte ihr die Hand. »Ich bin Carlotta«, sagte sie auf Englisch.

»Jessica.«

Die Gastgeberin nickte. »Romin. Es hat sich bereits herumgesprochen.«

»Das GPS hat uns zu Marias Haus geführt statt hierher«, erklärte Sara. »Und dank meiner Freundin durften wir bei ihr übernachten.« Sie nickte zu Jessica hinüber und begrüßte ihrerseits die Gräfin.

»Auch das habe ich schon gehört.« Carlotta lächelte.

»Ich bin früher schon mal hier gewesen«, sagte Sara, nachdem sie sich vorgestellt hatten. »Mein Vater hat viele Jahre für die alte Gräfin gearbeitet, und als ich achtzehn war, habe ich einen ganzen Sommer hier in der Gegend verbracht, aber ich glaube, da waren Sie gerade nicht hier. Allerdings habe ich Ihren Bruder getroffen, Eros.«

»Dann wird er sich sicher freuen, Sie wiederzusehen«, sagte sie und wandte sich wieder Jessica zu. »Sie sind hier sehr berühmt, aber das wissen Sie bestimmt.«

Jessica nickte. »Schon, aber so einen Empfang wie gestern bin ich trotzdem nicht gewöhnt.«

»Ich auch nicht«, sagte Sara, ohne zu erwähnen, was für einen Schrecken Maria ihr durch ihre Unfreundlichkeit eingejagt hatte. Und jetzt fürchtete sie sich ein bisschen vor Texas. Bisher war die Toskana eine ziemliche Enttäuschung. »Ich hoffe, Sie haben nichts dagegen, dass ich Jessica mitgebracht habe? Wir haben im letzten Moment entschieden, zusammen zu reisen. Gibt es noch Zimmer, oder sind Sie ausgebucht?«

Falls es Carlotta nicht passte, ließ sie es sich nicht anmerken, im Gegenteil, sie schien erfreut. »Nein, kein Problem, je mehr wir sind, desto besser. Am Samstag findet ja die große Party statt, und da kommen sicher noch mehr Gäste.«

»Ach, richtig«, sagte Sara. »Die Sache mit der Party hatte ich irgendwie vergessen. Wir haben keine geeigneten Kleider.« Sie zeigte auf die Motorradtaschen. »Wir haben nur praktische Sachen dabei.«

Carlotta winkte ab. »Kein Problem, wir finden schon eine Lösung, Sie können einkaufen, was Sie brauchen. Vieles kann man sich hier auch ausleihen, Masken und so etwas zum Beispiel. Wir wissen ja auch, dass man auf einem Motorrad nicht allzu viel dabeihaben kann.«

»Ein Maskenball?«, fragte Jessica.

Carlotta nickte. »Wir erwarten an die hundert Personen. Abgesehen von den Gästen, die wie Sie hier übernachten, kommen noch einmal etwa fünfzig Leute.«

»Wir können das ja noch mal besprechen, und dann entscheiden wir uns«, sagte Sara. Sie spürte, wie ihr unter der Jacke warm wurde. Hoffentlich kamen sie bald ins Haus, die Sonne brannte unbarmherzig auf sie herunter. Die Wärme von innen hatte allerdings eher mit dem Stress zu tun. Und dass sie gestresst war, war kein Wunder, schließlich hatten sich die Voraussetzungen seit ihrer Buchung vom Küchentisch aus stark verändert. Die Woche hatte nicht besonders gut angefangen, und jetzt konnte sie nur beten, dass der Rest besser werden würde.

»Aber was stehen wir hier in der Hitze herum, Sie wollen sich bestimmt ein bisschen frisch machen.« Carlotta nahm die Rucksäcke, die Jessica abgeschnallt hatte. »Bitte sehr«, sagte sie und wies auf den Schlosseingang. »Ich werde Ihnen Ihre Zimmer zeigen. Heute Nacht können Sie jede ein eigenes bekommen, aber ab morgen sind wir ausgebucht, so dass Sie sich ein Zimmer teilen müssten. Ich hoffe, das geht für Sie in Ordnung.«

Unterwegs erzählte sie ihnen etwas über das Schloss, zeigte ihnen die verschiedenen Säle und welche Türen zu den Türmen führten und welche in den Keller. »Bedienen Sie sich einfach in der Küche, wann immer Sie etwas brauchen«, sagte Carlotta und wies auf die Tür neben der großen, breiten Treppe.

Die Küche ist mir egal, dachte Sara. Ich will feuchte Schlosskeller und Türme mit Fledermäusen sehen.

Sara war enttäuscht. Ihr Zimmer hatte weder Daunendecken, noch lag es in einem Turm. Es war ein einfaches Hotelzimmer, nicht mehr und nicht weniger. Sie warf ihr Gepäck auf das Bett und öffnete die Tür zum Bad. Dusche, keine Badewanne. Nun ja, immerhin sah es sauber aus. Sie streifte die Schuhe ab und ging ans Fenster, und mit einem Mal vergaß sie das Zimmer.

Die gesamte Toskana schien sich zu ihren Füßen auszubreiten. Da waren die Sonnenblumen, ganze Felder davon! Und die Weinberge, die ihr Großvater so geliebt hatte. Natürlich konnte man von hier aus nicht das gesamte Areal überschauen, aber sie hatte den absolut schönsten Blick, das wurde ihr jetzt klar. Auf der anderen Seite lagen die Zimmer zum Innenhof. Auf einmal fühlte sie sich glücklich. Was kümmerte sie das Zimmer, wenn es draußen so viel zu entdecken gab. Plötzlich hatte sie es eilig.

Eine Viertelstunde später klopfte es an der Tür, und sie zog sich den dünnen, platzsparenden Seidenkimono über. Dann öffnete sie. Um den Kopf hatte sie ein Handtuch geschlungen. Es hatte gutgetan zu duschen, und es hatte ihr auch nichts ausgemacht, dass das Wasser nach fünf Minuten kalt wurde. Abkühlung war genau das, was sie brauchte.

Sie hatte gedacht, es wäre Jessica, und als jetzt Eros über die Schwelle trat, bekam sie weiche Knie. Sie musste sich an dem kleinen Tisch neben der Tür festhalten, und ihr Herz klopfte so stark, dass man es eigentlich durch den Stoff hätte sehen müssen.

»Willkommen«, sagte er leise. »Ich habe auf dich gewartet, seit ich dich auf der Gästeliste entdeckt habe.«

Ihr wurde ganz heiß. Er sah als 55-Jähriger womöglich noch besser aus als in jungen Jahren. Graumeliertes, immer noch dichtes Haar. Derselbe glühende Blick, doch seine Augen waren jetzt von zarten Falten umgeben, die zu den Schläfen hin ausliefen. Er war größer, als sie ihn in Erinnerung hatte. Und kräftiger.

Er stellte sich vor sie hin, und sie hob den Kopf, begegnete seinem Blick. Nahm den Geruch seines Rasierwassers wahr. Und plötzlich wurde sie fünfunddreißig Jahre in der Zeit zurückversetzt.

»Hast du dich auch so nach mir gesehnt?«, fragte er.

# 22

Sara kümmerte es nicht, dass ihre Brüste durch den Spalt des Kimonos zu sehen waren. Eros' Blick flackerte zwischen ihnen und ihren Augen hin und her, und sie war von der Spannung wie berauscht.

»Ich wusste nicht, dass du noch hier bist«, log sie, »ich dachte, ihr hättet das Schloss verkauft.« Das hatte sie schließlich wirklich geglaubt, bevor sie die Annonce gefunden und es gegoogelt hatte.

»Das hatten wir auch vor, aber dann kam es anders. Wo bist du all die Jahre gewesen? Hast du an mich gedacht?« Er beugte sich vor und strich ihr mit dem Daumen über die Lippen. »Ich erinnere mich an ihren Geschmack«, sagte er heiser. »Darf ich?«

Er beugte sich zu ihr herab. Es war unglaublich erotisch, ihn so wiederzusehen. Sie war erregt. Sein Mund glitt an ihren Lippen vorbei zu ihrem Hals. Sie spürte, wie ihre Brustwarzen steif wurden und seine Zunge sie unter dem Ohr kitzelte. Es war beinahe irreal. Würde sie es wirklich tun? Fünf Minuten nachdem er an die Tür geklopft hatte? Es war ja nicht so, dass sie sich nicht kannten, sie hatten sich bloß viele Jahre nicht gesehen. Seine Hände streichelten ihre Brüste.

»Dreh dich um«, flüsterte er, und ein erwartungsvoller Schauer lief ihr über den Rücken. Langsam drehte sie sich um, so dass sie ihm den Po zukehrte. Als er je eine Hand auf ihre Backen legte, glaubte sie ohnmächtig zu werden. Seine Hände brannten durch den dünnen Stoff, und wenn er ihn hochgeschoben hätte, hätte er bemerkt, dass sie jetzt schon bereit war.

Behutsam wanderten seine Hände nach vorn, und während er sie an sich zog, öffnete er den schmalen Gürtel ihres Morgenmantels. Sein Unterleib stieß gegen sie, und sie spürte, wie hart er war. Er wollte sie, und das machte sie wahnsinnig geil.

»Bück dich. Stütz dich auf dem Bett ab«, flüsterte er und begann ihren Morgenmantel hochzuschieben. Sie gehorchte, und der Stoff glitt langsam ihre Beine hinauf. Ihr Schoß pochte. Es war vollkommen verrückt, aber obwohl er ihr Geschlecht noch nicht berührt hatte, spürte sie, dass sie jeden Moment kommen würde.

»Spreiz die Beine«, sagte er mit seiner dunklen Stimme. Sie spürte seine Hand zwischen ihren Backen und stellte sich willig so, dass er sie streicheln konnte. Sie hörte, wie er seinen Reißverschluss öffnete, und bevor sie noch einen Gedanken fassen konnte, spürte sie sein hartes Geschlecht an ihrem.

»Mmh, du bist bereit«, sagte er heiser. Sara versuchte sich umzudrehen, wollte ihm in die Augen sehen, doch er hielt sie mit harter Hand fest.

Innerhalb von Sekunden erlosch ihre Lust.

»Hör auf, Eros. Schluss jetzt.« Sie musste sich förmlich losreißen, richtete sich auf und zog ihren Morgenmantel wieder zurecht. War sie denn wahnsinnig geworden? Was tat sie da eigentlich? Sie trat ein paar

Schritte zurück und hielt den Morgenmantel über der Brust zusammen.

»Das war eine ganz schlechte Idee«, sagte sie und sah ihm in die Augen. Sie waren kohlschwarz, und ohne ein weiteres Wort zog er den Reißverschluss wieder hoch und ging mit großen Schritten zur Tür. Auf der Schwelle drehte er sich noch einmal um und starrte sie an, ehe er die schwere Tür hinter sich zuknallte.

Hinterher fühlte sie sich unglaublich dumm. Was wusste sie schon über Eros? Nicht das Geringste. Sie hatten sich nicht mehr gesehen, seit sie achtzehn gewesen war, und auch wenn er sich damals hin und wieder von einer weicheren Seite gezeigt hatte, so hatte sie doch sofort den kalten Blick wiedererkannt, der besagte, dass sie ihm vollkommen egal war.

Sie fragte sich, was an ihm sie überhaupt so erregt hatte, damals wie auch heute.

Sie rief Jessica an, aber es war besetzt. Also schickte sie ihr eine SMS: *Komm her.* Das genügte.

Sie ließ die Tür unabgeschlossen, so dass die Freundin jederzeit hereinkommen konnte, sie selbst musste sich noch einmal gründlich waschen. Kurz darauf hörte sie, wie die Tür aufging und wieder geschlossen wurde, und einen Moment später steckte Jessica den Kopf ins Bad. »Ich bin jetzt hier«, sagte sie zu Sara, die hinter dem Vorhang stand.

»Bin gleich so weit«, antwortete Sara und drehte das Wasser ab. Sie schlang ein frisches Handtuch um ihr Haar und ein anderes um ihren Körper, legte ein bisschen Parfüm auf und tappte dann ins Schlafzimmer.

»Hast du geschlafen?«, fragte Jessica aus einem der

großen Sessel am Fenster. Sie trug ein knöchellanges geblümtes Kleid und darüber eine leichte Strickjacke. Sara fand, sie sah phantastisch aus.

»Geschlafen?«, fragte Sara zurück. »Ich hätte beinahe Sex gehabt.«

»Wie bitte?«

»Sex. Du weißt schon, Geschlechtsverkehr. Das was alle außer mir durchschnittlich einmal die Woche treiben.«

»Mit wem?« Jessica sah sie ungläubig an.

»Mit Eros, du weißt schon …«

»Machst du Witze? Was meinst du überhaupt mit beinahe?«

»Es war nah dran, bis ich nein gesagt habe. Ich weiß nicht, aber ich hatte plötzlich Angst«, sagte sie und spürte, dass es genauso war, jetzt, wo sie es in Worte fasste. Sie kramte ein T-Shirt heraus. Auf den Seidenkimono hatte sie keine Lust mehr, lieber zog sie sich ein großes T-Shirt über. Sie hatte es gefunden, nachdem Danne ausgezogen war, und es passte ihr ausgezeichnet als Nachthemd.

»Und jetzt?«, rief Jessica ihr nach, als sie im Bad verschwand, um sich anzuziehen.

»Keine Ahnung«, sagte Sara und kam mit einer Sprayflasche zurück. »Er ist blitzschnell verschwunden, als er merkte, dass ich kein Interesse hatte, und so wie es sich jetzt anfühlt, war es nur eine kurze Verwirrung meinerseits. Ich hoffe, das hat keinen Einfluss auf die restlichen Tage hier.« Sie sprayte sich die Haare. »Einem Mann auszuweichen mag ja noch funktionieren, aber zweien?«

»Was ist das für Zeugs? Glanzmittel? Ich wusste

doch, dass du einen Trick hast, niemand kann von Natur aus so glänzende Haare haben wie du.«

»Balsam«, antwortete Sara und reichte Jessica die Flasche. Sie fuhr sich mit den Fingern durchs Haar und war fertig.

Jessica wollte nicht mit zum Essen, aber das machte Sara nichts aus. Sie wollte das Schloss sehen, sie hatte so viele Erinnerungsbilder, von denen sie nicht mehr wusste, ob sie stimmten oder nicht. Außerdem wollte sie den Eingang zum Weinkeller finden. Sie wusste nur noch, dass dieser unter dem Ostflügel lag. Wenn sie Glück hatte, wurde das Abendessen irgendwo in der Nähe serviert.

## 23

Sara wusste, dass sie sich nichts vorzuwerfen hatte, dennoch kam sie sich dumm vor, als Eros nicht einmal reagierte, als sie in den Speisesaal trat. Carlotta, die in ihrem goldfarbenen Kleid wie eine Königin aussah, ging herum und plauderte mit ihren Gästen. Texas, oder wie auch immer er heißen mochte, trug statt der Motorradklamotten helle Chinos zu einem hellblauen Hemd. Er stand in einer Ecke und unterhielt sich lachend mit seiner Tochter, die Sara von weitem zuwinkte. Um sie herum standen die anderen Motorradfahrer und sahen ebenso ordentlich aus wie Texas und seine Freunde.

Darüber hinaus waren unter den Anwesenden ein Künstler und seine Frau – eine hagere Person, die ziemlich unglücklich aussah – und ein Playboy; zumindest hielt Sara ihn dafür. Er war vornehmlich damit beschäftigt, seine Locken im Nacken zusammenzuhalten, und hatte sich ein geschmackloses Tuch um den Hals geknotet. Soweit Sara wusste, war er allein hier, und sie versuchte sein Zwinkern so gut wie möglich zu ignorieren.

»Wo ist Jessica?«, fragte Carlotta.

»Sie war müde und wollte sich heute früh hinlegen«, antwortete Sara. »Haben Sie eigentlich viel mit Maria zu tun, bei der wir letzte Nacht geschlafen haben?« Sie pflückte sich ein paar Weintrauben von einem Teller.

Carlotta zuckte kaum merklich zusammen. »Wie das unter Nachbarn eben üblich ist, mehr nicht.« Es klang eher abweisend, aber das konnte ja auch an einer Art aristokratischer Überheblichkeit liegen, die Sara bei vielen erlebt hatte, die sich selbst für etwas Besseres hielten.

»Dann hoffen wir mal, dass Jessica morgen wieder fit ist«, sagte Carlotta.

»Bestimmt. Wir wollen schließlich Kostüme für das Fest kaufen.« Sara lächelte und schob sich eine Traube in den Mund.

»Wenn Sie ein Auto brauchen, sagen Sie nur Bescheid«, sagte Carlotta. »Und dann kann ich Ihnen morgen früh auch noch die Adressen der richtigen Boutiquen nennen.«

Die Gastgeberin ging weiter, und Sara beobachtete verstohlen deren Bruder. Sie traute ihren Augen nicht, der baggerte doch wohl nicht Texas' Tochter an? Aus

Saras Blickwinkel sah es fast so aus, und wenn sich das bestätigen würde, gäbe das Stoff für ein richtiges Drama. Nicht von ihrer Seite, ihr war völlig egal, was er trieb. Aber sie dachte an Texas und fragte sich, wie der es wohl finden würde, wenn ein wesentlich älterer Mann sich an Lovisa heranmachte. Die Frage war, wer bei dem Kampf gewinnen würde. Sie schaute zu den Waffen hoch, die an den Wänden hingen. Aber wahrscheinlich waren das nur die Wunschgedanken einer Abenteurerin, nichts weiter.

»Mistkerl«, murmelte sie vor sich hin und starrte den Grafen an, bis dieser sich zu ihr umdrehte und sie ihm einen Blick zuwerfen konnte, den er hoffentlich mit *Lass sie in Ruhe!* deutete.

Zu Saras Verdruss wurde sie zum Abendessen neben Texas platziert.

Sie hob die Augenbraue. »Wie nett«, und er machte nicht die geringsten Anstalten, sich zu erheben. Sie musste selbst den Stuhl herausziehen, um sich zu setzen. Das war wirklich unhöflich. Kein sehr schmeichelhafter Zug, dachte sie und nahm sich vor, sich das zu merken. Wenn sie die Ereignisse dieses Abends später für Jessica zusammenfassen würde, wäre es ein Detail, von dem sie berichten würde.

Aber sie brauchte sich ja auch gar nicht um Texas zu kümmern, lieber wollte sie sich darauf konzentrieren, sich richtig satt zu essen. Sie war furchtbar hungrig. Der schöne alte Tisch, an dem fast fünfzig Gäste Platz fanden, war mit Geschirr gedeckt, das ebenso alt schien wie das Schloss. Sara sah zur Tür hinüber, um zu schauen, ob das Essen nicht bald käme.

Sie wusste nicht mehr, ob sie schon einmal in diesem Saal gewesen war. Die großen Feten, zu denen sie in den 80er Jahren eingeladen gewesen war, hatten im sogenannten Fellini-Salon stattgefunden, der deutlich reicher geschmückt gewesen war. Hier gab es lediglich die großen Kerzenleuchter, die zusammen mit den Fackeln an den Wänden den Raum erhellten. Hätte man nicht gewusst, welches Jahr es war, hätte man meinen können, es wäre 1814. Es war wirklich beeindruckend schön. Sara überlegte, was es wohl zu essen geben würde, und als endlich die Schüsseln aufgetragen wurden, beladen mit Prosciutto, Parmaschinken, reifem Käse, Artischocken und Weißbrot, konnte sie einen kleinen Freudenschrei nicht unterdrücken.

Es war ihr völlig egal, ob sie die Erste war, die sich über all die Köstlichkeiten hermachte. Der Playboy, der sie permanent angestarrt hatte, saß ihr genau gegenüber, und es war unmöglich, seinem Blick zu entkommen. Was wollte er nur von ihr? Hatte er ein Problem damit, dass sie sich vor ihm bedient hatte, oder hatte sie etwas am Mund?

Sie wischte sich mit der Serviette über die Lippen, dann beugte sie sich zu ihm hinüber. »Please, don't stare«, sagte sie, und meinte einen kurzen Blick von Eros zu erhaschen.

Der Playboy zuckte mit den Schultern.

Einen Augenblick später hörte sie, wie Texas ihn auf Italienisch anfauchte, er solle Sara in Ruhe lassen, und zu ihrer Überraschung stellte sie fest, dass ihr Gegenüber in sich zusammensackte und statt sie weiter anzustarren den Blick auf das Tischtuch senkte.

»Danke«, sagte sie und lächelte Texas an. »Haben Sie

länger hier gewohnt, weil Sie so gut Italienisch sprechen?«

»Ja«, gab er kurz zurück und wandte sich dann wieder ab.

Wäre er eine Figur aus Jessicas Romanen gewesen, hätte diese ihn als schweigsamen Helden beschrieben, einen, der sich seine Angebetete über die Schulter warf und sie auf das nächste Bett schmiss, wenn sie zu viel redete. Dort hätte er sie dann geküsst, bis sie endlich den Mund hielt.

Sara schmunzelte, nahm ein Stück Parmesan vom Prosciutto und stopfte es sich in den Mund. Es war zweifelhaft, ob Texas ein Mann mit solchen Qualitäten war, er schien eher mürrisch als alles andere. Aber dass er aussah wie ein Romanheld, ließ sich nicht leugnen. Genaugenommen sah er richtig gut aus.

Sie hob ihr Glas Richtung Carlotta, die mit ihnen anstoßen wollte, mied dabei jedoch Eros' Blick. Sie hatte ihn einmal mahnend angeschaut, das musste reichen. Ihre wortlose Botschaft, er solle bloß aufpassen, wenn es um eine so junge Frau wie Lovisa ging, war offenbar angekommen. Sein Hunger nach Frauen war unverändert groß, seit sie sich in jungen Jahren getroffen hatten. Der einzige Unterschied war, dass damals die Frauen oft deutlich älter waren als er selbst, jetzt war es wohl eher umgekehrt.

Hätte Sara nicht ganz am Ende des Tisches gesessen, hätte sie jemanden auf ihrer anderen Seite gehabt, mit dem sie sich unterhalten könnte. So aber war sie auf Texas und den Verrückten ihr gegenüber angewiesen. Sie überlegte zu gehen, aber als Carlotta aufstand und verkündete, gleich würde gegrilltes Entrecôte mit Rucola und Parmesan serviert, konnte sie einfach nicht widerstehen.

Texas sah sie an.

»Immer noch hungrig? Wie kann das sein, nach all dem Schinken, den Sie schon verdrückt haben?«

Sara war so überrumpelt, dass er sie ansprach, dass ihr ein Stück Schinken im Hals stecken blieb. Sie versuchte zu husten. Sie versuchte zu atmen. Es ging nicht, sie bekam keine Luft mehr. Hilflos starrte sie Texas an, während die Panik in ihr wuchs.

»Da hat es Ihnen wohl die Sprache verschlagen, was? Das wurde aber auch Zeit«, sagte er trocken und kehrte zu seinem eigenen Teller zurück.

Sara öffnete den Mund und steckte sich den Finger in den Hals, um das Schinkenstück herauszubekommen. Sie spürte, wie ihr schwindlig wurde, und wenn sie das blöde Ding nicht bald herausbekam, würde sie ohnmächtig werden. Um sie herum waren alle beschäftigt, man prostete sich zu und lachte. Texas hatte sich der Dame an seiner anderen Seite zugewendet, und der Playboy starrte immer noch auf das Tischtuch. Sie musste Texas' Aufmerksamkeit auf sich ziehen, und so stieß sie ihn in die Seite, damit er sich zu ihr umdrehte, aber er schüttelte sie ab und signalisierte, dass er beschäftigt war. Also hieb sie mit der flachen Hand auf den Tisch, damit irgendwer reagierte. Der Playboy hob den Blick und Sara zeigte auf ihren Hals um zu zeigen, dass etwas stecken geblieben war, doch er begriff es nicht und starrte sie bloß an. Sie spürte, wie sich alles zu drehen begann und ihr Körper zur Seite kippte. Bevor sie auf dem Boden aufschlug, dachte sie noch, dass jetzt aber wirklich jemand etwas merken müsste.

# 24

Jessica überlegte, wie es Sara wohl ginge. Es war mutig von ihr gewesen, zu diesem Abendessen zu gehen, wenn man bedachte, dass sowohl Eros als auch Texas dort sein würden. Jessica wusste nicht, ob sie selbst sich das getraut hätte. Sie war eher der Typ, der davonlief, wenn es heiß wurde. Nachdem sie all die Jahre immer JP beschuldigt hatte, er würde weglaufen, war in den letzten Tagen etwas mit ihr geschehen. Sie wusste selbst nicht, was, aber ihr war bewusstgeworden, dass auch sie einen Anteil daran hatte, wenn ihre Beziehung sich nicht entwickelte und sie eher in einer Art stürmischer, jugendlicher Verliebtheit verhaftet blieben als irgendetwas anderes.

Sara war beinahe von ihrer Lust überwältigt worden, als sie Eros wiederbegegnet war, und genau dasselbe empfand Jessica jedes Mal, wenn JP wieder auftauchte.

*Jedes Mal.*

Aber im Unterschied zu Sara konnte Jessica nie nein sagen. Für sie war es ebenso Panik wie Verliebtheit. Es tat weh, JP zu lieben, das war schon immer so gewesen. Ihre Gefühle für ihn nahmen vollkommen von ihr Besitz, und sie registrierte jede kleinste Nuance. Es berührte sie unmittelbar. In JPs Gegenwart veränderte sie sich, wurde verwundbar. Und vielleicht war es genau das, was so weh tat: dass er eine solche Macht über sie hatte. Dass sie sie ihm zugestand. Sie, die ansonsten so selbständig und patent war, wurde plötzlich wahnsinnig empfindlich. Und dann floh sie in die eine

Richtung und er in die andere. Bis er das nächste Mal an ihre Tür klopfte und um Einlass bat.

Sara musste furchtbar hungrig sein, oder es war doch noch ein netter Abend geworden. Jessicas Magen knurrte. So würde sie nie einschlafen können. Sie schickte Sara eine SMS und bat sie, ihr einen Teller mit Essen mitzubringen. Dann drehte sie sich seufzend im Bett um. War das nicht mal wieder typisch, dass sie ihre Sehnsucht nach JP durch Essen kompensieren wollte? Sobald er weg war, verkroch sie sich förmlich in ihren Kühlschrank. Sie plünderte die Fleischtheke im ICA-Markt und legte einen Koch-Marathon hin. Sie buk knusprige Semmeln, Kekse und Applepies, die sie später, während ihrer Schreibperioden, aß, wenn sie sich stundenlang nicht vom Schreibtisch wegbewegte. Mit einer Thermoskanne Kaffee und Tüten voll Gebäck neben dem Computer war sie für ihre Dauerschreibeinsätze gerüstet. Abends, wenn sie kein Wort mehr schreiben konnte, kochte sie sich dann etwas, das sie vor dem Fernseher aß.

Jetzt sehnte sie sich nach diesem Zustand. Wenn sie nur bald eine Idee bekäme, wie sie ihren Roman beginnen könnte. Irgendetwas rumorte in ihr, eine Protagonistin wollte heraus, aber Jessica kam einfach nicht an sie heran. Sie hatte zu viel Ähnlichkeit mit ihr selbst als junger Frau.

Sie setzte sich auf. Vielleicht würde ein Spaziergang helfen.

Vom Wohnzimmer aus konnte Maria das Schloss erkennen, auch wenn sie oft die Gardinen zuzog, um es nicht sehen zu müssen. Sie fragte sich, welche Art

Fest heute dort stattfand. Die armen Schwedinnen, die dorthin wollten! Wenn Maria gekonnt hätte, hätte sie ihnen alles erzählt. Aber so wie die Dinge lagen, war es am besten, wenn sie schwieg. Sie erhob sich aus ihrem Sessel und ging in die Küche. Ihr Lieblingsplatz war dort an dem alten Tisch, der schon so viel mitgemacht hatte und trotz seiner vielen Jahre noch sehr stabil war.

Sie fuhr mit der Hand über das verblichene Holz. *Was würdet ihr dazu sagen, wenn ich wegziehen würde*, murmelte sie. Ihre Eltern waren schon lange tot, aber dennoch präsent, als säßen sie hier bei ihr am Tisch. *Könnt ihr mir nicht helfen? Mir einfach nur einen kleinen Wink geben, dass es okay ist, wenn ich weggehe?*

In diesem Moment klopfte es an die Tür, und Maria beeilte sich zu öffnen. Sie sah auf ihre Armbanduhr. Beinahe neun Uhr. Wer mochte sie um diese Zeit besuchen?

Auf der Vortreppe stand Jessica Romin und lächelte sie strahlend an.

»Ciao Maria, I wonder if you have a room for me for a couple of days?«, fragte sie. »There are no rooms left at the castle.«

»Come in, come in«, sagte Maria und zeigte in den Flur. »Let me see. Room. Yes I have for you. You come tomorrow. Not friend?«

»Nein, meine Freundin bleibt auf dem Schloss«, sagte Jessica und blieb in der Tür stehen. »Ich komme jetzt nicht rein, ich gehe gleich wieder zurück. Aber schön, dass es klappt, dann komme ich morgen. Afternoon?«

Maria spürte, wie der alte Zorn in ihr aufloderte. Sie schnaubte. Wie konnte man sich entscheiden, an so einem Ort zu bleiben? Jessica kam ihr vernünftiger vor als ihre Freundin, und es würde bestimmt nett, die berühmte Autorin im Haus zu haben. Die andere mochte ruhig bleiben, wo sie war.

»Welcome back tomorrow, Jessica Romin. You come anytime. I make room«, sagte sie und winkte ihr hinterher, bis sie um die Hausecke verschwunden war.

Noch ein Glas Wein, dann würde Maria das schöne Eckzimmer oben herrichten. Es war ihr Zimmer gewesen, solange ihre Eltern noch gelebt hatten, aber nachdem sie gestorben waren, hatte sie alle Räume neu tapezieren lassen und war aus ihrem alten in das Schlafzimmer ihrer Eltern umgezogen.

Von hier aus konnte man das Schloss nicht sehen, wenn man aus dem Fenster schaute, und das war ihr nur recht so. Dass es für ihre Gäste eine schöne Aussicht bot, konnte sie dagegen gut verstehen. Von weitem sah es richtig schön aus, das hatte auch sie selbst einmal gefunden. Bevor die alte Gräfin gestorben war und sich alles verändert hatte.

Jessica war zufrieden mit ihrem Spaziergang. Der Gedanke, dass sie jetzt bei Maria wohnen würde statt im Schloss, gefiel ihr. Es lag nur zehn Minuten entfernt, falls sie Inspiration brauchte oder Anschauungsmaterial, und bei Maria hätte sie ganz bestimmt mehr Ruhe.

Der Kies im Vorhof des Schlosses knirschte unter ihren Füßen, und sie beeilte sich, als sie sah, dass die Leute auf dem Weg nach draußen waren. War das Essen schon vorbei? Ein Glück, dann würde Sara sicher gleich mit Essen kommen.

# 25

Das Restaurant in Stockholm lief, wie gewohnt, einwandfrei. Ganz selten einmal gab es etwas zu bemängeln, meist aber konnte er großzügig Lob verteilen, wenn er das Lokal besuchte.

JP ging umher und begrüßte das Personal, das die Reservierungen des Tages vorbereitete. Wenn jemand neu eingestellt wurde, nahm er sich besonders viel Zeit, doch die meisten arbeiteten schon seit vielen Jahren für ihn und waren an sein Kommen und Gehen gewöhnt. Viele von ihnen hatten während der Hochsaison auch schon einmal im *JPs* auf Rhodos gearbeitet, was eine ausgezeichnete Lösung war, denn das Konzept war dasselbe, und während der Sommermonate gab es in Stockholm deutlich weniger Gäste.

Er würde mit Felicia essen, die ebenfalls gerade in Stockholm war. Sie übernachtete im Hotel. Zwar hatte er ihr angeboten, bei ihm zu wohnen, aber dazu fühlte sie sich noch nicht bereit.

Er konnte sie verstehen.

Sie mussten sich erst kennenlernen.

»Willst du dich nützlich machen?«, rief Pernilla, eine der Köchinnen, die seit der Eröffnung des Restaurants vor zehn Jahren für ihn arbeitete. JP hatte versucht, sie zur Sous-Chefin zu machen, aber sie hatte nur den Kopf geschüttelt und gesagt, ihr gefiele ihr Job. Und so hatte JP ihr lediglich eine ordentliche Gehaltserhöhung gegeben, das war das mindeste, was er tun konnte. Sie war unglaublich gut.

Jetzt warf sie ihm eine Schürze zu, und er zog sich lachend das Jackett aus. »Klar. Was soll ich tun?«

Pernilla zeigte auf die Fischtheke. »Da liegt Dorsch.«

»Okay.«

Er genoss es, einmal wieder mit den Händen zu arbeiten. In letzter Zeit hatte er so viel Organisatorisches zu tun gehabt, dass die wenigen Male, die er in der Küche stand, wahre Sternstunden gewesen waren. Nach einer Weile vergaß das Küchenpersonal, dass er der Chef war, und verhielt sich ganz ungezwungen, mit allen rauen Umgangsformen, die in einer Restaurantküche üblich waren. JP fühlte sich zu Hause. Natürlich war es harte Arbeit, es war heiß und stressig, aber all das wurde durch die gute Stimmung wieder wettgemacht.

Wenn ihm das viele Hin und Her einmal zu viel würde, wollte er sich ein kleines Restaurant auf Rhodos zulegen, in dem er selbst kochen würde. Höchstens acht bis zehn Tische und ein bis zwei Leute, die servierten.

Das jetzige *JPs* war viel zu groß, viel zu arbeitsintensiv, er war schließlich bald fünfundfünfzig. Noch fühlte er sich gesundheitlich fit, sportlich und voller Energie, aber man wusste nie, wie lange das noch so sein würde. Er hatte viel darüber nachgedacht, vor allem, seit Felicia in sein Leben getreten war. Er wünschte sich ein langes Leben, keines, das mit einem Herzinfarkt endete, weil er es nicht rechtzeitig geschafft hatte, kürzerzutreten.

Geübt filetierte JP den Fisch, und als er fertig war, betrachtete er zufrieden das Ergebnis. Er reichte die Schüssel an Pernilla weiter, die dabei war, die Sauce vorzubereiten. JP tauchte einen Finger hinein und probierte.

»Noch ein bisschen Salz vielleicht?« Er hob eine Augenbraue und schmatzte vernehmlich.

Pernilla lächelte. »Vergiss es. Und vielen Dank, das ging schnell! Was man einmal drin hat, vergisst man nicht, wie ich sehe.«

»Das ist wie mit dem Fahrradfahren.« Er nahm die Schürze wieder ab. »Leider habe ich nur noch selten Zeit für so etwas. Ich muss dir einen neuen Chef suchen. Und wie besprochen, möchte ich, dass du bei den Bewerbungsgesprächen dabei bist. Also wasch dir die Hände, in einer Viertelstunde geht es los.«

Eine Stunde später hatten sie zwei Kandidaten begutachtet. Keiner davon hatte sie überzeugt, trotz tadelloser Lebensläufe. Arbeitserfahrung war wichtig, noch wichtiger aber war die Persönlichkeit. JP konnte nachvollziehen, dass sie aufgeregt waren, aber Arroganz war etwas anderes, und als er sagte, sie sollten sich wieder bei ihm melden, wusste er schon, dass er ihnen eine Absage erteilen würde.

Er seufzte, krempelte die Ärmel hoch und verschränkte die Hände hinter dem Kopf. Dann wippte er auf dem Bürostuhl vor und zurück.

»Woher kommt der Nächste?«

»Es ist eine Sie. Aus Söderköping. Von dem Restaurant habe ich noch nie etwas gehört, aber sie soll gut sein. Ein paar Freunde haben für sie gearbeitet, und die mochten sie sehr.«

Zufrieden packte JP seine Unterlagen zusammen und verstaute sie in der Tasche. Sie war wirklich gut. Es hatte ihm gefallen, dass sie gesagt hatte, sie wolle irgendwann mal ein eigenes Restaurant betreiben, das hätte aber noch Zeit. Sie hatte es nicht eilig damit, wollte erst noch Erfahrungen sammeln. Genau das Ziel hatte er auch einmal gehabt, und so fiel es ihm leicht, sich mit Laura zu identifizieren. Sie würde eine gute Chefin für das *JPs* in Stockholm abgeben, davon war er überzeugt.

Als er wieder vor dem Restaurant stand, musste er an Jessica denken. Es war unmöglich, in dieser Stadt nicht an sie zu denken.

Sie trafen sich öfter in ihrer Wohnung als in seiner. Ihre Dreizimmerwohnung lag fußläufig vom Restaurant entfernt. Seine auch, aber sie war längst nicht so gemütlich wie ihre. Zu Jessica zu kommen war wie nach Hause zu kommen. Ihre Wohnung war persönlich und lebendig. Sie roch nach ihr. Mitten im Wohnzimmer gab es einen offenen Kamin, um den herum bequeme Sessel standen. In der Ecke ein großer Fernseher, beinahe unanständig groß für seinen Geschmack. Aber er passte hierher. Natürlich. Ihr Geschmack war unfehlbar, und Fernsehen war ihre liebste Freizeitbeschäftigung, wie sie ihm erklärt hatte, als er die Größe bemängelte.

Er hatte eigentlich nicht vorgehabt, nach Vasastan zu gehen, überhaupt nicht. Aber seine Beine trugen ihn wie von selbst dorthin. Zehn Minuten lang klingelte er, bis ihm aufging, dass sie vermutlich immer noch in Malmö war.

Natürlich, wie dumm von ihm. Er würde sie anrufen. Fragen, wann sie nach Hause kam. Ein Treffen vorschlagen. Aber wenn er sie richtig einschätzte, würde sie ablehnen, und dann würde sie sagen, dass sie ihn nicht mehr treffen wollte, und es machte ihm wahnsinnige Angst, sich vorzustellen, dass er sie eines Tages beim Wort nehmen würde.

Weil er einfach nicht mehr konnte.

»Was möchtest du essen?«, fragte er Felicia, die ganz in die Speisekarte seines Restaurants vertieft war. Er senkte die Weinkarte und betrachtete sie über den Rand seiner Lesebrille.

Sie schlug die Karte zu.

»Ich verlass mich auf dich. Such du etwas aus. Und dann möchte ich mit dir besprechen, wann du Jessica erzählst, dass wie beide uns treffen.«

## 26

*Heimlich.* So heißt es, dachte Sara verschwommen. Sie hing in Texas' Armen, nachdem dieser ihr die geballten Fäuste ins Zwerchfell gestoßen hatte. Jetzt strich er ihr das Haar aus dem Gesicht.

»Tief Luft holen«, flüsterte er ihr ins Ohr. »Du bist wieder okay.«

Sie tat, was er gesagt hatte, und er hatte recht. Sie konnte wieder atmen.

»Danke«, keuchte sie, und er setzte sie auf den Stuhl.

Er hielt ihr ein Glas Wasser hin.

»Trink«, befahl er. Doch ihre Hände zitterten so sehr, dass sie das Glas kaum halten konnte. Er musste ihr helfen. Um sie herum versammelten sich die Gäste, die Texas' Rettungseinsatz verfolgt hatten. »Wie geht es dir?«, »Alles in Ordnung?«, »Können wir irgendwas tun?«

Eros drängte sich zu ihnen durch und stellte sich neben sie.

»Danke«, sagte er zu Texas, »aber jetzt übernehme ich.« Er bückte sich und hob Sara hoch. »Platz da.«

Sara wollte protestieren, war jedoch zu schwach. Es war schön, getragen zu werden, auch wenn es gern jemand anders hätte tun dürfen. Hatte sie sich überhaupt bei Texas bedankt? Sie wusste es nicht. Morgen. Gleich morgen würde sie das nachholen. Jetzt wollte sie nur noch schlafen.

Jessica war gerade wieder in ihrem Zimmer, als Eros an die Tür klopfte. Sie erschrak, als sie sah, dass er Sara in den Armen trug.

»Kommst du mit in mein Zimmer?«, krächzte Sara, nachdem sie erklärt hatte, dass sie beinahe an einem Stück Schinken erstickt wäre.

Jessica nickte.

»Ja, natürlich.« Sie ging voraus und hielt Eros Saras Zimmertür auf, damit er sie hineintragen konnte.

»Danke«, sagte sie. »Ich kümmere mich jetzt um sie, Sie können gern zu Ihren Gästen zurückgehen.«

Beunruhigt betrachtete sie Sara, die immer noch sehr blass war, und nachdem ihr Gastgeber gegangen war, setzte sie sich auf ihre Bettkante.

»Wie geht es dir?«, fragte sie und strich Sara über den Arm.

»Ach, eigentlich ganz gut. Bisschen Bauchweh, aber sonst fühlt es sich okay an.«

»Hattest du Angst?«

»Und wie!« Sara zog die Bettdecke hoch und gähnte. »Zum Glück hat Texas geschnallt, was los war. Schließlich war es seine Schuld. Wenn er mich nicht angesprochen hätte, wäre das nicht passiert. Dass man sich dermaßen erschrecken kann, bloß weil einer sich plötzlich normal benimmt.«

»Du musst mir morgen alles erzählen«, sagte Jessica. »Jetzt musst du schlafen.«

Erst als Sara tief atmete, wagte Jessica das Zimmer zu verlassen und in ihr eigenes zu gehen. Sie war furchtbar hungrig. Wenn sie nicht sofort etwas zu essen bekäme, könnte sie nicht einschlafen.

Als Jessica die Küchentür öffnete, war es zu spät, um wieder umzukehren. Texas' ganze Gang saß um den runden Tisch herum, und alle Blicke waren auf sie gerichtet. Mit zerzaustem Haar und in Freizeitkleidung fühlte sie sich nackt, aber darauf konnte sie jetzt keine Rücksicht nehmen.

»Danke, dass Sie Sara das Leben gerettet haben«, sagte sie und ging zu Texas hinüber.

Sofort erhob sich einer der anderen Männer und streckte ihr die Hand hin.

»Ich heiße Anders«, sagte er. »Und Sie sind Jessica Romin. Ich bin ein großer Fan von Ihnen.«

»Anders ist unser Dichter«, erklärte Texas.

»Verstehe. Hallo, Anders.« Jessica gab ihm die Hand. Er zog den Stuhl neben sich heraus.

»Setzen Sie sich doch neben mich, ich kann mir keine angenehmere Gesellschaft vorstellen.«

Die Platten mit dem Essen gaben den Ausschlag, sie

konnte die Küche nicht einfach wieder verlassen, und so saß sie kurz darauf mit gefülltem Teller zwischen Anders und Texas.

»Wie geht es ihr?«, fragte Texas.

»Sie schläft wie ein Baby«, sagte Jessica. »Das war mal wieder ganz schön knapp. Es ist wirklich ein Wunder, dass sie immer wieder heil von ihren Reportagereisen zurückkommt.«

Sie lächelte und griff nach dem Brot.

»Reportagereisen?«

»Ihr Beruf. Sie fährt durch die Weltgeschichte und macht verrückte Sachen, und dann schreibt sie darüber und hält Vorträge.« Sie tröpfelte etwas Olivenöl auf das Brotstück und biss ab.

»Ist sie nicht Journalistin?«

Jessica kaute zu Ende, bevor sie antwortete.

»Doch, eigentlich schon, aber sie schreibt über ihre Reisen. Eine große Reportage pro Jahr. Im Augenblick sucht sie noch eine Idee für das nächste Projekt.«

Texas hielt ihr fragend die Weinflasche hin, und sie nickte. »Danke.«

Er schenkte ihr ein.

Anders legte die Hand auf ihren Arm, und sie zuckte zurück.

»Ihre Freundin hat bestimmt einen interessanten Beruf, aber ich möchte mehr von Ihnen hören. Sind Sie verheiratet?«

Alle lachten, und Jessica spürte, wie sie rot wurde. Sie schaute auf seine Hand. Sehr gepflegt. Kurzgeschnittene Nägel. Sie war warm. Sie ließ ihn gewähren, hob den Kopf und begegnete seinem Blick.

»Nein, bin ich nicht. Und du?«

»Ich habe noch nicht die richtige Frau getroffen. *Noch* nicht.« Seine Augen glitzerten. Jessica spürte, dass sie genauso rot wurde wie die Tomate, die sie sich gerade auf den Teller legte, obwohl sie wusste, dass er nur Spaß machte.

Texas sah sie von der Seite an.

»Anders hat dich sofort erkannt«, sagte er. »Im reifen Alter hat er nämlich beschlossen, ein Buch zu schreiben, einfach, weil ihm nichts Besseres einfällt. Deshalb kennt er sich mit Autoren aus.«

»Interessant.« Jessica lächelte. »Wie weit bist du denn?«

Anders schüttelte den Kopf und lachte.

»Bisher rede ich nur darüber«, sagte er. »Aber vielleicht kannst du mir verraten, wie man beginnt.«

Jessica schaute auf die Küchenuhr. Zwei Uhr. Obwohl es mitten in der Nacht war, verspürte sie keinerlei Müdigkeit. Aber sie wollte noch einmal nach Sara schauen, deshalb stand sie auf, sobald sie gegessen hatte.

»Bitte geh noch nicht«, bat Anders.

»Ich muss nach meiner Freundin sehen.«

»Das kann Texas doch machen.«

»Wenn sie den sieht, verschluckt sie sich bloß wieder, das kann ich nicht zulassen«, sagte Jessica und lächelte dem Helden des Tages zu. »Nochmals vielen Dank. Vielleicht sehen wir uns morgen?«

»Das hoffe ich sehr«, sagte Anders, bevor Texas den Mund öffnen konnte.

»Dann gern.«

Sie fühlte sich seltsam erfrischt von dem Gespräch mit Anders. Netter Kerl, dachte sie und lief beschwingt die steinerne Treppe zu Saras und ihrem Zimmer hinauf. Sehr netter Kerl. Es war so lange her, seit jemand anderes als JP mit ihr geflirtet hatte, dass sie schon fast vergessen hatte, wie sich das anfühlte. Sie sollte sich das öfter mal gönnen. Irgendwann würde sie nachgeben, davon war sie fest überzeugt. Sie musste sich nur lange genug von JP fernhalten, einfach nicht antworten, wenn er anrief.

Wenn Sara am folgenden Tag wieder fit war, würde sie zu Maria hinüberziehen. Mit Anders über sein Schreiben zu reden hatte etwas in ihr gelöst, und jetzt sehnte sie sich nach ihrem Computer. Vielleicht hatte sie die Schreibblockade für dieses Mal überwunden.

## 27

Nach dem Frühstück am nächsten Morgen zog Sara Jessica hinter sich her in die Bibliothek.

»In meinem Zimmer ist es zu gefährlich, es kommt mir vor, als hätten die Wände dort Ohren«, sagte sie und sah sich über die Schulter um, während sie die schwere Tür öffnete. »Hier sind wir ungestört. Erzähl schon, wie war er?« Sara schloss die Tür hinter ihnen.

»Texas? Super sympathisch.« Jessica schlenderte durch den großen Raum. Es mussten Tausende von Büchern sein. Vorsichtig strich sie mit der Hand über die Rücken. Es roch nach den alten Ledereinbänden. Sie zog einen Band heraus, setzte sich in einen der vielen Sessel und zeigte zum Fenster. »Dass man die früher so gemacht hat. Jede Menge Farben, aber so, dass man nicht hindurchsehen kann.«

»Dafür gibt es bestimmt eine Erklärung«, sagte Sara kurz angebunden und setzte sich ihr gegenüber. »Was heißt das, sympathisch? Erzähl mir noch mehr.«

»Er hat nicht viel gesagt, aber was er gesagt hat, klang durchweg sympathisch. Warum fragst du, interessierst du dich für ihn?«

»Mich interessiert vor allem, weshalb er etwas gegen mich hat, aber darüber hat er wahrscheinlich nichts gesagt? Wie auch immer, ich werde mit umziehen. Du darfst mich hier nicht allein lassen.«

»Von mir aus gern, wenn du mit Maria vorliebnimmst«, sagte Jessica lächelnd. »Ich muss arbeiten.«

»Und was ist mit mir? An mich hast du wohl gar nicht gedacht?«

»Nein, du bist schließlich erwachsen, abenteuerlustig und gut in der Lage, dich um dich selbst zu kümmern.«

»Am liebsten würde ich wieder nach Hause fahren«, meinte Sara.

»Nicht ausgerechnet jetzt. Hier spielen sich gerade viel zu interessante Dramen ab. Nicht nur die beiden, in die du selber verwickelt bist, ich frage mich auch, weshalb Maria rotsieht, sobald ich das Schloss oder die Geschwister erwähne. Ich will herausfinden, was da los ist. Diese Frau regt meine Phantasie an, kann sein, dass sich da eine großartige Geschichte verbirgt.«

»Ich bin doch in kein Drama verwickelt, was meinst du überhaupt damit?«, fragte Sara, die sich kein bisschen für Marias Geschichte zu interessieren schien.

»Andere haben vielleicht ein Problem mit mir, aber das hat doch nichts mit mir zu tun. Ich bin nur die Leidtragende.«

»Natürlich bist du darin verwickelt. Mit dem einen wärst du beinahe im Bett gelandet, und der andere kann dich nicht ausstehen, weil du ihn verfolgt hast. Zum Glück hat er dir gestern trotzdem das Leben gerettet, er hätte ja auch einfach der Meinung sein können, du bekämst, was du verdientest.«

Sie lachte.

»Er kennt mich doch gar nicht«, murmelte Sara, die es überhaupt nicht lustig fand, nicht gemocht zu werden, obwohl sie nichts falsch gemacht hatte.

»Das stimmt. Und wer weiß, vielleicht ändert er seine Meinung, nachdem er gestern mit mir geredet hat und ich ihm erklärt habe, dass du nur über deine Abenteuer schreibst und sonst nichts. Und was Eros für dich empfindet, weißt du auch noch nicht, weil du gar nicht mehr mit ihm geredet hast, nachdem ihr beinahe Körperflüssigkeiten ausgetauscht hättet.«

»Wie du das sagst, klingt es richtig eklig.« Sara schüttelte sich.

»Weil du es so beschrieben hast«, erwiderte Jessica. »Aber wenn du das Ganze in etwas angenehm Warmes verändern willst – bitte sehr.«

»Absolut nicht. Er ist ein widerlicher Kerl, auch wenn er gestern eine große Show daraus gemacht hat, mich in mein Zimmer zu tragen.«

Jessica konnte nachvollziehen, dass Sara am liebsten sofort abgereist wäre. Aber sie wollte in der Toskana bleiben! Zum einen, weil sie eine Idee für ihren neuen Roman hatte, zum anderen aber auch, weil sie hoffte, noch mehr aus Maria herauszubekommen. Sie war überzeugt, dass es bei dieser Frau einiges an Informationen zu holen gab.

Dass ihre Geschichte im Schlossmilieu spielen würde, war bereits beschlossene Sache. Es hatte genügt, den Turm zu sehen, um ihren Denkprozess in Gang zu setzen. Die beiden Antagonisten standen auch schon fest. Nur ein Vorbild für die weibliche Hauptfigur fehlte ihr noch. Vielleicht würde Texas' Tochter sich eignen, Jessica nahm sich vor, in den nächsten Tagen einmal das Gespräch mit ihr zu suchen. Eigentlich brauchte sie keine realen Personen, aber wenn sie ihr schon einmal auf dem Silbertablett serviert wurden, wäre es doch dumm abzulehnen, und so nahm sie ihr Handy heraus und stellte es auf lautlos.

JP hatte angerufen. Dreimal. Jessica hatte gewusst, dass er sich melden würde, deshalb war sie vorbereitet. Aber anders als sonst hatte er eine Nachricht hinterlassen, die sie abhörte, nachdem sie die Bibliothek verlassen hatte.

*Jessica, wir müssen reden. Es wird Zeit. Ich halte das so nicht mehr aus. Ruf mich an.*

Nachdem Jessica sich versichert hatte, dass es Sara wieder gutging, nahm sie Carlottas Angebot an, sich vom schlosseigenen Fahrer zu Maria fahren zu lassen.

»Welcome, Jessica, I take your luggage. You rest.« Maria riss das Gepäck an sich, das lediglich aus einer Motorradtasche und einem Rucksack bestand, und ging ihr voraus ins Haus. »Come, Jessica, come.«

Der breite Hintern wogte, und der Faltenrock schlug ihr um die Waden, und so folgte Jessica ihr die knarrende Holztreppe hinauf, in eine ganz andere Richtung, als beim ersten Mal, als sie hier übernachtet hatte.

Maria führte sie durch einen langen Flur bis zur letzten Tür auf der linken Seite.

»Look, Jessica, look«, sagte sie und öffnete die Tür.

Es war wunderschön. Von der Blümchentapete über das große Bett bis zur Aussicht auf den Park und das Schloss.

»Now food, Jessica, food and you rest. Maria take care«, sagte Maria, die wohl fand, dass sie das Zimmer genügend bewundert hatten. »Come, come.«

Sie packte ihr Laptop aus und diverse andere Dinge, die sie für ihr neues Schreibprojekt brauchte, und tat dabei alles, um die Nachricht von JP zu verdrängen. Gott sei Dank war sie nicht in Stockholm. Dort wäre er garantiert zu ihr gekommen, das tat er immer. Und meistens hatte sie ihn dann schon so sehr vermisst, dass es keiner großen Überredungskünste bedurfte, damit sie ihm die Tür öffnete.

Hatte sie ihn verletzt, als sie ihm gesagt hatte, er solle sie in Ruhe lassen? Wenn er geblieben wäre, hätte sie ihm von ihren Gefühlen erzählt, so aber musste er mit den Folgen zurechtkommen. Jessica war nicht länger verfügbar. Weder um über damals zu reden noch über heute.

Bald war sie ganz in ihr neues Manuskript vertieft, und als sie wieder aufstand, hatte sie fünf Stunden am Stück gearbeitet, ohne auch nur den Kopf zu heben. Es war eine so selbstverständliche Geschichte! Das freute und erschreckte sie zugleich. Ihre Bücher hatten immer einen tieferen Sinn. Wenn man zwischen den Zeilen zu lesen vermochte, erkannte man, dass ihre Figuren nie eindimensional waren. Doch diesmal war es offensichtlicher als je zuvor.

Es war elf Uhr. Wenn sie sich jetzt sofort hinlegte, würde sie um sieben wieder aufstehen und weiterarbeiten können. Bevor sie das Licht löschte, schickte sie eine SMS an Sara, die unmittelbar antwortete. Sie hatte sich ebenfalls schon hingelegt, allerdings ohne Abendessen.

*Wenn ich nicht verhungern will, sollte ich wahrscheinlich doch lieber zu Maria ziehen*, schrieb sie.

Jessica hatte sich noch nie in ihrem Leben verwöhnen und umsorgen lassen, aber gegen eine Naturgewalt wie Maria war sie machtlos. Am nächsten Morgen um sieben ging die Tür auf, und ihre Gastgeberin betrat mit einem großen Tablett das Zimmer.

»Breakfast«, sagte sie und stellte das Tablett auf ein kleines Tischchen mit Rollen, das sie an Jessicas Bett schob. »You are welcome«, fügte sie hinzu und war schon wieder draußen, ehe Jessica aufstehen oder auch nur den Mund öffnen konnte, um sich zu bedanken.

Lächelnd setzte sie sich auf. Das Brot war noch warm. Frisch gebackenes Brot. Wann mochte Maria aufgestanden sein, um ihr das servieren zu können? Es gab alles, was man sich als Schwede zum Frühstück wünschen konnte: Schinken, Marmelade, Käse, Eier, Speck, Saft. Eine große Kanne Kaffee. Milch. Tomaten. Eine winzige Flasche Olivenöl und ein Tässchen Salz. Sie schüttelte den Kopf. Dieses Frühstück hatte Maria einzig und allein für sie zubereitet. Ein italienisches

Frühstück sah ganz anders aus. Zum Dank würde sie es bis auf den letzten Bissen aufessen.

Eine halbe Stunde später war sie satt, angezogen und bereit für einen Spaziergang, bevor sie mit dem Schreiben begann. Es war ein schöner Morgen, um sich ein bisschen zu bewegen, später würde es zu heiß. Während sie zügig Richtung Schloss ging, wanderten ihre Gedanken zu Texas' Freund Anders. Er hatte sich gemeldet und gefragt, ob sie sich nicht treffen könnten. Obwohl Jessica reichlich beschäftigt war, hatte sie eingewilligt. Um elf waren sie verabredet.

Maria hatte verächtlich geschnaubt, als sie sie nach einem schönen Fußweg zum Schloss gefragt hatte. Sie hatte eine Grimasse gezogen und die Arme ausgebreitet: »Castle? Walk? Why?« Freundliche Bemerkungen waren wohl nicht zu erwarten, wenn man das Schloss erwähnte, so viel stand fest.

Bei der Allee blieb sie stehen. Näher brauchte sie nicht heranzugehen, um die Pracht zu erkennen. Sie zog ihr Notizbuch heraus, um ihre Eindrücke aufzuschreiben. Es war ein ganz anderes Bild, wenn man das Schloss so von weitem sah. Zwei unverheiratete Geschwister mit einem etwas verrückten Bekanntenkreis passten perfekt an so einen Ort. Den Rest würde Jessicas Phantasie beisteuern, wenn Sara ihr von ihren Erinnerungen an Prinzen, Künstler, Himmelbetten, Barocksofas und Badewannen mit Goldfüßen erzählte.

Jetzt kehrte sie besser um. Sie wollte schließlich noch etwas schreiben, bevor Anders sie besuchen kam.

# 28

JP wusste, dass jetzt alles auf dem Spiel stand und dass er handeln musste.

Deshalb überraschte es ihn auch nicht, dass er alles verdrängte, indem er sich in Arbeit vergrub. Jessica war noch nicht wieder zu Hause, zumindest öffnete sie nicht, wenn er klingelte. Eigentlich war er ganz froh darüber, auch wenn es eine Erleichterung wäre, endlich die Bürde loszuwerden, die es bedeutete, ihr noch nichts von Felicia erzählt zu haben.

Er hatte mit seinem besten Freund Eric darüber gesprochen, und der hatte den Kopf geschüttelt und gemeint, er wäre froh, nicht in JPs Haut zu stecken. Das war auch nicht gerade ermutigend gewesen. Wozu hatte man denn beste Freunde, wenn sie nicht einmal in der Lage waren, einem einen ordentlichen Rat zu geben? Eric hatte ihm überhaupt keinen Rat geben wollen, er hatte nur gesagt, er sei für ihn da, wenn er Jessica von Felicia erzählt hätte.

Die Vorstellungsgespräche waren vorüber, und wenn er wollte, konnte er Stockholm verlassen. Er sehnte sich nach Paris. In der Wohnung dort fühlte er sich geschützt von der Außenwelt, und gerade jetzt brauchte er eine Gelegenheit, in Ruhe über alles nachzudenken. Jessica war ohnehin nicht zu Hause. Abgesehen davon, an ihre Tür zu klopfen, hatte er ihr unzählige SMS geschickt, die sie nicht beantwortet hatte.

Er packte die wenigen Dinge ein, die er zwischen den verschiedenen Wohnsitzen hin und her trug: Pass, Handy, Kalender und ein Taschenbuch. Um seine

Sprachkenntnisse über das Französische hinaus wachzuhalten, las er schwedische Bücher in Schweden und griechische auf Rhodos. Diesmal aber hatte er keine Muße gehabt zu lesen, und so packte er das Buch wieder ein, ohne es überhaupt aufgeschlagen zu haben. Vielleicht ergab sich ja auf dem Flug eine Gelegenheit.

Eric holte ihn am Flughafen Charles de Gaulle ab.

»Du klangst so deprimiert, dass ich mich nicht traue, dich allein zu lassen«, sagte er und umarmte JP.

»So schlimm?«, fragte JP.

»Da lang«, sagte Eric und nickte in die Richtung, in die sie gehen mussten. »Na, wie sieht's aus mit den Frauen in deinem Leben?«

Sie gingen zum Ausgang, Eric hatte den Arm um JPs Schulter gelegt.

»Sie machen mir gerade ganz schön zu schaffen.« JP lächelte breit. »Lass uns lieber über dich reden, wie geht es Chantal an der Sorbonne?«

Obwohl Eric und JP sich schon seit Kindertagen kannten, hatte Eric Jessica nie kennengelernt. Es war nicht etwa so, dass JP versuchte, sie vor seinen Freunden zu verstecken, ganz im Gegenteil, aber so sah ihre Beziehung eben aus. Wenn sie sich trafen, waren sie so miteinander beschäftigt, dass sie kein Bedürfnis hatten, andere zu sehen. Er selbst hatte Jessicas beste Freundin Sara ein paarmal getroffen, aber nur, wenn sie gerade da war, wenn er Jessica besuchte. Immer war sie fast schon verschwunden, bevor sie sich überhaupt begrüßen konnten.

»Danke, sie findet es super, von zu Hause auszuziehen«, sagte Eric. »Mir fällt das schwerer als Marie. Die scheint richtig froh zu sein, dass wir bald wieder zu zweit sind. Sie will, dass wir nach zwanzig Jahren wieder wie ein frisch verliebtes Paar zusammenleben, sagt sie.«

Sein Lächeln deutete an, dass er mit diesem Vorsatz seiner Frau durchaus zufrieden war.

»Aber heute Abend bin ich ganz für dich da. Wollen wir im *Sonja's* essen?«

»Lieber nicht, da arbeite ich doch nur wieder«, sagte JP. »Ich brutzele uns lieber bei mir was zusammen.«

Ein paar Stunden später lehnte Eric sich in dem großen Sofa zurück, das in JPs Wohnzimmer stand. Er ließ das Cognac-Glas kreisen und bemerkte, dass es doch seltsam wäre, dass er die Frau, die JPs Gedanken so stark beschäftigten, noch nie getroffen hätte.

»Immerhin gehört sie seit dreißig Jahren zu deinem Leben«, sagte er. »Findest du nicht, dass es langsam mal Zeit wird?«

JP setzte sich ihm gegenüber und legte die Füße auf den Hocker, der auch als Wohnzimmertisch diente.

»Vielleicht wird jetzt gar nichts mehr daraus«, sagte er. »Ich weiß nicht, ob sie je zuvor so abweisend gewesen ist.« Er versuchte zu lächeln. JP machte sich Sorgen um Jessica. Sie konnte ihm doch wenigstens ein Lebenszeichen geben? Vielleicht hatte sie einen anderen? JP und sie hatten einander nie versprochen, sich nicht mit anderen zu treffen, und sie hatten auch nie über die Möglichkeit geredet. Wenn sie sich sahen, waren sie ausschließlich miteinander beschäftigt. Unvorstellbar, dass sie mit einem anderen Mann so warm und so zärtlich sein konnte. Es versetzte ihm einen Stich. Konnte es daran liegen? Hatte sie ihn deshalb so viel entschiedener zurückgewiesen als sonst? Natürlich, es gab einen anderen Mann. Er stürzte seinen Cognac hinunter und griff erneut nach der Flasche.

»Vielleicht solltest du dich auf Felicia konzentrieren?«, schlug Eric vor und prostete JP zu, der sein Glas ebenfalls wieder gefüllt hatte.

»Ja, vielleicht.« Er war so froh über Felicia, vielleicht sollte er sich einfach damit zufriedengeben. Aber Jessica war Jessica. *Seine Frau.* Wie sollte er weiterleben, ohne sie zwischendurch zu sehen? Sie war sein Lebenselixier, das, wonach er sich an langen Arbeitstagen sehnte. Die Arme, in denen er ruhen wollte, wenn sie beide einmal alt wären. Wenn er erst dieses kleine Restaurant auf Rhodos hätte und das Tagewerk erledigt war.

»Dann kümmere dich drum, dass es etwas wird«, sagte Eric, nachdem JP ihm von seinem Traum erzählt hatte. »Aber erst musst du ihr dann wohl von Felicia erzählen?«

»Du hast recht. Ich muss es ihr sagen.«

Am nächsten Morgen hatte er so einen Kater, dass er nicht aus dem Bett kam. Erst am Nachmittag wagte er sich in die Sonne hinaus und auch nur, um etwas Brot zu kaufen. Anschließend lief er rasch zur Wohnung zurück. Ein Sonntag bei schönem Wetter in Montmartre ist wie Mittsommer im Skansen, dachte er, als er die Tür hinter sich schloss. Sein Kopf dröhnte. Er brauchte dringend einen Kaffee, um wieder klar denken zu können.

Er hatte einen Entschluss gefasst, der vielleicht sein ganzes Leben verändern würde.

# 29

Sara war auf dem Weg aus dem Schloss, als Eros plötzlich unbemerkt hinter ihr auftauchte. Und als er ihr in den Nacken pustete, erschrak sie so sehr, dass sie zusammenzuckte.

»Gott, hast du mich erschreckt.« Sie wusste nicht, ob sie erleichtert sein sollte.

»Warum, ich bin's doch nur«, er lächelte und fasste ihr an den Hintern. »Wollen wir in dein Zimmer?«

Sara starrte ihn an. War er verrückt geworden? Was glaubte er denn eigentlich: dass sie einfach so mit ihm ins Bett gehen würde? Dass sie es vor zwei Tagen beinahe getan hätte, gab ihm nicht das Recht, sie so zu begrapschen.

»Fass mich nicht an. Natürlich gehen wir nicht in mein Zimmer«, fauchte sie.

Wenn sie auf dem Schloss bleiben wollte, musste sie sicher sein können, dass er sie in Ruhe ließ und keinen weiteren Annäherungsversuch unternahm. Immerhin hatte sie für diesen Aufenthalt bezahlt und war ihm nichts schuldig. Eher war er ihr etwas schuldig, ihr und ihrer Familie.

»Aber warum?« Fragend sah er sie an, als müsse ein Klaps auf den Hintern doch genügen, damit Sara ihn mit auf ihr Zimmer nahm.

»Vor vierunddreißig Jahren hättest du damit bei mir landen können, Eros. Aber jetzt will ich nicht mehr.«

»Was willst du dann hier?« Seine Stimme war härter geworden.

»Ganz ehrlich? Ich suche die Weinflaschen meines

Großvaters, die er in eurem Keller aufbewahrt hat und die er nicht zurückbekommen hat, nachdem deine Mutter gestorben war«, sagte Sara.

Der Graf starrte sie unfreundlich an, beugte sich über sie und stützte sich dabei mit der Hand an der Mauer hinter ihrem Kopf ab.

»Schlaf mit mir, dann können wir sehen, was sich machen lässt«, sagte er rau.

»Du bist ja vollkommen bescheuert«, sagte Sara, duckte sich unter seinem Arm weg und ging so schnell wie möglich davon.

Als sie das Motorrad anließ, war sie immer noch wütend und ängstlich zugleich. *Was willst du dann hier?*, hatte er gefragt, und im Augenblick fiel ihr keine passende Antwort ein. Ihr Bild von ihm, als sie die Schlosswoche gebucht hatte, bezog sich ja auf den Eros der 80er Jahre. Damals hatte er unglaublich gut ausgesehen, und auch wenn sein persönlicher Liebeshunger eher bedeutet hatte, dass er vor ihren Augen Sex hatte statt mit ihr, so hatte sie ihn doch vergöttert. Sie hatte sich auf viele seiner Spiele eingelassen. Viel zu viele. Was damals erotische Abenteuer gewesen waren, verursachte ihr jetzt Unwohlsein, wenn sie daran dachte.

Was also wollte sie hier?

Es war eine berechtigte Frage, und sie hätte sie sich selbst stellen sollen.

Sara hatte keine Ahnung, wohin sie fahren sollte, sie wollte nur eine Weile weg vom Schloss. Sie bog vom Schlosshof ab. Sie würde einfach drauflosfahren und sehen, wo sie landete.

Es störte sie, dass Jessica sich so wohl fühlte, während sie selbst nur von hier wegwollte. Aber sie verstand ihre Freundin auch. Das Schloss und das ganze Drumherum bot eine eigene Dramaturgie, die für eine Autorin sicherlich inspirierend war.

Sara selbst hatte noch immer keine Idee für ein neues Projekt, und allmählich wurde die Zeit knapp. Die Zeitung verlangte eine große Reportage pro Jahr, und wenn sie das noch schaffen wollte, musste sie sich beeilen. Die Produktionsabläufe waren zeitintensiv, und die Reportage sollte in der Dezemberausgabe erscheinen. Vier Monate, um eine Reise zu unternehmen und darüber zu schreiben. Vier Monate und noch keine Idee, außer dem Gedanken an eine einsame Insel, und danach fühlte sie sich eigentlich gerade nicht. Die Vorstellung, wochenlang allein zu sein, kam ihr plötzlich sehr langweilig vor. Eine Herausforderung, aber keine verlockende.

Sie hoffte, es würde sie ein bisschen entspannen, eine Weile herumzufahren. Vielleicht brauchte sie das, um wieder klar denken zu können.

Eigentlich stand einer weiten Fahrt nichts entgegen, vielleicht konnte sie das Schloss sogar ganz verlassen. Jessica würde sie nicht aufhalten, die hatte anscheinend genug mit ihrem neuen Freund Anders zu tun. Eros wäre überglücklich, und auch Texas hätte endlich seine Ruhe vor ihr, die er als aufdringliche Journalistin empfand. Sara war im Moment bei niemandem so richtig beliebt, und das tat weh. Sie fand nicht, dass sie das verdient hätte.

Sie spürte, wie ihr Tränen in die Augen stiegen – der reine Wahnsinn, wenn man fuhr. Aber sie konnte nicht aufhören, sich selbst zu bedauern, und als die Tränen an der Helmkante hinunterliefen, machte sie am Straßenrand halt. Sie hatte eine Packung Taschentücher in der Jackentasche. Das war gut, wenn man ständig weinen musste, wie damals, als Danne sie verlassen hatte. Sie schnaubte kräftig. Dann zog sie ihr Handy heraus. Sie brauchte sofort Kontakt zu den wichtigsten Personen ihres Lebens. *Vermisse euch, hoffe, es geht euch gut, Italien ist schön. Ruft an, wenn ihr mögt, Kuss, Mama.*

Sie hatte die SMS gerade abgeschickt, als sie ein Motorrad hinter sich hörte, und natürlich war es Texas, der da auf sie zufuhr. Es war nicht gerade ihr bester Tag, und er wurde nicht davon besser, dass er anhielt und sich neben sie stellte. Er nahm den Helm ab, legte ihn vor sich auf den Sitz und fuhr sich mit den Händen durchs Haar, bevor er sich ihr zuwandte.

»Du bist Journalistin.«

Sie zuckte mit den Schultern. »Ja.«

»Vor ein paar Jahren hast du ziemlich verbissen versucht, mich zu erreichen.«

»Tatsächlich?«

»Ja.«

»Wie heißt du denn wirklich? Einen Texas habe ich nie anzurufen versucht.«

»Adrian Falk.«

Sara starrte ihn verblüfft an. Dann lachte sie laut auf.

»Machst du Quatsch? Der bist du? Meine Freundin dachte, du bist Koch. Wie hast du es geschafft, dein Gesicht ganz aus dem Internet rauszuhalten? Ich habe kein einziges Foto von dir gefunden, als ich dich bei Google gesucht habe.«

»Wenn man selbst immer hinter der Kamera steht,

passiert das leicht. Ich versuche, in jeder Hinsicht anonym zu bleiben. Über dich gab es eine Menge bei Google, und als ich das Wort »Journalistin« gelesen hatte, genügte mir das schon. Aber dann habe ich mich neulich mit Jessica unterhalten und begriffen, dass du Reportagen schreibst und keinen Tratsch. Es tut mir leid, ich habe dich völlig falsch eingeschätzt. Denn ich nehme an, du hast mich als Fotograf gesucht und nicht, um über mich zu schreiben?«

»Ja, natürlich. Deine Bilder von den Galapagosinseln sind weltberühmt. Ich habe unzählige Male versucht, dich zu erreichen, um mit dir darüber zu sprechen.«

Was für ein selbstgerechter Kerl!

Er startete den Motor. »Wo fährst du hin?«, fragte er. »Wollen wir ein Stück zusammen fahren?«

Sara schüttelte den Kopf. So leicht würde sie ihm nicht vergeben. Natürlich hatte sie sich ungewöhnlich ins Zeug gelegt, um ihn zu erreichen, als sie den besten Naturfotografen gebraucht hatte, und ihre Nachrichten waren vielleicht ein bisschen uneindeutig und schließlich möglicherweise auch aggressiv geworden, als er sich nie zurückgemeldet hatte. Dennoch war seine Reaktion ziemlich extrem gewesen.

»Hast du meine Nachrichten jemals abgehört?«

»Nur die erste, in der du lediglich um einen Rückruf gebeten hattest«, sagte er beschämt. »Danach bin ich wütend geworden, sobald ich deine Nummer sah.«

»Dann muss ich mich aber wirklich bedanken, dass du mich gerettet hast. Das war sehr nett von dir, zumal wenn du so schlecht über mich gedacht hast.«

Sara schaute über die Schulter, dann legte sie einen

Blitzstart hin und ließ ihn am Straßenrand stehen. Sollte er doch alleine fahren.

Zwischen den Linden tauchten rote Ziegeldächer auf, und die wogende grüne Landschaft erstreckte sich kilometerweit.

Bruchsteinhäuser, eines schöner als das andere. Ortsnamen, die sie bisher nur von Weinflaschen kannte. Gelbe Sonnenblumenfelder. Straßen, die von majestätischen Zypressen gesäumt wurden. Langsam beruhigte sich Saras Puls, und sie genoss die Eindrücke. Ein Schauer überlief sie. In diesem Augenblick erschien ihr die Toskanareise wunderschön.

Hin und wieder hielt sie an, um zu fotografieren und die beruhigende Landschaft in sich aufzunehmen. So sollten alle Menschen leben. Jede Sorge musste sich dann von selbst verflüchtigen.

Sie hatte keine Motorradtaschen dabei, aber eine Flasche Olivenöl könnte sie auch in ihrem Rucksack unterbringen. Sie bog in eines der Dörfer ein. Ihre Laune war deutlich besser als noch vor einer Stunde, und das verdankte sie der italienischen Landschaft. Man konnte einfach nicht schlechtgelaunt bleiben, wenn man von so viel Schönheit umgeben war. Wenn sie zudem daran dachte, was sie später essen würde, wurde sie noch vergnügter. Sie konnte dem Schloss fernbleiben, solange sie wollte, es würde sie ohnehin niemand vermissen.

Sie überlegte. Pasta mit irgendetwas dazu. Parmesan war ein Muss. Vielleicht Speck. Und Rucola. Und Tomaten. Nichts ging über italienische Tomaten. Ihr Magen knurrte. Mozzarella. Vielleicht als Vorspeise. Oh, wie gut das schmecken würde! Mit Tomaten und ein paar Tropfen gutem Olivenöl. Ein wenig Balsamico. Und ein Glas Rotwein, wenn sie danach ein paar Stunden Pause machte.

Aber zuallererst würde sie Eis essen. Darauf freute sie sich, seit sie über die italienische Grenze gefahren war.

Sie stieg vom Motorrad und streckte sich, dann zog sie die Lederjacke aus. Als das Handy in ihrer Innentasche klingelte, lächelte sie. Bestimmt war es eines der Kinder, das sie sprechen wollte.

# 30

Anders pfiff anerkennend, als er das Zimmer sah. Jessica lächelte. Er sah gut aus mit seinem widerspenstigen Haar, dem T-Shirt über den Shorts. Sie versuchte, ihn nicht ständig mit JP zu vergleichen. Hinter Anders' blauen Augen blitzte JPs intensiver, dunkler Blick auf. Sie versuchte es zu ignorieren, ebenso wie das Ziehen in der Magengrube. Anders war an ihr interessiert, und deshalb wollte sie sich auch für ihn interessieren.

»Schön, nicht?«, sagte sie. Sie klopfte auf den Stuhl neben sich. »Setz dich. Ich will alles über deinen künftigen Roman wissen.«

Er setzte sich. »Oh nein, fangen wir lieber mit dir und deinen Büchern an.«

Jessica fühlte sich auf sicherem Terrain. Sie strahlte und gestikulierte.

»Das war die Kurzversion«, sagte sie, nachdem sie ihm den Weg von ihrem ersten Buch bis zu ihren internationalen Erfolgen geschildert hatte. Dann stand sie auf und ging zum Fenster.

Er machte ihr keine Angst, deshalb konnte sie alle Register ziehen. Sie hatte eines ihrer enganliegenden Kleider an, von denen sie zahlreiche besaß, und an diesem Tag hatte sie eines mit etwas tieferem Ausschnitt gewählt. Sie beschloss, nicht darüber nachzugrübeln, warum. Wenn dieser Mann ihr weiter den Hof machen wollte, würde sie ihm dafür auch etwas bieten, deshalb schwang sie sowohl den Kopf als auch die Hüften und ging zur Tür. Maria hatte gerufen.

»Jessica, Jessica, coffee for you and Mister Anders.«

»Wenn sie ruft, folgt man am besten sofort«, sagte Jessica. »Komm.«

In der Küche zeigte Maria auf ein Tablett, das auf der Anrichte stand. Es gab nicht nur Kaffee, in der Mitte thronte auch noch ein mächtiger Schokoladenkuchen.

»Cioccolato cake, for you, Jessica. And for Mister Anders.« Maria hob das Tablett hoch und reichte es Jessica. »You take to room«, sagte sie und zeigte auf die Tür, »go, Jessica, go.«

»No, no«, sagte Jessica. »We drink coffee with you.«

Solange man nicht über das Schloss sprach, war Maria die Freundlichkeit in Person, und wenn sie lachte, war sie richtig schön, wie Jessica erstaunt feststellte. Das war ihr vorher gar nicht aufgefallen. Maria gestikulierte nicht nur, sie erzählte mit dem ganzen Körper. Und dann lachte sie und schlug sich auf die Schenkel, und es klang so herzlich, dass man einfach einstimmen musste. Bald lachten alle drei aus vollem Halse.

Jessica hatte Maria für etwa fünfundfünfzig gehalten, aber jetzt sah sie, dass das nicht sein konnte. Keinen Tag älter als achtundvierzig, dachte sie, als sie das Leuchten in Marias goldenen Augen bemerkte. Anders war ebenfalls fasziniert von ihrer Gastgeberin, er konnte den Blick gar nicht mehr von ihr abwenden. Und sie erzählte eine Geschichte nach der anderen. Eine Stunde lang saßen sie in der Küche, bis Maria sie hinausscheuchte.

»You go to room, I make dinner.« Sie wedelte mit der Hand Richtung Tür. Die Audienz war beendet.

Protest war zwecklos, das hatte Jessica mittlerweile begriffen. Was Maria befahl, das befolgte man. Und so ging sie mit Anders wieder die Treppe hinauf.

»Ist sie alleinstehend?«, fragte er und schloss die Tür hinter ihnen.

»Soweit ich weiß, ja. Jedenfalls hat sie uns niemanden vorgestellt.«

»Und du, Jessica? Gibt es eine Liebe in deinem Leben?«

Ihre Blicke trafen sich, und Jessica versuchte nachzufühlen, ob sich etwas in ihr regte. Ein Flattern? Ein Rotwerden? Atmete sie vielleicht heftiger?

Nichts von alledem. Sie empfand überhaupt nichts.

Wahrscheinlich wagte sie es deshalb, einen Schritt näher zu treten. Und dann noch einen. Schließlich war sie ihm so nah, dass sie seinen Atem spüren konnte. Kaffee und Schokoladenkuchen. Sie versuchte, etwas zu empfinden, als er die Arme um sie legte, aber nein. Die Frage war, ob ein Kuss etwas verändern würde, und kurz darauf wusste sie, dass das der Trick war. Wenigstens fühlte es sich einen Moment lang so an. Bis

JP in ihren Gedanken auftauchte. Da erschien Anders' Umarmung ihr plötzlich zaghaft, aber sie beschloss, sich dadurch nicht beirren zu lassen. Als sie zurücktrat und das lange Band aufknotete, das ihr Kleid zusammenhielt, wusste sie, dass sie mit ihm schlafen wollte.

Jessica war klar, dass es für sie nur um eine Bestätigung ging, aber spielte das eine Rolle? Wenn sie jetzt Sex mit einem anderen als JP haben würde, konnte sie doch dabei empfinden, was sie wollte. Liebe war etwas, das sich zwischen Menschen entwickelte, nur in ihren Büchern gab es die Liebe auf den ersten Blick. Deshalb wäre es bestimmt klug, diesem Mann zu erlauben, sich ihres Körpers anzunehmen. Wenn sie sich ein bisschen Zeit ließen, konnte sich irgendwann vielleicht tatsächlich eine Liebesgeschichte daraus entwickeln.

Anders trat zu ihr und legte ihr das Kleid wieder ordentlich um, ohne auch nur einen Blick auf ihre glänzende Unterwäsche zu werfen, und Jessica war so verblüfft, dass sie nicht wusste, was sie sagen sollte. Schnell drehte sie ihm den Rücken zu und band die Schleife. Sie war viel zu verlegen, um ihm in die Augen zu schauen.

»Du bist eine sehr attraktive Frau«, flüsterte er und ging um sie herum. »Aber das geht mir jetzt ein bisschen zu schnell.« Er beugte sich vor und küsste sie auf die Wange.

Natürlich hatte er recht. Aber im Prinzip hatte sie ihn darum gebeten, mit ihr zu schlafen, und das wollten Männer doch immer? Zumindest hatte sie das angenommen. So war es jedenfalls in ihren Büchern. Nie sagten die Männer nein. Hatte JP jemals nicht gewollt? Vielleicht hin und wieder, wenn sie mit ihm ins Bett wollte, statt zu reden, aber ihr Zusammensein begann immer damit, dass sie miteinander schliefen, bis sie völlig erschöpft waren. Immer.

Doch was wusste sie schon, mit ihren begrenzten Erfahrungen? Offenbar gar nichts.

Sie lächelte und versuchte so zu tun, als wäre es ihr egal, wie schnell es ging.

»Wenn du das sagst.« Sie zupfte sich den Ausschnitt zurecht. »Ich hatte auf ein wenig Inspiration für meinen neuen Roman gehofft, aber die muss ich dann wohl woanders suchen.«

Sie lachte und wünschte zugleich, der Boden würde sich unter ihr auftun.

»Manchmal ist es ein Kampf der Vernunft gegen die Gefühle.« Er lächelte entschuldigend.

»Du weißt schon, dass Frauen so etwas nicht hören wollen? Wir wollen, dass ihr uns über alle Vernunft begehrt.« Sie lächelte ebenfalls, meinte jedoch jedes Wort. Sie liebte es, dass JP ihr nicht widerstehen konnte, dass er sie aufs Bett warf und ihr die Unterwäsche vom Leib riss. Dass er sie so festhielt, dass sie kaum atmen konnte, und sie mit harten Stößen liebte, während er sie gleichzeitig leidenschaftlich küsste.

Wie konnte sie sich jemals mit weniger zufriedengeben?

»Wollen wir einen Spaziergang machen?«, schlug sie vor.

So also würde ihr Leben fortan aussehen, dachte sie und setzte sich vor dem Spiegel ihren Sonnenhut auf. Sie würde eine alte Jungfer werden, die mit gutaussehenden Männern spazieren ging, die ansonsten nichts von ihr wollten.

# 31

Früher war Sara jedes zweite Jahr in Italien gewesen. Öfter konnten ihre Eltern sich die Reise nicht leisten. Natürlich hatten sie bei ihrem Großvater gewohnt, solange er noch lebte, dennoch war es teuer gewesen für zwei Erwachsene und ein Kind. Die Autofahrt hatte vier Tage gedauert, während deren sie immer im Zelt übernachtet hatten. Und das erschien Sara im Nachhinein als das Allergemütlichste an der Reise: wie die ganze Familie sich auf einer großen Luftmatratze zusammengedrängt hatte, Sara zwischen den Eltern, und dann hatten sie Geschichten erzählt und gelacht, bis sie eingeschlafen waren.

Abends hatten sie Würstchen und Marshmallows gegrillt, und morgens, wenn sie alles gepackt hatten, hatte ihr Vater sie zum Frühstück ins nächste Bistro ausgeführt. Sara erinnerte sich, als welchen Luxus sie das empfunden hatte. Sie hatte essen dürfen, so viel sie wollte.

»Iss dich satt, Sara«, hatte er immer gesagt. »Es kann dauern, bis wir das nächste Mal etwas zu essen bekommen.«

Aber dann hatten sie natürlich die ganzen Ferien nichts anderes getan, als zu essen. Sie war nach ihrer Rückkehr immer ein wenig runder gewesen als zu Beginn ihrer Ferien. Ihren Tanten zufolge half Essen gegen alles, von Kopfschmerzen bis zu Herzeleid. »Iss, Mädchen, du bist so mager. Iss«, und dann trugen sie Schüssel um Schüssel auf. Saras Mutter dagegen redete nicht viel. Manchmal zwinkerte sie Sara aber zu, als wollte sie sagen, *ich sehe schon, dass es anstrengend für dich ist, aber ich unterstütze dich.* Sie überließ es stets Sara, für sich selbst zu sprechen. Mama, liebe Mama, das war wirklich klug von dir, dachte Sara.

Sie öffnete die langen Reißverschlüsse an den Beinen der Motorradhose. Darunter trug sie eine leichte Baumwollhose, die sie angezogen hatte, um ein bisschen spazieren gehen zu können, ohne vor Hitze umzukommen. Sie stopfte die Lederklamotten in ihren Rucksack und setzte die Sonnenbrille auf. Hier würde sie eine Weile bleiben.

Sie musste zu keiner bestimmten Zeit wieder im Schloss sein. Sie war in der Heimat ihres Vaters, und jetzt würde sie erst Eis und dann zu Abend essen, genau, wie sie es sich vorgenommen hatte. Anschließend wollte sie sich überlegen, wie es weitergehen sollte.

Die Kopfsteinpflasterstraße führte in den Ort hinunter. Sie würde sich in ein Straßencafé setzen und die größte Portion Schokoladeneis bestellen, die man kriegen konnte.

»Darf ich mich zu dir setzen?«

Texas lächelte und sah dadurch richtig gut aus, so viel konnte sie noch denken, bevor er sich einen Stuhl heranzog.

»Für mich dasselbe, bitte«, sagte er zu dem Kellner, der mit dem Eis zurück an den Tisch kam.

»Dein Italienisch ist ziemlich gut«, sagte Sara. Sie hatte sich noch nicht entschieden, ob sie ihn auffordern sollte zu gehen oder ob sie ihm eine zweite Chance geben wollte.

Er zuckte mit den Achseln.

»Ich komm ganz gut klar.«

Schweigend genossen sie ihr Eis. Sara fragte sich, was er von ihr wollte. Besonders gesprächig war er jedenfalls nicht.

»Ich möchte wirklich …« Weiter kam sie nicht.

»Läuft da was zwischen dir und Eros?«

Sara verschluckte sich an dem Eis und griff hustend nach den Servietten, die unter einem Stein mitten auf dem Tisch lagen. Ihre Sonnenbrille rutschte ihr auf die Nasenspitze, und sie begegnete seinem Blick.

»Du musst echt damit aufhören«, sagte sie, immer noch hustend.

»Womit?«

»Du bringst mich immer dazu, mich zu verschlucken.«

»Aber ich rette dich danach auch wieder«, sagte er. »Wie war das jetzt mit dem Grafen?«

»Das geht dich doch nichts an.« Sie schob sich die Brille wieder in die Stirn und hustete noch ein paarmal, vor allem, um Zeit zum Nachdenken zu gewinnen. Warum stellte er ihr so eine Frage, wenn er wollte, dass sie sich wie normale Menschen unterhielten? Er hatte sich dafür entschuldigt, dass er sie so falsch eingeschätzt hatte, und jetzt das.

Sie schob den Stuhl zurück, um aufzustehen, doch er legte seine Hand auf ihre.

»Ich weiß, entschuldige. Er ist nur so ein merkwürdiger Typ.«

»Was meinst du damit?«

Texas' Hand war warm und trocken. Gepflegt. Ein paar Altersflecken, das war alles.

»Nichts, wahrscheinlich bin ich nur eifersüchtig, weil es ihm so leichtfällt, sich bei den Frauen einzuschmeicheln.«

»Kennst du ihn?«

»Kennen ist übertrieben. Aber ja, ich habe ihn ein paarmal im Zusammenhang mit Motorradveranstaltungen getroffen. Ein Auftrag, den ich mal hatte. Und du?«

Sara spürte, wie sie rot wurde.

»Ich habe hier in der Gegend oft die Sommerferien verbracht, als ich noch zur Schule gegangen bin. Mein Großvater hat auf dem Schloss gearbeitet.«

»Und da hast du Eros kennengelernt?«

»Ja.«

»Und da hattet ihr eine Romanze?«

Sara zog ihre Hand zurück. »Wie gesagt, nichts, was …«

»… mich etwas angehen würde, nein, verstehe. Noch einmal, sorry. Mir fällt es bloß so schwer, das an ihm zu sehen, was Frauen offenbar sehen. Natürlich sieht er gut aus, das kann ich als Fotograf auch erkennen, aber deshalb gleich …«

»… mit ihm schlafen zu wollen? Was findest du denn besser? Das gute alte Flirten?«

»Ja.«

»Ich bin frisch geschieden und von daher wohl noch etwas zu gebeutelt, um schon wieder zu flirten«, meinte sie. Dass sie drauf und dran gewesen war, sich Eros an den Hals zu werfen, brauchte sie ihm ja nicht auf die Nase zu binden.

»Ich bin auch relativ frisch geschieden, seit gut einem Jahr etwa«, sagte Texas und kratzte mit dem Löffel den letzten Rest aus dem Becher.

»Wie bist du darüber hinweggekommen?« Ihre Frage war aufrichtig gemeint.

»Mit der Zeit, nehme ich an. Und durch die Arbeit. Ich habe oft im Büro übernachtet.« Er schüttelte den Kopf, als der Kellner fragte, ob sie noch etwas wünschten.

»Ich habe Hunger, und du?«, fragte er Sara.

»Willst du nicht zurück?«

»Doch, aber jetzt noch nicht. Ich habe mir vorgenommen, bei dir sitzen zu bleiben, bis du lächelst und sagst, dass du mir vergeben hast. Ich schwöre, dass ich normalerweise nett und umgänglich bin, und ich würde dir das gern auf irgendeine Art beweisen.«

»Ich esse mich rückwärts durch das Menü, fange mit Eis an und höre mit Pasta auf.« Sie neigte ihren Eisbecher, um ebenfalls den letzten Rest herauszubekommen. Er schien trotz allem recht ungefährlich zu sein, und ein bisschen Gesellschaft war eigentlich nicht schlecht, zumindest wenn man im Restaurant essen wollte.

»Es gibt eine Trattoria etwas weiter die Straße hinauf, wollen wir vielleicht dahin gehen? Hier scheint es kein Essen zu geben. Ich würde dich gern einladen.« Er schien tatsächlich Gedanken lesen zu können.

Eine Gruppe von Musikern spielte mitten im Lokal, und Texas und Sara arbeiteten sich durch die Speisekarte. Es gab alles, wovon Sara früher am Tag geträumt hatte, und außerdem noch Bruschetta, Oliven, sonnengetrocknete Tomaten und Käse. Sie spülten das Essen mit mehreren Gläsern Rotwein hinunter. Die Musiker kamen an ihren Tisch und lachend winkten

Sara und Texas ab, als sie von Liebe und Hochzeit sangen.

»No, no, no«, rief Sara, die sich schon ein bisschen beschwipst fühlte. »Wir sind nur gute Freunde.«

Texas stand auf und streckte beide Hände aus. »Was ist, Signora Raphael, wollen wir tanzen?«

Sara lachte. »Ich bin furchtbar schlecht, nur dass du es weißt.« Sie schob den Stuhl zurück und nahm seine Hand.

Als die anderen Gäste Texas und Sara sahen, begannen sie im Takt zu klatschen, und ob es daran lag, dass die hausgemachte Salsa überhaupt nicht zur Akkordeonmusik passte oder weil Texas' Beine ihm nicht recht gehorchen wollten, hätte sie nicht sagen können. Aber es war lustig. Und befreiend, mit einem Mann zusammen zu sein, den es nicht weiter zu kümmern schien, was andere von ihm dachten, denn sonst wäre er sicher sitzen geblieben. Tanzen war wirklich nicht seine Stärke.

Ein paar Stunden später waren sie so betrunken, dass sie schwankend die Straße hinaufgingen. Es war lange her, dass Sara sich so amüsiert hatte.

»Dass du so ein netter Kerl bist, hätte ich nicht gedacht«, sagte sie. Sie war nicht mehr ganz klar im Kopf und fürchtete umzufallen, wenn sie nicht ganz bald ins Bett käme.

So betrunken war sie schon seit Jahren nicht mehr gewesen. Er war tatsächlich super sympathisch. Seltsam, noch am selben Vormittag hatte sie ihn für einen blöden Macho gehalten. Einen Helden zwar, klar, aber dennoch einen blöden Macho. Jetzt mochte sie ihn. Er war witzig. Wirklich witzig.

»Texas, wir müssen ein Hotel finden. Vor kurzem gab es allerdings kein einziges freies Bett in der Nähe von Pisa, es kann also sein, dass wir unter freiem Himmel schlafen müssen.«

»Von mir aus gern«, sagte er.

Er hatte ihr den Arm um die Schulter gelegt, aber sie spürte nicht die leiseste Anziehung. Das war auch gut so, schließlich hatte sie sich gerade erst von dem Desaster mit dem Grafen erholt. Aber sie glaubte, dass sie gute Freunde werden könnten. Solche, die auch nach dem Urlaub noch in Kontakt blieben. Zumindest fühlte es sich jetzt so an, nachdem sie drei Karaffen Wein zusammen geleert hatten.

»Dort«, er zeigte auf ein Hotelschild. »Lass es uns da mal versuchen.«

Fünf Minuten später hielten sie jeder einen Zimmerschlüssel in der Hand und trotteten gemeinsam die teppichbezogenen Stufen in den zweiten Stock hinauf.

»Gute Nacht, meine Schöne«, nuschelte Texas und küsste sie auf die Stirn. »Du bist verdammt nett.« Er öffnete seine Zimmertür. »Frühstück?«

Sie nickte und trat einen Schritt nach rechts, zu ihrer Zimmertür. »Auf jeden Fall. Schlaf gut.«

Erst als sie im Bett lag, fiel ihr ein, dass sie Jessica hätte anrufen sollen. Aber sie hatte keine Kraft mehr dazu, obwohl es erst halb elf war. Stattdessen schickte sie ihr eine SMS.

Am nächsten Morgen vermied Sara es, in den Spiegel zu schauen. Sie würde noch ein paar Stunden nicht fahren können, wenn sie in Betracht zog, was sie gestern getrunken hatte. Sie setzte sich die Sonnenbrille auf.

Die würde sie den ganzen Tag nicht abnehmen. Dann schloss sie die Tür ab und klopfte bei Texas.

»He, Kumpel, aufwachen«, rief sie. Sie klopfte noch einmal. Und noch einmal. Am Ende trommelte sie gegen die Tür. Was machte er bloß?

Dann musste sie eben alleine frühstücken. Bevor sie drei Tassen Kaffee getrunken hatte, brauchte sie gar nicht daran zu denken, das Motorrad anzuwerfen.

## 32

Texas konnte nicht mehr schlafen. Da er Sara so früh noch nicht wecken wollte, machte er erst einmal einen Spaziergang.

Sie hatte ihm beim Essen von ihrem Großvater und dessen Weinsammlung erzählt, und Texas wollte ihr gerne helfen, sie zurückzubekommen, aber wie? Der Weinkeller des Schlosses war berühmt, geradezu sagenumwoben, nur wenige schienen je Zutritt bekommen zu haben.

Würde das Geschwisterpaar ihn hineinlassen, wenn er fragte? Wahrscheinlich nicht. Andererseits gab es keine andere Möglichkeit, sich Einlass zu verschaffen, zumindest nicht auf regulärem Wege. Wenn es stimmte, was Sara gesagt hatte und ihr Großvater tatsächlich von der Grafenfamilie betrogen worden war, dann würden die Geschwister Sara auf keinen Fall dort hinunterlassen.

Der Morgen war ebenso warm wie der vergangene Abend, und nichts zog ihn ins Hotel zurück. Stattdessen ging er noch einmal ins Dorf hinunter. Vielleicht konnte er irgendwo einen Espresso bekommen, obwohl es erst kurz nach sieben war. Er hatte leichte Kopfschmerzen. Es war ein erstaunlich netter Abend gewesen. Die Male, die sie sich während der Reise nach Italien getroffen hatten, war er nicht gerade freundlich zu Sara gewesen, aber sie war großmütig genug, ihm das zu verzeihen, und hatte sogar ihren eigenen Anteil an dem Missverständnis erkannt. Sie war wirklich eine tolle Frau. Und attraktiv. Sie hatte wache, neugierige Augen.

Es löste etwas in ihm aus, wenn er an sie dachte. Wenn er es nicht besser wüsste, würde er sagen, dass ihre Gegenwart ihn auf eine angenehme Weise nervös machte. Verwundert kratzte er sich am Kopf. Dass sie nicht sein Typ war, musste er also revidieren. Sie hatte ihn beeindruckt, vor allem mit den Berichten über ihre Reisen. Und sie strahlte förmlich, wenn sie von ihrer Arbeit erzählte. Sie schien ihr wichtig zu sein, und das war etwas, das er von sich selbst gut kannte.

Da endlich, eine kleine Kaffeebar. Am Tresen standen Leute mit kleinen Tassen vor sich, sie waren wohl auf dem Weg zur Arbeit. Anzüge neben Jeans und kurzen Röcken und über allem ein lautes Geschnatter.

Texas nahm seinen doppelten Espresso mit nach draußen und setzte sich auf die Bordsteinkante. Er brauchte ein wenig Ruhe, um sich über sich selbst klarer zu werden. Es war jedenfalls offensichtlich, dass Sara nicht so fasziniert von ihm war wie er von ihr. Er erkannte den Blick einer Frau, die interessiert war.

Den hatte er unzählige Male gesehen – und meistens ignoriert. Wahrscheinlich hätte er nach der Scheidung öfter mal die Gelegenheiten nutzen sollen, die sich ihm boten. Er wusste gar nicht, ob er mit einer anderen Frau überhaupt funktionieren würde. Sex hatte viele Jahre lang ganz zuunterst auf seiner Prioritätenliste gestanden. Würde sich das jetzt ändern? War es diese Art Anziehung, die er in Saras Gegenwart verspürte? Oder war sie einfach nur eine ganz besonders sympathische Frau?

Das musste er herausfinden.

Er schirmte die Augen mit der Hand gegen die Sonne ab und schaute über den Marktplatz. Weiter hinten entdeckte er eine Gestalt, die ihm bekannt vorkam. War das Eros, dort vor dem Hotel? Und wer war die Frau neben ihm? Er konnte nicht hören, was sie redeten, aber sie schienen sehr aufgebracht. Die Frau gestikulierte wild mit den Armen, und Eros schien sich beinahe zu ducken. Sie gingen zu einem Auto, das Texas draußen vor dem Schloss gesehen und auch ein wenig bewundert hatte, also war es wohl tatsächlich der Graf. Eros öffnete der Frau die Beifahrertür. Sie stieß ihn zur Seite und setzte sich hinein. Dann knallte sie die Tür von innen zu, und der Graf sah aus wie ein begossener Pudel, als er auf die andere Seite hinüberging. Texas sah, wie er den Kopf schüttelte, bevor er die Tür öffnete und ebenfalls einstieg. Ein paar Minuten stand der Maserati noch da, dann fuhr er unvermittelt los.

Eigentlich war nichts Bemerkenswertes daran, dass Eros mit seinen Liebhaberinnen ins Hotel ging, merkwürdig war eher, dass er so geknickt gewirkt hatte. Als würde ihm die Frau etwas bedeuten. Das war natürlich seine Interpretation dessen, was er gesehen hatte, aber irgendetwas musste ja gewesen sein, wenn die Frau so aufgebracht gewesen war. Vielleicht schämte Eros sich für irgendetwas. Das wäre ja sogar positiv, denn es würde bedeuten, dass der Mann überhaupt Gefühle hatte. Texas' bisheriger Eindruck von ihm war der, dass er so etwas gar nicht kannte. Er hielt ihn für eiskalt und berechnend. Dies war ein Teil seiner Faszination für das Schloss, schließlich hatte Texas gewusst, wer Eros war, als er und seine Freunde die Woche im Schloss gebucht hatten.

Texas sah auf die Uhr. Halb neun. Er stand auf und klopfte sich den Staub ab. Wenn Sara jetzt noch nicht wach war, würde er sie wecken.

Auf dem Weg zurück zum Hotel rief er seine Tochter an.

»Der verlorene Vater ... Wann kommst du zurück aufs Schloss?«, fragte sie.

»Hast du mich vermisst?«

»Nicht besonders.« Sie lachte. »Ich hab mich so gefreut, als du gestern angerufen hast, um zu sagen, dass du versuchen willst, dich mit Sara zu vertragen. Ich mag sie. Hast du dich bei ihr entschuldigt?«

»Ja, und ich glaube, sie hat mir verziehen«, sagte er, und spürte im selben Augenblick, wie wichtig es ihm war, dass das zutraf. »Wie geht es Anders? Hat es mit dem Date mit Jessica geklappt?«

»Ja, und heute sehen sie sich wieder, es geschehen noch Zeichen und Wunder. Meinst du, das wird was mit den beiden?«

Texas lachte. »Das musst du ihn selbst fragen. Er redet viel, wenn der Tag lang ist, und das sage ich in aller Freundschaft, ich weiß genau, wie unsicher er ist.«

»Aber du bist doch nicht unsicher? Sag nicht, dass das stimmt, das halte ich nicht aus. Du bist mein Papa und musst groß, stark und unverwundbar sein.«

Er hörte, dass sie lächelte.

»Ich weiß. Tut mir leid, dich enttäuschen zu müssen, ich bin ein richtiger Feigling, wenn es hart auf hart kommt.«

»Sara«, sagte sie. »Ist es Sara, bei der es gerade hart auf hart kommt und die dich unsicher macht?«

Er räusperte sich. »Genug davon. In einer Stunde ungefähr fahre ich hier los.«

## 33

Sara ließ sich Zeit für die Rückfahrt. Es würde ein paar Stunden dauern, aber sie hatte es nicht eilig. Sie mussten heute lediglich Klamotten für den Maskenball am nächsten Tag besorgen, ansonsten stand nichts auf dem Programm.

Sie sprach mit Jessica, die meinte, es wäre gut, wenn sie versuchen könnte, etwas darüber herauszufinden, weshalb Eros und seine Schwester mit Maria verfeindet waren.

»Wozu? Es spielt doch keine Rolle, ob sie Freunde sind oder nicht? Außerdem rede ich nicht mehr mit ihm.«

Sara hatte angehalten, um eine Flasche Olivenöl zu kaufen. Sie nickte eifrig, als man ihr ein Plastikbecherchen hinhielt, damit sie kosten konnte.

»Ich bin nur so furchtbar neugierig. Maria ist eitel Sonnenschein, solange man das Schloss nicht erwähnt.«

Sara probierte und nickte erneut, als ihr ein zweiter Becher gereicht wurde. Das hier war gut. Ein bisschen würzig. Sie zeigte auf die entsprechende Flasche.

»Können wir nachher weiterreden? Ich kaufe gerade Olivenöl.«

Sie bezahlte umgerechnet fünfzig Kronen für eine kleine Flasche, die zu Hause bestimmt das Doppelte gekostet hätte. Sara freute sich über ein gutes Geschäft. Das konnte alles sein, von einer Handtasche, die sie im Schlussverkauf billiger bekam, bis zu hochwertigem Fleisch, das sie direkt auf einem Bauernhof kaufte. Es hatte nichts mit Geld zu tun, sondern einfach mit dem Gefühl, dass sie etwas erworben hatte, das einen Wert besaß und wichtig war.

Auf der Theke lag Brot, das wunderbar duftete. Zusammen mit ein bisschen Schinken ergab es ein vorzügliches Mittagessen. Dazu noch eine Flasche Mineralwasser, und sie war ein neuer Mensch.

Draußen breitete sich das Tal vor ihr aus, und Sara sah sich nach einem schattigen Plätzchen um. Sie war nicht die Einzige, die diese Idee hatte: Unter der großen Eiche saßen bereits zwei Paare. Sie würden ein bisschen zusammenrücken müssen, und wenn schon.

Sara packte die kleine Decke aus, die sie auf dem Motorrad immer dabeihatte, und ging das kurze Stück zu der Eiche hinüber.

»Darf ich mich dazusetzen?«, fragte sie.

Dann brach sie das noch warme Brot und entkorkte die Flasche, tröpfelte ein wenig Olivenöl darauf und belegte es mit Parmaschinken. Es schmeckte himmlisch! Trotz der grandiosen Aussicht kaute sie mit geschlossenen Augen, es kam ihr vor, als schmecke sie dann intensiver. Ihr genügte ein Sinneseindruck auf einmal.

Sie hatte das halbe Brot aufgegessen, nun war sie satt. Sie öffnete die Wasserflasche und betrachtete die Gegend.

Was die Idee zu einer Reportage anging, war sie kein Stück weitergekommen, trotz des so entspannten gestrigen Tages. Des ersten seit langem, wie ihr schien. Vielleicht sollte sie lieber ein Abenteuer erfinden, statt es zu erleben. Allerdings wäre das Betrug. Immerhin reisten die Leute auf ihren Spuren. Wenn sie sich einfach etwas ausdachte, würde sie ihre treue Leserschaft verlieren. Sie gab sich noch den Rest der Woche Zeit, dann würde sie ihrer Zeitung sagen, dass es dieses Jahr keine Reportage geben würde.

Sie hatte Jessica versprochen, spätestens um fünf zu Hause zu sein, damit sie nach Pisa fahren und Kostüme aussuchen konnten. Sie hatte überhaupt keine Lust dazu, aber allmählich wurde es Zeit, wieder zum Schloss zurückzukehren, ob sie wollte oder nicht.

Sie wickelte die Flasche mit dem Olivenöl in eine Zeitung, die sie noch von der Zugfahrt übrig hatte, und stopfte sie in den Rucksack. Dann schlenderte sie langsam zum Motorrad zurück.

Auf halber Strecke holte Texas sie ein. Er winkte ihr zu, am Straßenrand anzuhalten.

»Hallo«, sagte er. »Da bist du ja.« Er stellte den Motor aus und lächelte.

»Wo warst du?«, fragte sie. »Ich habe das halbe Hotel aufgeweckt, als ich an deine Tür geklopft habe.« Sie lächelte ebenfalls, um ihm zu verstehen zu geben, dass das vollkommen in Ordnung war. Er konnte frühstücken, wann und mit wem er wollte, es war ihr egal.

»Ach, ich konnte nicht mehr schlafen und dachte, ich könnte ein bisschen spazieren gehen, bis du aufwachst. Du hast mir ja deine Nummer noch nicht gegeben.«

»Wie wär's mit hitta.se, Telefonbuch, Auskunft? Im Gegensatz zu dir gehe ich ganz offen damit um, wer ich bin und wie man mich erreichen kann.«

»Darauf bin ich gar nicht gekommen. Ich bin vollkommen unmodern und benutze mein sauteures Handy nur zum Telefonieren und um Fotos zu machen. Kannst du nicht den Motor abstellen, dass ich nicht so schreien muss?«

Sie schüttelte den Kopf. »Ich muss gleich weiter, habe Jessica versprochen, mit ihr nach Kostümen zu schauen.«

»Okay, dann fahren wir zusammen«, sagte er. »Ich habe keine große Lust auf die Party, obwohl es da ein Acht-Gänge-Menü geben soll, aber meine Kumpel sind Feuer und Flamme, vor allem wegen dem Essen.«

»Als was verkleidest du dich? Hast du was dabei?«

Er nickte. »Jepp, ich habe was dabei, aber das ist geheim.« Er startete den Motor. »Wollen wir?«

Eine Stunde später fuhren sie die Schlossallee hinauf. Weitere Motorräder standen davor, eines schicker als das andere.

»Bist du mal so eins gefahren?«, fragte Sara und zeigte auf eine riesige, rotlackierte Honda.

»Nein, du?«

Sie lachte. »Ich würde ja nicht einmal mit den Füßen auf den Boden kommen. Was glaubst du, was die kostet?«

»Neu vielleicht 250 000. Aber dein Bike ist ja auch nicht gerade billig.«

»Fünfzehnhundert«, sagte sie.

Texas starrte sie ungläubig an. »Dann hat es der Verkäufer aber wirklich darauf angelegt, es ausgerechnet dir zu verkaufen.«

»Glaub ich nicht«, murmelte sie.

Danne hatte angerufen und ein Riesentheater gemacht, konnte aber natürlich nichts dagegen unternehmen, dass sie es gekauft hatte, statt es zu verkaufen. Da konnte er herumbrüllen, wie er wollte, und nein, sie hatte nicht darüber nachgedacht, dass er das Geld vielleicht brauchen könnte. Und ebenfalls nein, sie wusste nicht, was sie ihm da antat.

»Schwein«, hatte sie gefaucht, als sie aufgelegt hatte.

Texas und Sara stellten die Motorräder ab und gingen gemeinsam auf das Tor zu.

»Es war sehr nett mit dir«, sagte Texas und hielt ihr die Tür auf.

»Danke, gleichfalls«, sagte Sara aufrichtig. Er war ein sehr angenehmer Mensch, seit er nicht mehr dachte, sie würde ihn verfolgen.

»Sehen wir uns nachher?«, fragte er.

»Ich denke, schon. Heute werde ich wieder am Abendessen teilnehmen.«

»Sara?«

Sie drehte sich um. Carlotta trat auf sie zu.

»Hattest du einen schönen Tag?«, fragte Carlotta.

Offenbar hatte sie gar nicht mitbekommen, dass Sara woanders übernachtet hatte.

»Danke, ja. Ich bin ein bisschen herumgefahren, habe Olivenöl gekauft und Eis gegessen.« Sie lächelte zufrieden. Es war wirklich ein schöner Ausflug gewesen.

»Das freut mich«, sagte Carlotta. »Kommst du heute Abend wieder zum Essen?«

»Auf jeden Fall. Wir müssen nur noch in die Stadt, Kostüme für den Ball besorgen, aber das geht schnell. Wir können uns von Maria ein Auto leihen.«

»Apropos Maria: Gefällt es deiner Freundin dort?« Ihr Blick schien plötzlich wachsam.

»Ja, sehr. Maria ist eine aufmerksame Gastgeberin«, sagte Sara, ohne zu wissen, ob dies der Wahrheit entsprach.

»Schön zu hören«, sagte Carlotta.

Klang sie etwas kühl? Sara konnte es nicht richtig deuten. Sie sah wieder ganz normal aus, vielleicht hatte Sara sich, was den Blick anging, vertan.

Carlotta lächelte.

»Dann sehen wir uns heute Abend. Und übrigens, da wartet jemand in deinem Zimmer auf dich.«

Verärgert ging Sara zu ihrem Zimmer. Sie hatte keine Lust, Eros unter vier Augen zu treffen. Andererseits war es vielleicht auch ganz gut, wenn sie beide die Sache zu einem ordentlichen und friedlichen Abschluss bringen konnten, bevor sie recht begonnen hatte.

# 34

Jessica wollte sich zurechtmachen, bevor sie nach Pisa fuhren. Sie würden es nicht schaffen, sich vor dem Abendessen noch einmal umzuziehen, deshalb musste sie sich jetzt schon dafür fertigmachen, obwohl sie sich gern noch einmal frisch gemacht hätte, bevor sie das schlangengemusterte Wickelkleid anzog. Sie wünschte, sie hätte daran gedacht, das figurformende Unterkleid mitzunehmen, es hätte kaum Platz weggenommen. Zu spät. Sie schlüpfte in ihre bequemen hochhackigen Schuhe. Sie hatte nun mal einen Bauch, das war halt so.

Maria war so nett, ihr das Auto zu leihen, und als Jessica vor dem Schloss vorfuhr, stand Sara schon auf dem Hof und wartete.

»Ich werde zu dir ziehen«, sagte Sara und stieg ein.

»Was? Wieso das denn?«

»Es ist gemütlicher als in meinem Zimmer.«

»Seit wann findest du es bei Maria gemütlich?« Jessica grinste. »Schnall dich an.«

Sie schaute in den Rückspiegel und fuhr auf die Schlossallee.

»Ach, so schlimm kann sie gar nicht sein«, meinte Sara.

»Ich finde, sie ist die Freundlichkeit in Person, du bist es, die ein Problem mit ihr hat.«

»Ich weiß, aber man muss sich seinen Ängsten stellen. Vielleicht werden wir sogar Freunde, Maria und ich. Hast du eine Idee, als was wir uns verkleiden können?«, fragte Sara.

»Nicht nur das«, sagte Jessica. »Zur Sicherheit habe ich angerufen und etwas für uns zurücklegen lassen.«

»Meinst du, es wird gut?«

»Supergut«, antwortete Jessica ohne Überzeugung.

Sara erzählte ihr, wie sie sich mit Texas angefreundet hatte, und Jessica war deprimiert.

Obwohl sie mit ihrer besten Freundin im Auto saß, fühlte sie sich einsam, und als sich ihr die Kehle zuschnürte, kniff sie sich in den Arm, damit der Schmerz sich dorthin verlagerte. Sie hatte nicht vor, noch mehr Tränen zu vergießen. Sie hatte JP so oft hinterhergetrauert, dass es fürs ganze Leben reichte.

»Da wären wir«, rief sie übertrieben vergnügt, als sie geparkt und ihre Gesichtszüge wieder unter Kontrolle hatte.

Die Kostüme waren bereits in Seidenpapier eingeschlagen, und sie mussten nur noch bezahlen.

»Wollen wir uns nicht den Schiefen Turm ansehen, wo wir schon mal in Pisa sind?«, schlug Jessica vor. »Frag doch mal die Verkäuferin, wie wir da hinkommen.«

Da Sara nichts dagegen hatte zu fahren, wollte Jessica ein Glas Wein trinken. Es muss doch eine Gaststätte am Turm geben, dachte sie, als sie vom Parkplatz vor der Boutique abfuhren. Sie wollte sich betrinken oder wenigstens ein bisschen angesäuselt sein. Dann würde sie es noch einmal mit Anders versuchen, und wenn er immer noch nicht anbiss, würde sie für immer das Gewand anlegen, das sie soeben ausgeliehen hatte.

»Wie lange man wohl braucht, um den Turm hochzugehen? Dreihundert Stufen oder wie viele es noch mal sind, ich weiß es nicht mehr, ist eine Weile her, seit ich zuletzt hier war.«

»Hochgehen? Mit den Dingern?« Jessica zeigte auf ihre Schuhe. »Mach du nur, ich werde ihn von der Piazza aus betrachten, mit einem großen Glas Weißwein in der Hand. Ich habe keine Lust, vor dem Abendessen noch einmal ins Schwitzen zu kommen.«

Sie hatte Sara nichts von Anders erzählt. Weshalb, wusste sie selbst nicht genau. Vielleicht wäre es etwas anderes gewesen, wenn sie nicht das Gefühl gehabt hätte, dass das Date total missglückt war. Wenn diesmal alles nach Plan lief, musste es in seinem Zimmer auf dem Schloss geschehen. Dass Sara zu Maria ziehen wollte, schloss jede Alternative von vornherein aus. Wenn alles gutging, würde sie Sara alles erzählen. Bis dahin würde sie es für sich behalten.

»Ich habe heute mal wieder über die Reportage nachgedacht. Mir fällt einfach nichts ein. Vielleicht sollte ich dieses Jahr aussetzen. Das scheint mir im Moment fast am verlockendsten«, sagte Sara auf dem Rückweg zum Schloss.

»Hast du denn schon zugesagt?« Jessica war eingenickt. Schlaftrunken erkannte sie, dass sie fast da waren. Der leichte Rausch, den sie nach zwei Gläsern Wein verspürt hatte, war völlig verschwunden. Sie setzte sich auf und klappte den Sonnenschutz mit dem Spiegel auf der Rückseite herunter. Mit geübten Fingern wischte sie die Haut unter den Augen leicht ab, um mögliche Mascara-Spuren zu entfernen, dann zog sie ihren Lippenstift heraus und legte eine neue Schicht auf.

»Ja, aber wenn ich jetzt absage, können sie noch einen Ersatz finden.« Sara bog in den Schlosshof ein.

»Ach du meine Güte, so viele Motorräder! Wo kommen die denn alle her?«

»Keine Ahnung«, sagte Sara.

»Ziehst du dich noch um?«, fragte Jessica.

»Passt es nicht, was ich anhabe?«

»Doch, aber Jeans? Es ist schließlich ein Abendessen.«

»Ich bin eine Motorradbraut, und ich werde schon nicht die Einzige sein, die so herumläuft. Beeil dich ein bisschen, ich habe Hunger.«

Jessica betrachtete sich ein letztes Mal im Spiegel, dann klappte sie den Sonnenschutz wieder hoch. Sie war bereit. »Ich komme.«

Texas und Anders winkten ihnen zu. Sie standen mit ihrer Gruppe vor dem Speisesaal, und sofort wurden Jessica und Sara in ein Gespräch über italienische Tomatensorten einbezogen. Die Geschwister waren nirgendwo zu sehen, doch Jessica nahm an, dass sie später auftauchen würden. Sie fühlte sich in ihrem Kleid vollkommen fehl am Platz, obwohl es eigentlich für Veranstaltungen wie diese hier passte. Sara hatte recht gehabt mit ihren Jeans. Viele trugen sie, selbst Anders, der es Jessicas Meinung nach eigentlich besser hätte wissen müssen.

Es herrschte gute Stimmung, alle unterhielten sich angeregt. Jessica sah, wie Texas immer wieder Saras Blick suchte. Ob da etwas zwischen ihnen lief? Als sie Sara flüsternd danach fragte, lachte diese nur und meinte, da hätte sie etwas falsch verstanden. Sie sei kein bisschen an ihm interessiert und er auch nicht an ihr.

Jessica wusste es natürlich besser. Immerhin war sie Expertin in Liebesdingen, wenn auch nicht in eigener Sache. Zwar nicht weltberühmt, aber doch zumindest bekannt. Selbst in Italien, wie sie sich jetzt wieder erinnerte.

Als Eros vortrat und ihre Hand nahm, reagierte sie überrascht. Heimlich blickte sie zu Sara hinüber und verdrehte die Augen.

»Setz dich zu mir«, sagte er, und natürlich konnte sie nicht ablehnen, er war schließlich der Gastgeber. Nun, es konnte ja auch ganz interessant werden. Jessicas Meinung über ihn stand fest, aber wenn sie Gelegenheit bekam, sie zu revidieren, war sie durchaus dazu bereit.

»Wie schön du bist«, sagte er und bot ihr einen Stuhl an.

»Danke.« Sie wunderte sich über das Kompliment. Eigentlich war sie so gar nicht sein Typ, deshalb hatte sie gleich den Verdacht, er wollte irgendetwas von ihr.

Eine Stunde später war sie immer noch nicht klüger. Er war ausgesprochen freundlich und zuvorkommend, und mehr als einmal ertappte sie sich dabei, wie sie lauthals lachte. Sara saß neben einem von Texas' Freunden, und hin und wieder trafen sich ihre und Jessicas Blicke, und beide zuckten mit den Schultern. Eros sah gut aus, aber durch besondere Freundlichkeit hatte er sich bisher nicht hervorgetan.

»Wie viele Gäste habt ihr heute?«, fragte Jessica.

»Ungefähr hundert«, antwortete Eros. »Meine Schwester kümmert sich um alles, ich bin nicht so gut in Logistik.«

Er schenkte ihr nach, und nachdem er die Weinflasche abgestellt hatte, legte er ihr die Hand in den

Nacken. Verlegen drehte sie sich hin und her, um sie abzuschütteln. Weshalb tat er das, wo sie doch gerade beschlossen hatte, ihn doch ganz sympathisch zu finden? Oder war genau das seine Taktik: Sich erst normal und höflich zu benehmen und dann übergriffig zu werden?

»Du kannst deine Hand gern wieder wegnehmen«, sagte Jessica, als er nicht reagierte. Doch statt die Ermahnung ernst zu nehmen, streckte er seine Finger aus, so dass sie unter ihren Kragen fuhren, und hätten sie nicht gerade beim Essen gesessen, hätte sie ihm eins auf die Finger gegeben. Stattdessen trat sie ihn unter dem Tisch, und ebenso schnell, wie seine Hand da gewesen war, war sie wieder verschwunden.

»Cara mia, ich *sehe* doch, dass du einen Mann brauchst«, flüsterte er. »Einen richtigen Mann, nicht wie den, der uns die ganze Zeit anstarrt.«

Sie hatte gar nicht mehr an Anders gedacht, so sehr war sie damit beschäftigt gewesen, sich Eros vom Leib zu halten. Doch als sie jetzt aufsah, trafen sich ihre Blicke. Er sah sie fragend an, und sie zog zur Antwort eine Grimasse. Hoffentlich deutete er sie richtig und verstand, dass sie Eros in keiner Weise ermuntert hatte.

»Was ich brauche oder nicht, geht dich gar nichts an«, sagte sie brüsk.

»Du schreibst über Sex, also brauchst du da gute Erfahrungen«, sagte er und lächelte breit. Seine Zähne funkelten in dem halbdunklen Raum, und als sie seine Hand auf ihrem Oberschenkel spürte, beschloss sie, dass es genug war. Sie packte die Haut auf seinem Handrücken und drückte zu, wobei sie die Nägel so fest sie konnte hineindrückte.

»Es reicht«, zischte sie. »Wenn du nicht willst, dass ich laut schreie, dann fasst du mich nicht mehr an.«

# 35

So kam es, dass Jessica und Sara beizeiten wieder bei Maria waren, die freundlicherweise ein Extrabett in Jessicas Zimmer gestellt hatte. Auf einem kleinen Tisch zwischen den Betten hatte sie Wasserkocher, Tee, Milch, Zitrone, Zucker und Biscotti arrangiert. Sie war wirklich eine großartige Gastgeberin. Während Sara sich auf ihr Bett warf, setzte Jessica Wasser auf und ließ den Abend noch einmal Revue passieren.

Anders war überhaupt nicht in Verführerlaune gewesen. Im Gegenteil: Er war ihr nach dem Essen ausgewichen, und das war wahrscheinlich auch besser gewesen. *Ein* ungeschickter Mann pro Abend reichte.

Der Graf hatte sich entschuldigt, aber es klang nicht überzeugend, und hatte sich eine andere Frau gesucht, sobald das Essen beendet war. Sara hatte auch nichts dagegen gehabt, das Schloss bald wieder zu verlassen. Sie sei müde, hatte sie gesagt.

Sara setzte sich auf und zog den Pullover aus. »Endlich«, sagte sie und wedelte mit den Armen. »Ab jetzt werde ich immer einen Schal umlegen, statt einen Pullover anzuziehen, den kann ich einfach abwerfen, wenn die Hitzewallungen kommen.«

Jessica hob die Augenbraue. »Liebe Sara, du weißt

gar nicht, wovon du redest. Ich stinke nach vergammelten Orangen und muss dreimal am Tag duschen. Komm wieder, wenn du so weit bist, dann werde ich dich ein bisschen bemitleiden.«

Sara lächelte, goss das heiße Wasser über die Teebeutel und reichte Jessica eine Tasse. »Biscotti«, sagte sie. »Die haben meine Tanten auch immer gemacht.«

Sie legte sich ein paar auf den Teller und setzte sich mit untergeschlagenen Beinen auf das Feldbett.

»Jetzt sag schon, wie war es mit Eros?«

»Erst war er nett, aber dann wollte er mich verführen. Das hätte ich nicht von ihm gedacht, obwohl ich ja wirklich keine hohe Meinung von ihm hatte«, sagte Jessica und streckte ihre Hand nach den Biscotti aus. »Er hat von den Besitzungen gesprochen und wie schwierig es sei, alles zusammenzuhalten. Dann hat er über das Motorradtreffen geredet, das erste von vielen, wenn es gut läuft, und dann hat er seine Hand in meinen Nacken gelegt und anscheinend gedacht, ich würde vor Erregung ohnmächtig werden.« Sie biss ab und rührte einen halben Teelöffel Zucker in ihren Tee.

»Mich hat er keines Blickes gewürdigt«, sagte Sara, klang aber nicht, als würde sie es sonderlich bedauern.

»Texas dagegen!«, meinte Jessica.

»Ach, hör doch auf. Vor ein paar Tagen hat er mir das Leben gerettet, und gestern haben wir uns ordentlich einen angetrunken und den ganzen Abend gelacht, das ist alles. Man kann auch einfach so mit Männern befreundet sein, wusstest du das nicht? In meinen Augen ist er wirklich ein Held, aber mehr ist da nicht.«

»Er sieht unglaublich gut aus.«

»Das stimmt. Ich schaue ihn gern an. Aber ich habe nicht vor weiter zu gehen, und er auch nicht.«

»Heißt das, ihr habt nicht einmal geflirtet, als ihr in diesem Restaurant gesessen habt?«

Sara dachte nach. »Nein, haben wir tatsächlich nicht.«

»Aber du musstest überlegen, bevor du geantwortet hast.«

»Ja, weil ich an dem Abend nicht ganz nüchtern war. Wir haben Unmengen Wein getrunken.« Sie winkte ab. »Und glaub mir, so ausgehungert, wie ich nach Aufmerksamkeit bin, hätte ich das auf jeden Fall gemerkt, selbst in betrunkenem Zustand. Und wenn er es doch versucht hätte, hätte ich ihn abblitzen lassen. Zum Glück war das nicht nötig.«

»Aber mit Eros wärst du beinahe im Bett gelandet. Ich muss sagen: Texas ist in jeder Hinsicht die bessere Wahl.«

Sara stellte Tasse und Teller auf das Tablett und streckte sich auf ihrem Bett aus. »Ich habe darüber nachgedacht. Warum ich ihn beinahe wieder an mich habe herankommen lassen. Ich glaube, das liegt an unserer Geschichte. Es war eine kleine Revanche, dass er mich wollte: er, der mich immer hat abblitzen lassen und anderen den Vorzug gegeben hat, als wir jung waren.«

»Es heißt ja, man kommt nie über die erste Liebe hinweg, vor allem nicht, wenn man enttäuscht worden ist«, sagte Jessica. So war es in gewisser Weise auch mit ihr und JP gewesen, oder so hatte sie es zumindest gesehen. Sie wusste nicht mehr, wer von ihnen wen im Stich gelassen hatte, aber es war natürlich bequemer, den Fehler beim anderen zu suchen statt bei sich selbst.

»Es ist doch schrecklich, dass man mehr von dem Bösen behält als von dem Guten. Gott sei Dank habe ich mich von Eros nicht rumkriegen lassen. Ich empfinde heute gar nichts mehr für ihn. Nichts, außer Verachtung. Dass ich überhaupt für einen Moment vergessen konnte, was er und seine Familie meinem Großvater angetan haben ...« Saras Augen blitzten. »Ich werde diesen Wein zurückbekommen, und wenn es zur Blutrache kommt.«

Jessica lachte. Sara sah so entschlossen aus, dass es für den Grafen wohl das Beste wäre, die Flaschen umgehend herauszurücken.

»Du bist noch nicht auf die Idee gekommen, dass dieser Wein inzwischen vielleicht schlecht geworden sein könnte? Es ist doch mittlerweile fünfzig, sechzig Jahre her, wenn die Flaschen überhaupt noch da sind. Kann man ihn dann eigentlich noch trinken?«

»Das weiß ich nicht, und es spielt auch gar keine Rolle. Es sind meine Flaschen, Punktum.«

»Und wo willst du die alle lagern, jetzt, wo du in eine Einzimmerwohnung gezogen bist?«

»Das weiß ich auch noch nicht, aber es wird sich schon eine Lösung finden, wenn ich die Flaschen erst habe.« Sie nahm sich noch ein Biscotti. Wenn sie in Rente ging, würde sie genau solche backen, das nahm sie sich fest vor.

»Meinst du, der Graf ist böse auf dich?«, fragte Jessica.

»Böse? Er droht mir sogar, aber das ist mir egal. Trotzdem ist es gut, dass ich jetzt nachts hier sein kann statt im Schloss, das fühlt sich sicherer an. Er ist alles andere als ein Traummann, das können wir zweifelsfrei festhalten.«

»Ich wusste gar nicht, dass du von Männern träumst. Interessant, erzähl doch mal.«

»Weißt du noch, Danne?«

Jessica lachte. »Ja, ich erinnere mich, Danne …«

»Ich träume von seinem kompletten Gegenteil. Kannst du dich an eine einzige gute Seite an Danne erinnern?«, frotzelte Sara und steckte sich noch ein Biscotto in den Mund.

»Ja, das kann ich. Er hatte ziemlich viele. Und das weißt du auch.« Jessica lächelte. Sara konnte Witze über ihre Ehe machen, das deutete hoffentlich darauf hin, dass es ihr besserging.

»Habe ich dir erzählt, dass er angerufen und sich selbst bedauert hat? Er fand, ich hätte ihn hintergangen, indem ich sein Motorrad gekauft habe. Er ist so was von pathetisch.«

»An Freundschaft ist da also nicht zu denken?«

»Never *ever*.«

Jessica hatte ihr nicht erzählt, dass JP sich gemeldet hatte. Sie wusste nur zu gut, was Sara sagen würde: dass sie sich endlich aussprechen müssten. Sie selbst wusste, dass er am Ende aufgeben würde, und dann würde alles wieder seinen normalen Gang gehen. Weglaufen löste keine Probleme, weil man sich selbst schlecht zu Hause lassen konnte, damit hatte Sara schon recht, auch wenn sie selbst in dieser Hinsicht kein gutes Vorbild abgab. Das hier musste Jessicas letzte Flucht sein. Anschließend würde sie nur noch reisen, wenn sie wollte, und nicht mehr, um der Liebe ihres Lebens zu entkommen.

Ihr neuer Roman würde so stark, dass niemand davon unberührt bleiben konnte, am allerwenigsten JP. Es würde Jessicas Abschiedsgruß an ihn werden und das Beste, was sie je geschrieben hatte.

# 36

Sara erwachte davon, dass Maria in der Küche sang. Laut und klar. Es klang, als versuche sie sich an einer Arie, und das gar nicht mal so schlecht. Doch der Zeitpunkt war ungünstig, es war gerade einmal sieben Uhr. Sara hatte in Marias Extrabett so gut geschlafen, dass sie sich vollkommen ausgeruht fühlte. Sie schaute zu Jessica hinüber, die nichts zu hören schien. Vorsichtig stand sie auf, um sie nicht zu wecken. Sie würde Maria bitten, ein bisschen leiser zu sein. Sicherlich war sie es nicht gewohnt, sensible schwedische Schriftstellerinnen im Haus zu haben. Sara zog sich Jeans und T-Shirt an. Leise öffnete sie die Schlafzimmertür und ging in den Flur.

Sie hatte keine Angst mehr vor Maria. Das hatte sich erledigt, nachdem diese begriffen hatte, dass Sara lieber bei ihr schlief als im Schloss. Maria hatte sich so darüber gefreut, dass sie Sara auf beide Wangen geküsst und sie daheim willkommen geheißen hatte. Sicherlich gab es eine tiefenpsychologische Erklärung dafür, dass Sara sich mehr vor wütenden Menschen fürchtete als davor, allein durch den Dschungel zu reisen. Inzwischen waren gar nicht mehr so viele Konflikte übrig, vor denen sie sich hätte fürchten müssen, es sei denn, Eros ließ sie nicht in Ruhe. Doch in Marias Haus fühlte sie sich einigermaßen sicher.

Maria strahlte, als Sara in die Küche kam. »Come, Sara, I bake bread.« Sie hielt ihr eine dampfende Brotscheibe unter die Nase, damit sie schnuppern konnte. »You have swedish way with ham and tomato. Coffee?« Eigentlich hatte Sara noch gar nicht essen, sondern nur Maria bitten wollen, ein bisschen leiser zu singen, aber es duftete unwiderstehlich. Zu Hause vermied sie es, Brot zu essen, weil ihr Magen ohne viel besser zurechtkam, doch zu diesem etwas zähen weißen Brot, das man hier bekam, konnte sie einfach nicht nein sagen.

Maria drückte sie resolut auf einen Küchenstuhl. »Sit down«, sagte sie und ging zur Anrichte, um ihr eine große Scheibe frisch gebackenes Brot abzuschneiden. Aus dem Kühlschrank holte sie Butter, die sie großzügig darauf verteilte, dann legte sie noch ein paar Scheiben Schinken obendrauf. Aus einer Holzschüssel nahm sie eine große Tomate, schnitt sie in Scheiben und garnierte das Ganze damit. Anschließend öffnete sie einen weiteren Schrank und holte einen großen Kaffeebecher heraus. »Breakfast. You eat, skinny woman«, sagte sie und lächelte.

Erst als Sara drei von diesen Butterbroten verzehrt hatte, gab sie sich zufrieden und setzte sich ihr mit einem Becher Kaffee gegenüber.

»Sie wissen, dass ich Italienisch spreche?«, fragte Sara.

»Ja, ich weiß. Aber ich muss mein Englisch ein bisschen trainieren. Mein Traum ist es, für ein Jahr nach Amerika zu gehen. Ich habe dort Verwandte«, sagte Maria und trank einen großen Schluck.

»Kommen Sie auch zu dem Maskenball heute Abend?«, erdreistete Sara sich zu fragen.

Aber da knallte Maria ihre Tasse auf den Tisch.

»Ich hatte es so schön ruhig, bevor Sie und Jessica Romin hier hereingestiefelt sind.« Sie drohte ihr mit der Faust, aber diesmal hatte Sara keine Angst. Maria war ein freundlicher Mensch, nur ein bisschen aufbrausend, wenn sie wütend wurde.

»Warum werden Sie so wütend, sobald wir das Schloss erwähnen? Was ist passiert? Können wir Ihnen irgendwie helfen? Gibt es eine Art alten Nachbarschaftsstreit zwischen Ihnen und Eros?«

»Eros?«, fauchte sie.

»Was denn dann? Haben Sie Streit mit jemandem, der dort arbeitet?«

Marias Mund verzog sich zu einem Strich, und sie hielt die Nase in die Luft, um zu zeigen, dass das Gespräch beendet war.

»No talk no more«, sagte sie und stand auf. »I take coffee outside.«

Sie nahm ihre Tasse und ging brummelnd in den Garten hinaus.

Jetzt habe ich jede Chance darauf verspielt, etwas von ihr zu erfahren, dachte Sara.

»Hier sitzt du.« Jessica streckte die Arme in die Luft und gähnte ausgiebig. »Hast du schon gegessen? Es duftet köstlich in dieser Küche. Wo ist Maria?«

»Ja, ich habe schon gegessen, der Duft kommt von

dem frisch gebackenen Brot, und Maria ist im Garten, weil sie sauer auf mich ist.«

Jessica öffnete den Kühlschrank und drehte sich um. »Worum ging es denn diesmal?«

»Es war mein Fehler. Ich Idiot habe sie gefragt, ob sie auch zu diesem Maskenball kommt, und dann konnte ich gar nicht mehr aufhören und habe gefragt, was da zwischen ihr und Eros läuft. Es gab ein großes Theater, und sie nahm ihren Kaffee und ging nach draußen.« Sara schaute zur Tür.

Jessica holte die Butter heraus und stellte sie auf die Anrichte, bevor sie antwortete. »Vielleicht ist es eine alte Fehde. Stell dir vor, Maria ist ein uneheliches Kind und eine Halbschwester von den beiden im Schloss? Eros und Carlotta haben alles geerbt, und sie? Etwas in der Richtung vielleicht.«

Es polterte auf der Treppe, und Maria kam wieder herein.

»No more stupid questions«, warnte sie und trat in die Küche. »Good morning, Jessica Romin. Sleep well?«, fragte sie.

»Si, si«, sagte Jessica und beeilte sich, ihr Brot zu schmieren. Sie warf einen raschen Blick auf Maria. »I eat in room. Write new book.« Sie nahm Tasse und Teller und ging zur Tür. »Kommst du mit?«, fragte sie Sara, die sogleich aufstand.

»Danke, Maria, das war ein köstliches Frühstück«, sagte sie. Maria warf ihr einen finsteren Blick zu und antwortete nicht. Vielleicht war das auch nicht nötig.

»Du weißt, dass du ruhig dein bestes Englisch sprechen kannst, auch wenn Maria das nicht kann?«, fragte sie und zog ihre Bettdecke glatt.

»Ich weiß. Keine Ahnung, was mit mir passiert, wenn ich mit ihr spreche. Ich habe nie Englisch mit italienischem Akzent gesprochen.« Jessica steckte den letzten Bissen Brot in ihren Mund. »Wir müssen uns über heute Abend unterhalten, über die Party. Hast du dein Kostüm mitgebracht?«

»Ja, es hängt im Schrank.« Saras Handy klingelte. Sie nahm es aus der Handtasche, schaute auf das Display und legte es zurück, ohne zu antworten.

»Wer war das?«, fragte Jessica.

»Unbekannte Nummer. Ich antworte nur, wenn ich weiß, wer es ist. Wo waren wir? Ach genau, das Schloss. Eigentlich habe ich überhaupt keine Lust auf den Ball, aber vielleicht ergibt sich dort die Gelegenheit, mich ein wenig umzusehen. Vielleicht finde ich die Treppe zum Keller. Wenn ich die Tracht anhabe, erkennt mich ja keiner.«

Sara wusste nicht, was sie sonst tun sollte. Das Einzige was noch blieb, und auch das Vernünftigste, war natürlich, Carlotta zu bitten, ihr den Weinkeller zu zeigen. Eros würde ihr garantiert den Zutritt verweigern, aber vielleicht hatte sie bei seiner Schwester mehr Glück? Vielleicht wusste sie gar nichts von dem alten Streit mit ihrem Großvater?

»Ich muss vor der Fete noch etwas arbeiten«, sagte Jessica, »du musst mich also jetzt ein bisschen in Ruhe lassen.«

»Und was soll ich solange machen?«

»Leiste doch Maria Gesellschaft«, sagte Jessica. »Oder ruf deinen besten Freund, Texas, an. Vielleicht war er das, der eben angerufen hat?«

Sara funkelte Jessica wütend an.

»Du bist ganz schön kindisch dafür, dass du im Klimakterium bist«, sagte sie verärgert. »Ich gehe erst mal spazieren. Noch ist es etwas bedeckt, da ist es sicher ganz angenehm draußen.«

Sie sah ihn schon von weitem, und als er näher kam, winkte sie ihm anzuhalten. Er fuhr an den Straßenrand und nahm den Helm ab.

»Guten Morgen, was machst du denn so früh schon draußen?«, fragte sie.

»Das frage ich mich auch«, sagte Texas und sah sich um. »Um diese Zeit ist noch nicht viel los auf den Straßen. Willst du nicht eine Runde mitfahren?«

»Nee, mein Motorrad steht ganz woanders, und heute ist es mir zu anstrengend.«

Texas klopfte hinter sich auf den Sitz. »Steig auf«, sagte er, löste den Helm, der an der Seite festgeschnallt war, und reichte ihn Sara. »Komm schon. Ich weiß, wo wir frühstücken können.«

»Ich habe schon gegessen.«

»Dann schaust du mir halt zu, ich habe nämlich richtig Hunger.«

Das ließ sich einrichten. Er war wirklich schön anzuschauen.

Und ziemlich muskulös, wie sie merkte, als sie sich hinter ihn setzte und die Arme um seine Taille schlang. Er hatte auch nur ein T-Shirt an, und sie spürte seine Körperwärme, als sie ihre Brust an seinen Rücken legte.

Nicht, dass es ihr etwas ausgemacht hätte.

Überhaupt nicht.

Nicht einmal, als ein schwacher Duft seines Rasierwassers ihre Nase streifte, machte ihr das etwas aus. Sie drückte sich nur ein bisschen fester an ihn.

Das machte man so, wenn man hinter jemandem auf dem Motorrad saß.

## 37

»Ich habe über die Sache mit deinem Großvater und seinem Wein nachgedacht«, sagte er, als sie sich in einem Straßencafé gegenübersaßen.

»Und?«

Er winkte dem Kellner, ehe er fortfuhr. »Ich möchte Kaffee und Brot oder Brötchen. Und du?«

»Einen frisch gepressten Saft, bitte.«

Während der Kellner sich um ihre Bestellung kümmerte, musterte Texas sie eingehend. Sara rutschte unbehaglich auf ihrem Stuhl hin und her.

»Starr mich doch nicht so an.«

»Ich versuche herauszufinden, ob du vertrauenswürdig bist«, sagte er lächelnd.

»Und woran erkennt man das?« Ihr genügte schon, wenn er lächelte, um ihm zu vertrauen.

»Reines Gefühlsding.«

»Und wie mache ich mich so?«

Er streckte die Hand aus und legte sie auf ihre. »Erstaunlich gut, wenn man bedenkt, wie unser Verhältnis begonnen hat.« Er lachte. »Ich schäme mich furchtbar dafür, aber das weißt du vielleicht?«

»Ja, aber ich habe dir längst verziehen, außerdem bist du ein Held, also erzähl lieber, was du dir zum Wein meines Großvaters überlegt hast.«

»Genau wie du würde ich gern mal in den Weinkeller kommen, aber von uns gewöhnlichen Motorradfahrern lassen die niemanden hinein. Du hast doch einen besonderen Kontakt zu diesen Geschwistern, und wenn du fragst, ob wir mal reinschauen dürfen, kann ich dir vielleicht helfen, nach den Flaschen deines Großvaters zu schnüffeln?«

»Ich habe selbst schon überlegt, Carlotta zu fragen«, sagte sie überrascht. Das war ja merkwürdig. Aber gut. Sie wollte sich gerne von Texas begleiten lassen. »Dass Eros mir hilft, ist eher unwahrscheinlich.«

»Es heißt, sie besitzen die feinste Sammlung Europas, und die würde man ja schon gern mal sehen, bevor sie verkauft wird, um die Steuerschulden zu bezahlen.«

Sara knurrte. »Echt jetzt? Woher weißt du das? Sie wollen ihre Schulden mit dem Eigentum meiner Familie bezahlen? Das ist ja frech!«

»Der Keller ist viele Millionen wert. Da soll es richtige Raritäten geben. Danke«, sagte er zu dem Kellner, der ihnen das Frühstück brachte.

»Dann müssen wir ihn erst recht sehen«, sagte Sara. »Wir fahren zurück und versuchen reinzukommen, sobald du fertig bist.« Sie stürzte ihren Saft hinunter.

*Endlich* passierte etwas, das ihren Puls aus gutem Grund beschleunigte.

Eigentlich wollte sie nicht zugeben, dass sie unzufrieden war, schließlich war es ihre Schuld, dass sie in der Toskana gelandet waren. Aber diese Reise gehörte nicht gerade zu ihren besten. Sie war drauf und dran gewesen, mit einem Gespenst aus ihrer Vergangenheit zu schlafen, wäre beinahe an einem Stückchen Schinken erstickt und hatte immer noch absolut keine Idee für eine neue Reportage.

»Beeil dich«, sagte sie zu Texas, der seinen Kaffee viel zu langsam trank.

»Ich glaube, ich weiß, wo man runterkommt«, meinte Sara zwei Stunden später, als sie wieder zurück auf dem Schloss waren. Sie hatten nach Carlotta gefragt, aber die war in Pisa und würde erst in einer Stunde wiederkommen.

Mit energischen Schritten durchquerte Sara den großen Eingang zum Ostflügel, während Texas sich vorsichtig umsah, ob sie allein im Flur waren.

»Denkst du dasselbe wie ich?«, fragte er.

»Dass wir es einfach versuchen sollten, ohne vorher zu fragen? Na klar«, sagte Sara.

»Du bist wirklich eine Frau nach meinem Geschmack.« Texas lächelte.

»Hier sind die Türen, aber ich weiß nicht mehr, welche zum Weinkeller führt. Es gibt jede Menge unterirdische Gänge, und ich hab keine Ahnung, ob sie miteinander verbunden sind.«

Die ersten beiden Türen waren abgeschlossen, aber die dritte stand einen Spaltbreit offen.

»Komm«, sagte Sara, und hielt sie Texas auf. Dann zog sie sie wieder ran, ohne sie jedoch ganz zu schließen. »Mein Handy hat eine Taschenlampe.«

Es war ziemlich dunkel in dem Gang unterhalb der Treppe. Es gab nur wenige Lampen, und dazwischen sah man fast gar nichts.

»Gib mir deine Hand«, sagte Texas. »Ich kann im Dunkeln ziemlich gut sehen. Komm.« Er hielt Saras Hand ganz fest und ging voraus.

»Sch. Horch mal.«

Sara konnte nichts hören. »Was?«

»Ich glaube, ich höre Stimmen. Sch, hörst du nichts?«

Sara schüttelte den Kopf. »Oder doch, warte. Eros?«.

Texas nickte.

»Vielleicht sind sie hier, um Wein für heute Abend zu holen.«

Plötzlich presste Texas die Hand auf ihren Mund und drängte sie in einen Seitengang. Sekunden später kamen Eros und Maria vorbei.

Es war ein Glück, dass Texas ihr den Mund zuhielt, sonst hätte sie laut aufgeschrien.

Was tat Maria auf dem Schloss, wenn sie doch sofort rot sah, sobald man es auch nur erwähnte? Jetzt schien es, als wären sie und Eros dicke Freunde, zumindest hatten sie sich nicht gestritten, soweit Sara das mitbekommen hatte.

Sie und Texas verhielten sich mucksmäuschenstill, bis sie die Tür zuschlagen hörten.

»Das war jetzt aber *sehr* merkwürdig«, stellte Sara fest.

»Ja, vielleicht hätten wir uns bemerkbar machen sollen«, sagte Texas. »Ich habe ganz instinktiv reagiert.«

»Das meinte ich gar nicht«, sagte Sara. »Merkwürdig finde ich die Kombination von genau diesen beiden. Wir wohnen doch bei Maria, und sie hat mehr als einmal gesagt, wie sehr sie das Schloss hasst.«

»Das war Maria, bei der du jetzt wohnst? Von der du mir erzählt hast?«

»Ja. Seltsam, oder?« Sie gingen weiter, und Sara steckte ihre Hand in seine. Nicht weil sie Angst hatte, es fühlte sich einfach besser an.

»Ich glaube, ich habe sie in dem Dorf gesehen, wo wir beide übernachtet haben.«

»Was? Bist du dir sicher?«

»Fast hundert Prozent. Aber dort sah das nicht nach Freundschaft aus, im Gegenteil.«

»Wir wissen ja auch nicht, ob sie jetzt wirklich Freunde waren, aber es scheint so, wenn sie allein hier runtergehen, oder?«

»Hast du gesehen, ob sie Flaschen in der Hand hatten?«, fragte Texas. Vorsichtig tasteten sie sich weiter durch den schmalen Gang.

»Ich glaube, Maria hatte etwas in der Hand, aber ich kann mich auch getäuscht haben.«

Sara war verwirrt. Was tat Maria mit Eros hier im Keller? Würde sie sich trauen, sie danach zu fragen? Es würde große Aufregung geben. Und ehrlich gesagt, ging es Sara ja auch nichts an, überhaupt nichts. Aber wenn Maria etwas über den Keller wusste und ihr etwas zum Wein ihres Großvaters sagen konnte …

»Guck mal da«, sagte Texas und zeigte auf einen Raum etwas weiter den Gang hinunter.

»Beeil dich«, sagte Sara und schob ihn an.

»Immer mit der Ruhe, wir wollen ja nicht hinfallen, jetzt, wo wir so nah sind, oder?« Er hatte noch nicht zu Ende gesprochen, als Sara stolperte.

»So ein Mist!«, fluchte sie. Sie lag im Gang, den rechten Fuß unter sich.

»Was ist passiert?« Texas bückte sich. »Hier, nimm meine Hand.«

»Autsch. Ich glaube, das ist nicht gutgegangen.« Sie zog eine Grimasse.

»Du kannst hier jedenfalls nicht liegen bleiben. Leg die Arme um meinen Hals, dann trage ich dich zu diesem Raum dahinten.«

Verfluchte Scheiße, das tat wirklich richtig weh! Wenn sie nun nicht mehr Motorrad fahren konnte, was sollte sie denn dann machen? Sie legte die Arme um seinen Hals, und als wäre sie federleicht, hob er sie hoch. Kurz darauf legte er sie auf ein bequemes Sofa, das in einer Art Weinkeller stand.

Er schob ihr Hosenbein hoch und betrachtete ihren Fuß. Um den Knöchel herum war er bereits ein wenig angeschwollen.

»Wir brauchen Hilfe. Auch wenn du recht klein bist, will ich dich nicht allein tragen, man stürzt so leicht im Dunkeln. Warte hier.«

Sara nickte. Sie wollte nicht, dass er sie allein ließ, sah aber ein, dass er Hilfe holen musste.

»Beeilst du dich?« Sie klang genauso jämmerlich, wie sie sich fühlte. Die Abenteurerin war gerade ziemlich kleinlaut.

Er streichelte ihr die Wange. »Ich verspreche es.«

Sie behielt das Handy in Reichweite, um zu sehen, wie lange er fortblieb. Natürlich hatte sie hier keinen Empfang. Überall im Schloss war er schlecht, doch die Uhr funktionierte zum Glück. Zehn Minuten später kam er zurück. Allein. Mit einem Plumps ließ er sich neben ihr auf das Sofa sinken.

»Wir sind eingesperrt …« Er hatte noch nicht ausgeredet, da ging das Licht aus.

# 38

Jessica summte vor sich hin, während sie ihr Haar aufrollte. Sie mochte ihr Haar, und auch wenn sie es zwischendurch färben musste, schien es doch noch dieselbe Dichte und Spannkraft zu haben wie früher. Ein Kurzhaarschnitt, bloß weil sie über fünfzig war, kam gar nicht in Frage, im Gegenteil, sie wollte es wieder ein bisschen wachsen lassen.

Doch ihre gute Laune hatte nicht nur mit ihrem Haar zu tun. Anders hatte sich gemeldet und gefragt, ob er sie vor dem Fest zu einem Drink einladen dürfe. Er wolle sie noch ein bisschen für sich allein haben, ob es okay wäre, wenn er deshalb zu Marias Haus käme. Das passte ihr ausgezeichnet. JP hatte aufgehört, SMS zu schicken, wahrscheinlich hatte er aufgegeben. Und obwohl das genau das war, was sie gewollt hatte, schmerzte es sie auch ein wenig.

Ich bin doch total verkorkst, dachte sie und betrachtete sich im Spiegel. Irgendetwas schien bei ihr nicht ganz zu stimmen, deshalb war es gut, dass Anders sie sehen wollte. Vielleicht würde seine Vernunft, die ihn das letzte Mal gebremst hatte, sich ja diesmal verflüchtigen. Noch eine Zurückweisung von ihm könnte sie nicht ertragen, deshalb fühlte sie sich beschwingt, dass er sie wiedersehen wollte. Sie brauchte eine romantische Affäre, irgendetwas Frisches, das nicht von Ereignissen in der Vergangenheit getrübt wurde.

Sie hatte seit dem frühen Morgen nicht mehr mit Sara gesprochen, und als sie versucht hatte sie anzurufen, hatte sie nur die Mailbox erreicht. Seltsam.

Aber Sara war im Schloss, und zwischen den dicken Mauern war der Empfang wirklich sehr schlecht, das hatte Jessica selbst festgestellt, als sie eine Nacht dort geschlafen hatte.

Die Ordensgewänder hingen an der Schranktür. Jessica lächelte. War man ganz verwegen, trug man nichts als ein Seidenhöschen darunter, aber so avanciert war sie nur in ihrer Phantasie. Tatsächlich würde sie eine normale Unterhose anziehen sowie einen BH, der stützte, was es zu stützen gab. Ihr Busen wurde immer schwerer, und was sich früher von selbst gehalten hatte, bedurfte mittlerweile ständiger Unterstützung.

Jessica hörte, wie Maria unten mit jemandem redete, sie lachte laut, und Jessica freute sich einmal mehr über die erfrischende Direktheit ihrer Gastgeberin. Diese Frau hielt mit ihren Gefühlen nicht hinterm Berg, das fand sie sehr befreiend.

Sie zog die schmalen Papilotten heraus, die einzigen, die im Gepäck Platz gefunden hatten, und stellte zufrieden fest, dass ihre Haare in genau die weichen Locken fielen, die sie haben wollte. Vorsichtig entwirrte sie die einzelnen Strähnen, bevor sie sie mit Haarspray fixierte.

Sie war gerade fertig, als es an der Tür klopfte.

Anders pfiff leise. »Wow, siehst du gut aus!«

Jessica lächelte befriedigt. Sie trug ein Kleid, denn die Party würde vermutlich lange gehen. Das Kostüm war so weit, dass sie es darüberziehen konnte. Wenn sie Glück hatte, ging sie an diesem Abend nicht als Nonne nach Hause. Vielleicht konnte sie sich für diese Nacht sogar in Saras Zimmer einquartieren. Sie lächelte. »Danke, süß, dass du das sagst. Du siehst aber auch nicht schlecht aus.« Und das stimmte. Gab es überhaupt einen Mann, dem Uniform nicht stand? »Du könntest glatt dem Film ›Ein Offizier und Gentleman‹ entstiegen sein.«

Er lachte. »Dann aber plus zwanzig Jahre. Und fünfzehn Kilo.« Er klopfte sich auf den Bauch.

»Ja, ja«, sagte Jessica. »Ich finde dich jedenfalls richtig fesch. Willst du heute Abend mein Kavalier sein?«

»Wenn du einen brauchst, gerne. Wo ist Sara?«

»Keine Ahnung. Eigentlich müsste sie bald hier sein. Ich habe sie ein paarmal angerufen, aber sie ist nicht rangegangen.«

»Vielleicht ist sie mit Texas zusammen, der ist auch schon seit einer Weile verschwunden.« Er setzte sich auf die Bettkante und knöpfte die Jacke auf. »Hast du was dagegen, wenn ich die hier ausziehe? Ich bin zu Fuß gekommen, und es ist ziemlich warm draußen.«

»Nein, bitte, du kannst gern alles ausziehen.« Sie zwinkerte ihm zu und bereute es in der nächsten Sekunde, denn Anders schien völlig überrumpelt. Ihr Kommentar schien ihn vollkommen zu verunsichern.

Jessica hatte so wenig Erfahrung in diesen Dingen. Bisher war sie nur mit JP zusammen gewesen, und wie man mit anderen Männern umging, also solchen, die man verführen wollte, davon hatte sie überhaupt keine Ahnung. Das zeigte sich jetzt mal wieder deutlich.

»War nur ein Spaß«, sagte sie deshalb schnell, um ihn zu beruhigen.

»Ach so, ja klar«, sagte er und zog die weiße Uniformjacke aus. Darunter trug er ein weißes T-Shirt, besonders nackt war er also nicht. Dennoch sah er ganz verschreckt aus.

»Einen Drink sollten wir nehmen«, sagte sie und öffnete die Tür zum Flur. »Mal sehen, was Maria da hat.«

»Bitte, können Sie nicht mit raufkommen und mit uns ein Gläschen trinken?«, fragte sie Maria, die gerade am Herd stand. »Ich werde immer so komisch, wenn ich mit Anders allein bin.«

»Nice man, I come. You go first, I come.«

Jessica klopfte ihr dankbar auf die Schulter, dann ging sie ganz langsam wieder die Treppe hinauf.

»Maria will uns Gesellschaft leisten«, sagte sie, wieder im Zimmer. »Ich hoffe, du hast nichts dagegen?«

Sie trat ans Fenster. Anders saß noch immer auf dem Bett, und es schien ihr unmöglich, sich neben ihn zu setzen. Saras Bett war natürlich auch noch da, aber Jessica war sich nicht sicher, ob es nicht zusammenbrechen würde, wenn sie sich daraufsetzte. Zu Feldbetten hatte sie ein eher kompliziertes Verhältnis.

»Here I come«, sagte Maria und riss mit einer Hand die Tür auf. In der anderen trug sie ein Tablett mit Gläsern, Flaschen und einem Teller Prosciutto. »Hier. Mit Basilikumcreme. Maria spezial. Essen Sie, Jessica, essen Sie.« Sie reichte Jessica einen kleinen Teller, und diese setzte sich auf den Stuhl, während Maria neben Anders Platz nahm.

»Gin Tonic for you, Anders?« Sie füllte sein Glas bis zum Rand. »And Jessica, Gin Tonic? I go to America, I learn American drinks. Okey?«

»Okey.« Jessica lächelte und überlegte, ob sie Maria nicht dazu überreden könnte, lieber nach Schweden zu kommen. Jessica hätte sie gern eingestellt. Nicht nur als Köchin, sie würde bestimmt auch einen ausgezeichneten Bodyguard abgeben.

Aus irgendeinem Grund, den Jessica nicht nachvollziehen konnte, schien Anders weniger Angst vor der taffen Maria zu haben als vor ihr. Wenn Jessica sich nicht täuschte, flirtete er geradezu mit ihrer Gastgeberin. Zumindest plauderten sie so ungezwungen miteinander, als wären sie gute alte Freunde. Wahrscheinlich war er es auch gewesen, der Maria vorhin so zum Lachen gebracht hatte. Verstohlen betrachtete sie Maria. Ihre Augen funkelten vergnügt, und es war offensichtlich, dass sie Anders' Charme unendlich genoss. So wie Jessica selbst gehofft hatte, in seinen Genuss zu kommen. Aber es schien, als könne er mit ihr nicht auf dieselbe Art flirten. Nicht seit ihrer Begegnung am ersten Abend in der Küche, wo er noch ganz unbefangen gewesen war.

Es war wirklich verletzend. Und frustrierend, denn sie wusste nicht, was sie falsch gemacht hatte.

»Wir müssen bald los«, sagte sie zu Anders. »Da Sara gar nicht mehr wiederkommt, will ich nachschauen, ob sie vielleicht in ihrem Zimmer auf dem Schloss ist.« Sie stand auf. »Wollen Sie nicht mit zu dem Fest gehen, Maria?«

Die Frage machte die gute Stimmung mit einem Schlag zunichte. Bevor Jessica ihr Glas ausgetrunken hatte, nahm Maria es ihr aus der Hand.

»Bye, bye, Jessica Romin and Anders. You go now.«

Der Fußweg zum Schloss dauerte knapp zehn Minuten, und das war gut, denn Anders gab kaum einen Ton von sich. Jessica fühlte sich so vor den Kopf gestoßen, dass sie sich bereits unterwegs das Kostüm überzog.

Als Nonne war es okay, zu schweigen. Nonnen wollten gar nicht, dass man mit ihnen flirtete, und Jessica beeilte sich, ganz in dieser Rolle aufzugehen, um ihre Enttäuschung zu vergessen. Den Schleier setzte sie auf, sobald sie den Schlosshügel erreicht hatten.

»Ich will nur Sara schnell ihr Kostüm bringen«, sagte sie und ließ Anders bei den anderen Gästen stehen, die sich vor dem Schloss versammelt hatten.

So schnell sie konnte, ging sie die Steintreppe zu Saras Zimmer hinauf und klopfte dann fest an die Tür. »Dein Telefon funktioniert nicht, was machst du denn eigentlich?«, rief sie. Sie hörte Schritte und riss die Tür auf.

Drinnen stand JP.

Wie immer gegen den Türrahmen gelehnt.

»Oh Gott, sag, dass du darunter nackt bist«, stieß er hervor.

# 39

Mach das Licht an, Texas.« Sara zitterte. Sie wusste, dass sie nur die Atemtechniken anzuwenden brauchte, die sie gelernt hatte, doch im Augenblick konnte sie sich an keine erinnern. »Und Gnade dir Gott, wenn du meine Hand loslässt.«

»Beides geht nicht«, sagte er und löste sich vorsichtig aus ihrem Griff. Er zog sein Handy heraus, machte die Taschenlampe an und stand auf. »Ich nehme an, es gibt hier einen Lichtschalter, aber wo?« Der Raum war nicht besonders groß, und bald hatte er die Wände abgesucht. »Ich muss raus in den Flur und da nachsehen«, sagte er.

»Mach mir erst eine Flasche Wein auf, ich brauche Alkohol, um den Schmerz im Fuß zu ertragen.«

Er hielt die Taschenlampe so, dass sie sein Gesicht beleuchtete, damit sie sehen konnte, dass er lächelte.

»Mach das nie wieder«, keuchte sie. »Du siehst vollkommen wahnsinnig aus.«

Er fuhr mit der Taschenlampe über das Sideboard und zog eine der Schubladen heraus. »Ein Korkenzieher und ein Käsehobel«, sagte er. »Außerdem Streichhölzer. Meinst du, wir haben so viel Glück, auch eine Kerze zu finden?« Er wühlte in der Schublade. »Teelichte«, sagte er und hielt eine ganze Tüte hoch. »Wir werden schon zurechtkommen, bis man uns findet.« Noch einmal hielt er die Taschenlampe an sein Gesicht.

Sara schüttelte sich. »Kannst du mal nachschauen, ob es auch Käse gibt? Ich habe Hunger.«

Texas zündete ein paar Teelichte an und stellte sie auf den Tisch. »Ich schau mal nach«, sagte er und ging in den Weinkeller. »Oh, das sind ja viele! Hunderte von Flaschen«, rief er aus. »Willst du einen staubigen Roten oder einen leicht gekühlten Weißen?«

»Ich will einfach nur was gegen die Schmerzen, also bitte den mit dem meisten Alkohol.«

Mit einer staubigen Flasche Rotwein und einer Flasche Baileys in der Hand kam er zurück.

»Und, was meinst du?«

»Dachte ich mir doch, dass es hier auch was Stärkeres gibt. Gieß mir mal Likör ein. Den Wein kannst du selber haben. Du hast nicht zufällig Flaschen mit dem Namen meines Großvaters darauf gesehen?«

»Nein, ich weiß ja gar nicht, wonach ich da gucken muss.«

»Sie müssten in Kisten mit der Aufschrift ›Raphael‹ liegen.«

Sie stürzte das erste Glas hinunter, trank in wenigen Schlucken das zweite und nippte am dritten. Es kribbelte sie in den Lippen, ein sicheres Zeichen dafür, dass sie langsam betrunken wurde. Ihr Fuß fühlte sich kein bisschen besser an, aber es gefiel ihr, dass ihr etwas schummrig wurde. Sara kicherte.

»Stell dir vor, wir müssen hierbleiben«, rief sie Texas zu, der zwischen den Flaschen umherging.

»Das glaube ich nicht.« Er kam zurück, setzte sich in eine Ecke des Sofas und schenkte sich ein Glas Wein ein. »Leg den Fuß hier hin.« Er klopfte sich auf den Oberschenkel.

»Du bist ein Schatz«, sagte sie und bettete ihren Fuß in seinen Schoß. »Aber im Ernst, was machen wir, wenn wir hier nicht mehr wegkommen?«

»Natürlich kommen wir hier weg. Wenn du ordentlich betrunken und eingeschlafen bist, gehe ich hoch und klopfe an die Tür. Hier wimmelt es heute Abend von Menschen, irgendwer wird mich schon hören.« Er streichelte ihren Fuß. »Tut das weh?«

»Nein. Mach ruhig weiter«, sagte sie. Seine Hand war warm. »Hast du eine Freundin?«

»Nein, warum fragst du?«

»Ach, nur so«, sagte Sara. Sie fühlte sich etwas benommen und wusste nicht, warum sie ihn gefragt hatte. Sie war einfach nur neugierig gewesen.

»Im Augenblick habe ich keine Beziehung, und deshalb kann ich tun, was ich will. Zum Beispiel das hier.« Seine Hand fuhr ihr Bein hoch.

»Was machst du denn da, hör sofort auf!« Sie starrte ihn an, ohne ihn richtig sehen zu können.

Lachend legte er die Hand wieder auf ihren schmerzenden Fuß.

»Warum hast du das gemacht?«, fragte sie.

»Entschuldige. Das war ein schlechter Scherz. Ich werde die Tatsache, dass du ein bisschen beschwipst bist, dir der Fuß weh tut und du wahnsinnig attraktiv bist, nicht ausnutzen. Man kann mir alles Mögliche vorwerfen, aber so ein Scheißkerl bin ich nicht.« Er hob sein Glas und prostete Sara zu. »Auf die Fähigkeit, seine Meinung zu ändern.«

Sara blinzelte. Er fand sie attraktiv. Sie fand ja ebenfalls, dass er gut aussah. Auf eine vollkommen unsexy Art und Weise war er ein Bild für die Götter. Jetzt gerade sah er ein bisschen aus wie Kevin Costner. Tiefe Falten. Intelligenter, scharfer Blick. Hatte er blaue Augen? Seine Lippen sehen weich aus, dachte sie verschwommen.

»Du magst mich«, sagte sie. »Das ist gut. Ich bin nämlich sehr nett. Und müde. Können wir ein bisschen schlafen? Du darfst dich neben mich legen, wenn du nicht irgendwelche komischen Sachen versuchst.«

Es war purer Eigennutz. Sie wollte seinem warmen Körper nah sein, denn im Keller war es kalt.

Texas antwortete nicht, aber als sie auf die Seite rutschte, legte er sich neben sie. Sara seufzte zufrieden, legte ihren Kopf auf seinen Arm und schmiegte sich an seinen Körper.

»So. Jetzt musst du bei mir bleiben«, sagte sie, und gleich darauf war sie fest eingeschlafen.

Es war pechschwarz in dem Raum, und für einen kurzen Moment hatte sie vergessen, dass sie in einem Weinkeller eingeschlossen war und Texas neben ihr lag. Als die Erinnerung zurückkehrte, bewegte sie sich vorsichtig. Ein stechender Schmerz schoss durch ihren Fuß, und sie konnte einen Aufschrei nicht unterdrücken.

»Tut es weh?«, fragte er heiser.

Sie nickte. Scheiße. Sie wollte zu dieser Party. Jessicas Gesicht sehen, wenn sie JP entdeckte.

Sara hatte ihm angeboten zu bleiben, wo er sich schon die Mühe gemacht hatte, nach Italien zu kommen. Sie hatte ihm auch verraten, wo sie waren, als er in seiner Panik bei ihr angerufen hatte. Jessica reagierte ja weder auf seine Anrufe noch auf Nachrichten. Auch wenn die Freundin ihr gesagt hatte, dass sie ihn nie wiedersehen wollte, war Sara doch überzeugt, dass sie die Geschichte abschließen musste. JP war am Tag zuvor angekommen, deshalb war Sara zu Maria gezogen, damit er in ihrem Zimmer übernachten konnte.

Und jetzt würde sie in einem Keller sterben, ohne mitzubekommen, wie es für die beiden ausging. Außerdem würde sie niemals erfahren, weshalb Maria mit Eros im Keller herumspazierte. Als sie dann noch an ihre Kinder dachte, schluchzte sie auf.

»Bist du traurig, oder tut es so weh?«, fragte Texas.

»Beides. Mir ist gerade eingefallen, dass ich vielleicht in deinen Armen sterben werde.«

»Ja, das wäre wirklich schrecklich.«

»Du weißt, was ich meine.«

»Ich hole Hilfe, wenn du einen Moment allein bleiben kannst.« Er löste sich von ihr, setzte sich auf und nahm ein Teelicht in die Hand.

»Das ist gut. Zünde noch ein paar an, dann wird es heller. Versprichst du mir zurückzukommen?« Vorsichtig richtete sie sich auf und versuchte dabei den Fuß nicht zu bewegen. Es war zu dunkel, um erkennen zu können, wie der Knöchel aussah, aber sie spürte, dass er in der Zwischenzeit noch stärker geschwollen war.

»Ich verspreche es. Willst du noch etwas trinken, bevor ich gehe?« Er lächelte.

»Nein, danke. Wenn ich allein bin, traue ich mich nicht, betrunken zu sein. Geh jetzt, solange ich mich ein bisschen mutig fühle, aber beeil dich bitte.«

Er bückte sich und streichelte ihre Wange. Es fühlte sich kalt an, als er seine Hand wieder wegnahm.

Um sich abzulenken, dachte Sara sich Reportagetitel aus. *Gefangen in einem Weinkeller in der Toskana* war gar nicht so schlecht. Oder *Wenn eine Tür zufällt, öffnet sich leider keine andere.*

*Niemand vermisste Sara* klang so traurig, dass sie schnell etwas mit romantischerem Anklang suchte. *Ein Kellermärchen.* Das kann man deuten, wie man will, dachte sie. Vielleicht hätte sie doch darauf eingehen sollen, falls Texas' Streicheln ihres Fußes eine Einladung gewesen war. Zumindest hätten sie ein bisschen knutschen können. So etwas wäre ja mit Eros nie gegangen. Sie war unendlich dankbar, dass sie nicht mit ihm hier unten festsaß.

Rasch schaute Sara auf die Uhr, dann machte sie das Telefon wieder aus. Seit zehn Minuten war er weg. Sie waren schon drei Stunden hier unten, und Sara hatte mehr als genug von Weinkellern. Käse gab es auch keinen, zumindest nicht in diesem Raum, und sie war mittlerweile richtig hungrig. Wenn dies eine ihrer Abenteuerreisen gewesen wäre, hätte sie energiespendende Schoko- und Nussriegel dabeigehabt, klug geworden durch die Erfahrung, dass es nicht immer ein Restaurant um die Ecke gab. Aber das hier hatte ja nur eine kleine Besichtigung in einem Weinkeller werden sollen, mehr nicht.

»Sara«, hörte sie Texas plötzlich rufen.

*Endlich.* Sie war so erleichtert, dass sie versuchte aufzustehen. Auf einem Bein. Das andere war vollkommen unbrauchbar.

»Es macht niemand auf. Ich habe jetzt zehn Minuten geklopft, und von draußen ist nichts zu hören. Was ist da bloß los?«

# 40

JP fand Jessica entzückend in ihrem Kostüm. Amüsiert registrierte er ihren geschockten Gesichtsausdruck.

»Wa... Was? Was machst du denn hier? Du hast hier gar nichts zu suchen«, stammelte sie. Sie nahm den Schleier ab und schüttelte ihre Locken. Die Einfachheit des Gewandes brachte ihr ausdrucksstarkes Gesicht noch mehr zur Geltung. Er hatte es schon immer geliebt. Jetzt machte er ihr Platz, damit sie eintreten konnte.

»Ich bin hier genau richtig«, sagte er leise, streckte die Hand aus und streichelte ihre Wange. Forschend sah er sie an, aber sie wich seinem Blick aus. »Manchmal glaube ich, ich könnte auch ohne dich leben, aber wie du siehst, scheint das nicht zu funktionieren.« Er lächelte schief. Weshalb wagte er nicht von Liebe zu sprechen, ihr zu sagen, dass er sie liebte? Wovor hatte er solche Angst? Tief im Innern wusste er doch, dass sie ebenso empfand. Wenn ihm heiß wurde in der Brust, dann musste es sich für sie doch genauso anfühlen?

Vielleicht war er aber auch nur ein Idiot, ein einfacher Schankwirt, der von einem albernen alten Traum zehrte. Herrgott, seit dreißig Jahren drehte sich sein ganzes Leben immer nur um sie. Das war eine lange Zeit. Für manche war es ein ganzes Leben.

»Komm mit mir nach Griechenland«, bat er. »Ich möchte, dass wir nach Rhodos fahren.«

Sie zuckte zusammen, als hätte er sie geschlagen.

»Nie im Leben. Ich setze nie wieder einen Fuß dorthin, das weißt du.«

Mit bloßen Händen würde sie Sara erdrosseln. Wie konnte sie ihr das antun? Sie war schuld, dass JP hier stand und von Griechenland redete. Er war anders als sonst. Normalerweise hätte er versucht, sie sofort ins Bett zu kriegen, und wäre nicht mitten im Zimmer stehen geblieben, um zu *reden*. Sie wollte nicht reden, jedenfalls nicht über dieselben Themen wie er.

Sie reckte die Nase in die Luft und starrte auf einen Fleck an der Wand.

»Ich nehme an, Sara hat dich hier reingelassen. Dann kannst du mir sicher auch verraten, wo sie ist. Ich würde ihr nämlich gern persönlich sagen, dass sie sich zum Teufel scheren soll, bevor sie das hier anzieht.« Sie wedelte mit dem Nonnenkostüm vor seiner Nase herum.

JP zuckte mit den Schultern. »Ich habe sie seit gestern nicht mehr gesehen«, sagte er und ging zur Tür. Jessica sah eher, als dass sie hörte, wie er sie zuschloss.

»Schließ sofort wieder auf«, sagte sie.

Doch dann machte sie den Fehler, ihm in die Augen zu schauen.

Wie dumm von ihr.

Genau diesen Fehler hatte sie schon so viele Male gemacht. Wenn er sie mit seinem Blick einfing, war sie verloren. Die Chemie zwischen ihnen war so greifbar, dass jede Zelle ihres Körpers reagierte. Ihr wurde schwindlig, das Herz hämmerte, und ihre Beine gaben nach. Sie konnte nichts tun, um zu verhindern, dass er näher an sie herantrat. Sie zitterte, und es schien, als steckten ihre Absätze in dem alten Holzfußboden fest.

Nie war ihr ein Telefonklingeln willkommener gewesen. Jessica riss sich von seinem Blick los und fischte gleichzeitig das Handy aus ihrer Handtasche. Sie hob die Hand, damit JP schwieg, bis sie das Telefongespräch beendet hatte. Es war das Pflegeheim.

»Hej, Agneta«, sagte sie. »Ich hoffe, meiner Mutter geht es gut?« Sie hatte sich darauf verlassen, dass ihr Bruder sich kümmern würde. Wenn er nun überhaupt nicht dort gewesen war, um sie zu besuchen?

Aber darum ging es gar nicht.

»Okay. Ich bin in Italien, aber ich komme nach Hause, sobald ich kann. Rufen Sie doch bitte in der

Zwischenzeit meinen Bruder an.« Sie beendete das Gespräch und drehte sich zu JP um.

»Ich muss nach Hause«, sagte sie. »Meine Mutter liegt im Sterben. Ich muss nach Hause.« Sie ging an ihm vorbei zur Tür. »All meine Sachen sind noch bei Maria.« Sie spürte, wie sie taumelte, und sofort sprang JP ihr bei.

»Ich helfe dir«, sagte er. Sie zog das Nonnenkostüm aus und warf es auf den Boden.

»Bei Maria? Brauchen wir ein Taxi?«

»Das dauert zu lange«, sagte sie. »Aber ich muss eins bestellen, das mich von dort zum Flughafen bringt.«

»Was machst du eigentlich hier, JP?«, fragte sie. Jessica lief, so schnell sie konnte.

»Das erzähle ich dir später. Jetzt gerade scheint es mir das Wichtigste, dass wir dich so schnell wie möglich nach Schweden bekommen. Wenn du packst, buche ich unsere Tickets.«

Sie drehte sich um und sah ihn an. »Bleib lieber hier«, sagte sie. »Ich glaube, noch mehr von dir ertrage ich jetzt nicht.«

Seine Augen glühten. »Ich komme mit. Ich weiß gar nicht, wie du darauf kommst, dass das irgendwie zur Debatte stünde.« Entschlossen zog er sein Handy aus der Hosentasche.

»Ich weiß nicht, wo Sara ist«, sagte Jessica. »Ich muss ihr sagen, dass ich abreise.«

»Reden wir von einer erwachsenen Frau, die zudem als Reisereporterin arbeitet? Dann kommt sie ausgezeichnet ohne dich klar … Ja, hallo, wir benötigen schnellstmöglich zwei Tickets von Pisa nach Stockholm.« Er legte die Hand über den Hörer. »Bist du okay?«

Jessica schüttelte den Kopf. Sie hatte Angst. Es war eine vollkommen unwirkliche Situation. Jahrelang hatte sie ihre Mutter mehrmals die Woche besucht, und jetzt, wo sie ausnahmsweise einmal verreiste, geschah das, was sie immer befürchtet hatte, seit ihre Mutter erkrankt war.

»Heute Abend geht gar nichts mehr? Auch nicht über Kopenhagen? Können Sie bitte mal von Florenz aus gucken?« Wieder hielt er die Hand über den Hörer. »Wir können heute Abend bis Kopenhagen kommen und von dort morgen früh weiter.«

Sie nickte. »Ja, wenn es die einzige Möglichkeit ist …«

Ihr lieber Bruder war auf Dienstreise, obwohl er versprochen hatte, zu Hause zu bleiben, damit Jessica guten Gewissens verreisen konnte. Dass er jetzt ebenfalls auf dem Heimweg war, war kein Trost. Wenn ihre Mutter allein starb, würde Jessica sich das niemals verzeihen. Es spielte keine Rolle, dass Astrid nicht gerade die liebevollste Mutter gewesen war. Sie durfte einfach nicht sterben, ohne dass jemand bei ihr war, der ihre Hand halten konnte. Das gehörte sich einfach nicht.

Obwohl das Hotel direkt neben dem Flughafen Kastrup über bequeme Betten und sogar eine Badewanne verfügte, fand Jessica keine Ruhe. Rastlos ging sie im Zimmer auf und ab, und JP sah ihr dabei zu.

Zwischendurch blieb sie stehen und starrte ihn wortlos an, dann nahm sie die Bewegung wieder auf.

Er gähnte.

»Willst du darüber reden?«

Sie schüttelte den Kopf.

»Bist du sicher? Dann schlaf ich nämlich mal einen Moment.«

»Mach das. Schlaf du nur. Ich weiß immer noch nicht, was du hier tust, aber danke, dass du mitkommst. Ich brauche ein bisschen Gesellschaft, auch wenn mir gerade nicht nach Reden ist.«

»Du weißt, worüber wir irgendwann reden müssen, Jessica.« Er drehte sich auf die Seite, mit dem Rücken zu ihr.

Sie antwortete nicht. Es war halb zwei. In drei Stunden würden sie wieder zum Flughafen fahren. Ihr zog sich der Magen zusammen, wenn sie daran dachte, was sie in Stockholm erwartete. Sie hatte gedacht, sie wäre vorbereitet, aber vielleicht war so etwas gar nicht möglich. In den letzten Jahren hatte Jessicas Leben sich viel um ihre Mutter und die Besuche bei ihr gedreht, und eigentlich war auch nichts verkehrt daran gewesen. Es verlieh ihrem Leben eine Struktur, die für das Schreiben nützlich war. Aber sie hatte es nicht unter Kontrolle gehabt und sich oft darüber geärgert, nicht selbst über ihre Zeit bestimmen zu können. Ihr jüngerer Bruder hatte keine Lust, sich zu kümmern, und sie selbst konnte nicht loslassen. Im Heim hatten sie gesagt, sie könne ruhig ein paar Wochen wegbleiben, sie würden sich schon um ihre Mutter kümmern. Und Jessica wusste, dass sie sich auf sie verlassen konnte. Das war es gar nicht gewesen, was sie abhielt. Es schien, als wäre es gerade die ständige Zurückweisung, die sie immer wieder zu ihr zurücktrieb. Anerkennungssucht, murmelte sie, und ihre Spur grub sich immer tiefer in den Teppichboden ein. Als hätte sie die Erniedrigung geradezu gesucht. Sie war nicht blöd, sie wusste, dass sich nichts ändern würde, und dennoch ... Sie wollte von dem Elternteil getröstet werden, der sie verletzte, als wäre sie fünf und nicht dreiundfünfzig.

Ihr Vater war ganz anders gewesen. Und Jessica glaubte, dass sie ein deutlich besseres Selbstbewusstsein bekommen hätte, wenn er nicht so früh gestorben wäre. Sechzehn Jahre Vaterliebe reichten nicht aus. Sie erinnerte sich noch, wie er jedem, der es hören wollte, erklärt hatte, sie wäre das beste Mädchen auf der ganzen Welt.

Ihr Verstand sagte ihr, dass an ihr nichts verkehrt war. Sie hatte genügend Idioten getroffen, um zu wissen, dass sie nicht einer von ihnen war. Aber sie hatte auch genügend kluge und schöne Frauen kennengelernt und wusste, dass sie auch zu ihnen nicht zählte. Ihr Erfolg hatte daran nichts geändert, sondern dieses Gefühl eher noch verstärkt. Dass ihre Mutter einfach nicht in der Lage war, zu sehen, was ihre Tochter leistete, war ein zusätzlicher Grund. Wahrscheinlich war Jessica deshalb Woche für Woche bei ihr angetanzt. Was sollte sie tun, wenn ihre Mutter tot war? Wem sollte sie dann ihre Erfolge aufzählen, oder würde ihr Bedürfnis nach Lob und Anerkennung gemeinsam mit ihr zu Grabe getragen?

JP war eingeschlafen. Jessica setzte sich in den Sessel am Fenster und betrachtete den ruhig atmenden zweiten Menschen, der ihr Leben maßgeblich prägte. Diesen jedoch konnte sie verlassen. Vor ihm konnte sie fliehen, sich verstecken. Bis er erneut auftauchte, wenn sie gerade überhaupt nicht darauf vorbereitet war. Wenn sie schon geglaubt hatte, sie würden sich niemals wiedersehen. Dann kam er mit seinen warmen Händen, die genau wussten, was sie zu tun hatten. Es war ein Gefühl von Vertrautheit und Geborgenheit, und sie ließ sich immer wieder davon einfangen. Jedes Mal.

Noch zwei Stunden.

Sie hatte noch weitere viermal versucht, Sara zu erreichen. Wenn ihre Freundin ihre Mailbox abhörte, würde sie zwei Dinge zu hören bekommen. Erstens, dass Jessicas Mutter schwer krank war. Und zweitens, dass man eine Freundin niemals hintergehen durfte, wie Sara es getan hatte, indem sie JP verraten hatte, wo sie sich aufhielt.

Dass sie trotz allem auch ein wenig dankbar dafür war, dass er hier war und sie unterstützte, würde sie ihr tunlichst verschweigen. Denn es änderte nichts daran, dass er sie nervös, ängstlich und schwindlig machte. Eine nicht wirklich gelungene Kombination, wenn man gerade ruhig, konzentriert und überlegt handeln wollte.

Er hatte gesagt, er wolle ihr zur Seite stehen, wenn sie zu ihrer Mutter fuhr.

Und dann?

## 41

Texas, ich habe Angst.« Sie schmiegte sich dicht an ihn. »Und ich habe Hunger, und ich muss zur Toilette.«

Er legte die Arme um sie und drückte sie an sich.

»Angst brauchst du nicht zu haben«, sagte er. »Aber wenn du zur Toilette musst, kann ich dir nicht wirklich weiterhelfen. Soll ich mal nachsehen, ob ich irgendwo einen Eimer finde oder so?«

»Machst du Witze?« Sie presste sich noch fester an ihn.

»Ich kann noch mal an der Tür rütteln, wenn du deine Ruhe haben willst.«

»Danke, sehr rücksichtsvoll. Du kannst es trotzdem gern noch mal versuchen.«

Die Lippen an ihrem Haar, murmelte er: »Meinst du, du willst mich wiedersehen, wenn wir erst wieder zu Hause sind?«

»Ja, natürlich. Wir sind jetzt schließlich Freunde.«

»Nur Freunde? Ich glaube, ich bin dabei, mich in dich zu verlieben«, sagte er.

Sie hob den Kopf von seiner Schulter und sah ihn an. Obwohl es dunkel war, konnte sie seine Augen erkennen.

»Das ist bei mir anders«, sagte sie. Es war riskant, so aufrichtig zu ihm zu sein, er konnte sie schließlich einfach auf dem Sofa zurücklassen. Aber sie glaubte nicht, dass er das tun würde. Im Unterschied zu dem Texas, den sie als Erstes kennengelernt hatte und der ihr eingebildet und schroff erschienen war, konnte sie sich auf diesen Mann verlassen.

»Darf ich daran arbeiten?«

»Woran?«

»Dich für mich zu interessieren?« Seine Zähne blitzten. Sein Selbstvertrauen war sehr attraktiv. Sie selbst wäre an seiner Stelle wohl einfach abgehauen. Nie hätte sie sich so einem Risiko ausgesetzt, ihre Abenteuer waren physische Herausforderungen und führten vielleicht zu Situationen, in denen sie Angst bekam, nie aber dazu, dass sich ihre Verletzlichkeit offenbarte. Diese behielt sie streng für sich selbst.

»Ja, das darfst du«, sagte sie lächelnd.

Plötzlich ging da Licht an, und sie setzten sich kerzengerade auf dem Sofa auf.

»Ein Glück, jetzt können …« Texas legte die Hand auf ihren Mund.

»Psst, hast du das gehört?« Er beugte sich vor. »Sind das wieder Eros und deine Bekannte, wie heißt sie gleich: Maria?«

»Wir müssen die Flaschen verstecken. Vielleicht rasten sie aus, wenn sie uns damit erwischen. Beeil dich, schnell«, flüsterte sie zurück.

Texas sprang auf und räumte hastig alles weg.

Die Stimmen wurden lauter, und sie kamen immer näher.

»Nein, habe ich gesagt.« Das war Maria. Sie klang wütend. »Ich bin bereit, sofort zu unterschreiben, ich brauche dazu keine weiteren Informationen. Das ist nur wieder so ein Trick von dir. Ich verstehe nicht, was wir schon wieder hier unten wollen.«

Sara konnte nicht hören, was Eros antwortete, aber sie waren jetzt ganz nah bei dem Weinkeller.

»Setz dich hin«, zischte sie Texas zu. »Au, vorsichtig!« Es schnitt wie Messer in ihren Fuß.

»Hallo, hier sind wir«, rief sie, als Texas sich hingesetzt hatte. »Bitte helft uns.«

Sie hörte Gemurmel, und kurz darauf tauchte Eros im Türrahmen auf.

»Was macht ihr denn hier?«

»Wir haben uns verirrt, und dann bin ich im Gang gestolpert und habe mir den Fuß verletzt«, sagte Sara und hob das Bein ein wenig. Maria war nirgends zu sehen, sie hatte sich wohl aus dem Staub gemacht, als sie ihre Stimmen gehört hatte.

Eros starrte sie an. »Wie lange seid ihr schon hier?«

»Fünf Stunden«, antwortete Sara.

»Also bevor die Party begann«, stellte er fest. »Hier ist immer abgeschlossen. Also, wie seid ihr reingekommen?« Er sah nicht verärgert aus, eher misstrauisch. »Auch deine Freundin habe ich noch nicht gesehen, ist sie auch hier?«

Sara lächelte. »Das freut mich, dass sie noch nicht wiederaufgetaucht ist. Und wenn ich mich an euren Schultern festhalten darf, haben wir vielleicht auch eine Chance, aus diesem Loch rauszukommen.«

Oben war die Party in vollem Gange.

»Ich glaube, das ist mir jetzt zu viel«, sagte Sara zu Texas. »Und jetzt verlange ich bestimmt ein bisschen zu viel von dir, aber darf ich vielleicht heute in deinem Zimmer schlafen? Ich fürchte, meins ist besetzt, und ich will jetzt nicht zu Maria.«

»Was ist denn mit deinem Zimmer?«

»Jessica hat Herrenbesuch.«

»Ach, so ist das. Kein Problem. Ich nehme dich mit zu mir, und dann schauen wir uns deine Verletzung mal genauer an.«

»Du bist sehr nett zu mir.« Sara hörte, dass sie ein wenig lallte. Vielleicht war es ein bisschen überflüssig gewesen, die halbe Flasche Rotwein zu trinken, ohne vorher etwas gegessen zu haben. Aber sie bildete sich ein, es würde den Fuß ein wenig betäuben. Sie sah zu, wie er ihren Knöchel verband.

»Es ist nichts gebrochen. Ich mache dir nur einen Verband, damit die Schwellung zurückgeht. Sobald du ausgeschlafen hast, musst du aufstehen und versuchen aufzutreten.« Er kroch zu ihr ans Kopfende und legte sich ein paar Kissen unter. »Aber wie du mit dem Motorrad nach Hause kommen willst, ist mir ehrlich gesagt ein Rätsel.«

»Mist«, sagte sie und schlug mit dem gesunden Fuß aus. »Sag nicht, ich sitze auf einem Toskana-Schloss fest.«

»Eros scheint sich ja um die meisten Frauen hier zu bemühen, also wird er sich bestimmt gerne auch um dich kümmern.«

Er sagte es in scherzhaftem Ton, aber sie hörte, dass da noch etwas anderes mitschwang. Sara tätschelte ihm die Wange, etwa wie man einen großen Hund streichelt. »Eifersüchtig?«

Er hielt ihre Hand fest und streichelte sie mit dem Daumen. Führte sie vorsichtig an die Lippen, und Sara spürte, wie sich die Härchen auf ihren Armen aufrichteten. Natürlich hätte sie die Hand sofort zurückziehen müssen, aber was er da machte, fühlte sich erstaunlich gut an.

Was für einen warmen Mund er hat, dachte sie und drückte sich tiefer ins Kissen. Wenn er ihre Hand küssen wollte, würde sie ihn nicht daran hindern. Und das Handgelenk. Warum nicht? Es kitzelte in der Armbeuge, er war so behutsam, dass sie kaum merkte, wie er sich langsam, aber sicher bis zu ihrem Gesicht hinaufarbeitete.

»Darf ich?«, flüsterte er, als sein Mund sich ihrem näherte.

Sie nickte. Er roch nach Rotwein. Ein Kuss war doch nicht weiter gefährlich? Schließlich war er ein guter Mann, das hatte er wirklich bewiesen.

Seine Lippen waren brennend heiß. Und ebenso weich wie die Hand, die ihre Wange streichelte. Sie wusste nicht, wer von ihnen zuerst die Lippen öffnete. Möglich, dass sie es selbst war. Es war ein zärtlicher Kuss, und obwohl sie sich ein bisschen schwindlig fühlte, wünschte sie, er möge nie enden.

Als er sich zurückzog, wurde ihr kalt. »Ich glaube, das reicht für heute«, sagte er lächelnd. »Ein Gutenachtkuss.«

»Du küsst richtig gut«, sagte Sara. Die Augen fielen ihr zu. »Hast du lange geübt?«

»Ja, wenn wir in der Schule »Spiel im Dunkeln« gespielt haben. Sobald das Licht anging, wollte niemand mehr etwas mit mir zu tun haben, also musste ich küssen lernen, um wenigstens im Dunkeln dabei sein zu dürfen.«

»Und wer hat es dir beigebracht?« Sara gähnte.

»Eine Freundin meiner großen Schwester. Sie fühlte sich für mich verantwortlich, hat sie behauptet.« Er lächelte breit.

Sara konnte die Augen nicht mehr offen halten. »Du kannst mich morgen weiterküssen, wenn du willst. Jetzt muss ich wirklich schlafen.«

# 42

Es war nicht das gewöhnliche Lächeln, dem Jessica begegnete, als sie diesmal die Station betrat. Schon beim Reinkommen spürte sie, wie ernst die Lage war.

»Jessica, gut, dass Sie kommen konnten«, sagte die Schwester leise. »Ihre Mutter ist sehr schwach, sie hat jetzt wirklich nicht mehr lange.«

Sie ging ihr voraus zu Astrids Zimmer.

Jetzt bereute Jessica fast, dass sie JP zu sich nach Hause geschickt hatte. Sie hatte versprochen, ihn später anzurufen. Wenn sie es schaffte. Ihre Mutter lag im Sterben, laut der Schwester handelte es sich nur noch um Stunden, und wahrscheinlich würde sie vollauf damit beschäftigt sein.

Es heißt, Trauer öffne das Tor für viele verschiedene Gefühle. Vielleicht würde sie jetzt endlich weinen können. Über alles.

Nicht zuletzt aus Trauer um ihre Mutter, die ihre Lebensentscheidungen so stark geprägt hatte, die guten wie auch die schlechteren. Manchmal hatte sie sich gefragt, ob ihre Entscheidung, Single zu bleiben, vielleicht ihre Art war, die Mutter zu bestrafen. Weil sie sich dadurch weigerte, ihr die Enkel zu schenken, die sie so gern gehabt hätte.

Die Frage war allerdings, wer am meisten unter Jessicas Single-Dasein litt. Immerhin hatte Astrid dadurch jemanden, der immer verfügbar war, weil Jessica im Gegensatz zu Lasse keine Familie hatte, die sie vorschieben konnte.

Ihr Bruder saß bereits an Astrids Bett. Jessica zog einen Stuhl heran und setzte sich auf die andere Seite. Sie nahm die magere kleine Hand in ihre. Plötzlich schien es ihr schwer nachvollziehbar, warum sie immer solche Angst vor dieser Frau gehabt hatte. Und ihr gegenüber so verletzlich gewesen war, dass ein Wort von ihr sie tagelang beschäftigen konnte.

»Mama, ich bin jetzt hier«, sagte sie.

Astrids Augenlider flatterten, es sah aus, als wollte sie etwas sagen. Jessica beugte sich zu ihr herab. »Was wolltest du sagen?«

Astrid atmete stoßweise. »Du ...«, sagte sie und atmete noch ein paarmal, »du bist immer eine ganz phantastische Tochter gewesen.«

Zwei Stunden später war es vorbei. Es war keineswegs ein friedlicher Tod, es war furchtbar. Astrid wirkte unruhig und kämpfte um jeden Atemzug. Jessica hatte die Schwestern gebeten, ihr noch etwas Morphium zu geben, aber sie sagten, das könnten sie nicht. Sie sagten, es ginge ihr gut, es seien lediglich physische Reaktionen, die dazugehörten, wenn das Leben den Körper verließ, sie sei aber gar nicht mehr bei Bewusstsein. Das glaubte Jessica keinen Augenblick. Ihre Mutter war bis zuletzt da, davon war sie vollkommen überzeugt.

Bevor Astrid aufgebahrt wurde, suchten Jessica und Lasse zusammen die Kleider aus, die sie tragen sollte. Ein helles Kleid. Ihre besten Schuhe, die beigefarbenen mit Rosette und Kitten Heels. Dazu die Handtasche von Dior, die sie seit beinahe fünfzig Jahren hatte. Die Perlenkette. Lasse hatte gefragt, ob Jessica die nicht behalten wolle. Absolut nicht, hatte sie erwidert. Es war ein Geschenk ihres Vaters gewesen, und ihre Mutter hatte sie niemals abgelegt. Wenn ihre Eltern sich nun wiedersehen würden, würde Papa sich bestimmt freuen, wenn sie sie trug. Lasse starrte sie an.

»Glaubst du an so etwas?«

Sie gingen zum Ausgang.

»Ich kann zumindest nicht schwören, dass es unmöglich ist.«

»Unsinn. Sie wird verbrannt und in eine Urne gekippt, die dann verrottet. Und dann ist die Alte endgültig fort.« Er hielt ihr die Tür auf, hatte versprochen, sie in die Stadt zurück, nach Söder zu fahren.

*»Lasse.«* Jessica war empört. Er konnte ja denken, was er wollte, aber ihr Körper war noch nicht einmal kalt. »Ein bisschen mehr Respekt bitte.«

»Im letzten Augenblick hat sie etwas Freundliches gesagt, und plötzlich wird sie die beste Mutter der Welt?« Sie traten nach draußen.

»Hör auf. Sie hat fünf Jahre hier gelegen, und wie oft hast du dich hier blicken lassen? Dreimal im Jahr? Ich bin mindestens zweimal die Woche bei ihr gewesen. Also wenn sie als Letztes etwas Nettes zu mir gesagt hat, dann habe ich mir das wohl verdient.«

»So habe ich es doch gar nicht gemeint. Aber findest du nicht, sie hätte das auch schon früher einmal sagen können? Ich wundere mich, dass du dich so gar nicht über sie ärgerst.«

Sie sah ihn von der Seite an. Nie hätte sie gedacht, dass er überhaupt bemerkt hatte, dass sie Jessica niemals Anerkennung gezeigt hatte.

»Vielleicht tue ich das ganz in meinem Innern, aber für den Moment habe ich vor, es herunterzuschlucken.«

»Dann pass auf, dass du nicht daran erstickst«, sagte er still.

Jessica war erstaunt, wie einfühlsam er zu sein schien. Das entsprach gar nicht dem Bild, das sie sich von ihm gemacht hatte. Sie hatte ihn immer als ziemlich egoistisch betrachtet und hätte ihm nie zugetraut, dass er auch nur irgendetwas wahrnahm, das nicht ihn persönlich betraf.

Bis zum Parkplatz schwiegen sie. Jessica versuchte etwas zu empfinden, aber es war alles leer. Hatte sie alle Gefühle für ihre Mutter verloren? Sie hatte sie doch beweinen wollen, zumindest hatte sie geglaubt, dass sie das wollte. Ohne Empfindungen ging das nicht.

»Wirst du um sie trauern?« Sie schnallte sich an und lehnte sich zurück.

»Glaube nicht«, sagte Lasse und ließ den Motor an. »Ich habe sie nie sonderlich gemocht.«

»Kannst du dann nicht wenigstens das betrauern?«

Er drehte sich zu ihr um. »Jetzt? Hundert Jahre später? Nein, das wäre Gefühlsverschwendung.«

Er schaute sich über die Schulter um und fuhr rückwärts aus der Parklücke.

»Das glaube ich nicht«, sagte Jessica. »Ich habe das Bedürfnis, laut und lange über alles zu heulen.«

»Dann mach das, aber bitte nicht hier.« Er lächelte schief. »Ich bin nicht gut in so was, frag mal meine Frau.«

»Du empfindest also überhaupt nichts? Und dann sagst du mir, ich soll aufpassen, wenn ich es herunterschlucke?«

Er streckte die Hand aus und tätschelte ihr den Arm.

»Im Gegensatz zu dir bin ich hiergeblieben, als Papa gestorben ist.«

Er begegnete kurz ihrem Blick, dann fuhr er vom Parkplatz herunter. Jessica antwortete nicht. Sie wusste, dass er noch mehr sagen wollte, sie hatte darauf gewartet, seit sie vor fünfunddreißig Jahren nach Hause gekommen war. Damals hatte er sie gestraft, indem er kein Wort darüber verlor, aber vielleicht war die Zeit gekommen, darüber zu sprechen? Nicht jetzt, aber später?

Es war, als zöge sich die Falle von mehreren Seiten her zusammen. Sie schaute auf ihren Schoß hinunter, fingerte an den Trägern ihrer Tasche herum.

»Du hast mich allein gelassen, als ich zehn war. Mit einer Mutter, die trauerte und zugleich völlig kalt war. Das war ziemlich hart. Im Gegensatz zu dir musste ich bleiben, ich konnte ja nirgendwohin.«

Sie bogen auf den Stadsgårdskaj ein. Der Verkehr war wie immer.

»Du warst ein Jahr weg, Jessica. *Ein Jahr.* Als du losfuhrst, war die Rede von einer Woche gewesen.«

Jessica hatte immer gedacht, es läge an ihrer Mutter, dass sie und ihr Bruder sich nicht nahestanden. Dass sie sehr bewusst darauf aus gewesen wäre, sie auseinanderzuhalten. Was war, wenn das gar nicht stimmte, wenn es ihr eigener Fehler gewesen war?

»Es tut mir sehr leid. Ich habe nicht gewusst, dass es so schwer für dich war«, sagte sie leise.

»Das war es wirklich. Aber ich verstehe ja, warum du abgehauen bist. Und du warst ja auch erst sechzehn, was wusstest du schon vom Leben? Ich habe dich nie gefragt, warum du so lange weggeblieben bist.«

»Dann frag auch jetzt nicht«, sagte Jessica. »Ich kann es dir ohnehin nicht sagen.«

Am Slussen, dem vieldiskutierten Knotenpunkt zwischen Mälaren und Ostsee mitten in der Stadt, lagen die Schiffe und warteten darauf, dass die Schleusentore sich öffneten. Es war wie ein Zeichen. Hatte Jessica eine innere Schleuse, die sie zugemacht hatte? Und was würde herauskommen, wenn sie sie öffnete?

»Wollen wir nicht noch eben ins Beerdigungsinstitut, wo wir schon einmal dabei sind?«, fragte sie, als er kurz hinter dem Buckel der Hornsgatan anhielt, genau, wie sie ihn gebeten hatte.

»Schaff ich nicht, ich muss wieder zur Arbeit. Aber ich bin mit allem einverstanden. Ich glaube, du kannst so was viel besser als ich.«

»Kann schon sein, aber es ist auch deine Mutter. Ich möchte, dass wir das zusammen machen.«

Er seufzte tief. Normalerweise hätte sie sich darüber geärgert, doch jetzt verstand sie ihn.

»Ich möchte nicht damit allein sein.« Sie öffnete die Autotür und stieg aus. Bevor sie sie wieder schloss, beugte sie sich noch einmal zu ihm hinein. »Lasse, sie hat dich geliebt.«

In seinen Augen glitzerte etwas. »Ich muss los«, sagte er leise.

»Ich verstehe dich«, sagte Jessica. »Hören wir uns später noch mal?«

Vorsichtig schloss sie die Tür, und ohne sich umzusehen, überquerte sie die Hornsgatan Richtung Mariatorget. Sie wollte nicht nach Hause in Vasastan, aber auch nicht in irgendein Café, wo man sie wiedererkannte. Sie schrak zusammen, als sie das Hupen hörte, und sah im Augenwinkel, wie ein schwarzes Auto eine Vollbremsung machte, um sie nicht umzufahren. Idioten. Die sollten mal besser aufpassen! Der Fahrer zeigte auf die rote Fußgängerampel. Jessica zuckte mit den Schultern.

Im Park am Marktplatz saßen die Menschen in einer Reihe. Sie tranken Kaffee, manche aßen Eis. Auf einer Bank knutschte ein Pärchen. Alles war wie immer, nichts hatte sich verändert.

Aber ihre Mutter war tot.

Und Jessica spürte nichts.

## 43

Sara verfluchte sich wieder und wieder dafür, dass sie ihre Mailbox nicht abgehört hatte, als sie aus dem Keller gekommen war. Nicht, dass es etwas geändert hätte, doch dann hätte sie Jessica wenigstens moralisch unterstützen können. Als sie die Nachricht über Astrids Zustand las, waren Jessica und JP schon in Kopenhagen.

Jetzt konnte Sara gar nicht schnell genug nach Hause kommen, und Texas wollte nichts davon hören, dass sie allein fuhr. Er behauptete, er wäre für sie verantwortlich, weil er sie überredet hatte, mit ihm in den Keller zu gehen.

Was seine Freunde davon hielten, dass er abfuhr, wusste sie nicht. Lovisa jedenfalls sagte, es mache ihr überhaupt nichts aus. Sie war mit herausgekommen, um sich von ihnen zu verabschieden.

»Papa sagt, du wirst meine neue Stiefmutter«, sagte sie und zwinkerte ihr zu.

»Ach, sagt er das?« Sara lächelte und sah verstohlen zu Texas hinüber, der sich mit seinen Freunden unterhielt.

»Ja. Er klang sehr überzeugt. Bombensicher, sozusagen.«

»Danke, dass ihr euch um die Motorräder kümmert«, sagte Sara, um das Thema zu wechseln.

»Kein Problem, mach dir deswegen keine Sorgen. Sieh lieber zu, dass dein Fuß wieder heil wird.«

»Ich muss noch ein paar Sachen bei Maria abholen«, sagte Sara steif. Leider war diesmal nicht Carlotta im Büro, wie sie gehofft hatte. Stattdessen fläzte Eros sich in dem gefederten Sessel, die Hände hinter dem Kopf verschränkt. Er wippte auf und ab und musterte sie eingehend.

»Meinst du, es kann uns jemand hinfahren?« Ihr Fuß tat furchtbar weh, außerdem dröhnte ihr der Kopf nach all dem Alkohol, den sie tags zuvor in sich hineingeschüttet hatte.

»Kein Problem«, sagte Eros. »Ich kümmere mich darum. Ich hoffe wirklich, ihr kommt einmal wieder.« Er zog das Handy aus der Tasche und gab eine Nummer ein. »Leider konnte meine Schwester nicht hier sein und auf Wiedersehen sagen, sie lässt aber herzlich grüßen.«

»Eros, was ist aus dem Wein meines Großvaters geworden?« Sie konnte einfach nicht abreisen, ohne wenigstens gefragt zu haben.

»Deshalb wart ihr also im Keller? Um herumzuschnüffeln?« Er erhob sich und blieb viel zu dicht vor ihr stehen. Sein Blick war kalt. Sie zuckte zurück.

»Wenn es je welchen gegeben haben sollte, dann sind die Flaschen längst kurz und klein geschlagen.«

Er lächelte, dass es ihr kalt den Rücken hinunterlief.

Er ist krank, dachte sie. Irgendetwas an ihm wirkte vollkommen verdreht, und Sara bereute es zutiefst, nach dem Wein gefragt zu haben. Er würde ihr nie verzeihen, dass sie ihn hatte abblitzen lassen.

Humpelnd verließ sie das Büro.

»Okay, es ist, wie es ist«, sagte sie. »Grüß deine Schwester und danke für alles.«

Es dauerte nur ein paar Minuten, bis das Auto kam und sie abholte.

»Du brauchst wirklich nicht mitzukommen, Texas.« Sie wollte ihm nicht den Urlaub verderben. Schließlich war er auf Motorradreise mit seiner Tochter, dazu würden sie bestimmt nicht so bald wieder eine Gelegenheit finden.

»Ich weiß, das hast du jetzt schon oft genug gesagt.« Er hob seine beiden Motorradtaschen in den Kofferraum, dann half er ihr auf die Rückbank.

»Schnall dich an«, sagte er und schloss die Tür. Dann stieg er auf der anderen Seite ein.

»Warum bist du so gut zu mir?«, fragte sie.

»Ich bin eigentlich immer so«, sagte er lächelnd. »Und ich finde immer noch, dass ich mich auf der Hinfahrt dir gegenüber wie ein Arschloch benommen habe und dass ich es dir schuldig bin, dafür zu sorgen, dass du heil nach Hause kommst. Bei dir weiß man ja nie.«

»Wenn ich es allein nach Italien geschafft habe, schaffe ich es auch wieder nach Hause«, sagte sie. »Aber danke trotzdem, ich bin froh, dass mir das erspart bleibt.«

Er räusperte sich. »Und dann ist da noch das Ding, dass ich dich mag und gedacht habe, wir könnten mal was zusammen unternehmen.«

Sara hob die Augenbraue. »Was könnte das sein?«

»Reisen. Reportagen. Essen gehen. Sex. Nicht zwangsläufig in dieser Reihenfolge.«

Er sieht wahnsinnig gut aus, wenn er so lächelt, dachte Sara. Seine Hand legte sich auf ihre.

»Aber wir können auch erst mal zu Mittag essen, wenn das ein besserer Anfang ist.«

»Anfang wovon?« Sie hielt den Atem an. Seltsam. Seit wann hatte Texas diese Wirkung auf sie? Hatten seine Küsse sie beeinflusst? Oder die Tatsache, dass er ihr ohne zu zögern zu Hilfe kam, ob sie beinahe erstickte oder sich den Fuß verstauchte? Er war ein Gentleman, davon gab es wirklich nicht viele.

»Der Beginn unserer Romanze.«

Sara merkte, wie sie errötete.

»Ich esse wirklich gern mit dir zu Mittag, aber bei allem anderen weiß ich nicht, ob ich dazu schon bereit bin.«

Er schien nicht im Geringsten beleidigt.

»Okay«, sagte er und drückte ihre Hand. »Und jetzt erzähl von Maria.«

Sara nahm den Vorschlag eines neuen Gesprächsthemas dankbar an, und ihre Wangen bekamen wieder ihre gewöhnliche Farbe. Sie erzählte von der Frau, die ihr so einen Schrecken eingejagt hatte, als sie sich zum ersten Mal begegnet waren.

»In einem Augenblick ist sie fröhlich und vergnügt und im nächsten wütend. Mal sehen, wie sie gelaunt ist, wenn wir ankommen.«

Sie schaute aus dem Seitenfenster.

Sie fuhr unverrichteter Dinge wieder ab. So fühlte es sich jedenfalls an. Natürlich hatte sie keine Chance gegen Eros, wenn es um den Wein ihres Großvaters ging.

Normalerweise war sie viel wachsamer, viel geschickter im Fragenstellen. Aber auf dieser Reise war von Anfang an so viel schiefgelaufen, dass sie keine Lust mehr hatte. Normalerweise hätte sie sich noch viel mehr umgehört und versucht, die Leute zum Reden zu bringen, das war ihr diesmal alles nicht geglückt. Sie hatte sich zurückgezogen, sich selbst leidgetan und jede Gelegenheit ungenutzt verstreichen lassen. Schließlich hätte sie erst einmal mit Eros reden können, statt sich beinahe verführen zu lassen. Vielleicht wäre dann alles ganz anders gekommen.

Das Auto bog auf den Hof vor Marias Haus ein.

»Sie können uns wohl nicht in einer Viertelstunde noch zum Flughafen in Pisa fahren?«, fragte Sara und öffnete die Autotür.

»Doch«, sagte die Frau am Steuer. »Ich muss nur kurz im Schloss anrufen, ob das in Ordnung ist.« Sie holte ihr Handy heraus, hielt Rücksprache und nickte Sara dann zu. »Geht klar.«

Sara lächelte. »Vielen Dank. Dann beeilen wir uns.«

Texas stand bereits auf ihrer Seite und half ihr beim Aussteigen.

Seltsam, dass sie in jenem Sommer vor so vielen Jahren nie in Marias Haus gewesen war. Es lag schließlich ganz in der Nähe des Schlosses. Ihr Großvater hatte in Pisa gewohnt und war jeden Tag gependelt – vielleicht lag es daran. Sara war immer mit ihm mitgefahren, außer zu den wenigen Gelegenheiten, wenn sie im Schloss übernachtet hatte, immer mit der Ausrede, sie übernachte bei einer Freundin. Hätte ihr Großvater gewusst, dass sie hinter dem Sohn der damaligen Gräfin her gewesen war, hätte er sie ganz sicher unter Hausarrest gesetzt.

Mit Texas' Hilfe ging Sara die Stufen hinauf. Da die Haustür nicht abgeschlossen war, trat sie direkt ein. »Komm«, sagte sie zu Texas.

In der Küche hörte sie Maria laut reden. Sie zog Texas hinter sich her, wobei sie sich zugleich auf ihn stützte.

»Sie scheint Besuch zu haben, aber ich muss mich verabschieden und mich bedanken.«

Sara öffnete die Tür, schrak jedoch gleich wieder zurück.

An der Spüle stand Maria, und Gräfin Carlotta presste sich gewaltsam an sie.

## 44

Maria war mit ihrer Geduld am Ende, eigentlich schon seit vielen Jahren. Zu vielen, wenn man es genau nahm. Sie war noch sehr jung gewesen, als die alte Gräfin starb und das Schloss Eros und Carlotta überließ.

An diesem Tag war aus ihrer zuvor unbeschwerten Beziehung zu den Geschwistern bitterer Ernst geworden.

Das Nachbarsmädchen, das jeden Tag nach der Schule mit den Geschwistern gespielt hatte, sollte jetzt auch an den Erwachsenenspielen teilnehmen, bei denen es sich nie wohl gefühlt hatte. Zu Beginn konnte sie nicht nein sagen. Eros hatte ihr die Unschuld genommen, als sie fünfzehn Jahre alt gewesen war, und ein paar Jahre später hatte sie eine Beziehung mit Carlotta gehabt, aber das war bis zu diesem Zeitpunkt alles gewesen.

Als die Gräfin starb, waren sie Anfang zwanzig, und was zunächst recht unschuldig gewirkt hatte, nahm Ausmaße an, mit denen Maria nicht zurechtkam. Sie verlangten von ihr, dass sie mitmachte.

Dass sie eingeladen wurde, war eine *Gunst*, wie Carlotta es ausdrückte, während sie gleichzeitig verstohlen die Hand auf Marias Hintern legte.

Und so war sie anfangs immer dabei gewesen. Manchmal genoss sie es sogar. Doch schließlich wurden es zu viele Männer und zu viele Frauen. Marias Körper rebellierte. Sie bekam Bauchschmerzen und konnte nachts nicht mehr schlafen.

Carlotta, die noch immer in sie verliebt war, bat sie inständig, ihre Geliebte zu werden. Maria hatte es mit ihr durchaus gefallen. Der weiche Sexualakt passte ihr gut, aber dann wollte sie irgendwann mehr, sie wollte etwas für denjenigen empfinden, mit dem sie Sex hatte. Das war etwas, was ihr im Laufe der Zeit, in der sie bei Eros' sogenannten *lustvollen Spielen* mitgemacht hatte, klargeworden war.

Carlotta gab nicht auf. Jede Woche kam sie an und belästigte sie mit zweideutigen Angeboten. Wäre

Maria nicht auf ihr Wohlwollen angewiesen gewesen, hätte sie dem Ganzen längst ein Ende bereitet. Mittlerweile waren sie seit zwanzig Jahren nicht mehr intim gewesen, doch beide Geschwister ließen sie nach wie vor nicht in Ruhe.

Hätte sie das Haus auslösen können, sie hätte es längst getan. Aber dem stellte Eros sich in den Weg. Der Mietvertrag hatte eine Laufzeit von jeweils zehn Jahren, und bei jeder Neuverhandlung drohte er ihr. Freundlich natürlich, und niemals unverblümt. Als es jetzt an der Zeit gewesen war, zum dritten Mal seit dem Tod der alten Gräfin zu verhandeln, hatte Maria überlegt, ob sie nicht lieber wegziehen sollte. Aber ihre Mutter hatte dieses Haus unendlich geliebt, und als die Verhandlungen vorüber waren, wusste sie, dass er sich jetzt ein paar Jahre zurückhalten würde. Einzig aus diesem Grund ertrug sie seine Schikanen.

»Du weißt, dass es vorteilhaft ist, sich gut mit uns zu stellen«, sagte er, als sie sich neben ihm ins Auto setzte, um zum letzten Termin mit dem Advokaten zu fahren. Dann legte er die Hand auf ihren Oberschenkel. »Dass wir ein bisschen älter geworden sind, ändert nichts daran, wie meine Schwester und ich zu dir stehen.«

»Pfoten weg«, fauchte Maria ihn an.

»Ich mag es, wenn du so wütend bist. Das macht mich richtig an«, sagte er leise. »Du bist meine erste Frau gewesen, das vergisst man nicht. Es macht mich immer noch geil, wenn ich daran denke. An deinen großen Hintern. Oh, wie der mich anmacht.«

Wären sie nicht mit dem Anwalt verabredet gewesen, hätte sie ihm eine geknallt. Doch so wäre es ungeschickt gewesen, wollte sie doch noch das Papier unterschreiben, das ihr zehn weitere Jahre Nutzungsrecht verschaffte.

Wie immer hatte Eros es so eingerichtet, dass sie drei Termine mit dem Anwalt hatten. Er spielte seine Macht voll aus, das hatte er schon immer getan. Darüber hinaus hatte er dafür gesorgt, dass er und Maria sich noch ein paar weitere Male allein trafen. Der Vertrag sah immer gleich aus, abgesehen davon, dass die Grundkosten sich jedes Mal erhöhten, aber auch um das festzustellen, hätten sie sich nicht treffen müssen. Es war Eros' Trick, Begegnungen unter vier Augen mit ihr zu erzwingen. Zuletzt war sie ihm in den Weinkeller gefolgt, damit sie, wie er vorgeschoben hatte, in Ruhe reden konnten, während er die Flaschen für den großen Maskenball holte. Er wusste, dass er in ihrem Haus nicht willkommen war.

»Hast du Sara Raphael wiedererkannt?«, fragte er und nahm seine Hand wieder weg. »Die war auch ein ganz schön heißer Feger, als sie jung war.«

»Sara Raphael?«

»Ja, die Dunkle, die ein paar Nächte bei dir geschlafen hat. Zumindest hat Carlotta das behauptet, die weiß ja immer über alles Bescheid.«

»Hätte ich sie kennen müssen?« Der Name kam ihr irgendwie bekannt vor. Sara Raphael. Raphael? »Oh Gott, Eugenio Raphaels Enkelin?«

»Ja. Kannst du dich noch an den alten Knacker erinnern? Er hat steif und fest behauptet, sein Wein läge noch in Mamas Keller.«

Maria antwortete nicht. Wenn sie gewusst hätte, wer Sara war, hätte sie sie bei sich eingesperrt und verhindert, dass sie ins Schloss fuhr, wo sie Eros begegnen musste, der ihren Großvater *gehasst* hatte.

»Und wie war es, sie nach all den Jahren wiederzusehen?« Maria sah ihn von der Seite an.

»Och, ganz nett, sie hätte sich auch diesmal fast von mir ficken lassen«, sagte er und lächelte teuflisch. »Wenn sie uns nicht schon so früh hätte verlassen müssen, hätte sie mich bestimmt früher oder später gebeten, es ihr noch einmal zu besorgen. Dass sie es nötig hatte, war ja offensichtlich.«

Arschloch, dachte Maria. Du bist ein rücksichtsloses, gemeines Arschloch. Nicht einen Augenblick glaubte sie, was er sagte. Vielleicht war Sara Eros wie so viele andere zunächst ins Netz gegangen, aber mit den Jahren war seine ganze Art immer abstoßender geworden, und die meisten kehrten ihm rechtzeitig den Rücken, ehe sie das erreichten, was er selbst für das Paradies hielt.

»Das meinte ich nicht«, sagte sie. »Ihr Großvater hatte vielleicht recht, und deine Mutter hat vielleicht tatsächlich seinen Wein aufbewahrt?«

»Ich weiß wohl, dass sie das getan hat. Aber warum hätte ich ihm geben sollen, was diese Hure ihm versprochen hat.« Seine Stimme war eiskalt, er spie die Worte förmlich aus.

Marias Augen blitzten.

»So redest du nicht über deine Mutter«, schrie sie ihn an. »Sie war eine der vornehmsten Frauen, die ich je getroffen habe. Dein Vater hat sie wie ein Stück Dreck behandelt, du solltest lieber ihn beschimpfen.«

»Du glaubst, du hättest ihr nahegestanden. Ich weiß genau, dass du versucht hast, dich bei ihr einzuschmeicheln, um auch ein Stück vom Kuchen abzubekommen. Aber über ihr schamloses Verhalten weißt du gar nichts. Sie hat schließlich nicht gerade damit angegeben, sondern sich allen, außer der Familie gegenüber, immer nur von ihrer besten Seite gezeigt. Du hast nie zu unserer Familie gehört. Kapierst du das? Nie! Und ich will kein Wort über meinen Vater hören. Sie hat nur bekommen, was sie verdient hat.«

Sein Gesicht war rot angelaufen, und obwohl Maria genauso wütend war wie er, musste sie sich zurückhalten. Sie hatten ein ganzes Stück zu fahren, und sie wollte nicht, dass sein Maserati von der Straße abkam. Wenn der Vertrag erst unterschreiben war, konnte sie ihren Gefühlen immer noch freien Lauf lassen.

Wieder griff er nach ihrem Oberschenkel, diesmal so fest, dass es weh tat.

»Nimm die Hand weg, Eros.« Ihre Stimme zitterte. Das Herz klopfte.

»Nein, die bleibt da. Und nach der Verhandlung wird sie machen, was sie will. Und du wirst nichts dagegen unternehmen.«

»Du bist verrückt.« Sie versuchte seine Finger aufzubiegen. Er flößte ihr Angst ein. Er tat ihr weh.

Sie sah, wie er rasch auf seine Armbanduhr schaute, dann drehte er sich ihr ganz zu und lächelte kalt.

»Wenn ich es mir genau überlege, würde ich lieber davon Gebrauch machen, bevor wir meinen Anwalt treffen. Mit so einem Ständer lassen die mich gar nicht ins Hotel.«

Das war keine leere Drohung mehr. Sie spürte, dass er es ernst meinte, und das jagte ihr eine solche Angst ein, wie sie es noch nie erlebt hatte. Ihre Arme wurden taub, und ihr Herz klopfte so laut, dass er es hätte hören müssen.

Wenn sie nicht tat, was er wollte, würde er sie vergewaltigen, und bevor sie sich etwas überlegen konnte, machte er eine Vollbremsung und fuhr in einen Seitenweg hinein.

## 45

Krücken kamen laut Texas nicht in Frage. Sie musste den Fuß belasten, auch wenn es weh tat. Außerdem konnte sie sich jederzeit gern auf ihn stützen, das versicherte er ihr immer wieder. Sie hatten die Motorradtaschen am Flughafen von Pisa eingecheckt. Über der einen Schulter hatte er einen kleinen Rucksack hängen, an der anderen hielt Sara sich fest.

»Bist du sicher, dass es gut ist, wenn ich auftrete? Es fühlt sich nicht wirklich so an.« Bei jedem Schritt verzog sie das Gesicht. Und wenn der Fuß doch gebrochen war? Schließlich konnte es einen kleinen Knochen innen drin erwischt haben, ohne dass man es von außen sehen konnte. Das war bei ihrem Sohn Pontus so gewesen. Er war nach der Schule über die Straße gerannt und dabei irgendwie falsch aufgekommen. Anfänglich war der Fuß ein bisschen geschwollen gewesen, mehr nicht, und erst am nächsten Tag, als er gar nicht mehr auftreten konnte, war Sara mit ihm ins Astrid-Lindgren-Kinderkrankenhaus gefahren. Sie hatte immer noch ein schlechtes Gewissen, weil sie damals nicht gleich begriffen hatte, wie sehr er sich verletzt hatte.

»Ich bin mir ziemlich sicher, dass es nur eine starke Verstauchung ist«, sagte er. »Die Frage ist natürlich, wie du zu Hause allein damit zurechtkommst.«

»Ach, das klappt schon. Ich lebe jetzt auf dreißig Quadratmetern, da kann ich innerhalb einer Minute von einem Ende zum anderen kriechen.« Sie sah auf und begegnete seinem Blick.

»Sonst könnte ich dir auch assistieren. Vergiss nicht, ich arbeite daran, dich ein bisschen in mich verliebt zu machen. Du musst mir eine Chance geben, dir zu zeigen, was du an mir haben kannst.«

»Du würdest vorbeikommen und mir helfen?«

»Ja, oder auf deiner Schlafcouch übernachten.«

»Hab ich nicht.«

»Okay. Luftmatratze?«

»Hab ich auch nicht.«

»Dann mit in deinem Bett?«

»Natürlich nicht. Hör auf.« Sie hatte es sich selbst zuzuschreiben. Erst hatte sie ihm Hoffnungen gemacht, und jetzt war sie gezwungen, sie ihm wieder zu nehmen.

»Wir können uns küssen wie Freunde, mehr nicht.«

Sie warf ihm einen strengen Blick zu, aber es fiel ihr schwer, denn er lächelte sie strahlend an.

»Du hast nur Quatsch gemacht«, sagte sie und kam sich sehr dumm vor.

Texas nickte. »Nicht, dass ich etwas dagegen hätte, mich mit dir in eine Einzimmerwohnung zu quetschen. Aber ich glaube, du musst mich erst mal ein bisschen vermissen.«

»Meinst du?« Sie zeigte dem Beamten Pass und Boardingcard. »Wir werden sehen, wenn wir zu Hause sind.«

Sie erwachte davon, dass er sie in die Seite stieß. »Wach auf, Sara, wir landen gleich.«

Der Vorteil, eine geübte Reisende zu sein, war der, dass sie beinahe überall schlafen konnte. Vielleicht hatte es aber auch mit den drei Kindern zu tun, die sie großgezogen hatte. Als sie klein gewesen waren, hatte sie zehn Jahre nicht richtig geschlafen. Danach aber dafür oft neun Stunden pro Nacht, als müsse sie es kompensieren. Auch einen Mittagsschlaf hatte sie sich später am Wochenende häufig gegönnt, wenn sich die Gelegenheit dazu ergab. Im Flugzeug schlief sie ein, sobald sie saß.

»Hast du nicht geschlafen?«

Texas legte das Buch weg und drehte sich zu ihr.

»Nein, ich habe ein bisschen gelesen.«

»Was liest du denn?«

»Einen ziemlich albernen Krimi mit unglaublich stereotypen Frauenfiguren. Ich werde ihn nicht weiterlesen«, sagte er und steckte ihn in die Tasche des Sitzes vor ihnen. »Du hast das Essen verpasst.«

»Das dachte ich mir. War es gut?«

»Geht so, aber wahrscheinlich fragst du da den Falschen. Ich esse, wenn ich hungrig bin, und dann geht eigentlich alles.«

»Ein Mann nach meinem Geschmack«, sagte Sara. »Ich bin genauso.«

Er lehnte sich zu ihr herüber. »Das sage ich doch die ganze Zeit«, flüsterte er.

»Was denn?«

»Du magst mich.«

»Ich habe nie gesagt, dass das nicht der Fall ist, oder?«

»Ja, aber überleg doch mal, wie *sehr* du mich magst.« Schnell fasste er ihr Kinn und hielt sie fest, während er sich langsam ihrem Mund näherte. Seine Augen leuchteten, und Sara spürte, wie ihr das Blut in die Wangen schoss.

*Ich bin doch nicht etwa dabei, mich auf diesen romantischen Quatsch einzulassen?*, dachte sie und schloss die Augen.

Zum Glück landeten sie jetzt, denn Sara hatte schon ganz weiche Knie. Seine warmen, zärtlichen Lippen waren unwiderstehlich, und als das Flugzeug aufsetzte, war sie gerade dabei, seinen Mund eingehend zu erforschen. Keuchend machte sie sich los und räusperte sich.

»So«, sagte sie und versuchte so zu tun, als ob die Küsse nichts in ihr ausgelöst hätten. »Dann sind wir also angekommen.«

»Das kann man wohl sagen«, sagte er und lächelte. »Vielleicht sollte ich den Rucksack lieber vor dem Körper tragen als auf dem Rücken. Du hast da Reminiszenzen aus längst vergangenen Tagen zum Leben erweckt.«

»So schlimm?« Sie erwiderte sein Lächeln.

»Schlimmer.«

»Vor wie langer Zeit?«

»Ein Jahr.«

»Hoppla. Bist du sicher, dass du keine Frau bist?«

»Du weißt schon, dass auch Männer Gefühle haben?«

Sie sah ihn an und schüttelte den Kopf.

»Nicht nach meinen jüngsten Erfahrungen.« Sie öffnete ihren Sicherheitsgurt und trat vorsichtig zu den anderen Passagieren in den Mittelgang.

Sara entdeckte sie in der Ankunftshalle. JP hielt eine sehr viel jüngere, sehr schöne Frau in den Armen, und Sara sah, wie sie sich zärtlich anschauten. Ihr wurde schlecht. Nicht ausgerechnet jetzt. Nicht jetzt, wo Jessica ihre Mutter verloren hatte.

Du Arsch, und dir habe ich geholfen, als du nach Jessica gefragt hast. Du hast sie eben erst in Italien besucht, dachte sie. Wie viele Frauen brauchst du eigentlich, um zufrieden zu sein? Schweinehund.

»Was grummelst du da vor dich hin?«, fragte Texas.

»Männer sind Schweine«, sagte sie und setzte vorsichtig den Fuß auf. Sie konnte allein gehen. Immerhin war sie auch allein umgezogen.

Schweine. Alles Schweine.

## 46

Maria hatte keine Chance. Eros' Wahnsinn verlieh ihm solche Kräfte, dass sie aufgab und zuließ, dass er sie vergewaltigte. Es hatte keinen Sinn zu schreien, keinen Sinn, sich loszureißen. Ihr würde ohnehin niemand helfen auf diesem verlassenen Waldweg. Er hatte den Motor abgestellt, und als er sich über sie beugte und die Hand zwischen ihre Beine steckte, betete sie nur schweigend, es möge schnell gehen.

Erst als die Fahrertür aufgerissen wurde und eine laut schreiende Carlotta sich auf Eros stürzte, war es, als ob sie wieder erwachte. Er ließ sie los, und sie stolperte aus dem Auto.

»Was machst du denn da, bist du wahnsinnig?«, brüllte Carlotta ihren Bruder an. »Das ist *Maria*, die du da vergewaltigst!«

Maria hörte nicht, was er antwortete. So schnell sie konnte, rannte sie auf die Lichter der Schnellstraße zu. Nicht einmal ihre Handtasche mit dem Handy bekam sie in der Eile zu fassen, und so musste sie versuchen, jemanden auf sich aufmerksam zu machen. Als sie endlich am Fahrbahnrand stand, winkte sie heftig, um jemanden anzuhalten.

Ängstlich schaute sie zu der Abfahrt hinüber, wo die Geschwister sich befanden, und als die Scheinwerfer ihrer Autos sich wieder in Bewegung setzten, wusste sie, dass es jetzt schnell gehen musste. *Bitte, bitte, bitte*, flehte sie innerlich, als das nächste Auto auftauchte, und als hätte der Fahrer sie gehört, hielt er zwanzig Meter vor ihr an. Maria nahm ihre letzten Kräfte zusammen, rannte zu dem Auto und warf sich auf den Beifahrersitz.

»Um Gottes willen, was ist denn passiert?«, fragte die Frau, als Maria in Tränen ausbrach.

»Fahren Sie schnell weg hier, ich bin überfallen worden, und sie sind hinter mir her.«

Die Frau erfasste sofort den Ernst der Lage und fuhr

auf die Straße zurück. »Ich bin unterwegs nach Pisa. Soll ich Sie zur Polizei mitnehmen?«

»Ja, bitte«, sagte Maria. Ihre Stimme zitterte, ihre Hände ebenfalls. Sie hatte sich immer sicher gefühlt, obwohl die Geschwister sie nie ganz in Ruhe ließen, aber von jetzt an würde sie sich immer fürchten. Sie sah Eros' eiskalten Blick vor sich und begriff, dass er niemals aufgeben würde. Die einzige Möglichkeit, ihm zu entkommen, war, ihr Haus zu verlassen. Dort bewahrte sie alle Erinnerungen auf, alles, was sie hatte, befand sich zwischen diesen Wänden, und sie würde Hilfe brauchen, um das Haus zu räumen, bevor Eros sie hinauswarf.

Ein Anruf bei einer guten Freundin genügte, und schon setzte sich eine ganze Kette in Gang, um Maria zu helfen. Der eine hängte einen Anhänger an seinen Traktor, der andere hatte einen Lastwagen. Der dritte kam mit seinem kleinen Fiat, und der vierte half beim Tragen. Drei blau gekleidete Männer hielten draußen Wache. Vom Schloss kamen Frauen und Männer, die bei der Ernte halfen, dazu der Wachmann, der wohl vieles von dem mitbekommen hatte, was sich in den Gängen abgespielt hatte, sowie ein paar Frauen, die während der Hochsaison im Sommer beim Putzen halfen.

Sie alle kamen allein ihr zuliebe. Maria war zu Tränen gerührt, als sie von der Polizeiwache in Pisa nach Hause kam, wo ihre beste Freundin Carla sie abgeholt hatte.

»Meinst du, sie werden ihn festnehmen?«, fragte Carla und half ihr aus dem Auto.

»Nein, es war ja nur ein Vergewaltigungsversuch, ich habe keine sichtbaren Verletzungen, es gibt keine

Zeugen, er ist reich und kennt viele einflussreiche Leute ... Nein, er wird sicher davonkommen, zumindest nehme ich das an.«

»Aber seine Schwester hat euch doch gesehen.«

Maria zuckte mit den Schultern. »Sie wird niemals gegen ihn aussagen, die beiden halten zusammen. Sie sind ungefähr gleich verrückt.«

»Was glaubst du, warum sie plötzlich da war?«

»Keine Ahnung.«

Doch in Wirklichkeit wusste sie es. Carlotta war eifersüchtig. Es war nicht das erste Mal, dass sie Maria verfolgte. Schon oft hatte sie sie aus der Entfernung im Auto sitzen und sie beobachten sehen. Maria hatte sich so sehr an diese ständige Beschattung gewöhnt, dass sie sich nicht weiter darum kümmerte, solange Carlotta nicht bei ihr zu Hause eindrang, wie sie es ein paar Tage zuvor getan hatte. Ausnahmsweise einmal war sie froh über ihre Eifersucht. Wenn Eros sie vergewaltigt hätte, hätte er sie vielleicht auch getötet. Zumindest wenn ihm klargeworden wäre, was er getan hatte, und er Angst bekommen hätte, sie könne ihn anzeigen.

Allerdings konnte er es sich in seinem kranken Weltbild auch so zurechtgelegt haben, dass sie es gewollt hätte, dass sie lediglich ein bisschen Widerstand vorgetäuscht hätte.

»Wir stellen deine Sachen bei uns in der Scheune unter«, sagte Carla. »Später können wir immer noch überlegen, wie es dann weitergehen soll.«

Die Gegenstände eines ganzen Lebens auf engstem Raum in einer Scheune. Maria hatte niemals etwas weggeworfen. Das würde sie jetzt tun müssen. Sie saß zwischen all ihren Erinnerungen und weinte vor Verzweiflung. Zum Glück blieb dieser Anblick ihrer Mutter erspart. Sowohl sie als auch ihr Vater hatten für das alte Grafenpaar im Schloss gearbeitet. Deshalb wusste Maria ja auch, wie die Gräfin behandelt worden war.

Die Gräfin und ihre Mutter hatten sich angefreundet, und wenn sie es auf dem Schloss nicht mehr ertragen hatte, war sie stets zu ihnen gekommen. Maria erinnerte sich, wie ihre Mutter sie dann in einem der Gästezimmer einquartiert und ihre Wunden versorgt hatte. Maria hatte an der Tür gelauscht und versucht zu verstehen, was sie redeten. Wenn ihre Mutter sie erwischt hatte, hatte sie sie ernst angesehen und den Kopf geschüttelt. Und Maria hatte das so verstanden, dass sie niemandem etwas davon erzählen durfte, und das hatte sie auch nie getan.

Als ihre Mutter wenige Jahre nach dem Tod ihres Vaters starb, war Maria erst achtzehn Jahre alt. Die Gräfin nahm sie unter ihre Fittiche, und im Gegenzug stand Marias Haus ihr als Zuflucht zur Verfügung, wann immer sie eine brauchte.

Eros hatte seine Mutter als Hure bezeichnet, und Maria wusste natürlich, warum. Aber sie urteilte nicht. Die Gräfin konnte sich zwar nicht scheiden lassen, aber sie konnte woanders wohnen, solange sie sich zu den offiziellen Anlässen im Schloss blicken ließ. Natürlich wurde getratscht. Und natürlich verstand Maria, dass es für Eros und Carlotta nicht leicht war, auch wenn sie im Haus von Marias Familie immer willkommen waren. Und sie waren oft bei ihnen gewesen. So hatten sie sich ja auch angefreundet. Damals war es schön gewesen, und als der Graf gestorben und die Gräfin wieder ins Schloss gezogen war, hatte Maria dort einen Großteil ihrer Zeit verbracht.

Nach dem Tod von Marias Mutter kam die Gräfin aus ganz anderen Gründen als dem Zorn ihres Mannes zu ihr, um Schutz zu suchen. Sie kam, um sich bei ihr mit ihrem Liebhaber zu treffen.

Maria stand auf. Sie hätte ewig so sitzen bleiben können, aber das half ihr nicht weiter, sie hatte noch viel zu viel zu erledigen.

Nicht zuletzt musste sie sich eine neue Bleibe suchen.

## 47

JP kam nicht. Er hatte es ihr versprochen, aber er war nicht da. Schließlich kam es ihr albern vor, sich immer wieder in der Kirchenbank umzudrehen und Ausschau nach ihm zu halten. Zum Glück war wenigstens Sara da. Und Lasse und seine Frau. Jessica wünschte, sie hätte ihrem Bruder nähergestanden. Immerhin hatten sie ein paar Schritte in diese Richtung unternommen, seit ihre Mutter gestorben war. Doch es bedurfte der Anstrengung von beiden, und Lasse verhielt sich immer noch abwartend. Sie schielte auf seine Beine, die er übereinandergeschlagen hatte. Rastlos bewegte er sie hin und her.

Die Kirche war beinahe voll. Astrid hatte viele Bekannte gehabt. Schon seltsam, dachte Jessica, die ihre

Mutter immer als ziemlich gefühlskalt erlebt hatte. Aber anscheinend war sie allgemein beliebt gewesen und aktiv, auch lange nachdem sie in Rente gegangen war. Sie hatte Französisch gelernt, war in den Pyrenäen gewandert, hatte ein Abonnement für das Theater Dramaten gehabt und sehr viel gelesen. Keine Unterhaltungsliteratur, dazu war sie ein zu großer Snob gewesen.

Wenn Jessica früher zu Besuch bei ihren Klassenkameradinnen gewesen war, hatte sie den Unterschied besonders stark empfunden. Saras Eltern hatten sie immer herzlich aufgenommen, sie hatte sich dort stets willkommen gefühlt. In Gegenwart ihrer eigenen Mutter war Jessica immer sehr angespannt gewesen, und sie erinnerte sich, wie eifersüchtig sie auf Lasse gewesen war, dem es nicht das Geringste auszumachen schien, wenn ihre Mutter sie barsch abgefertigt hatte. Wollte Lasse sie deshalb nie im Heim besuchen? Hatte er einfach vollkommen zugemacht? War es seine Art, mit den Erfahrungen der Kindheit umzugehen, so wie es Jessicas gewesen war, bei jeder Gelegenheit zu ihr zu rennen? Der eine hielt Abstand, der andere schmeichelte sich ein?

Über all diese Dinge würde sie mit Lasse reden müssen, statt ihm einfach nur vorzuwerfen, abgebrüht und egoistisch zu sein.

Sie hatte das meiste selbst entscheiden dürfen. Lasse war mit zum Beerdigungsinstitut gekommen, aber die Musik, die bei der Beerdigung gespielt werden sollte, wollte sie selber aussuchen. Vielleicht hätte sie es sich besser überlegen sollen, aber in dem Moment war es ihr so selbstverständlich erschienen. Es war das einzige

Geschenk von Jessica, über das ihre Mutter sich jemals sichtlich gefreut hatte. Sie hatte sie umarmt und sich bedankt, und dann hatte sie die wunderschöne Musik immer wieder gespielt. Als Bachs *Air* nun den Kirchenraum erfüllte, war Jessica nicht darauf vorbereitet, was die Klänge in ihr auslösen würden.

Sie schnappte heftig nach Luft und sah Sara hilflos an. Der Schmerz in ihrer Brust war überwältigend, und das Weinen übermannte sie mit einer solchen Kraft, dass sie beinahe zusammenbrach. Sie konnte nicht aufblicken, und hätte Sara nicht ihren Arm um sie gelegt, wäre sie in Lasses Schoß gefallen. So hielt ihre beste Freundin sie aufrecht. »Man darf trauern, wenn die eigene Mutter stirbt«, flüsterte Sara und zog ein Papiertaschentuch aus der Tasche. »Du darfst weinen, Jessica, das ist völlig in Ordnung.«

Saras Worte trafen sie tief, und Jessica begann zu zittern. Die Trauer stieg von einem Ort auf, den sie seit ihrer Jugend unter Verschluss gehalten hatte, und sie war grenzenlos. Alle Verzweiflung, alle Scham brachen gleichzeitig aus ihr hervor, alles, was sie nie hatte beweinen, nur hinter sich hatte zurücklassen können.

Jetzt überrollte es sie mit aller Macht, und sie konnte sich nicht dagegen wehren, auf diese Kraft war sie nicht vorbereitet gewesen.

Es tat so schrecklich weh.

Da war ihr Vater, ihr geliebter Vater. So gut, warm und zuverlässig. Und als er starb: ihre erste Auslandsreise.

Das Tor zu ihrem Innern, das Jessica die ganzen Jahre nicht öffnen konnte, wurde gesprengt, und wie aus dem Nichts quollen all die schmerzhaften Bilder hervor. Jetzt, ganze vierunddreißig Jahre später, erschienen sie glasklar und unmöglich auszuhalten.

*Lieber Gott, verschone mich. Lieber Gott*, flüsterte sie.

Sie wimmerte, und Sara zog sie näher an sich. Sara, die keine Ahnung hatte. Sara, die ein ganz anderes Bild von ihr hatte. Nie würde sie jemandem von alldem erzählen können, nicht einmal ihrer besten Freundin. Es war JPs und ihr Geheimnis, und wenn er jetzt da gewesen wäre, hätte er einen Zugang zu ihrer verletzten Seele gefunden.

*Der Deckel muss wieder drauf. Er muss drauf*, redete sie sich selbst verzweifelt ein. Die Flöte verstummte, und die Musik verklang. *Der Deckel muss wieder drauf, diesen Schmerz ertrage ich nicht.*

Nickend und lächelnd ging Jessica durch den Gemeindesaal. Die Beerdigungsgäste versicherten ihr, Astrid wäre so stolz auf sie und ihre Bücher gewesen. Es hörte sich seltsam an, ihre Mutter hatte ihr nie etwas in dieser Richtung gesagt. Und jetzt war es zu spät. Ob sie stolz gewesen war oder nicht, spielte keine Rolle mehr. Jessica hatte sich so sehr nach Anerkennung gesehnt, dass sie ihr jetzt, da sie ihr endlich zuteilwurde, gleichgültig war. Es war allein die Sehnsucht danach gewesen, die sie bei all ihrem Tun gelenkt hatte.

»Hast du etwas von JP gehört?«, fragte Sara. Jessica hatte sie beiseitegenommen, um einen Augenblick Ruhe zu haben.

»Nein, schon die ganze Woche nicht. Er wollte zur Beerdigung kommen, aber anscheinend ist er wieder mal irgendwo auf der Welt hängen geblieben.«

»Ist vielleicht auch besser so.«

Jessica schaute Sara an. Das kam unerwartet, zumal da Sara sie seit dreißig Jahren davon zu überzeugen versuchte, dass sie und JP sich endlich aussprechen müssten. Überhaupt sah sie merkwürdig, beinahe schuldbewusst aus.

»Verheimlichst du mir irgendwas, Sara Raphael?« Jessica runzelte die Stirn.

»Das ist jetzt nicht die richtige Zeit und nicht der richtige Ort«, sagte Sara.

»Für Heimlichkeiten auch nicht. Also, was ist los?«

»Ich habe ihn gesehen.«

»Wen? JP?«

»Ja, in Arlanda, als wir gelandet sind.«

»Und?«

»Mit einer anderen Frau.«

In Jessicas Ohren rauschte es. Na klar. Deshalb also war er nicht gekommen. Sie hatte sich eingebildet, sie wäre die Einzige, wie auch immer sie darauf gekommen war. Aber sie konnte ihm nichts vorwerfen, schließlich hatte sie selbst versucht, mit Anders zu flirten.

»Oh. Sieh mal einer an.«

»Es tut mir leid«, sagte Sara und legte ihr eine Hand auf den Arm.

»Das braucht es nicht. Eigentlich ist es ja keine Überraschung. Ich weiß gar nicht, was ich mir immer eingebildet habe.«

»Ich werde ihn umbringen«, sagte Sara.

»Darauf brauchst du keine Energie verschwenden«, sagte Jessica. »Er hat mir nie etwas versprochen.«

»Aber ich habe an ihn geglaubt«, sagte Sara. »Ich habe an *euch* geglaubt. Ich habe mir immer ein Happy

End für euch gewünscht, obwohl es zeitweise völlig unmöglich schien.«

»Mit meiner lebhaften Phantasie habe ich das auch hin und wieder getan«, gab Jessica zu. »Aber er bringt mich immer wieder auf den Boden der Tatsachen zurück. Immer. War sie hübsch? Jung?«

Sara schaute ihr nicht in die Augen. »Ich weiß nicht genau, ich habe vor allem auf ihn geachtet.«

»Unsinn, aber danke. Etwas anderes würde ich jetzt wahrscheinlich wirklich nicht ertragen.« Sie nickte und lächelte einer der ehemaligen Nachbarinnen ihrer Mutter zu, die ihr ihr Beileid aussprach. Die meisten nahmen sicher an, hier würde eine Tochter getröstet, keine verschmähte Geliebte. Wenn die wüssten, dachte Jessica.

Hätte ihre Mutter das gehört, wäre sie wahrscheinlich von den Toten auferstanden.

Wichtige Teile ihres Lebens, zumindest diejenigen, die nicht so sehr geglückt waren, hatte Jessica stets vor ihr verborgen. Sich sagen lassen zu müssen, wie das Leben richtig funktionierte, hätte Jessica nicht ertragen. Da war es besser, erst gar nicht darüber zu reden. Ihre Mutter war gestorben, ohne den einzigen Mann kennengelernt zu haben, mit dem Jessica je das Bett geteilt hatte. So würde sie ihn fortan betrachten. Als einen guten ehemaligen Bettgefährten.

Sie war reich und berühmt, sie würde sich einen neuen suchen. Vielleicht einen jüngeren. Einen Dichter, der ihre üppigen Formen pries. Oder einen experimentierfreudigen Athleten. Sie brauchte nicht einmal in Schweden zu bleiben. Jetzt, wo ihre Mutter tot war, konnte sie tun und lassen, was sie wollte. Ohne jede Rücksicht.

Kein griesgrämiger Gatte, der fand, dass er nicht genügend Aufmerksamkeit bekam. Herr Gott, sie konnte in jedem Land einen Mann haben. Für jede Gelegenheit einen. Männer, die ihr vielleicht nichts bedeuten würden, die sie aber wenigstens bei Laune hielten.

Offenbar zog JP eine jüngere Frau vor. Bitte sehr. Er war selbst auch nicht mehr ganz jung. Beinahe schon ein bisschen verbraucht, wenn Jessica es sich genau überlegte. Sein Hintern war nicht mehr ganz so straff, und sie wusste, dass er ab und zu Pillen nahm, um sicher zu sein, einen hochzukriegen.

»Wie fühlt es sich an?«, fragte Sara.

»Ich weiß nicht genau. Leer – ist das ein Gefühl? Es ist Mamas Beerdigung, und ich rede über JP und seine neue Frau. Das bedeutet doch, dass ich keine Gefühle habe, oder?«

# 48

JP starrte das Kind an.

»Nimm ihn doch mal«, sagte Felicia und hielt ihm das strampelnde Baby entgegen. »Siehst du, dass er deine Nase hat?«

JP antwortete nicht. Er sah nur den Jungen, Julian. Er glich ihm wirklich aufs Haar, das konnte jeder sehen. Vorsichtig lächelte er, und das Gesicht des Kindes strahlte in einem unwiderstehlichen zahnlosen Lächeln zurück. Die großen braunen Augen, die ihn eben noch betrachtet hatten, verengten sich zu schmalen Schlitzen. Von diesem Augenblick an war JP verloren, und er wusste, dass sich sein Leben jetzt von Grund auf ändern würde.

Das Baby jauchzte und strampelte mit den Beinen. Es schien sich auf JPs Arm sehr wohl zu fühlen. JP schüttelte den Kopf. Liebes Kind, wenn du wüsstest, dachte er und streichelte ihm sanft über das dunkle weiche Haar, das sein rundes Gesicht umrahmte.

»Wollen wir uns einen Augenblick setzen?« Er deutete mit dem Kinn zu den Bänken am Kai hinüber.

Felicia nickte.

»Ich nehme an, du hast noch nicht mit ihr gesprochen?«, fragte sie. Es klang nicht vorwurfsvoll, eher resigniert. Er hatte es ihr schon so oft versprochen, dass sie eher erstaunt gewesen wäre, wenn er es getan hätte.

»Nein. Aber ich will es ihr unbedingt erzählen. Ich muss es, ich halte es so einfach nicht mehr aus, und ihr ja auch nicht.« Er schaute den Kleinen an. Dann wandte er sich Felicia zu und streckte seine Hand aus. Sie sagte nichts, legte nur ihre Hand in seine, und so saßen sie eine Weile schweigend auf der Bank. Das Kind in JPs Arm lächelte weiterhin, als wäre alles in bester Ordnung.

Schließlich brach JP das Schweigen.

»Ihre Mutter wird heute beerdigt.«

Felicia zuckte zusammen, ohne etwas zu sagen.

»Auf ganz eigenartige Weise musste ich immer Rücksicht auf sie nehmen, obwohl ich sie nie kennengelernt habe.« Er zupfte die Strickjacke des Babys zurecht, knöpfte den untersten Knopf zu, der offen stand. »Sie ist lange krank gewesen, und Jessica hat sich um sie gekümmert. Aber jetzt, wo sie nicht mehr da ist ...« Er beendete den Satz nicht. »Ich will jetzt nicht darüber reden, ich möchte mehr über dich wissen. Wie geht es dir?«

Der kleine Junge fing an zu quengeln, und JP gab ihn Felicia zurück.

»Hey, Süßer, hast du Hunger?«, fragte sie und setzte ihn in den Kinderwagen. Dann kramte sie in der Kinderwagentasche und holte eine Banane heraus. »Guck ihn dir an«, sagte sie lachend. Mit weit aufgerissenem Mund saß Julian da und wedelte mit Armen und Beinen, die Banane ließ er nicht aus den Augen. Sie nahm einen Löffel heraus und fütterte ihn.

»Meine Eltern sind großartig gewesen.« Sie lächelte ihr Kind an und steckte ihm einen Löffel Banane in den Mund. »Sie sind ganz verrückt nach dem Kleinen. Noch ist er ja ganz bei mir, aber ich hoffe, sie können später ab und zu auf ihn aufpassen. Das wäre sehr wichtig, wenn ich wieder anfange zu arbeiten. Ich will mir ein Kindermädchen nehmen, aber wenn sie mal nicht kann, könnten meine Eltern einspringen.«

»Leben sie noch in Athen?«

»Ja, und gar nicht weit von meiner Wohnung entfernt. Jetzt, wo du Julian kennengelernt hast, hoffe ich, dass du auch sie bald einmal treffen kannst.«

Sie sah ihn forschend an, und er konnte ihrem Blick kaum standhalten. Er schämte sich.

Er wusste, dass er die Sache schon vor gut einem Jahr hätte anpacken sollen, doch er hatte sich davor gedrückt, war erschreckend feige gewesen. Da konnte er hundertmal behaupten, alles wäre Jessicas Schuld. Vor wenigen Minuten hatte er beinahe versucht, Jessicas Mutter dafür verantwortlich zu machen, dass er sich einfach nicht aufraffen konnte. Wann würde er endlich selbst die Verantwortung übernehmen?

Er betrieb Restaurants in mehreren Ländern. Hatte viele Angestellte, Wohnungen, für die er bezahlte und um die er sich kümmerte, ohne dass man es ihm sagen musste. Er kämpfte mit den Behörden, wenn es nötig war, engagierte sich für wohltätige Zwecke, hielt den Kontakt zu Freunden, hielt immer ein gemachtes Bett bereit, falls ein Besuch über Nacht bleiben wollte. Wenn er selbst das von sich hätte behaupten dürfen, so hätte er gesagt, er wäre ein guter Mensch. Aber das letzte Jahr hatte sein Selbstbild grundlegend erschüttert.

Mittlerweile fand er sich eher feige, und wenn er den kleinen Julian ansah, begriff er, welche Fehler er gemacht hatte. Zum Schaden aller Beteiligten. Julian hätte einen anderen Start ins Leben haben sollen, er hätte von einer Familie umgeben sein sollen, die alles tat, damit es ihm gutging. Aber dazu musste JP endlich mit Jessica reden, es war nicht mehr nur eine gute Idee, sondern ein Muss. Nicht nur um Felicias willen, sondern auch um Julians.

»Wann fliegt ihr zurück?«

»Um 17.30 Uhr.«

»Gut, dann können wir beide auch noch essen, bevor ich euch nach Arlanda bringe.« Er lächelte Julian zu, der sich im ganzen Gesicht mit Banane beschmiert hatte. »Und dir muss ich wohl noch Tischmanieren beibringen«, sagte er zu ihm. »*Die* wenigstens beherrsche ich.«

Er nahm Felicia die Serviette ab und wischte ihm vorsichtig über die Wangen.

Julian griff mit seiner klebrigen Hand nach seiner, und JP lachte. »Wir brauchen Wasser und Seife, oder was meinst du?«

Er stand auf. »Wir können ihn in meinem Restaurant waschen.«

»Windeln wechseln auch?«

»Das hoffe ich, ich bin mir nicht sicher, ob es einen Wickeltisch gibt. Wenn nicht, werde ich persönlich dafür sorgen, dass bis zu eurem nächsten Schwedenbesuch einer installiert wird. Oder kommt ihr nächstes Mal nach Paris? Dort könnt ihr auf jeden Fall bei mir wohnen.«

Er legte seinen Arm um ihre Schulter, und so gingen sie zu Fuß zu *JPs* in Stockholm. Er fühlte sich wahnsinnig glücklich und unglücklich zugleich.

Hier ging er mit seiner Familie, und von der anderen Seite zog Jessica an unsichtbaren Fäden an ihm, wie sie es all die Jahre getan hatte. Sie ließ ihm einfach keine Ruhe. Und das war gar nicht einmal ihre Schuld. Er liebte sie auf eine Weise, von der er nicht gedacht hätte, dass sie möglich wäre. Wenn er sich ausmalte, was geschehen würde, wenn sie wirklich wagten, ihre Verletzlichkeit zu zeigen, empfand er Schmerz. Sie hatten in ihrer Beziehung so hohe Mauern errichtet, dass sie sie wohl nie überwinden könnten. Wenn sie auch nur annähernd daran rührten, zogen sie sich beide gleichzeitig zurück.

Er wusste nicht, was ihm eigentlich solche Angst machte. Vielleicht war es die Gewissheit, dass es kein Zurück mehr gab, wenn sie einmal diese Grenze überwunden hätten. Dann musste er mit ihren Reaktionen zurechtkommen. Würde er das schaffen? War er in der Lage, die Schuld auf sich zu nehmen, die ihn dann überkommen würde? Sie war ja längst da, aber nur ganz subtil, weil sie nie darüber geredet hatten, was passiert war. Was sie damals getan hatten.

Und jetzt gab es noch viel mehr zu erzählen. Er musste ihr von Felicia und Julian berichten.

## 49

Hast du mich vergessen?«

Seit fünf Tagen fragte Texas sie immer das Gleiche, und Sara gab ihm einen Pluspunkt für seine Hartnäckigkeit. Es war gar nicht so unangenehm, wenn jemand einem den Hof machte, und ihr Gegenüber am Telefon war in jeder Hinsicht ein toller Mann. Doch sie war nicht bereit, auch wenn die Knutscherei im Flugzeug ihr etwas anderes gesagt hatte. In der Toskana hatte ihr Körper sie hinters Licht geführt, und den Fehler zu wiederholen, den sie mit Eros begangen hatte, dazu hatte sie keine Lust.

Was Texas eigentlich von ihr wollte, wusste sie nicht. Es war leicht, liebevoll zu sein, wenn man ernsthafte Absichten hatte, aber sie selbst empfand es genauso, wie sie sagte: Sie war nicht bereit für etwas Neues.

»Du hinderst mich daran, dich zu vergessen«, sagte sie lachend. »Was willst du heute?«

»Abgesehen davon, dass ich dich sehen will? Darum geht es mir ja vor allem. Ich könnte dir einen schicken neuen Verband für deinen Fuß machen.«

»Danke, aber ich verbinde ihn gar nicht mehr. Der Arzt meinte, ich könnte die Bandage abnehmen, sobald er nicht mehr geschwollen wäre. Gut, was?«

»Was willst du mir damit sagen: dass du mich nicht mehr brauchst?«

Er klang so verletzt, wie ihr Fuß es gewesen war.

»Ja, ungefähr«, sagte sie.

»Gut, denn es gibt andere Dinge, in denen ich noch viel besser bin«, sagte er, wieder fröhlich. »Aber um dir das zu beweisen, müssen wir uns sehen. Was meinst du, wollen wir mittagessen? Ich kann dich abholen. Picknick? Im Djurgården?«

»Nein, bloß nicht! Da ist es immer so voll.«

»Also ja zum Mittagessen, aber nicht dort?«

»Ja, das klingt nett.«

»Ich frage mich, wie ich dich dazu bringen kann, dass du die Aussicht auf ein Treffen mit mir mehr als nur *nett* findest. Um halb eins?«

Punkt halb eins trat sie humpelnd vor die Haustür.

Sie hatte nicht damit gerechnet, dass er mit dem Motorrad kommen würde, und schüttelte den Kopf, als sie die Straße überquerte und auf ihn zuging.

»Auf gar keinen Fall«, rief sie und sah auf ihre abgeschnittenen Jeans hinunter.

»Guck mal auf der anderen Seite«, sagte er lächelnd und zeigte es ihr.

Ein Beiwagen.

»Ein Beiwagen? Damit bin ich ja noch nie gefahren«, sagte sie. »Toll, dazu kann ich nicht nein sagen!«

Sie setzte den Helm auf, den er ihr reichte. »Einfach einsteigen?«

Er nickte. »Genau. Brauchst du Hilfe?«

»Nein, geht schon«, sagte sie und setzte sich auf dem Lammfell zurecht. Es fühlte sich an, als säße sie direkt auf dem Asphalt. »Du fährst doch vorsichtig?«

»Mit dem Ding kann man gar nicht schnell fahren«, beruhigte er sie. »Das wird eine reine Spazierfahrt.«

Er kickte das Motorrad an, und Sara lächelte.

»Da liegt eine Jacke auf dem Boden zu deinen Füßen, falls du frierst«, rief er, um den Motor zu übertönen. »Bereit?«

Wenn man einen Mann auf einem Motorrad nicht sexy findet, muss man wirklich an Hormonmangel leiden, dachte Sara. Die verschlissene Lederjacke, die Jeans, die an den Knien fast durchgescheuert war und das Haar, das sich unter dem Helm im Nacken leicht kräuselte. Sie konnte den Blick nicht von ihm abwenden. Aber wahrscheinlich hätte jeder, der sie im Beiwagen mitnahm und so aussah, diese Gefühle in ihr ausgelöst. Sein Lächeln gab ihm einen Zusatzpunkt. Dass er sympathisch war auch. Und natürlich sein Humor.

Sara mochte witzige Männer. Das hatte ihr bei Danne immer gefehlt. Laut einer Theorie, die sie sich selbst zurechtgelegt hatte, waren Menschen, denen das Leben irgendwie mitgespielt hatte, oft schlagfertiger. Es war eine Fähigkeit, die sie sich aus der Not heraus angeeignet hatten. Aber vielleicht hatte sie da auch unrecht. Über Texas' Hintergrund wusste sie überhaupt nichts. Sie würde ihn danach fragen. Oder auch nicht.

Eigentlich war es ganz schön, dass keiner von ihnen, weder in der Toskana noch hier, viel über die Vergangenheit gesprochen hatte.

Am Brommaplan bog er nach Ekerö ab. Obwohl Sara ihr ganzes Leben in Stockholm verbracht hatte, konnte sie sich nicht erinnern, jemals dort gewesen zu sein, und als er vor dem Schloss Drottningholm vorfuhr, freute sie sich sehr. Das musste schließlich wirklich jeder Einwohner von Stockholm einmal gesehen haben.

»Eine Fischsuppe, bitte. Was willst du? Ich lade dich ein«, sagte Sara.

»Danke, lieb von dir, aber ich bin es, der dich zum Mittagessen eingeladen hat. Ich nehme dasselbe und dazu ein Sandwich mit Käse«, sagte er. Dann steckte er die Karte in den Halter zurück.

Sie setzten sich nach draußen.

»Und, wie gefällt es dir, Beiwagen zu fahren? Ich habe ihn gekauft, als Lovisa klein war, es war perfekt, um sie in die Kita zu bringen. Jetzt stand er fast sieben Jahre herum, ich habe ihn wiederhergerichtet, kurz bevor wir nach Italien gefahren sind.« Er biss von seinem Sandwich ab.

»Danke«, sagte sie, »sehr gemütlich. Vielleicht nichts für lange Strecken, aber für kürzere geht es richtig gut.«

Er kaute und sah sie dabei intensiv an.

»Warum starrst du mich so an?«, fragte sie.

»Wird es nicht langsam Zeit, dass du dich in mich verliebst?«, fragte er zurück, und es war ein Glück, dass nur er schon aß, sonst hätte sie sich bestimmt wieder verschluckt. Seine scherzhafte Miene war verschwunden, das hier war sein voller Ernst. Sie wusste nicht, was sie sagen sollte.

Er war unheimlich ehrlich. Geradeheraus. Das war er vom ersten Tag an gewesen. Erst, als er ihr deutlich sagte, dass sie sich von ihm fernhalten sollte, und jetzt in seinem Wunsch, ihr nah sein zu wollen. Das war gut und schlecht zugleich. Gut, weil er keinen Zweifel daran ließ, was er wollte. Schlecht, weil sie, wenn er so viel für sie empfand, sich nicht länger treffen konnten. Es war ihr zu viel, auch wenn sein Werben ihrem Selbstbewusstsein guttat. Vielleicht war sie doch nicht so unattraktiv, wie sie gedacht hatte, als Danne mit einer deutlich jüngeren Frau durchgebrannt war. Dass sie so empfand, war ganz bestimmt Texas' Verdienst.

»Ich bin nicht bereit, Texas. Ich bin noch nicht darüber hinweg und weiß nicht, wann es so weit sein wird.«

»Aber du fühlst dich wohl in meiner Nähe?«

»Ja.«

»Und du magst es, wenn wir uns im Arm halten?«

»Ja.«

»Aber du empfindest nichts für mich.«

Er klang verletzt. Natürlich. Scheiße. In einem Jahr würde sie bestimmt anders empfinden.

»Doch, aber nicht genug. Im Augenblick habe ich das Bedürfnis, mir ein eigenes Leben in meiner eigenen kleinen Wohnung aufzubauen. Ich muss einen neuen Umgang mit meinen Kindern finden. Eine Lebensform, die nur meine ist und keines anderen. Und ich muss arbeiten. Die Zeitung erwartet, dass ich noch in diesem Jahr liefere, und ich bin mir immer noch nicht sicher, was ich machen will.«

»Also willst du nicht?«

»Ich will mit dir befreundet sein, verstehe aber auch, wenn dir das nicht reicht.«

»Das tut es ganz und gar nicht. Am liebsten würde ich dich jetzt über die Schulter werfen, mich beim König einquartieren und mich nackt ausziehen.« Er lächelte schief.

»Du weißt doch, dass es nicht an dir liegt?« Sie wollte so gern, dass er das wusste. Bevor sie sich selbst gefunden und mit sich und ihrem Leben ausgesöhnt hatte, konnte sie ihm nichts geben. Sie trug viel zu schwer an ihrer Vergangenheit.

»Das kann ich dir leider nicht glauben. Wenn der Richtige vor dir stünde, hättest du jetzt keine Zweifel. Aber ich habe es versucht, das musst du zugeben, oder?«

Sara lächelte und nickte. Trotzdem war sie traurig. Texas war der Richtige, kam aber zur falschen Zeit. Das sagte sie ihm jedoch nicht. Sie glaubte nicht, dass er es verstehen würde.

Als er vor ihrer Haustür angehalten und sie die Helme abgenommen hatten, half er ihr aus dem Beiwagen. Dann zog er sie kurz an sich.

»Sara Raphael, du bist eine großartige Frau. Ich werde dich sehr vermissen«, murmelte er in ihr Haar.

»Du willst mich also nicht mehr sehen?«, fragte sie.

Er schüttelte den Kopf und ließ die Arme sinken.

»Nein, es tut mir zu weh, und das will ich nicht. Ich hoffe, du findest, was du suchst, und dasselbe wünsche ich mir auch.«

Er trat einen Schritt zurück und setzte sich auf das Motorrad.

»Pass auf dich auf.« Er strich ihr über die Wange.

Sara blieb stehen und sah zu, wie er den Helm aufsetzte und losfuhr. Sie schluckte.

Wenn sie irgendwann bereit war, hatte er bestimmt längst eine andere gefunden.

# 50

Jessica schrieb und schrieb und schrieb. Die Geschichte, von der sie noch bis vor wenigen Wochen keine Ahnung gehabt hatte, floss nur so durch ihre Finger in die Tastatur. Sie schrieb wie in Trance, und eine Woche nach der Beerdigung ihrer Mutter hatte sie bereits fünfzig Manuskriptseiten.

Jessica war ganz ergriffen von dem Schicksal ihrer jungen Heldin, von dem sie noch nicht wusste, wie es ausgehen würde. Sie versuchte ein Ende vorauszudenken, doch es gelang ihr nicht. Erst wenn sie es aufschrieb, wusste Jessica, was passierte. Das war zuweilen frustrierend, gleichzeitig aber auch verlockend. Nie zuvor hatte sie einen emotional so nahegehenden Roman geschrieben, und bisher war noch keinerlei Flirt oder Romantik vorgekommen. Die Protagonistin rührte sie selbst so sehr, dass sie während des Schreibens oft weinte.

*Angelica fuhr suchend mit der Hand unter das Kissen. Schließlich fand sie die Tabletten, die sie versteckt hatte. Es war an der Zeit.*

Jessica schluchzte auf. Arme, arme Angelica. Sie zog ein Papiertaschentuch heraus. Wenig später war der ganze Schreibtisch von weißen Taschentüchern übersät. Für heute würde sie Schluss machen. Sie brauchte dringend ein Glas Wein. Sie streckte sich und schaute auf die Uhr. Halb zehn. Draußen war es dunkel. Sie hatte sieben Stunden ununterbrochen geschrieben, noch dazu nach zwölf Uhr, obwohl sie doch davon überzeugt war, dass sie vormittags am besten schrieb.

Es war eine ausgezeichnete Idee gewesen, sich einzuschließen und nicht ans Telefon zu gehen, wenn zum Beispiel JP anrief, was er mehrmals täglich tat.

Jessica wäre nie auf den Gedanken gekommen, er könnte mehrere Frauen haben.

In ihrem naiven, romantischen kleinen Hirn hatte sie geglaubt, er irre stets durch eines seiner Länder und sehne sich nach ihr. Sie fühlte sich jedes Mal verlassen, wenn er sie wieder allein ließ, aber sie hatte angenommen, dies läge an ihrer gemeinsamen Geschichte. Auch hatte sie sich immer schuldig gefühlt, weil sie ihm das Gespräch darüber verweigerte. Nie hätte sie gedacht, dass er irgendwann zu einer anderen Frau fliehen könnte.

Zum ersten Mal, seit sie schrieb, kam JP als vollwertige Figur in ihrem Roman vor. Zwar hatte er ihr auch zuvor schon als Modell für männliche Eigenschaften gedient, aber hier bekam er eine ganz eigene Rolle: Adam. Ein junger Adonis, der die junge Angelica verführte. Die Sexszenen waren die heißesten, die Jessica je geschrieben hatte. Hinterher wischte sie sich den Schweiß von der Stirn, sie sah sich und JP vor sich.

Vor dem Kühlschrank hielt sie abrupt inne. *Sie sah*

*sich und JP vor sich.* Was sollte das heißen: sich? Hatte sie in Angelica ihr eigenes Abbild erschaffen? Das war unmöglich, schließlich versetzte sie ihre junge Protagonistin in Situationen, die sie selbst nicht einmal annähernd erlebt hatte. Aber sie schrieb ihr Gefühle zu, die sie selbst empfand. Oh Gott. Sie wollte auf gar keinen Fall ihre Gefühle für JP in Form eines Buches ausdrücken.

Jessica stand vor dem Kühlschrank und wusste nicht mehr, was sie dort eigentlich gewollt hatte. Ganz still stand sie vor der geöffneten Tür und starrte auf den Schnittkäse. Nein. Saft? Auch nicht. Fing sie an, dement zu werden? Sie schlug die Tür wieder zu. Es war nicht das erste Mal, dass sie von einer Minute auf die andere vergaß, was sie eigentlich vorgehabt hatte und warum. Sie hatte sogar schon mit ihrer Hausärztin darüber gesprochen, aber die hatte nur gelacht und gefragt, ob denn nicht alle Autoren ein bisschen zerstreut wären. Wenn es in einem Monat nicht besser würde, sollte sie wiederkommen.

Jessica versuchte herauszufinden, ob sie hungrig oder durstig war, aber da beides nicht der Fall zu sein schien, ging sie wieder an ihren Schreibtisch zurück, der sie schreckte und zugleich lockte. Sollte sie wirklich versuchen, die schwierigen Gefühle zu beschreiben, die in einen Selbstmordversuch mündeten? Würde sie dem in einem Roman gerecht werden können? Oder würde es zu platt, zu vereinfacht? Die Erleichterung, die Angelica erfasste, nachdem sie beschlossen hatte, sich das Leben zu nehmen, durfte nicht banal erscheinen. Sie würde die Szene beim Redigieren vertiefen, aber sollte sie überhaupt vorkommen?

Natürlich würde Angelica nicht sterben. Sie würde lernen zu leben, und Jessica wollte sie durch ihr Leben begleiten. Wie genau, wusste sie noch nicht. Sie hatte mit dem Gedanken gespielt, den Roman in drei Teile zu gliedern. Jugend, Erwachsenenalter, Alter, aber ob das eine gute Idee war, wusste sie auch noch nicht. Der männliche Protagonist, Adam, würde natürlich zusammen mit Angelica altern, und auf irgendeine Weise musste Jessica versuchen, ihre Probleme zu lösen. Dieses Buch war weit entfernt von einer unkomplizierten Liebesgeschichte. Es würde sich auf Dauer sicher nicht so leicht herunterschreiben lassen, wie es bei dem ersten Fünftel der Fall gewesen war.

Ach ja, natürlich. Logisch. Rasch ging sie in die Küche zurück, bevor sie wieder vergaß, worauf sie Lust gehabt hatte. Sie holte eine Flasche Rotwein heraus, öffnete sie, damit der Wein atmen konnte, und rief dann Sara an.

»Willst du noch auf ein Glas Wein vorbeikommen?«

»Kannst du bitte mal lesen, was ich bisher geschrieben habe?« Jessica redete schon drauflos, bevor Sara ganz zur Tür herein war.

»Jetzt schon? Lieber nicht. Ich möchte es lesen, wenn das Manuskript fertig ist, wie immer«, sagte Sara.

»Bitte«, sagte Jessica. »Es ist so anders als sonst, dass ich mir nicht sicher bin, ob ich es hinkriege oder nicht. Ich vertraue dir und möchte deine Meinung dazu hören.« Sie ging zum Eckschrank und suchte vergeblich nach etwas zum Knabbern.

»Ich, Jessica Romin, bin anscheinend auf einem guten Weg, denn ich habe nichts zu Knabbern eingekauft.

Nicht einmal Oliven. Oder ich habe alles aufgegessen. Weil ich fast alles vergesse, ist auch Letzteres durchaus möglich.«

»Typisch Stress«, meinte Sara. »Bei mir war es genauso, als Danne mich hat sitzenlassen.«

»Wie geht es dir eigentlich mittlerweile damit? Wir haben eine ganze Weile nicht darüber gesprochen.«

»Ich glaube, über Danne bin ich hinweg, aber nicht über den Verrat. Das dauert sicher noch eine Weile.«

»Ich dachte wirklich, du und Texas …« Sie beendete den Satz nicht, denn Sara warf ihr warnende Blicke zu, sobald sie den Namen des Fotografen erwähnte.

»Deine romantische Sicht auf das Leben geht manchmal ein bisschen an der Wirklichkeit vorbei«, sagte Sara. »Er war echt süß, aber mehr war da nicht.«

»Unsinn.«

»Was?«

»Unsinn! Du hast es nur noch nicht kapiert. Das kann ich ja sogar verstehen. Aber du hast sehr viel stärkere Gefühle für ihn, als du denkst.«

Sara schüttelte den Kopf. »Lass uns lieber über etwas anderes reden. Zum Beispiel über meine neue Reportage.«

»Unbedingt! Du wechselst ja immer das Thema, wenn ich recht habe und du es nicht zugeben willst. Also erzähl, was hast du vor?«

»Eine einsame Insel. Ich werde es tun. Einen Monat ohne irgendwelche Annehmlichkeiten und nur mit mir selbst als einziger Gesellschaft.«

»Du bist verrückt.«

»Überhaupt nicht. Es ist eine Herausforderung. Wenn ich das schaffe, schaffe ich alles.«

»Das sagst du jedes Mal.« Jessica lächelte. »Aber das gehört wohl dazu. Wann fährst du?«

»Nächste Woche.«

»Nein! Ehrlich?«

»Ich werde in Schweden bleiben, und ich will nicht, dass dann schon Herbst wird. Den ganzen August. Verrückt, oder?«

## 51

Sara kam erst nach Mitternacht nach Hause, war aber so neugierig, dass sie das Dokument, das Jessica ihr gemailt hatte, sofort öffnete. Sie zog ihre Strickjacke aus und begann zu lesen. Um halb vier schaltete sie den Rechner aus. Was sie gelesen hatte, war so weit von dem entfernt, was Jessica für gewöhnlich schrieb, dass Sara sich fragte, woher sie es genommen hatte. Hatte der Tod ihrer Mutter etwas bei ihr ausgelöst? Ihre Freundin hatte doch wohl nicht vor, sich das Leben zu nehmen, und vermittelte es auf diese Weise?

Sie musste unbedingt mit Jessica reden, bevor sie weiter packte, denn wenn es der Freundin schlechtginge, würde sie natürlich nicht fahren. Dann musste sie ihre Reise später im Herbst unternehmen, irgendwo im Ausland. Das würde genauso gut gehen. Oder sie ließ dieses Jahr ihre Reportage einfach mal ausfallen. Abgesehen von den Kindern, die Saras neueste Idee vorbehaltlos unterstützten, war Jessica die Einzige, für die Sara alles getan hätte. Wenn es Jessica schlechtging, ging es auch ihr nicht gut.

Als Jessica am nächsten Tag bei ihr klingelte, eilte Sara rasch zur Tür. Sie hatte es für besser gehalten, sie zu sich einzuladen, statt dass sie sich bei Jessica trafen, wo die Depression vielleicht in den Wänden saß.

»Wow, das ist ja richtig hübsch geworden«, sagte Jessica ohne die geringsten Anzeichen von Niedergeschlagenheit und ging geradewegs hinein.

Sara wünschte, Jessica hätte ihre hochhackigen Schuhe ausgezogen, denn sie hinterließen Abdrücke auf dem Parkett, aber sie traute sich nicht, sie darum zu bitten, weil sie nicht wusste, wie es ihrer Freundin wirklich ging. Sie war den Umgang mit Depressiven überhaupt nicht gewohnt und hielt es für das Beste, sie mit Vorsicht zu behandeln.

»Danke«, sagte sie. »Wollen wir uns in die Küche setzen?«

Sie fand selbst, dass es sehr schön geworden war, und auch wenn die Küche klein war, passte doch alles Wichtige hinein.

»Ich freu mich schon auf das Essen«, sagte Jessica und hob den Deckel von der Pfanne. »Mmmh, Curry?«

Sara nickte und nahm eine Flasche Mineralwasser aus dem Kühlschrank.

»Setz dich doch«, sagte sie. »Es ist alles fertig. Und dann müssen wir über dein Manuskript reden.«

Sie hatte eigentlich vorgehabt, es erst nach dem Essen anzusprechen, aber das hielt sie unmöglich aus. Sie würde keinen Bissen herunterbekommen, bevor sie gefragt hatte.

»Total gerne, aber erst muss ich was im Magen haben«, sagte Jessica. Sie sah aus wie immer.

Sara stellte Brot, Reis und Curry auf den Tisch und bat Jessica zuzugreifen.

»Kein Salat?« Jessica lächelte.

»Ach, da habe ich mich heute mal ganz nach dir gerichtet. Ich glaube, ich habe dich noch nie mit Grünzeug im Mund gesehen.«

»Ich esse nur, wovon man auch wirklich satt wird, also her mit dem Fleisch. Und, was sagst du zu dem Manuskript?« Sie nahm sich eine große Portion und sah Sara auffordernd an. »Jetzt sag schon!«

»Hast du vor, dich umzubringen?«

Mit einem Knall stellte Jessica ihren Teller ab.

»Bitte, was?«

»Ich dachte nur, es hörte sich in deinem Text so an.«

»Da verwechselst du mich mit meiner jungen, *sehr* sensiblen Protagonistin.«

»Die du sein könntest. Die Geschichte, die du erzählst, erinnert mich daran, wie du JP kennengelernt hast, also versuch's gar nicht erst. Dass du das eine oder andere hinzufügst, um zu vertuschen, dass du über euch schreibst, ist schlau, aber ich habe alles wiedererkannt, auch wenn ihr damals älter wart als die Figuren in deinem Buch.«

»Wenn ich eine Depression gehabt hätte, hättest du es doch mitbekommen«, sagte Jessica ruhig.

»Ach weißt du, ich habe so oft gehört, dass die Familien nichts gemerkt haben, bis es zu spät war.«

»Ja, das stimmt, aber ich schwöre, dass ich keine derartigen Pläne habe. Ich bin traurig wegen meiner Mutter und denke viel über meine Kindheit nach, ich finde es empörend, dass JP es wagt, sich auf schwedischem Boden mit einer anderen Frau zu zeigen, aber ich habe keine Depression. Ich bin vielleicht ein bisschen down, aber das ist etwas völlig anderes.«

»Aber du schreibst darüber.«

»Es ist ein Roman, keine Autobiographie.«

Sara atmete tief durch. Wenn Jessica es ihr versicherte, musste sie darauf vertrauen, dass es stimmte.

»Gut, dann hätten wir das geklärt, und ich kann dir sagen: Dein Text ist gut, richtig gut!«

»Findest du? Ist er nicht zu ernst?«

»Muss sie über Selbstmord nachdenken?«

»Nicht unbedingt.«

»Dann denk über dieses Detail noch einmal nach, schließlich soll es immer noch ein Unterhaltungsroman werden, oder?«

»Ja, aber Unterhaltungsliteratur muss immer menschlich sein, und es ist menschlich, über Selbstmord nachzudenken.«

Sara musterte sie aufmerksam.

»Woher weißt du das, wenn du selbst nie darüber nachgedacht hast?«

»Ich habe eine blühende Phantasie und bin sehr belesen.«

Sie sah Sara fest in die Augen.

»Ich finde, du solltest dennoch überlegen, ob du so weit gehen willst. Wie geht es weiter?«

Jessica lächelte süffisant. »Das kann ich dir leider nicht sagen, das weiß ich selbst noch nicht.«

»Komm mit auf meine Insel, vielleicht fällt es dir da ein.«

Jessica sah auf ihre Schuhe und dann auf Sara.

»Also heute kommst du wirklich auf die absurdesten Ideen.«

Als Jessica gegangen war, setzte Sara sich mit Stift und Notizbuch auf das Sofa. Sie hatte noch alte Packlisten, wollte diesmal aber eine neue erstellen. Proviant, Zelt, Streichhölzer und Kleidung. Dazu einen Mindestbedarf an Hygieneartikeln wie Seife und Shampoo, die man auch mit Salzwasser benutzen konnte, sonst würde sie es nicht aushalten. Stifte, Anspitzer, Zeichenblock sowie zehn Taschenbücher. Drei Kreuzworträtselhefte, zwei Angeln und einen Kescher. Wenn das Taxiboot sie auf der Insel absetzte, würde sie dem Fahrer ihr Telefon mitgeben, das war wichtig. Wenn sie Kontakt mit der Außenwelt aufnehmen wollte, musste sie sich an die Fahrrinne stellen und winken oder Rauchzeichen senden. Nach dreißig Tagen würde das Boot sie wieder abholen.

Es ging ihr darum, die völlige Einsamkeit auszuprobieren. Sie wusste nicht, wie es werden würde, wenn sie sich nur mit ihren eigenen Gedanken beschäftigen konnte, es schien ihr verlockend und zugleich beängstigend. Während ihrer bisherigen Expeditionen hatte sie das Alleinsein immer am schwierigsten gefunden, aber da waren wenigstens immer noch Menschen vor Ort gewesen, so dass sie sich nicht gänzlich verlassen fühlen musste. Und sie hatte immer ihr Handy gehabt, wenn es denn Empfang hatte. Diese Reise war darauf angelegt, wirklich dreißig Tage lang mit keinem Menschen zu reden. Was würde sie tun, wenn sie sich wieder den Fuß verstauchte? Darüber wagte sie gar nicht nachzudenken.

Die letzten Tage vor der Abreise vergingen wie im Fluge. Sie traf sich mit ihren Kindern zum Essen, mit jedem einzeln, damit sie wirklich Zeit für sich hatten. Das ergab sich mittlerweile nur noch selten, aber dieses Mal hatte Sara darauf bestanden.

Beim Abschied hatte sie geweint und gesagt, sie hoffe, dass sie sich wiedersehen würden. Wahrscheinlich sagte sie das vor jeder Reise, denn keines der drei schien es sonderlich ernst zu nehmen. Sie hatten sie umarmt und gesagt, sie solle sich melden, wenn sie wieder zurück wäre, und auf sich aufpassen, und dann waren sie gegangen.

Sie war fast ein bisschen enttäuscht, es schien ihr, als verstünde nur sie selbst, wie ernst es diesmal war. Auch wenn sie »nur« auf eine Insel im Stockholmer Schärengarten fahren würde, wie ihr Sohn säuerlich bemerkt hatte, so würde es doch unglaublich anstrengend werden. Oder furchtbar langweilig.

Als es klingelte, öffnete sie mit der Packliste in der Hand. Nie war sie von einem Besuch überraschter gewesen. Was um Himmels willen tat *sie* denn hier?

## 52

Jessica war einkaufen gewesen. Milch für den Kaffee und Ballerina-Kekse. Als sie die Haustür öffnete und plötzlich JP vor ihr stand, schrie sie auf und ließ vor Schreck die ICA-Tüte fallen.

Er lächelte schief. »Also mache ich immer noch Eindruck auf dich?«

»Ich habe mich einfach nur erschrocken, das ist alles. Was machst du hier?«

»Wir müssen reden.«

Jessica hob abwehrend die Hand. »Überhaupt nicht. Lass mich in Ruhe und geh wieder zu der Frau, mit der man dich in Stockholm gesehen hat. Wir beide sind fertig miteinander.«

»Was meinst du damit? Wir sind überhaupt nicht fertig miteinander.« JP bückte sich und hob die Tüte auf. »Wir müssen reden, habe ich gesagt, und dieses Mal lasse ich mich nicht abwimmeln. Also rein mit dir.« Er schob, ja stieß sie beinahe in den Aufzug und schloss das Gitter hinter ihnen. Dann drückte er auf die fünf.

»Das kannst du nicht tun, du kannst die Leute nicht zwingen, mit dir zu reden, wenn sie nicht wollen«, sagte Jessica. Der Aufzug war eng und JP sehr groß. Sie hatten kaum Platz. Sie spürte seinen Atem irgendwo auf Höhe ihres Kopfes, denn sie sah zu Boden. Sie atmete durch den Mund, um nicht den Duft seines Rasierwassers zu riechen.

»Doch, das kann ich. Es reicht mir nämlich. All die Jahre habe ich nach deiner Pfeife getanzt, versucht, irgendwie an dich heranzukommen, aber jedes Mal hast du mich zurückgewiesen.«

»*Ich* habe *dich* zurückgewiesen? Umgekehrt, mein Lieber, es war genau umgekehrt!«

Der Aufzug hielt, und er schob sie zur Tür, damit sie aufschließen konnte.

Normalerweise zog sie sich die Schuhe aus, wenn sie

zu Hause war, aber heute wollte sie sich größer und taffer fühlen, deshalb behielt sie sie an.

JP schloss die Tür hinter ihnen.

Sie drehte sich zu ihm um.

»Was willst du hier? Haben wir uns auch nur noch irgendetwas zu sagen? Du wolltest zur Beerdigung meiner Mutter kommen, stattdessen erzählt man mir, dass du in Arlanda mit jungen Frauen herumknutschst. Deshalb frage ich dich noch einmal: Was willst du hier?«

»Knutschen?« Er schüttelte den Kopf. »Du weißt genau, was ich will. Ich will, dass wir endlich reden. Wie viele Jahre sind seit Rhodos vergangen? Fünfunddreißig?«

»Sechsunddreißig«, murmelte sie.

»Siehst du, du hast es auch nicht vergessen, auch wenn du es all die Jahre versucht hast. Und ich habe das zugelassen. Willst du wissen, warum?«

»Nicht wirklich«, sagte Jessica. »Möchtest du Kaffee und …« Sie schaute in die Plastiktüte. »Kekskrümel?«

»Nur Kaffee, bitte.«

Er folgte ihr in die Küche.

»Felicia hat vor etwa einem Jahr Kontakt zu mir aufgenommen, und seitdem treffen wir uns.«

Sie hatte gerade zwei Tassen aus dem Schrank genommen, und ohne dass sie etwas dagegen tun konnte, fielen sie ihr jetzt aus der Hand. Es klirrte gewaltig, und tausende Scherben flogen durch die Küche.

»Entschuldige«, sagte sie, unfähig, sich zu bewegen.

»Bleib stehen. Wo hast du Schaufel und Besen?«

Sie zeigte zum Flur. Was meinte er damit, er würde sie treffen? Sie wollte es nicht wissen, es war ihr zu viel, nicht jetzt.

Sie folgte ihm, es knirschte unter ihren Füßen.

»Das mach ich selbst.« Sie nahm ihm den Handfeger aus der Hand. »Und ich möchte, dass du jetzt gehst.«

»Nein. Wir reden jetzt, und wenn ich mich wochenlang mit dir einsperren muss. Ich habe dich immer wieder entkommen lassen, weil ich dich liebe. All die Jahre habe ich mit dir gelitten, und erst jetzt ist mir aufgegangen, was für einen Bärendienst ich dir damit erwiesen habe. Jetzt ist deine Mutter tot, und deine große Entschuldigung gibt es nicht mehr. Jetzt musst du endlich selbst die Verantwortung für dein Handeln übernehmen.«

Sie kehrte und kehrte. Verfluchtes Porzellan. Ab jetzt würde sie nur noch Sachen fallen lassen, die aus Plastik waren.

»Hör auf zu kehren.« Er beugte sich vor und packte sie am Arm.

»Au, du tust mir weh.«

»Hör auf zu kehren, und schau mich an.«

Als sie sich weigerte, fasste er sie am Kinn und hob ihr Gesicht an. »Schau mich an, sag ich.« Sein Griff war fest, und sie konnte sich nicht losreißen, sie musste ihn ansehen.

»Setz dich«, sagte er und schleifte sie zu einem Stuhl.

»Drohst du mir?«

Er zuckte mit den Schultern. »Nenn es, wie du willst. Jedenfalls hörst du mir jetzt zu.«

Sie sackte auf dem Stuhl zusammen. Ohnehin hätte sie nicht länger stehen können. Ihre Beine versagten ihr den Dienst, als hätte JP allein durch seine Anwesenheit alle Kraft aus ihnen gezogen.

Und dann erzählte er von Felicia. Wie sie ihn aufgesucht hatte und wie er sich darüber gefreut hatte. Dass er sich die ganzen Jahre gefragt hatte, was wohl aus ihr geworden war. Sich gewünscht hatte, Jessica und er könnten über all das reden, was vor so vielen Jahren geschehen war. Als Felicia dann vor seiner Tür stand, hätte er begriffen, dass er handeln musste. Jetzt hatte sie ihn wieder besucht, mit ihr war er auf dem Flughafen in Arlanda gesehen worden.

»Ich liebe dich, ich habe dich immer geliebt. Du bist wie eine Droge, ein Gift für mich, dem ich nicht widerstehen kann. Und ich möchte nicht mehr so leben wie bisher, ich will mich nicht vor Sehnsucht nach dir verzehren, ich will Geborgenheit, ich will ein Leben mit dir. Aber solange du dich weigerst, mit mir über unsere Vergangenheit zu sprechen, kommen wir uns nicht näher – und dann will ich tatsächlich hier und jetzt Abschied von dir nehmen. Ich habe einfach genug. Es ist deine Entscheidung, Jessica.« Er stand auf und ging durch die Küche. »Also, was sagst du?«

Sie erhob sich ebenfalls. Begegnete seinem Blick und spürte, wie ihr die Beine zitterten.

»Ich will weder dir noch Felicia etwas Böses. Ich wünsche euch beiden ein glückliches Leben«, sagte sie leise, drehte sich um und ging in den Flur. Dann öffnete sie ihm die Tür.

Es war vorbei.

# 53

»We talk, you and me, Sara Raphael. I have information for you.«

Sara starrte Maria an, dann schaute sie auf die Uhr. In zwei Stunden kam das Taxi.

»Komm rein«, sagte sie. »Bitte, komm rein.«

Sie trat einen Schritt zur Seite, um die Italienerin vorbeizulassen. Maria sah anders aus. Lag es am Make-up? Den Kleidern? Der enge Rock brachte ihre Figur viel besser zur Geltung als die weiten, plissierten Röcke, die sie bei ihren bisherigen Begegnungen getragen hatte. Sie war beinahe schön und sah stolz aus. Das Haar trug sie hochgesteckt, und in den Ohrläppchen baumelten kleine Ringe. Eine völlig neue Maria, aber was tat sie hier?

»Danke. Ich muss jetzt Italienisch sprechen, unterbrich mich bitte, wenn du etwas nicht verstehst.«

Sara nickte.

»Komm rein«, wiederholte sie und wies in ihr einziges Zimmer. »Möchtest du ein Glas Wein?«

»Ja, gern.«

Sara zeigte auf das Sofa. »Setz dich, dann hole ich dir eins.« Die Gedanken drehten sich in ihrem Kopf. »Rot oder weiß?«, rief sie.

»Weiß, bitte.«

Sara kam mit der Weinflasche und einer Flasche Mineralwasser für sich selbst zurück. Sie setzte sich in den Sessel, um Maria in die Augen sehen zu können, während sie sprach.

»Ich bin immer noch ganz verblüfft, dich hier zu sehen.« Sie reichte Maria ihr Glas.

»Danke. Und ich bin noch ganz verblüfft darüber, dass ich mich getraut habe, Italien zu verlassen. Das hier ist meine erste Auslandsreise, ich bin zum ersten Mal geflogen.«

Sara begriff gar nichts. Wenn dies Marias erste Auslandsreise war, warum saß sie dann auf ihrem Ikea-Sofa, statt zum Beispiel durch Gamla Stan zu schlendern, was ja ein viel einleuchtenderes Touristenziel gewesen wäre?

Sara hatte Maria und Carlotta in der Küche gesehen und sofort gemerkt, wie unangenehm es Maria gewesen war, dass sie und Texas sie überrascht hatten. Deshalb waren sie schnell wieder hinausgegangen, hatten Saras Gepäck geholt und waren sofort losgefahren. Sie hätte nicht gedacht, dass Maria darüber würde reden wollen, aber das wollte sie offenbar, sonst wäre sie nicht gekommen.

»Nein, überhaupt nicht«, sagte Maria, als sie sie fragte, ob sie deshalb gekommen wäre. »Ich bin hier, weil ich dir erzählen will, was ich über deinen Großvater weiß.«

»Meinen Großvater? Kanntest du ihn?«

»Nicht besonders gut, aber ich habe ihn viele Male bei uns zu Hause gesehen. Ich weiß nicht, ob du weißt, dass er viele Jahre eine Liebesbeziehung mit Eros' und Carlottas Mutter hatte, mit der Gräfin. Meine Mutter schützte sie, bei uns konnten sie sich ungestört treffen.«

Sie musste sich wohl verhört haben? Davon hatte ihr Vater nie etwas erzählt!

»Während meine Großmutter noch lebte?«

»Nein, nein. Wie du dich vielleicht erinnerst, war deine Großmutter schon tot, als dein Großvater Eugenio auf dem Schloss zu arbeiten begann. Dein Vater war damals etwa zwanzig, vielleicht wohnte er da sogar schon in Schweden. Eugenio war fünfundvierzig und sah unglaublich gut aus. Ich glaube, alle Frauen, die auf dem Schloss gearbeitet haben, schwärmten für ihn. Doch sobald er und die Gräfin sich zum ersten Mal gesehen hatten, gab es nur noch sie beide.«

»Wusste Eros davon?«

»Er erfuhr es, als seine Mutter starb.« Maria trank einen Schluck und stellte anschließend ihr Glas ab.

»Wie hat er es aufgenommen?«

»Tja, er hat sie verflucht und sich anschließend geweigert, deinem Großvater zu geben, was ihm gehörte. Und wenn ich mich richtig erinnere, hat er auch noch ihr Schlafzimmer demoliert.«

»Du weißt also, dass mein Großvater Wein in ihrem Keller gelagert hatte?«

»Ja, natürlich. Und leider vermute ich, dass Eros jede einzelne Flasche zerschlagen hat, als seine Mutter starb.« Sie beugte sich vor und zog ein Bündel aus ihrer Tasche. »Hier sind alle Briefe, die dein Großvater der Gräfin im Laufe der Jahre geschrieben hat. Er hat sie alle zu uns geschickt.« Sie überreichte Sara den Stapel. »Aber ich habe nur einen einzigen Brief von der Gräfin an Eugenio.«

Sara schaute auf die Uhr. Sie musste ihre Reise auf die Insel umbuchen.

*Meine Liebste.*

So nannte Großvater die Gräfin in jedem Brief, den er ihr schrieb. Sara verstand nicht alles, aber Maria half ihr beim Lesen.

Was für eine Liebe! Sara schnürte es die Brust zusammen. Sie selbst hatte nie erlebt, was ihr Großvater in seinen Briefen beschrieb. *Deine Schönheit nimmt mir den Atem, und dein Duft ist noch immer an meinen Händen.* Wann hatte Danne jemals so etwas zu ihr gesagt? Nie. Doch Sara war auch nicht besser gewesen. Beim Lesen der Briefe begriff sie, dass Danne und sie in ihrer Ehe die Romantik völlig vernachlässigt hatten. Er hatte das vermisst, aber sie hatte es nie begriffen.

Unter Tränen las sie die Briefe. Über Großvaters Hass auf den Grafen, der die Gräfin schlecht behandelte, ihre beschwichtigenden Worte, mit denen sie eine gemeinsame Zukunft für sie beide ausmalte, wenn er wieder einmal darüber nachdachte, wie er sie retten könnte. Doch gleichzeitig hatten beide gewusst, dass ihnen keine gemeinsame Zukunft bestimmt war.

»Lies das hier«, sagte Maria und reichte ihr noch einen Brief. »Den hat sie ihm geschrieben.«

*Mein Liebster, der Du mein Herz in Händen hältst.*
*Mit Dir und nur mit Dir bin ich ruhig und heil.*
*Erinnerst Du Dich, wie sich unsere Blicke zum ersten Mal trafen? Wir waren auf der Galerie. Du kamst zur rechten Tür herein, ich zur linken. Wir blieben stehen, Dein Herz senkte sich in meines, und Du hattest mich erobert, ohne dass wir ein einziges Wort gewechselt hätten.*
*Einziger Zeuge unseres unvermittelten Einswerdens war einer meiner Ahnen, porträtiert von Raffael, deinem Namensvetter. Ist das nicht seltsam? Kannst Du Dich erinnern? Später bin ich viele Male auf die Galerie und zu diesem Bild gegangen, um um*

*die Erlaubnis zu bitten, Dich zu lieben. Sein sanfter Blick fragte nur, was ich denn für eine andere Wahl hätte. Ein Herz kann lieben, auch wenn ein Zusammenkommen unmöglich ist. Wie recht er hatte. Bis heute.*
*Ich möchte, dass Du und Deine Familie den unbekannten, aber signierten Raffael bekommen.*
*Ich glaube, meine Kinder begreifen dessen wirklichen Wert gar nicht, und selbst wenn, wäre es mir egal. Dieses Bild gehört Dir und mir, ich habe es in dem Haus versteckt, in dem wir uns immer treffen, und wenn ich vor Dir sterbe, sollst Du es bekommen. Ich habe es auf die Rückseite geschrieben, damit niemand meinen letzten Willen ignorieren kann.*
*Wenn Du dagegen vor mir stirbst, was Gott verhüten möge, so soll das Bild an Deine Familie gehen, an Deinen Sohn und dessen Tochter.*

Vorsichtig legte Sara den Brief hin und wandte sich Maria zu.

»Danke«, sagte sie. »Und wie traurig, dass dieser Brief meinen Großvater nie erreicht hat. Er hat immer von seinem Wein gesprochen, der im Keller des Schlosses lag, aber hiervon habe ich gar nicht gewusst. Weißt du, was mit dem Bild geschehen ist, und verzeih einem absoluten Laien, aber wer war Raffael? War er berühmt?«

Zum ersten Mal, seit sie sich auf das Sofa gesetzt hatte, lächelte Maria über das ganze Gesicht.

»Du weißt nicht, wer Raffael war?«

Sara schüttelte den Kopf.

Maria stand auf und ging in den Flur. Als sie zurückkam, hatte sie einen Koffer dabei. Sie legte ihn auf den Boden und öffnete ihn. Ganz zuoberst lag ein Paket, das sie Sara überreichte.

»Das Bild? Von diesem Raffael?«

Maria nickte. »Vorsichtig. Du hältst gerade ein paar hundert Millionen in der Hand.«

## 54

Wenn es wenigstens nicht immer so friedlich gewesen wäre! Es war furchtbar eintönig, nach zwei Wochen kannte Sara jeden Zentimeter der Insel. Und seltsam, wie schnell man Gewohnheiten entwickelte, das schien ein grundlegendes menschliches Bedürfnis zu sein.

Ein Tag war wie der andere. Bei Sonnenaufgang stand sie auf, und wenn die Sonne hinter den Baumwipfeln versank, legte sie sich schlafen. Bereits nach vierzehn Tagen war es schon anderthalb Stunden kürzer hell, und die Nächte wurden langsam kälter. Gott sei Dank war es wenigstens tagsüber noch warm. Ein paar Regentage hatte es zwar bereits gegeben, aber zum Glück nur sehr wenige, sonst hätte das Heimweh sie endgültig übermannt. Sie konnte ja gar nicht nach Hause, denn sie saß ohne jegliche Kommunikationsmittel in der Ostsee fest. Es war im Grunde genommen völliger Wahnsinn. Die nächste Fahrrinne war nicht einmal besonders frequentiert. Und so zuckte Sara jedes Mal zusammen, wenn sie Motorengeräusche hörte.

So wie jetzt. Sie spähte über die Bucht. Kam es von der anderen Seite? Wenn sie auf den Hügel hinaufkletterte, hatte sie einen Rundumblick. Das war toll. Aber Sara hatte diese Runde heute schon einmal gemacht, und ihr Fußgelenk tat immer noch weh. Sie holte die Dose mit Instant-Kaffee heraus und ging zur Feuerstelle. Sie schaute zur Sonne. Es musste etwa ein Uhr sein. Dann zerbrach sie ein paar trockene Zweige. Mit Wasserkanister, Streichhölzern und Toilettenpapier im Gepäck war es kein echtes Abenteuer, aber die Herausforderung dieses Mal war ja auch vor allem das Alleinsein. Dass es noch zwei ganze Wochen waren, schien ihr gerade unerträglich.

Zu viel war passiert, was sie daheim in Angriff nehmen musste.

Voller Eifer und als Dankeschön hatte sie der heimatlosen Maria angeboten, in ihrer Wohnung zu wohnen, solange sie auf der Insel war, sie stand ja ohnehin leer. Maria hatte sich so darüber gefreut, dass sie versprochen hatte, ihr Gefrierfach mit Brot und Pasta-Saucen zu füllen. Maria wollte ein paar Wochen in Stockholm bleiben, wenn sie schon einmal im Ausland war, und so sparte sie eine Menge Geld. Doch anschließend musste sie wohl wieder zurück nach Italien und sich dort eine Wohnung suchen. Möglichst weit vom Schloss entfernt.

Sara fiel plötzlich ein, dass sie gar nicht wusste, ob Maria einen festen Job hatte. In der Toskana hatten sie sich so wenig unterhalten, und speziell darüber hatten sie nie gesprochen.

Jessica hatte sofort eingewilligt, sich mit Maria zu treffen. In Gedanken war sie noch ganz mit ihrer Begegnung mit JP beschäftigt, und da Sara auf ihrer Insel war, hatte sie niemanden, mit dem sie darüber reden konnte. Deshalb erzählte sie Maria von JP, noch bevor sie in Gamla Stan eine Kneipe gefunden hatten.

Erst dann kam sie wieder zu sich und fragte Maria, wie es ihr eigentlich gehe. Jessica hatte sich viele Jahre mit ihrem Elend herumgeschleppt, aber Maria musste ja noch ganz unter Schock stehen, nachdem sie erst beinahe vergewaltigt worden und dann gezwungen gewesen war, Hals über Kopf ihr Zuhause zu verlassen.

»Ach, im Grunde bin ich mittlerweile froh darüber«, sagte Maria. »Ich wäre zwar gern dort wohnen geblieben, aber die Geschwister sind im Laufe der Jahre immer verrückter geworden, und ich will nichts mehr mit ihnen zu tun haben. Deshalb fühlt es sich eigentlich sogar gut an, viel besser jedenfalls, als ich erwartet habe. Fast befreiend.«

»Und was hast du jetzt vor?« Jessica drehte das beschlagene Bierglas in den Händen. Sie hatten einen Tisch im *Franziskaner* auf der Skepsbron gefunden. Es war ein schöner Spätsommerabend. Die extreme Hitze war vorüber, und die Waldbrände, die in den vergangenen Wochen die Nachrichten dominiert hatten, waren jetzt unter Kontrolle. Jessica hatte die heißen Tage gehasst, ihr Körper war für tropische Nächte einfach nicht gemacht. Zumindest nicht mehr. Nie hatte sie sich mehr danach gesehnt, zu frieren, als in diesem Sommer.

»Ich will mir ein kleines Haus kaufen. Eros und Carlotta wissen nicht, dass ihre Mutter mir so viel vererbt hat, dass ich bequem davon leben kann. Ich kann mir ein Haus und gutes Essen leisten. Es ist eine bessere Investition, als wenn ich für das Geld nach Amerika fahren würde, wie ich es erst vorhatte.« Sie lächelte. Wieder einmal war Jessica verblüfft, wie sehr ein Lächeln Marias Gesicht veränderte, wie zugänglich es sie plötzlich machte. Das etwas Barsche, das sie in der Toskana an ihr erlebt hatte, war immer noch da, aber seit sie nicht mehr gleich an die Decke ging, sobald man das Schloss erwähnte, war es viel einfacher, sich mit ihr zu unterhalten. Und vielleicht war sie ja auch gar nicht barsch, sondern eher energisch. Jessica war einfach nicht an Frauen gewöhnt, die anderen Grenzen setzten. Und das sagte eigentlich mehr über sie selbst und ihr Umfeld aus als über Maria.

Nicht einmal Sara, die Jessica eigentlich als verhältnismäßig direkt erlebte, verzichtete auf die typischen Ausweichphrasen, wenn sie eigentlich nein sagen wollte. Jessica glaubte nicht, dass Maria den Begriff »weiße Lügen« verstehen würde, und eigentlich verstand sie ihn auch selbst nicht. Eine Lüge war eine Lüge, welche Farbe sie auch haben mochte.

Ihr ganzes Leben hatte sie gelogen.

Ihre Mutter hatte sie belogen. Und Sara. Und natürlich JP. Doch am schlimmsten hatte sie sich selbst belogen, indem sie so getan hatte, als hätte sie mit ihrem eigenen Leben nichts zu tun. Immer hatte sie anderen die Verantwortung überlassen und selbst die Augen fest verschlossen.

Wenn sie jetzt eine Art Fazit zog, sah sie ein, dass es nichts gebracht hatte. Man kann seiner Vergangenheit nicht entfliehen. Ihr zumindest war es nicht gelungen.

Der Schmerz war immer da, und JP hatte ihn sowohl immer wieder geweckt als auch für kurze Augenblicke gelindert. Dennoch wusste sie, dass es damals die richtige Entscheidung gewesen war. Das war es auch gar nicht, was ihr so weh tat. Sie hatte die Konsequenzen nur nicht absehen können, dazu war sie viel zu jung gewesen. Und bevor sie JP wiederbegegnet war, konnte sie sich einreden, es ginge ihr gut. Trotz allem. Dass sie es nicht wagte, sich an jemanden zu binden, wirkliche Nähe zuzulassen, hatte sie nie gesehen. Es lag ja niemals an ihr, es waren immer die anderen gewesen, die an allem schuld waren.

Erst allmählich hatte sie begriffen, dass sie selbst nie jemandem nahekam. Im Gegensatz zu ihren Freunden. Stattdessen schrieb sie über ihre Gefühle, wenn auch nicht über die, die am meisten schmerzten. Aber über ihre Sehnsucht konnte sie schreiben, so dass schließlich Bücher daraus wurden.

Vielleicht hatte sie schon immer über sich geschrieben? Sich in ihren Büchern mit Menschen und Problemen auseinandergesetzt, mit denen ihr das im Alltag nicht gelang, weil sie andere belog und so tat, als wäre ihr Leben in bester Ordnung?

JPs Besuch hatte alles auf den Kopf gestellt. Sie wusste, dass er es diesmal ernst meinte. Es war ein anderer Mann gewesen, der da vor ihr gestanden hatte, und obwohl er all ihre Ängste herausgefordert hatte, hatte sie sich ihm näher gefühlt als je zuvor. Seltsam. Er hatte ihr die Hand gereicht, um ihr Geborgenheit zu bieten, doch sie hatte sie endgültig ausgeschlagen.

Anschließend hatte er sich nicht mehr bei ihr gemeldet; sie hatte gewusst, dass es so kommen würde.

Sie hatte gedacht, sie würde Erleichterung empfinden. Zwar hatte sie damit gerechnet, dass sie die Vorfreude auf das nächste Treffen vermissen würde, doch dass sie vor Schmerz geradezu vergehen würde, das war ihr niemals in den Sinn gekommen.

»Deine Augen sind traurig, Jessica Romin.« Maria sah sie bekümmert an. »Du siehst traurig aus, obwohl du versuchst, mich mit deinen Worten zu täuschen.«

Jessica erwiderte ihren Blick und spürte, wie sich ihre Augen mit Tränen füllten. »Man sieht es mir an, oder?« Sie hob ihr Glas, um sich die Kehle anzufeuchten, die sich schon wieder zusammenschnürte. Aber es funktionierte nicht, sie musste es absetzen, die Tränen brachen sich gewaltsam Bahn.

Maria zog ein paar Taschentücher aus ihrer Handtasche und reichte sie Jessica. »Du darfst mir gern die ganze Geschichte erzählen. Aber weiß Sara, was du gerade durchmachst?«

Jessica schüttelte den Kopf und schnäuzte sich. »Ich habe sie viele Jahre angelogen.«

»Ich nehme an, du hattest deine Gründe?«

»Ja, aber nur egoistische.«

»Sara Raphael ist ein guter Mensch. Sie wird dich nicht verurteilen, sie wird dich verstehen. Ich weiß es. Beste Freundinnen sind so.«

# 55

Anders lag unter seiner Maschine, als Texas in die Werkstatt trat.

»Du hast doch nicht vergessen, dass wir uns heute treffen wollten?«

»Nein«, sagte Anders und drehte ächzend die Mutter fest. »Aber es wär toll, wenn ich das hier noch eben fertigmachen könnte. Kannst du noch fünf Minuten warten?«

»Kein Problem.«

Texas schaute sich um. So eine Werkstatt hatte er sich auch immer gewünscht, aber als er die Möglichkeit dazu gehabt hätte, damals, als sie noch das Haus hatten, hatte er nie Zeit gehabt, sich eine einzurichten. Stattdessen frickelte er hier bei Anders, der weiterhin nicht vorhatte, das Haus zu verkaufen, obwohl er inzwischen alleine dort wohnte. Und das würde auch so bleiben, wie er versicherte, er genoss es, tun und lassen zu können, wozu er Lust hatte.

Das verstand Texas gut. Er hatte selbst gedacht, dass es durchaus seine Vorteile hatte, wenn man kommen und gehen konnte, wie man wollte. Doch seit er Sara getroffen und sich in sie verliebt hatte, empfand er das Alleinleben oft als trostlos.

Er strich über die Schraubenzieher, die der Größe nach an der Wand hingen. Anders war ein sehr ordentlicher Mensch. Texas selbst nahm es zwar genau, was seine Kameras anging, aber seine Schraubenzieher, und seien es auch noch so viele, hätte er immer in Dosen verwahrt, statt sie an der Wand aufzuhängen.

»Was würde eigentlich passieren, wenn ich dein System ein bisschen durcheinanderbringe?«, fragte er neckend.

»Tja, ich würde wohl so tun, als wäre es mir egal, und wenn du weg wärst, würde ich alles wieder in Ordnung bringen. Du hast so was ja schon immer gern gemacht, auch als wir noch Kinder waren.« Anders setzte sich auf.

»Das ist mir übrigens neulich erst wieder aufgefallen: Wir kennen uns schon seit vierzig Jahren. Vielleicht sollten wir das irgendwie feiern? Zusammen in Urlaub fahren oder so?«

»Nee du, jetzt gibt's erst mal keinen Urlaub, darauf kann ich gerade gut verzichten.« Texas lächelte schief und fummelte ein bisschen an dem Werkzeug herum.

»Es hat dich ziemlich erwischt, oder?« Anders stand auf und ging zum Waschbecken, dabei ließ er Texas nicht aus den Augen.

»Sara? Ja. Schon merkwürdig. Dabei ist sie eigentlich gar nicht mein Typ.«

»Doch, finde ich schon. Ich würde eher sagen, deine Exfrau war nicht dein Typ.«

»Denkst du?«

»Ja. Ich mochte sie, aber ihr hattet wenig gemeinsam. Zumindest wirkte es so auf mich.«

»Seit wann weißt du was über Gemeinsamkeiten zwischen den Leuten?« Texas lachte.

Er setzte sich auf die Bank unterm Fenster und streckte die Beine. Seine Jeans hatten Löcher an den Knien. Das war ziemlich unreif von ihm, aber Texas mochte sie, und es kümmerte ihn nicht weiter, wie er aussah. Jeans und T-Shirt passten ja meistens. Während

Anders bestimmt hundert Hemden im Schrank hatte, hatte Texas drei. Ein kariertes, ein gestreiftes und ein weißes.

»Hattest du noch mal Kontakt mit Sara?« Anders trocknete sich die Hände ab.

»Nein, für mich geht so was nicht. Ich will mehr von ihr. Kumpel habe ich genug.«

»Ich wusste gar nicht, dass du dich wieder binden willst, dachte, es gefällt dir ganz gut, solo zu sein. Du kümmerst dich ja noch nicht einmal um ein vernünftiges Sexleben, so wie ich.« Anders lächelte breit.

»Vielleicht sollte ich das ja mal tun, um über sie hinwegzukommen. Ich habe mich beinahe zum Affen gemacht, habe sie quasi auf Knien angefleht, mich zu mögen. Furchtbar.«

Er dachte nicht gern daran zurück. Es war ihm richtiggehend peinlich, schließlich hatte sie ihn klar und deutlich abgewiesen. Am Anfang hatte es noch so ausgesehen, als hätte er eine Chance, aber seit sie wieder in Schweden gewesen waren, ging irgendwie gar nichts mehr. Umso unangenehmer war ihm jetzt seine Hartnäckigkeit.

»Ich geh nur schnell duschen, dann können wir los«, sagte Anders. »In eine Kneipe natürlich, etwas anderes kommt ja nicht in Frage.« Er sah auf Texas' löchrige Jeans. »Komm mit ins Haus, ich hab ein paar Bier kaltgestellt.«

Das Lokal war überfüllt und heiß, und Texas konnte kaum sein eigenes Wort verstehen. Aber das machte nichts, der Alkohol machte ihn angenehm gleichgültig. Er hatte noch einen Monat frei, das kam ihm gerade furchtbar lang vor. Vielleicht täte es ihm wirklich gut, eine neue Frau kennenzulernen? Eine, die ihn von Sara ablenken konnte, eine, die ihn wirklich haben wollte, nicht nur als Lebensretter.

Er sah sich in der Kneipe um. Es waren mehr Männer als Frauen hier. Vielleicht, weil überall auf den Bildschirmen Fußball lief. Er interessierte sich überhaupt nicht für Sport. Zwar trainierte er und hatte seit seiner Wehrdienstzeit nur wenig zugenommen, aber sich all das Zeug anzusehen, das Anders gerne sah, dazu hatte er keine Lust.

Er lehnte sich zu Anders hinüber. »Wenn du willst, dass ich eine Frau kennenlerne, hast du das falsche Lokal gewählt.«

»Das fällt mir auch gerade auf. Wollen wir noch woanders hingehen?«

Texas trank den letzten Schluck aus seinem Glas und wollte gerade aufstehen, als er eine Hand auf seiner Schulter spürte.

»Texas? Hallo. Mensch, das ist ja lange her!«

Texas drehte sich um.

»Hallo, Cathrin, na das ist ja eine Überraschung! Ist Thorsten auch hier?« Seit sie umgezogen waren, hatte er seine ehemaligen Nachbarn nicht mehr gesehen. Seltsam eigentlich, dass man viele Sommer lang beinahe jeden zweiten Abend zusammen grillte und dann nichts mehr voneinander hörte, wenn man umgezogen war.

»Wusstest du das nicht? Thorsten ist tot. Vor zwei Jahren hatte er einen Herzinfarkt.«

»Nein, davon habe ich nichts gehört. Das tut mir sehr leid. Wie geht es dir?«

»Besser. Zumindest kann ich mich wieder dazu aufraffen, die Wohnung zu verlassen. Ich bin nach Thorstens Tod nach Sollentuna gezogen, konnte einfach nicht allein im Haus wohnen bleiben. Und ihr habt euch scheiden lassen, habe ich gehört?«

Er nickte. »Ja, schon vor einer ganzen Weile.«

»Keine neue Beziehung?« Sie lächelte. Er hatte sie und Thorsten gemocht. Sie waren die unaufdringlichsten Nachbarn in der Straße gewesen. Auf die anderen hätte er durchaus verzichten können.

»Nein, und du?«

»Nein, und ich suche auch nicht wirklich danach. Es genügt mir fürs Erste, dass ich überhaupt wieder ausgehe. Das ist übrigens meine Freundin Camilla.« Eine blonde Frau, die hinter ihr stand, streckte die Hand aus.

Anders, der bis hierhin noch kein Wort gesagt und sich auf das Fußballspiel konzentriert hatte, während Texas sich mit Cathrin unterhielt, streckte ebenfalls seine Hand aus und stellte sich vor. »Hallo, ich bin Anders. Wir wollten gerade noch woanders hingehen, kommt ihr mit?«

Er machte ein unschuldiges Gesicht. Texas sah ihn scharf an. Er würde doch nicht eine Frau anbaggern, die gerade erst Witwe geworden war? Das wäre ziemlich unfein.

Doch er vertraute ihm. Und als er sah, dass Anders der Blondine unauffällig näher gerückt war, war er beruhigt.

»Was haltet ihr von einer Hotelbar?«, fragte Anders. »Da ist es meistens etwas ruhiger. Die Frage ist nur, ob sie Texas überhaupt reinlassen.«

»Ich finde, er sieht gut aus«, sagte Cathrin und

klopfte Texas auf die Schulter. »Du hast immer schon gut ausgesehen.«

Er wusste nicht, was er darauf antworten sollte. Sollte er das Kompliment erwidern? Er hatte nie über ihr Aussehen nachgedacht. Aber es stimmte, sie war wirklich okay. Groß und schlank, genau wie es ihm gefiel.

Oder gefallen hatte. Bis eine dunkelhaarige, ziemlich kleine Frau dieses Bild über den Haufen geworfen hatte.

Er begnügte sich deshalb mit einem Lächeln. Sie war nicht auf irgendetwas aus, und er musste keine Spielchen spielen, für die er ohnehin keine Kraft hatte.

Die Hotelbar am Slussen war leer bis auf zwei Männer, die Geschäftliches zu besprechen schienen.

Anders und Camilla setzten sich nebeneinander und waren bald ganz vertieft in ein Gespräch über Gartenpflege. Der Barmann brachte das bestellte Bier.

Cathrin hob ihr Glas. »Auf einen schönen Abend. Es ist wirklich lange her.«

Sie trank einen großen Schluck und ließ Texas' Blick dabei nicht los. Dann stellte sie das Glas ab, zog ihren Hocker näher zu seinem und lehnte den Kopf an seine Schulter.

Das fühlte sich gar nicht mal so schlecht an. Sie war wirklich eine nette Person.

Texas fühlte sich ein bisschen benebelt. Aber bis nach Hause waren es zu Fuß nur ein paar Minuten, und bisher hatte er keine Eile. Er legte einen Arm um sie. Auch das fühlte sich gut an. Sie waren ehemalige Nachbarn, Cathrin war nett und hatte ihren Mann verloren. Er drückte sie an sich.

»Du bist eine tolle Frau, Cathrin.« Lallte er etwa ein bisschen? Es fühlte sich an, als wäre seine Zunge etwas dicker als sonst. Er lachte. »Ich glaube, ich bin ein bisschen beschwipst.«

Sie lächelte und legte eine Hand auf seinen Oberschenkel. »Ich auch. Keine Ahnung, wie ich nach Sollentuna zurückkommen soll. Vielleicht hast du ein Bett für mich frei?«

Ihre Blicke trafen sich, und mit einem Mal veränderte sich alles. Er wäre niemals, wie betrunken er auch sein mochte, auf die Idee gekommen. Aber war es wirklich so verkehrt, wenn sie doch beide allein waren und beide wollten? Wenn sie zudem den ersten Schritt gemacht hatte?

Als sie sich zu ihm hinüberbeugte und sich ihre Lippen beinahe trafen, beschloss er, dass es gut wäre, mit ihr ins Bett zu gehen.

Er war so mit diesem Gedanken beschäftigt, dass er gar nicht merkte, wie er vom Barhocker glitt. Und erst als er auf seinem verdrehten Handgelenk landete, schien es ihm plötzlich keine gute Idee mehr zu sein.

## 56

Normalerweise hätte sie sich nicht erschrocken, wenn plötzlich ein »Huhu« ertönt wäre, aber da es von einem Hügel auf einer einsamen Insel kam, stockte ihr einen Moment das Herz. Als sie jedoch sah, wer da kam, stand sie schnell auf und hüpfte aufgeregt auf und ab.

»Das ist ja nicht normal, wie lang man für eine Tasse Kaffee mit dir unterwegs ist«, rief Jessica und kletterte vorsichtig die Felsen hinunter. Sara hüpfte, tanzte und lachte abwechselnd, bis die Freundin endlich bei ihr war. Dann warf sie sich ihr in die Arme.

»Was machst du denn hier? Das ist wahrscheinlich die beste Überraschung, die ich je erlebt habe. Wie hast du hierhergefunden? Du bist verrückt. Wo ist dein Gepäck?« Sara sah über Jessicas Schulter auf die Handtasche, die sie am Feuer abgestellt hatte.

»Gepäck? Nein, ich bin nur zum Kaffeetrinken gekommen. Das Taxiboot wartet auf der anderen Seite«, sagte sie und setzte sich hin. »Ich trage Jogginghosen und Turnschuhe, reicht das nicht als Zugeständnis für das Inselleben?«

Sara setzte sich neben sie und nahm sie in den Arm. »Erzähl schon. Du würdest doch nicht herkommen, wenn es nicht absolut dringend wäre.«

»Ha, du meinst, ich käme nicht einfach nur vorbei, um nach dir zu sehen?«

»Auf keinen Fall!« Sara lächelte. »Aber das macht nichts, meine Gründe dafür, dich hier haben zu wollen, sind genauso egoistisch: Ich halte es mit mir selbst einfach nicht mehr aus.«

»Okay, es gibt einen Grund für meinen Besuch, aber es ist auch wirklich so, dass ich dich liebe. Ich habe mich mit Maria unterhalten, sie ist so eine kluge Frau. Sie meinte, ich solle mich an meine beste Freundin wenden, beste Freundinnen würden einen nicht verurteilen. Du weißt doch, dass du meine beste Freundin bist?«

Jessica sah sie fragend an.

»Ja, das weiß ich.« Sie drückte sie noch einmal kurz an sich. »Jetzt erzähl schon.«

»Es hat mit JP zu tun.«

»Natürlich.«

»Und mit jemandem namens Felicia. Ich habe es noch nie jemandem erzählt, also hab ein bisschen Geduld, wenn die Details etwas verworren sind. Es begann jedenfalls vor fünfunddreißig Jahren auf Rhodos.«

»Rhodos?«

»Ein Jahr bevor wir beide uns kennengelernt haben. Du erinnerst dich doch, dass ich eine Klasse wiederholen musste und dass wir deshalb in derselben Stufe landeten?«

»Ja, stimmt«, Sara versuchte sich zu erinnern. »Du warst ein Jahr im Ausland zur Schule gegangen. Paris?«

»Das war gelogen. Ich bin auf Rhodos gewesen, war von zu Hause ausgerissen. Das einzig Rebellische, was ich je in meinem Leben getan habe. Meine Mutter hat es mir nie verziehen.« Jessica verzog das Gesicht. »Es war nach dem Tod meines Vaters, ich habe es zu Hause einfach nicht mehr ausgehalten. Also habe ich so viel Geld wie möglich gespart und habe eine Pauschalreise nach Rhodos gebucht. Eigentlich wollte ich nur eine Woche dort bleiben, aber schon am zweiten Tag habe ich JP kennengelernt.«

»Du hast ihn in Griechenland getroffen? Wie alt warst du denn da? Ich dachte, du wärst um die zwanzig gewesen, als ihr euch kennengelernt habt?«

»Ich war sechzehn. Jedenfalls ...« Sie hielt inne und nahm Saras Hand. »Versprich mir, dass du nicht böse wirst, über das, was ich dir jetzt erzähle.«

»Ich verspreche es.« Sara drückte ihre Hand. »Und jetzt fang noch mal von vorne an.«

»Wie hast du das nur ausgehalten?«, war das Erste, was Sara anschließend fragte.

»Ich habe einfach nicht mehr daran gedacht. Und dann habe ich immer geglaubt, es wäre die richtige Entscheidung gewesen, für alle Beteiligten.«

»Und als JP wiederaufgetaucht war?«

»Da habe ich ihn genauso geliebt wie damals. Aber sobald er darüber reden wollte, habe ich abgeblockt, das erkenne ich jetzt im Nachhinein. Ich muss wissen, was du von dem Ganzen hältst. Denn ich bin einfach nur verwirrt.«

»Ich glaube, du willst darüber sprechen, aber du traust dich nicht. Vielleicht hast du Angst, etwas zu verlieren. Aber JP liebt dich und hat all die Jahre gewartet. Es ist genau wie in deinen Büchern. Und dass Felicia eines schönen Tages ihre Mutter würde treffen wollen, muss dir doch auch klar gewesen sein?«

»Ich hatte gedacht, alle Angaben wären anonym und das Adoptivbüro würde sie niemals herausgeben.«

»Hast du selbst dir denn nie gewünscht, sie wiederzusehen?«

»Doch. Gerade am Anfang mit jeder Faser meines Körpers. Ich durfte sie ein paar Stunden im Arm halten und kann mich immer noch an ihren Geruch erinnern. Aber dann, glaube ich, habe ich es einfach nicht mehr ausgehalten, sie zu vermissen, und schließlich habe ich das Schreiben gefunden. Es wurde zu meiner Glaskuppel, unter der ich alles ausblenden konnte, was nicht mit dem Text zu tun hatte. Ich bin ziemlich gut darin, Gefühle auszublenden, darüber könnte ich Kurse geben.«

»Was hat JP denn gesagt?«

»Damals, meinst du? Tja, was sollte er sagen, er war genauso jung wie ich. Seine Eltern waren großartig, und beide haben geweint, als ich kurz nach der Geburt nach Hause fuhr, immerhin hatten sie sich neun Monate lang um mich gekümmert. Und ihr Enkelkind zu verlieren war bestimmt ebenso hart, obwohl auch sie damals fanden, es wäre eine gute Entscheidung, wenn Felicia neue, erwachsene Eltern bekäme. Sie haben mir nie etwas vorgeworfen. Nicht einmal, dass ich ihren Sohn ins Verderben gezogen hätte. Seine Mutter ist Schwedin, hab ich das erzählt?« Ihr Kopf sank an Saras Schulter. »Ach Sara, was soll ich nur tun? Ich bin so traurig und es tut so weh. Manchmal habe ich das Gefühl, ich zerbreche daran. Und wie soll Felicia mir je vergeben?«

»Das wird sie vielleicht nie«, antwortete Sara. »Aber wenn du sie nicht triffst, bekommt sie nie die Gelegenheit, dir zu sagen, was sie empfindet. Wenn du ihr wirklich etwas geben willst, dann ist es das Beste, was du tun kannst.«

Es war hart, allein auf der Insel zurückzubleiben. Sara hatte überlegt, mit Jessica nach Hause zu fahren, aber sie brauchte noch ein wenig Zeit allein mit sich selbst, obwohl sie die Sonnenuntergänge gründlich satthatte. Genauso wie Lagerfeuer, wie sie sich eingestehen musste, als sie neue Zweige zum Anzünden suchte.

Sie dachte an das Gespräch mit Jessica zurück. Daran, wie wichtig es war, dass jemand einem zuhörte. Was sie jetzt beschäftigte, war, dass sie möglicherweise auch Danne niemals richtig zugehört hatte. Darüber musste sie nachdenken. Vielleicht hätte es nichts geändert, und ganz bestimmt hätte sie deshalb keinen anderen Beruf ergriffen, aber sie war immer gleich in Verteidigungsstellung gegangen, wenn Danne mit ihr reden wollte. Hatte immer alle möglichen Argumente angeführt. Nie hatte Danne sagen können, was er eigentlich empfand, das begriff sie jetzt erst. Immer hatte sie ihre Reisen im Kopf gehabt, immer Angst gehabt, damit aufhören zu müssen. Als hätte ein Zuhören zwangsläufig dazu geführt, dass sie ihrer Leidenschaft nicht mehr nachgehen konnte. Sobald sie argumentierte, war er verstummt, und zuletzt war ihre Ehe daran zerbrochen. Es war ebenso ihre Schuld wie seine.

Sara sprang auf ein paar Zweigen herum, um sie kleinzukriegen, und bald hatte sie einen ganzen Armvoll. Auf der Speisekarte stand Erbsensuppe. Ihr Magen hatte sich daran gewöhnt, es machte satt.

Nachts träumte sie allerdings von Rindersteaks. Und von Texas. Auch wenn sie wach war, war er allgegenwärtig, dennoch bereute sie ihre Entscheidung nicht. Zumindest nicht in der vierundzwanzigsten Stunde des Tages. Die übrigen dreiundzwanzig dagegen fragte sie sich, wie sie so dumm hatte sein können.

# 57

Maria gefiel es in Schweden. Jeden Morgen nahm sie die U-Bahn in die Stadt und bummelte herum, bis sie Hunger bekam. Dann frühstückte sie irgendwo. Sie hatte beschlossen, es wie die Schweden zu halten: ein Butterbrot und ein Glas Saft. Nur der Kaffee hier schmeckte ihr nicht. Sie konnte einfach nicht verstehen, was die Schweden an dieser dünnen braunen Brühe fanden. Sie wollte Espresso. Doch den bekam man auch in Stockholm. Und so hatte sie kein bisschen Heimweh.

Eros war offenbar völlig durchgedreht. Sie hatte mit einer Freundin telefoniert, und die hatte gemeint, es wäre wohl besser, wenn Maria noch eine Weile in Stockholm bliebe. Die Polizei war auf dem Schloss gewesen, und genau wie Maria vermutet hatte, hatte Carlotta sich auf die Seite ihres Bruders gestellt und behauptet, Maria hätte gelogen. Anschließend hatte Eros gesagt, er wolle mit Maria reden, es könne schließlich nicht sein, dass sie derartige Gerüchte über ihn verbreite. Zumal seine Familie sich stets so rührend um sie gekümmert hätte, sie unter ihre Fittiche genommen und für einen Spottpreis in dem Haus hätte wohnen lassen. Und das sei nun also der Dank …

Aber niemand glaubte ihm, wie Marias Freundin versicherte.

Heute wollte sie sich mit Anders treffen. Jessica hatte das angestoßen. Sie hatte gemeint, die beiden hätten sich doch in Italien so gut verstanden. Und so hatte sie ihr die Telefonnummer besorgt. Anders klang erfreut und hatte vorgeschlagen, sie könnten sich doch gleich am Sonntag sehen.

Um zwölf waren sie im Djurgården verabredet, und so ging sie nach einem Frühstück in einem kleinen Café den Strandvägen entlang zum vereinbarten Treffpunkt. Von dem gewaltigen Regenschauer des Vortags war nichts mehr zu spüren, der Himmel war leuchtend blau. Ein wunderschöner Spätsommertag.

Sie sah ihn schon von weitem und hob grüßend die Hand, und er eilte ihr über die Brücke entgegen.

»Wie schön, dich zu sehen, Maria, du siehst gut aus«, sagte er und küsste sie auf die Wangen. »Ich habe viel an dich gedacht.«

»Danke gleichfalls«, sagte sie und spürte, wie sie rot wurde. »Ich freue mich, dass du Zeit für mich gefunden hast.«

Anders bot ihr seinen Arm. »Das Vergnügen ist ganz meinerseits.«

Maria war stolz, neben ihm herzugehen. Er sah unheimlich gut aus und war bestimmt zehn Zentimeter größer als sie, dabei war sie schon ziemlich groß.

Sie überlegte, wohin er sie wohl führen würde, aber eigentlich spielte es gar keine Rolle. Maria hielt seinen Arm ganz fest. Genau wie bei ihren Begegnungen zuvor in ihrem Haus verspürte sie das Bedürfnis, ihn anzufassen. Merkwürdig. So hatte sie schon seit Jahren nicht mehr empfunden. Und sie hatte auch nichts vermisst.

Jetzt hatte sie ein enganliegendes Kleid an und fühlte sich richtig attraktiv. Das Haar hatte sie hochgesteckt und sich zur Feier des Tages auch die Augen geschminkt. Das alles hatte sie ihm zuliebe getan, damit sie ihm gefiel.

Gröna Lund hieß der Ort. Sie hatte ihn schon auf dem Stadtplan gesehen, aber keine Lust gehabt, allein in den Vergnügungspark zu gehen.

»Keine Angst«, sagte er, als sie die Geisterbahn betraten. »Ich pass auf dich auf.«

Ihr wurde ganz heiß, als er das sagte, und er hielt sein Versprechen.

Er hielt sie ganz fest, und sie legte den Kopf an seine Schulter und wollte die Geisterbahn nie wieder verlassen.

Anschließend aßen sie Zuckerwatte, und als ihr ein Stück davon am Mund hängen blieb, wischte er es sorgfältig ab, dann streichelte er ihre Wange. Als er dann lächelte und meinte, nun sei es Zeit für den Liebestunnel, meinte sie, ihr Herz hören zu können.

Er stieg in das Boot und half ihr, sich vor ihn zu setzen. Und als sie den Kopf an seine Brust lehnte, drehte er ihr Gesicht zu sich. Vorsichtig näherte er sich ihrem Mund, und als ihre Lippen sich trafen, legte sie eine Hand um seinen Nacken und stöhnte leise auf. So etwas hatte sie noch nie erlebt.

Als sie wenig später aus dem Boot taumelten, hatte Maria sich entschieden.

»Anders, we go to your house. We have sex. Lots of lots of sex. Than I cook food for you. Italian food. After that, if you like the sex and the food, I can stay the rest of my life. Okay?«

Er antwortete nicht, aber er lächelte, und Maria deutete das als Zustimmung.

# 58

Sara war froh, ihr Abenteuer glücklich überstanden zu haben, aber ob die Zeitung eine Reportage annehmen würde, in der es hauptsächlich um das Innenleben der Verfasserin ging, blieb abzuwarten. Es war das Persönlichste, was sie je geschrieben hatte. Sie hatte versucht, alles andere auszuschließen und sich ganz auf sich selbst zu konzentrieren. Sie fand, dass es ihr gut gelungen wäre, besser konnte sie über diese besondere Reise nicht schreiben. Sie schickte den Text ab und stand auf. Gleich nach ihrer Rückkehr hatte sie sich an den Computer gesetzt, um den Gefühlen noch möglichst nah zu sein. Jetzt musste sie langsam in den Alltag zurückkehren.

Die Waschküche befand sich unten im Keller. Damit konnte sie eigentlich gleich beginnen. In ihrem kleinen Badezimmer war kein Platz für die Waschmaschine gewesen, aber das machte ihr nichts aus. Es ging schnell hier, und die verfügbare Zeit am folgenden Tag passte ihr gut.

Anschließend ging sie in den Supermarkt und füllte den Einkaufskorb mit allem, was sie vermisst hatte: Tomaten, Prosciutto, Knoblauch, Eier, Rucola, Hühnchen, Orangensaft, Obst, Milch und Kaffee.

Maria hatte ihr Versprechen gehalten und Saras Eisfach mit köstlichem Brot gefüllt. Auf der Anrichte lag eines zum Auftauen und wartete nur auf Olivenöl, Schinken und Tomaten.

Über den Zettel, den sie auf dem Küchentisch gefunden hatte, musste sie immer noch lächeln: *I love*

*Anders. I move in his house. Bye, bye, Italy. Talk soon. Kisses.*

Wie wunderbar, so spontan sein zu können! Maria war echtes Fleisch und Blut, Temperament und Leidenschaft, Sara liebte das. Ich bin ein Feigling, sagte sie zu sich selbst und holte Hammer und Nagel heraus. Sie wollte das Bild aufhängen. Sara glaubte nicht an Marias Einschätzung, es war schließlich unmöglich, dass ihr Großvater ein so wertvolles Geschenk erhalten haben sollte. Aber es gefiel ihr und passte genau an die schmale Wand zwischen den beiden Fenstern. Irgendwann würde sie es schätzen lassen, aber im Moment hatte sie anderes zu tun.

Sie würde ihn anrufen und fragen, ob er sich vorstellen könne, sich mit ihr zu treffen. Ihr Magen flatterte nervös, wenn sie nur daran dachte. Da waren die Gespräche mit den Kindern deutlich einfacher. Wenn doch mal alle zusammen zu ihr kommen und sie zusammen essen könnten?

Er klang überrascht, aber auch erfreut, als sie anrief, und nahm ihre Einladung an. Sie hörte nicht den leisesten Zweifel in seiner Antwort. Eine Stunde bevor er kommen sollte, stieg sie in die Dusche und blieb dort so lange stehen, bis alles warme Wasser aufgebraucht war. Sie wusste nicht, warum es ihr wichtig war, für ihn gut auszusehen, aber als sie sich die Augen schminkte, spürte sie, wie ihr Selbstvertrauen wuchs. Wie bei einem Teenager. Dass sich das aber auch niemals änderte!

Dann blieb sie lange vor ihrem Kleiderschrank

stehen. Eigentlich hätte sie die Augen zumachen und einfach die Hand hineinstecken können, dort hingen nur Jeans und weiße T-Shirts, die sie immer auf Kleiderbügel hängte. Fragte sich nur, ob Rundhals- oder V-Ausschnitt, und ob sie eine verwaschene, geflickte Jeans anziehen wollte oder eine etwas neuere. Schließlich entschied sie sich für neu und Rundhals, und darüber zog sie eine dünne Strickjacke. Keine Socken. Schnell sah sie auf ihre Zehennägel hinunter, die sie noch nicht gepflegt hatte, seit sie wieder zu Hause war. Es war eine ziemlich traurige Angelegenheit mit abblätterndem Rot. Allerdings war sie überzeugt, dass er sich ihr nicht zu Füßen werfen würde, also spielte es keine Rolle, sie musste langsam fertig werden.

»Ich bin super nervös«, sagte sie am Telefon zu Jessica.

»Mmh, das verstehe ich. Aber meine neue These ist, dass es besser ist, eine Sache in Angriff zu nehmen, als zu fliehen. Deshalb finde ich, dass du das genau richtig machst. Wenn wir uns von unserer Vergangenheit befreien, gewinnen wir Kraft für unsere Zukunft.«

Sara konnte sich ein Lachen nicht verkneifen. »Danke, das ist genau die Art Tipp, die ich gerade brauche.«

»Ja, natürlich sind das Floskeln, aber dennoch. Für mich fühlt es sich gut an, und da nehme ich natürlich an, dass es dir ebenso ergehen wird. Wir sind schließlich beinahe Zwillinge. Zumindest seelisch. Ich glaube wirklich, wenn ich mich genügend anstrenge, könnte ich sogar deine Gedanken lesen.«

»Bitte sehr.« Sara schwieg und wartete.

»Du überlegst, ob du nicht doch versuchen solltest, mit ihm ins Bett zu gehen.«

»So viel zu Gedankenübertragung«, sagte Sara. »Aber danke, dass du mich ein bisschen zum Lachen gebracht hast, es geht mir schon viel besser.«

Drei Minuten vor der vereinbarten Zeit tupfte sie sich ein wenig Parfum hinter die Ohren, dann sah sie aus dem Fenster.

Das nenne ich pünktlich, dachte sie und zupfte die Strickjacke zurecht, als er vor der Tür parkte. Er schaute zu ihrer Wohnung hinauf, und sie versteckte sich schnell neben ihrem neuen Bild. Kannst du mir bitte den richtigen Weg zeigen, so wie du das bei meinem Großvater getan hast?, fragte sie den klugen alten Mann. Aber seine Augen sagten ihr gar nichts.

Wovor sie am meisten Angst hatte, war, plötzlich die Sprache zu verlieren oder anzufangen zu weinen, denn sie hatte ihm einiges zu sagen.

Auf der Insel hatte sie viel über ihn nachgedacht. Eine Einsicht nach der anderen hatte sich eingestellt, das war das Beste an ihrem wochenlangen Alleinsein gewesen. Sie wollte ihm sagen, was ihr auf dem Herzen lag, und dann sollte er damit tun, was er wollte.

Sie wollte sagen, dass es ihr leidtat und dass sie ihn jetzt besser verstehen könne. Auch wenn es zu spät sei. Sie würde kein *aber* hinzufügen, dieses Wort, das jede Entschuldigung im Grunde schon wieder zurücknahm, denn es gab kein Aber.

Als der Aufzug auf ihrer Etage hielt, wischte sie sich die verschwitzten Hände an der Jeans ab und versuchte normal zu atmen. Sie streckte den Rücken durch und drehte ein paarmal den Kopf, dann öffnete sie ihm, noch bevor er klingeln konnte.

»Willkommen, Danne, schön, dass du kommen konntest.«

»Möchtest du was trinken?«, fragte sie, bevor sie sich auf das Sofa setzte.

»Nein danke. Wie schön du es hast«, sagte er und schaute sich um. Sie sah, wie er bei dem alten Bild innehielt und ein paar Schritte näher herantrat.

»Komm, setz dich neben mich«, sagte sie und klopfte auf das Polster. Ihre Nervosität war wie weggeblasen. Es gab nichts, wovor sie sich fürchten musste, es war ja nur Danne. Er war nie gemein gewesen, als sie noch zusammen waren, und sie glaubte nicht, dass er es jetzt sein würde.

Er stand immer noch vor dem Bild. »Eine sehr gute Raffael-Kopie, das muss ich schon sagen. Woher hast du die?«

Diesen Unterschied zwischen ihnen beiden hatte sie ganz vergessen gehabt. Er liebte Kunst, während sie selbst überhaupt keine Ahnung davon hatte.

»Das ist eine lange Geschichte«, sagte sie und nahm sich vor, das Bild vielleicht doch bald einmal schätzen zu lassen. »Komm, setz dich endlich.«

Er setzte sich und lächelte vorsichtig. »Eigentlich weiß ich gar nicht recht, was ich hier mache.«

Sie legte ihre Hand auf seine. »Ich habe so viel Schuld auf dich abgewälzt und bin hart und ungerecht gewesen. Dafür möchte ich dich aufrichtig um Entschuldigung bitten. Ich glaube, ich verstehe jetzt besser, warum du nicht mehr mit mir zusammenleben wolltest.« Sie lachte. »Und eigentlich glaube ich auch, dass ich auch nicht mehr mit dir zusammenleben wollte. Ich möchte, dass du das weißt, und ich wünsche dir wirklich alles Gute.«

Sara streckte ihr Bein, um die Schlüssel aus der Hosentasche zu bekommen. »Hier«, sagte sie und reichte sie ihm.

»Das Motorrad?« Er sah sie fragend an.

Sie nickte. »Ja, ich bin fertig mit Fahren.«

»Wo warst du denn?«

»Toskana. Einmal hin und zurück, auch wenn ich zurück geflogen bin.«

»Bloß gut. Die Kinder haben erzählt, dass du dir dort den Fuß verstaucht hast.«

»Ja, aber nicht beim Motorradfahren. Ich bin in einem dunklen Kellergang gestolpert.«

»Eins der besten Dinge daran, nicht mehr mit dir verheiratet zu sein, ist, dass ich mir nicht mehr die ganze Zeit Sorgen um dich zu machen brauche.« Seine Augen lächelten.

»Ich wusste gar nicht, dass du das getan hast.« Das stimmte. Nie hatte er angedeutet, dass er sich Sorgen machte. Zwar hatte er ihre kleinen Blessuren stets kommentiert, aber das hatte sie nie als Sorgenmachen gedeutet.

»Es wäre ja auch nicht gerade besonders männlich gewesen, zu Hause herumzulaufen und darüber nachzudenken, ob die eigene Frau heil nach Hause kommt. Aber so war es. Danke, Sara. Was du gesagt hast, bedeutet mir wirklich viel.«

# 59

Schon auf der Flugzeugtreppe schlug ihnen die Hitze entgegen. In Stockholm waren es zwölf Grad gewesen, und es hatte geregnet. JP wollte sie abholen und ins Hotel bringen, ins *Platinum*, eines der besten auf Rhodos. Sara hatte Jessica gesagt, sie wolle viel Luxus, da sie ja wahrscheinlich viel Zeit allein verbringen musste. Das *Platinum* hatte Zimmer mit Privatpools und Sprudelwannen, und JP meinte, es würde ihr schon gefallen. Jessica hatte es bereits bezahlt, ohne Sara etwas davon zu sagen. Sie war so froh, dass Sara mitkam, dass sie ihr das Beste vom Besten ermöglichen wollte.

Nachdem sie Sara abgesetzt hatten, nahm JP Jessicas Hand und hielt sie in seiner, bis sie vor seinem Elternhaus ankamen. Dass er so umsichtig war, rührte sie, machte sie vollkommen weich.

Statt, wie sonst, über dieses und jenes zu plaudern, sprach er heute von ganz anderen Dingen. Er erzählte von unterdrückten Gefühlen und von Liebe. Er berichtete ihr von den Schuldgefühlen, die er gehabt hatte, weil er sie geschwängert hatte. Und weil er erst versucht hatte, sie dazu zu überreden, das Kind zu behalten, und dann doch auf eine Adoption gedrängt hatte.

Felicia.

Über ihren Namen waren sie sich sofort einig gewesen. Und bis zum siebten Schwangerschaftsmonat waren sie sich auch sicher gewesen, dass sie das Kind behalten und ihm gute Eltern sein wollten. Was dann passiert war, konnte Jessica sich auch nicht recht erklären, aber plötzlich hatten sie angefangen zu zweifeln, ob sie es auch wirklich schaffen würden.

Drei Monate später, einen Tag nach der Geburt, überließen sie das Mädchen den Adoptiveltern. JP und eine Krankenschwester mussten das übernehmen, Jessica selbst konnte nicht mit dabei sein. Nach einem Selbstmordversuch war sie noch nicht wieder aufgewacht, sie wäre tatsächlich beinahe gestorben.

Und all das sei sein Fehler gewesen, sagte JP jetzt. Er hätte ihr hinterherfahren müssen, als sie anschließend zurück nach Schweden ging. Dass sie ganz allein mit ihren Gefühlen zurechtkommen musste, kam ihm im Nachhinein geradezu unmenschlich vor. Er selbst hatte ja immerhin seine Eltern gehabt, während sie nur ihre Mutter hatte, die ihr grollte, weil sie fast ein ganzes Jahr weg gewesen war.

»Aber damals passte mir das ganz gut«, wandte Jessica ein. »Ich wollte ja vergessen, und dass sie nichts von alledem wusste, hat mir das überhaupt erst ermöglicht.« Sie strich ihm über die Wange. »Ich war jung und voller Gefühle, die ich ohnehin nicht hätte beschreiben können, selbst wenn du mir hinterhergereist wärst. Das war wirklich alles nicht deine Schuld.«

Sie blieben noch eine Weile im Auto sitzen, die Arme fest umeinandergeschlungen.

Es würde ihr schwerfallen hineinzugehen, das wusste sie, aber auf dieser Reise warteten noch so viele schwierige Begegnungen auf sie. Und sie war bereit. Sein Elternhaus war wirklich nicht die größte Herausforderung.

»Komm«, sagte sie. »Ich will unser ehemaliges Zimmer sehen.«

Sara genoss den Komfort. Sie legte sich auf das Bett und schaute auf den kleinen Pool und die Terrasse hinaus, die im Sonnenlicht dalagen. Siebter Stock. Es fühlte sich an, als wäre sie im Himmel. Sie würde ihre Koffer auspacken und sich dann auf eine der beiden Sonnenliegen legen. Die kleinen Privatpools lagen in einer Reihe und wurden durch Milchglaswände voneinander abgetrennt, so dass man vollkommen ungestört war. Weiter entfernt hörte sie es lärmen und platschen.

Das Zimmer war groß und für mehr als eine Person gedacht. Das versetzte ihr einen kleinen Stich. Vielleicht war es ihr tatsächlich beschieden, für den Rest ihres Lebens allein zu bleiben. Luxus wie diesen mit niemandem teilen zu können.

Sie ging ins Bad, um ihren Bikini anzuziehen. Zwei Waschbecken, vier Handtücher, zwei Bademäntel. Es gab sogar zwei Duschen. Sie öffnete den Verschluss einer der Flaschen auf dem Waschbecken, drehte ihn jedoch gleich wieder zu, als sie den herben, maskulinen Duft wahrnahm. Natürlich. Nur wenige Hotels gaben sich die Mühe, ein doppeltes Angebot vorzuhalten. Ein einziges Mal hatte sie das erlebt, in London, wenn sie sich richtig erinnerte, und es war schade, dass nicht mehr Hotels begriffen, wie wichtig es war, auch die Frauen willkommen zu heißen. Sie nahm ihr eigenes Duschgel und Shampoo heraus und stellte es auf den Badewannenrand.

Vor sich hin summend zog sie sich den neuen Bikini an, der im Nacken zu binden war, und drehte sich dann vor dem Spiegel. Wenn man nicht allzu genau hinsah, sah sie immer noch recht passabel aus. Sie band ihre

Haare hoch, warf sich ein Handtuch über die Schulter und ging durchs Schlafzimmer zur Terrassentür.

Die Steinplatten brannten unter ihren Füßen, und sie beeilte sich, zu der kleinen Holztreppe des Pools zu kommen. Das lauwarme Wasser reichte ihr zwar nur bis zur Taille, aber das genügte vollkommen. In drei Zügen schwamm sie zum Beckenrand, von dem aus sie auf das Meer hinausschauen konnte. Die Aussicht war wunderschön. Durch die Glaswand konnte sie die Pool-Landschaft erkennen, den Strand, den Horizont, all die Windsurfer.

Und … Texas?!

Sie traute ihren Augen nicht! Auf dem kleinen Stück Rasen vor ihrem Pool im siebten Stock, wo sich garantiert keine Gäste aufhalten durften, denn sie lag nur einen Meter von der Dachkante entfernt, stand er in nasser Badehose da. Das Wasser tropfte an ihm herab. Sie fragte sich, ob sie je ein glücklicheres Lächeln gesehen hatte.

Er kletterte über die Glaswand und sprang neben ihr ins Wasser, den einen Arm hielt er dabei hoch.

»Hallo.«

»Hallo. Bist du hingefallen?« Sie zeigte auf seine verbundene Hand.

»Ja.«

»Du weißt, dass du sie bewegen musst, auch wenn es weh tut?«

»Ja.« Er bewegte vorsichtig die Finger.

»Wo wohnst du?«

»Zwei Zimmer weiter auf derselben Etage.«

»Was für ein Zufall.«

»Nicht wahr?«

»Jessica?«

Er nickte und streckte die Hand aus, um ihr Bikinioberteil zurechtzurücken. Im Nacken ließ er seine Hand liegen, und plötzlich hielt er das nasse Stück Stoff in der Hand.

»Hoppla«, sagte er und ließ es hin und her baumeln.

Sara tauchte ins Wasser, so dass nur noch ihr Kopf herausschaute.

»Gib her«, sagte sie lachend. Er sah sehr zufrieden aus, und sie selbst war überraschend froh über Jessicas Einmischung. »Okay, wenn du meine Titten sehen willst: bitte sehr. In letzter Zeit war die Nachfrage nicht besonders groß.«

Sie spürte seinen Blick und nahm die wenigen Schwimmzüge bis zur Treppe. Schützend legte sie die Arme über die Brust, aber sobald sie auf der Terrasse war, wo niemand außer Texas sie sehen konnte, stemmte sie die Hände in die Hüfte und ließ ihn sehen, was die Schwerkraft mit einem Frauenkörper anstellen konnte.

»Zufrieden?«, fragte sie.

»Ja, sehr«, antwortete er hustend.

Nie hatte sie einen Mann schneller aus einem Pool steigen sehen. Er stellte sich ihr gegenüber und reichte ihr das Handtuch, das sie auf den Tisch geworfen hatte.

»Hier, trockne dich ab, wir fangen vernünftig an. Was hältst du davon, wenn wir spazieren gehen und anschließend etwas essen? Ich habe mich so danach gesehnt, mit dir zu reden. Also bevor wir miteinander ins Bett gehen, denn das werden wir, verlass dich drauf.«

Sie war überrascht. Wenn es nach ihr gegangen wäre, hätte sie auch sofort ihrer frisch erwachten Lust nachgegeben, aber die würde ja nicht verschwinden, sondern vielleicht sogar noch wachsen, wenn sie jetzt erst mal seinen Vorschlag in die Tat umsetzten.

Sara wickelte sich in das Handtuch. »Ich gehe nur noch schnell duschen«, sagte sie und lief hinein.

»Maria und Anders sind nach Italien gefahren.« Texas streckte die Hand nach dem Brotkorb aus, der mitten auf dem Tisch stand.

»Ach, wirklich? Ich war mir nicht sicher, ob Maria sich noch einmal dorthin trauen würde.« Sie trank einen Schluck Wasser. Eine karierte Tischdecke mit Soßenflecken und eine Kerze, die so weit heruntergebrannt war, dass sie sich nicht mehr anzünden ließ, wacklige Stühle und ein Kellner, der einen extrem schlechten Tag zu haben schien.

Es machte nichts.

Alles war, wie es sein sollte.

Sie aß, ohne etwas zu schmecken, trank, ohne zu wissen, was, ihr Herz raste, und ihr Körper verzehrte sich vor Verlangen, während sie sich gleichzeitig ganz normal unterhielt.

Wie konnte es sein, dass sie plötzlich nichts lieber wollte, als auf seinen Schoß krabbeln, ihre Hand unter den Kragen seines T-Shirts schieben, während er ihre Wange streichelte?

Er sah sie amüsiert an. »Sara Raphael, bist du noch da?«

Sie riss sich zusammen. Was hatte er gerade gesagt?

»Ich sagte, sie wollen vor Gericht gehen.«

Mit einem Mal war sie wieder ganz bei sich. »In welcher Angelegenheit?«

»Gegen Eros. Es haben sich weitere Frauen gemeldet und ihn wegen seiner Übergriffe beschuldigt. Maria ist vorgeladen worden, um zu berichten, was er ihr angetan hat.«

»Das ist gut. Wie mutig von ihr! Und was passiert mit dem Schloss, wenn er ins Gefängnis wandert? Kann Carlotta es allein überhaupt halten?«

Sie rückte ein Stück zur Seite, als der Kellner mit dem Essen kam. Er war bereits ein paar Tische weiter hinten gestolpert, und sie hatte wirklich genug davon, ständig in Unfälle verwickelt zu werden, wenn sie mit Texas zusammen war.

»Danke«, sagte Texas und lächelte, als der Teller vor ihm abgestellt wurde. »Keine Ahnung, wie es mit dem Schloss weitergeht. Bisher ist er ja auch noch nicht verurteilt. Wir werden sehen, was passiert. Ich habe sogar gehört, Carlotta würde gegen ihn aussagen, und dann ist er natürlich weg vom Fenster. Immerhin war sie es, die Maria gerettet hat. Außerdem geht Anders so sehr in seiner Beschützerrolle auf, dass Maria keine Angst zu haben braucht, selbst wenn Eros es wagen sollte, sich ihr zu nähern. Gegen einen wütenden Anders hätte er keine Chance.«

# 60

JP sah Jessica ununterbrochen an, bis sie schließlich rot wurde und ihr Gesicht hinter der Speisekarte verbarg. Über den Rand hinweg fragte sie:

»Warum schaust du mich so an? Ist meine Wimperntusche verlaufen?«

Unmöglich wäre das nicht, schließlich hatte sie mehr als einmal geheult, seit sie bei ihm auf der Insel war.

»Ich glaube, dies hier könnte unser erstes richtiges Date werden«, sagte er langsam. »Nach so vielen Jahren und so viel Liebe.«

Sie ließ die Karte wieder sinken.

»Aber wir sind doch schon oft zusammen essen gegangen.«

»Ja, aber immer in dem Wissen, dass wir uns wieder trennen würden. Dies ist das erste Mal, dass wir dabei eine gemeinsame Zukunftsperspektive sehen.«

Er schenkte ihr Rotwein nach.

Wieder spürte Jessica einen Kloß im Hals. Eine Zukunft mit JP. Vor ein paar Monaten noch wäre ihr das vollkommen unmöglich erschienen. Aber jetzt saß er ihr direkt gegenüber. Über alles, was zwischen ihnen gestanden hatte – Schuld, Scham und Ohnmacht –, hatten sie geredet. Sie war schon drei Tage auf der Insel, und bis jetzt hatten sie noch keinmal miteinander geschlafen, sondern nur geredet. Sie hatten sich geküsst und dabei gespürt, wie viel Verlangen es noch immer zwischen ihnen gab, sich aber entschlossen, dem erst mal nicht nachzugeben.

Erst mussten sie sich aussprechen.

Am schwersten sei es für ihn gewesen, mit ihrem Selbstmordversuch umzugehen, hatte er gesagt. Er hatte ihre Depression gegen Ende der Schwangerschaft nicht erkannt, nicht wahrgenommen. Er hatte sich deswegen schuldig gefühlt, und als sie sich zehn Jahre später wiedergetroffen hatten, dachte er, stark genug zu sein, um sie darauf anzusprechen, hatte sich aber jedes Mal schnell wieder zurückgezogen, wenn er erkannte, dass sie noch nicht dazu bereit war.

»Ich hatte Angst, alte Wunden aufzureißen«, sagte er leise und legte seine Hand auf ihre. »Und dass es dir dann wieder schlechter gehen könnte.« Mit dem Daumen strich er über ihren Handrücken.

»Ich glaube, ich hatte auch Angst davor und habe nie erkannt, dass es mir vielleicht gerade deshalb schlechtging, weil wir nie darüber gesprochen haben. Wir waren so jung, JP. Es waren die siebziger Jahre. Wie hätten wir da anders damit umgehen können? *Reiß dich zusammen, hör auf zu flennen* – so lief das doch damals, oder?« Sie legte ihre andere Hand auf seine. »Als ich wieder nach Hause kam, hat meine Mutter mich ausgeschimpft, weil ich so lange weg gewesen war, aber sie hat mich nie gefragt, warum. Sie hat anscheinend überhaupt nicht gemerkt, wie schlecht es mir ging. Und dann habe ich wieder mit der Schule angefangen und eine beste Freundin gefunden, Sara, so dass ich die Depression nach und nach überwinden konnte. Professionelle Hilfe habe ich nie gesucht und auch keine Medikamente genommen. Vielleicht war es auch einfach nur Trauer, denn in jenem Sommer habe ich ja sowohl Felicia als auch dich verloren.«

JP nahm seine Serviette und wischte ihr über den Tisch hinweg die Tränen ab. Er verstand ihren Verlust so gut, denn auch für ihn war er unerträglich gewesen. In seiner Naivität hatte er geglaubt, sie würde bei ihm in Griechenland bleiben, und wenn er jetzt an den Morgen dachte, an dem er festgestellt hatte, dass sie nach

Schweden zurückgegangen war, ohne sich von ihm zu verabschieden, verspürte er noch immer dasselbe Unwirklichkeitsgefühl.

Seine Eltern hatten gesagt, er müsse ihr Zeit geben, sie würde bestimmt wieder zurückkommen. Doch als der Herbst verging und es Winter wurde, ohne dass er von ihr hörte, hatte er begriffen, dass sie sich nie wiedersehen würden, und war am Boden zerstört gewesen.

Zehn Jahre später, als sie sich wie durch Zufall wiederbegegnet waren, war immer noch alles da. Die Liebe und die Hoffnung, doch zugleich auch die Angst. Es gelang ihm nicht, seine Schuldgefühle loszuwerden, und er fand auch in den darauffolgenden Jahren, in denen sie sich anschließend immer wieder gesehen hatten, keinen Ausweg aus dieser Situation. Zwar hatte er immer wieder gesagt, sie müssten reden, doch bei dem geringsten Protest ihrerseits war er lieber mit ihr ins Bett gegangen, um sie dazu zu bringen, ihm wieder zu vertrauen. Mit seinem Körper hatte er versucht, ihr all das zu mitzuteilen, was er für sie empfand. Das hatte sie dann als reine Lust interpretiert, nicht als Liebe.

Er liebte diese Frau noch immer so über alle Maßen wie mit sechzehn, und er hatte sich fest vorgenommen, sie nie mehr aus den Augen zu verlieren.

Das Einzige, was jetzt noch dazwischenkommen konnte, war, wenn sie sich weigern würde, Felicia zu treffen. Genau darüber hatten sie bisher noch nicht gesprochen.

»Sie ist auf Rhodos«, sagte er ruhig. »Und sie möchte dich kennenlernen.«

Er spürte, wie ihre Hand zuckte. Sie nahm sie weg, griff nach ihrem Weinglas und leerte es in einem Zug.

Dann stellte sie es wieder auf den Tisch und wischte sich den Mund ab.

Holte einmal tief Luft und nickte.

## 61

Es war Sara, die Texas' Hand ergriff, als sie schließlich vom Restaurant ins Hotel zurückgingen. Er hatte wirklich genügend Initiative gezeigt, jetzt war sie an der Reihe, ihre Gefühle für ihn zu zeigen.

»Willst du bei mir schlafen?«, fragte sie.

»Ja, das will ich.«

Im Aufzug küssten sie sich, und Sara zitterte innerlich vor Erwartung. Ein Kuss konnte so viel sagen. Er konnte zärtlich sein, verlangend oder unglaublich erregend. Ihr Kuss beinhaltete all das, und es war ihr egal, dass die Wände aus Glas waren und alle sehen konnten, wie er sie an die Fahrstuhlwand presste. Keuchend löste Sara sich von ihm, als sie endlich im siebten Stock ankamen.

»So hast du mich noch nie geküsst«, sagte sie ganz außer Atem.

»Hättest du es denn gewollt?« Seine Augen glühten. Er drängte sie in die Ecke vor dem Aufzug und umschloss mit beiden Händen ihr Gesicht. »Noch mal?«, fragte er.

Sie nickte und stöhnte auf, als ihre Lippen sich trafen. Seine Hände glitten von ihrem Gesicht herunter, und er zog sie so fest an sich, dass sie alle Konturen seines Körpers spürte. Seine Muskeln. Die kräftigen Oberschenkel.

»Ein kleines Nachtbad?«, fragte sie leise.

Als Antwort nahm er ihre Hand und ging mit ihr Richtung Zimmer.

Nackt glitten sie in den Pool und schwammen bis zum Rand, um auf das dunkle Mittelmeer hinauszublicken. Die Hotelanlage war in Mondlicht getaucht, es war ein wunderschöner Abend. Und als Texas hinter sie trat, wusste sie, dass es eine phantastische Nacht werden würde.

Er legte die Hände auf ihre Brüste, und sie lehnte sich an ihn, während er langsam ihre Brustwarzen massierte. Sara spürte, wie es in ihrem Unterleib pulsierte. Sie drehte sich um und legte den Kopf zurück, um ihm in die Augen sehen zu können. Sie waren leuchtend blau. Das war ihr zuvor nie aufgefallen. Genauso wenig wie die grauen Haare an den Schläfen und die Narbe an seiner Schulter.

Sie berührte sie vorsichtig.

»Was ist da passiert?«

»Ich bin auf einen Baum geklettert.« Er war jetzt ernst und sah sie so intensiv an, dass sie beinahe den Blick abwenden musste. Sie sagte nichts, war ganz und gar in dem gefangen, was sich zwischen ihnen abspielte. Und dann spürte Sara, wie etwas sie berührte. Ihr Herz schlug einen Extraschlag. Zwei. Etwas geschah in ihrem Innern, und Wärme füllte ihre Brust. War es ein Klick? Ein Knall? Sie fühlte sich dem Weinen nahe und doch auch wieder nicht.

Sie wollte, dass er sie umarmte, wollte, dass er sie ganz fest hielt. Als er tief Luft holte, zuckte sie zusammen.

Sekunden später lag sie in seinen Armen.

»Halt mich noch fester«, flüsterte sie.

Er war ihretwegen hierhergekommen, es war kein Spiel für ihn. Wenn sie jetzt bereit war, war alles möglich. Es war nicht nur Lust, es war mehr. Sehr viel mehr.

Sie streichelte seinen Rücken, seinen Hintern, ließ ihre Hände auf Entdeckungsreise gehen. Dann griff sie sanft nach seinem Glied, das nach oben zeigte.

Er räusperte sich. »Es ist schon eine ganze Weile her, also lass dem alten Mann ein bisschen Zeit.«

Sie stellte sich auf die Zehenspitzen und küsste ihn auf die Wange, dann schob sie ihn vorsichtig rückwärts zur Treppe. Immer noch zu ihr gewandt, ging er zwei Stufen hinauf, dann hielt sie ihn an. Lächelnd beugte sie sich vor.

Texas schaute sie fragend an, und als sie ihm zuzwinkerte, vergrub er die Hände in ihrem Haar und ließ sich von ihr befriedigen.

Es ging schnell.

Früh am nächsten Morgen trat sie auf die Terrasse. Sie war viel zu aufgewühlt, um noch schlafen zu können. Kurz darauf kam auch Texas heraus, er war ebenfalls nackt. Über seinem Arm hing ein Handtuch, in der Hand hatte er eine Wasserflasche und Sonnencreme. Es pochte in Saras Unterleib und in ihrem Herzen.

»Guten Morgen.« Er beugte sich vor und küsste sie. Dann nahm er die zweite Liege und stellte sie dicht neben ihre, breitete das Handtuch darüber aus und legte sich hin.

»Ich glaube, du hast es nötiger, eingerieben zu werden, als ich«, sagte Sara. Sie fühlte sich leicht, wollte ihn anfassen, erneut seine warme Haut spüren. Sie nahm die Flasche, drückte einen großen Klecks auf ihre Hand und drehte sich zu ihm um. Dann ließ sie etwas Creme in die andere Hand gleiten, beugte sich über ihn und legte die Hände auf seinen Brustkorb.

Sein Herz klopfte spürbar unter ihren Händen, und als sie sie seinen Bauch hinunterführte, begann er heftiger zu atmen.

Sein Glied richtete sich auf. Sie nahm noch etwas Sonnencreme und begann ihn immer gründlicher einzureiben. Seine Leisten, die Innenseiten seiner Oberschenkel sowie sein Bauch bekamen einen ordentlichen Sonnenschutz verpasst, und je größer sein Penis wurde, desto erregter wurde sie selbst.

Es war berauschend. Sie spürte, wie ihr Geschlecht pulsierte, hatte vergessen, wie erregend es war, den anderen zu befriedigen.

Er nahm ihre Hände weg und setzte sich auf. Sie bebte, als ihre Blicke sich trafen. Dann legte er die Hand in ihren Nacken und zog sie zu sich. Seine Lippen waren geöffnet, und ihre Zungen trafen sich. Vorsichtig zog er sie auf seinen Schoß, so dass sie mit gespreizten Beinen auf seinen Knien saß. Dann begann er sie vorsichtig zu erkunden. Seine Zunge wanderte über ihre Brüste, und seine Finger fanden ihren empfindlichsten Punkt, den er sanft umkreiste, ohne ihn direkt zu berühren. Sie schlang die Arme um seinen Hals. Es war unglaublich schön.

»Komm mit mir zusammen«, flüsterte er. Er hob sie hoch und trug sie zu der Kante des Pools, und Sara vergaß alle Zimmernachbarn, Poolwärter oder sonstige Personen, die sie eventuell sehen könnten.

Eine brandheiße Marmorplatte unter sich, einen leuchtend blauen Himmel über sich und einen gottgleichen Mann zwischen ihren Schenkeln, erlaubte sie sich, ihre Lust laut herauszuschreien.

## 62

Während Jessica in JPs Haus herumwirtschaftete, saß dieser im Garten. Sie hatte darum gebeten, ein wenig allein sein zu dürfen, und beim Einräumen der Spülmaschine ging sie immer weiter in sich, um die richtigen Worte zu finden. Sie hatte Angst, sie zu vergessen, wenn sie Felicia traf.

Sie hatte ihn gefragt, ob er fände, dass sie ihr einen Brief schreiben sollte, bevor sie sich sahen, und er hatte gesagt, das müsse sie selbst entscheiden. Sie konnte es jedenfalls versuchen, fand sie, und zog den Stuhl unter dem Schreibtisch am Fenster im ersten Stock heraus.

Hier könnte ich wieder wohnen, dachte sie erstaunt und schaute auf das Meer hinaus. Wie habe ich vergessen können, dass hier mein Zuhause ist?

*Felicia, liebe Felicia,*
*ich kann Deinen Namen nicht aussprechen oder schreiben, ohne dass es mich berührt. Nur wenige Stunden durfte ich Dich in den Armen halten und*

*mich von Dir verabschieden, bis Deine Eltern kamen, um Dich abzuholen.*
*Du hast mich so fragend angeschaut. Ich erinnere mich, dass es mir vorkam, als wüsstest Du, dass wir nur wenig Zeit miteinander hätten. Vielleicht hast Du auch nur meine Stimme wiedererkannt. Ich habe viel mit Dir geredet, während Du in meinem Bauch warst. Und ich habe für Dich gesungen.*
*Als ich Dich in diesen kostbaren Stunden an mich drückte, sang ich das gleiche Lied und wiegte Dich hin und her.*
*Ich erinnere mich an Deinen Geruch. Die rosa Strickjacke, die Du anhattest, als sie Dich abgeholt haben. Ein Mützchen, das Dein dunkles Haar nicht vollständig verbarg. Deine Hände mit den kleinen, perfekten Fingernägeln. Ich erinnere mich, dass Dein Zeigezeh länger war als Dein mittlerer Zeh und wie ich dachte, dass man daran erkennt, dass Du eine Romin bist. Ich habe meine eigenen Füße nie wieder anschauen können, ohne daran zu denken.*
*Wenn ich heute traurig bin, wage ich darüber zu weinen, dass ich Deine ersten Schritte verpasst habe, Deinen ersten Zahn und wie Du ihn verloren hast. Schultage und Krankheitstage. Dein erstes Wort, das vielleicht Mama war.*
*Und dann denke ich daran, dass Du Dich vielleicht verlassen gefühlt hast. Es tut so verzweifelt weh, wenn ich daran denke, dass Du in dem Glauben aufwachsen musstest, wir hätten Dich nicht gewollt. Dass mein Schweigen in all den Jahren irgendetwas mit Dir selbst zu tun gehabt hätte.*

*Meine liebste Felicia, liebes Kind.*
*Es tut mir leid, dass ich Dir weh getan habe.*
*Es tut mir leid, dass ich nicht für Dich da gewesen bin.*
*Und ich bin so dankbar für Deine Großzügigkeit, Deine Freundlichkeit und Deinen Mut, durch die Du Kontakt zu JP aufgenommen hast.*
*Ich freue mich darauf, Dich am Sonntag endlich kennenzulernen.*
*Liebe Grüße,*
*Jessica*

Anschließend ging sie zu JP in den Garten hinaus. Er sagte nichts und ließ sie in den Beeten herumstochern, bis sie von sich aus zu ihm kam und seine Hand nahm. Sie setzten sich auf die Stühle im Schatten der großen Platane, und er hielt sie im Arm, bis ihr Weinen langsam verebbte.

Noch nie war Jessica so nervös gewesen. Es half kein bisschen, dass JP ihre Hand fest umschlossen hielt.

»Und wenn sie mich hasst?«

Er antwortete nicht. Das kleinste falsche Wort und sie würde sich losreißen und davonlaufen. Er kannte sie inzwischen gut genug.

»Sag etwas, sag mir noch einmal, was sie dir gesagt hat.«

»Grüß Jessica, ich freue mich darauf, sie zu sehen.«

»Genauso hat sie es gesagt? Wortwörtlich?«

»Ja.«

Sie hatten sich am Hafen verabredet. An der Einfahrt

standen ein paar Bänke nebeneinander, dort würden sie beginnen. Auf einer Bank. Mit Fluchtwegen in alle Richtungen. Für alle.

Jessica hatte ein Kleid angezogen. Ein grün-weiß kariertes aus einem sehr noblen Modegeschäft. Und sie trug hohe Keilabsätze. Äußerlich war sie bereit.

»Wir hätten ein Taxi für den ganzen Weg nehmen sollen«, murmelte JP und ging entschlossen Richtung Kai.

»Warum?«

»Ich habe Angst, du reißt dich los und rennst weg.« Er packte ihre Hand noch fester. »Nur dass du's weißt: Ich stell dir ein Bein, wenn du das versuchst.«

Es war eindeutig, dass er meinte, was er sagte. Aber Jessicas Sehnsucht war inzwischen größer als ihre Angst. Wenn Felicia sie tatsächlich hasste, hatte sie dazu alles Recht der Welt, und sie hatte auch das Recht, es ihr zu sagen. Darin musste sie Sara zustimmen. Natürlich.

»Da drüben sitzt sie«, sagte JP.

Sie spürte, wie ihr Tränen in die Augen traten.

Felicia saß allein auf einer Bank. Ohne Rüstung, ohne jemanden, der ihre Hand hielt und ihr versicherte, es würde alles gut.

Sie hatte niemanden bei sich, der ihr sagen konnte, ihre Mutter würde sie mögen. Dass sie alle Liebe der Welt verdiene und dass die Tatsache, dass sie weggegeben worden sei, nicht darüber entscheide, *wer* sie sei.

Jessica schüttelte JP ab und wischte sich mit den verschwitzten Handflächen über das Kleid.

Sie wollte ihrer Tochter allein gegenübertreten.

Wie schön sie war. Sie ähnelte ihrem Vater. Derselbe dunkle Typ. Nur noch ein paar Meter. Das Herz schlug ihr bis zum Hals.

Jessica streckte beide Hände aus, und Felicia stand auf. Aufrecht und stolz sah sie Jessica entgegen. Über Jahre angestaute Gefühle brachen sich Bahn, sie ließen sich nicht zurückhalten. Das Salz ihrer Tränen netzte ihre Mundwinkel. Sie schauten sich an. Felicia musterte sie mit ihren dunklen Augen. Neugierig. Freundlich. Sie nahm Jessicas ausgestreckte Hände und drückte sie. Schaute auf sie herab und dann auf ihre eigenen. Lächelte und weinte.

»Ich habe mich immer gefragt, woher ich meine langen Finger habe. Jetzt weiß ich es.«

»Du sprichst Schwedisch?«, fragte Jessica erstaunt.

»Hat JP dir das nicht erzählt?« Felicia lächelte unter Tränen. »Ich habe an der Universität von Athen Schwedisch studiert. Ich hatte so sehr gehofft, dass wir uns einmal begegnen.«

Jessica schüttelte den Kopf und sah zu JP hinüber, der langsam zu ihnen trat.

»Ist es okay für dich, wenn du mich ein paar Stunden mit Felicia allein lässt?«, fragte sie. »Natürlich nur, wenn du nichts dagegen hast.« Fragend schaute sie ihre Tochter an.

»Nein, gar nicht«, antwortete Felicia.

Zum ersten Mal an diesem Tag lächelte Jessica. Vielleicht würde jetzt endlich alles gut.

Sie war nicht dumm, sie ahnte, dass die erste Zeit eine Art Honeymoon werden würde und die eigentliche Versöhnungsarbeit erst danach begann. Aber diesmal würde sie nicht davonlaufen. So schwierig es auch werden würde, mit den Gefühlen umzugehen, sie würde ihre Familie nie wieder im Stich lassen.

JP küsste Jessica auf den Mund und seine Tochter auf die Stirn.

»Ich hab euch sehr lieb, alle beide.« Seine Stimme klang belegt, und Jessica sah, wie er vergeblich mit seinen Gefühlen kämpfte.

Sie schaute Felicia an.

»Vielleicht lassen wir ihn erst mal ausweinen, bevor wir gehen?«

## Ein Jahr später

JP hängte das kleine Schild am Terrassengeländer der kleinen Taverne auf. *Geschlossene Gesellschaft* stand in krakeligen griechischen Buchstaben darauf.

Hoffentlich hatte er sich nicht verzählt: Felicia, ihr Mann Christos und Julian, Anders und Maria, Texas und seine Tochter Lovisa, Sara und ihre drei Kinder Pontus, Emelie und Charlotte mit jeweiligen Partnern, Lasse und dessen Frau. Dazu Jessica und er selbst sowie seine Eltern, die noch am selben Nachmittag aus Athen anreisen wollten. Zwanzig Personen, die das Leben und die Liebe feiern wollten.

Er lächelte, als er zu Jessica an ihrem Fenstertisch in der Ecke sah, sie war ganz in ihrer eigenen Welt. Selbst an einem Tag wie diesem. Ihre Hände flogen über die Tastatur, und er wusste, dass sie erst wieder in die

Wirklichkeit zurückkehren würde, wenn sie das Kapitel beendet hatte. Er hoffte, dies geschähe bald, denn sie mussten sich beide noch umziehen.

Sie schaute auf und begegnete seinem Blick. »Soll ich den Tisch eindecken?«, rief sie aus dem Fenster.

Er schüttelte lächelnd den Kopf und hielt die kobaltblauen Teller hoch, die er in der Hand hatte.

Während des Sommers hatten sie zusammen gearbeitet. Ihr neuer Roman würde erst Anfang Oktober erscheinen, und für sie sei es wie Urlaub, wenn sie in ihrem gemeinsamen kleinen Restaurant kellnerte, hatte sie behauptet. Die Zungenspitze im Mundwinkel, hatte sie gelernt, volle Gläser zu balancieren, mehrere Teller gleichzeitig zu tragen und niemals mit leeren Händen aus dem Speiseraum zu gehen.

Sie betrieben das Restaurant gemeinsam, und ohne sich brüsten zu wollen, fand JP, es sei das gemütlichste auf ganz Rhodos. Heute würden ausnahmsweise andere kochen, aber meistens erledigte er das selbst. Sonntags und montags hatten sie geschlossen, da nahmen sie sich Zeit füreinander.

Er schaute auf die Uhr. In drei Stunden würde hier alles voll sein, lauter Menschen, die er und Jessica liebten.

Als plötzlich ein Schrei ertönte, wusste er, dass das Fest bereits begonnen hatte. Und bevor er noch reagieren konnte, war Sara über den Zaun gesprungen und unsanft auf dem Rasen gelandet. Genauso schnell war sie wieder auf den Beinen und hopste auf einem Bein an ihm vorbei zu Jessica, während JP Texas entgegenging, der offenbar auch nicht so schnell mitgekommen war.

»Sara«, rief Texas.

»Ich weiß, dass ich den Fuß trotzdem belasten muss«, rief sie zurück.

JP lachte, öffnete das Tor und begrüßte Texas.

»Ich kann machen, was ich will, und auch dass ihr beide heute heiratet, spielt keine Rolle«, sagte Texas und umarmte JP. »Saras größte Liebe wird immer Jessica bleiben.«

# Dank

Zuallererst möchte ich meiner Familie danken, die immer wieder zurückstecken muss, weil ich ständig schreiben, verreisen, redigieren, allein sein, verzweifeln, Höhenflüge kriegen oder über meine Manuskripte reden muss, über Vermarktung, Ideen und neue Protagonisten. Ja, Sie hören schon, die haben es wirklich nicht leicht!

Deshalb vielen Dank an Jonathan Hellberg, der nach meinem zuletzt erschienenen Roman ausgezogen ist, aber zusammen mit Linnea immer wieder nach Hause kommt, um auf die Katze aufzupassen, während ich unterwegs bin. Ich glaube, 2015 wird das Jahr deines Durchbruchs, und niemand hat es so verdient wie du.

Danke auch an Nisse Mörner, den geduldigsten und zuverlässigsten Partner, den man sich vorstellen kann, ich bin so froh, dass wir zusammen sind. Es gibt tausend Gründe, dich zu lieben, aber wenn ich nur einen nennen dürfte, dann den: Wenn ich nicht hinter dir auf dem Sozius hätte sitzen dürfen, hätte ich niemals Jessicas Gefühle begriffen oder was ein roter Hebel anrichten kann, und dann wäre nicht viel aus diesem Buch geworden.

Auch dem Rest meiner Familie vielen Dank: Jörel, Sverker, Sofie, Arvid, Klara, Vidar, Alva, Linnea und Misse (meiner Katze und Freundin).

Besonders großen Dank möchte ich auch meiner Lektorin Teresa Knochenhauer aussprechen, die mein Projekt vom ersten Entwurf dieses Romans an unterstützt und mich immer wieder in die richtige Richtung gelenkt hat.

Tausend Dank auch an Kerstin Ödeen, meine Redakteurin, die alles immer noch ein bisschen besser macht. Ohne dich würde ich immer noch denken, »blickstilla« schreibe sich mit x.

Danke Sara Lindgren, Vertriebsleiterin bei Forum, die meinen letzten Roman so exponiert beworben hat, und an Anna Käll, die den Einband entworfen hat. Vielen Dank auch Sofia Scheutz für das Design.

Dass die rote Perücke mir steht, habe ich allein Jessica Wahlgren zu verdanken, und dass das Foto so gut geworden ist, liegt ausschließlich an Anna-Lena Ahlström und ihrem Team.

Vielen Dank auch an Eva Hansén, die sich bereit erklärt hat, auf dem Umschlag auf dem Motorrad zu posieren.

Danke, Buchverlag Forum. Was für tolle Mitarbeiter du hast!

Danke an meine Agentur, Grand Agency, mit Maria Enberg an der Spitze.

Danke auch Simona Ahrnstedt. Baby, we did it! Also das fünfte Buch. Und das im selben Verlag. Du bist die Beste. Hurra!

Helen Hedström und Jein Falk: Ihr seid super und meine Idole. Irgendwann werde ich euch als Vorbilder für meine Protagonisten nehmen. Das wird dann ein *sehr* unterhaltsames Buch!

Und diesmal möchte ich zudem auch all jenen danken, die unverdrossen über meine Bücher reden und sie verkaufen. Danke an die Pocket-Grossistin Helena Karlsson, die mich an der gesamten Westküste weltberühmt gemacht hat.

Großen Dank auch an alle Buchhändler, die mich eingeladen haben, um meine Leser zu treffen und über meine Bücher zu erzählen. Das ist meine zweite große Leidenschaft, und ohne eure offenen Türen hätte ich keine Gelegenheit dazu.

Und ohne den Vertrieb von Bonniers hätten meine Bücher nicht einmal das Lager verlassen. Tausend Dank euch allen und speziell Bo Bergman und Magnus Rehn, die während der Lesereise im Frühjahr dabei waren.

Vielen Dank auch allen Schriftstellerkollegen, deren Ermutigungen in dieser etwas einsamen Welt wirklich Gold wert sind. Danke vor allem Catharina Ingelman-Sundberg, die mit mir im Frühling und Sommer 2014 auf Tournee war. Wir hatten es richtig lustig, oder?

Und jetzt zu euch Lesern, die ihr mir E-Mails schreibt, meine Geschichten kommentiert und mich ermutigt, weiterzuschreiben. Danke euch, tausend Dank. Kein Autor, wirklich KEINER, hat solche Leser wie ich. Ihr seid erwachsen, klug, schön und habt verstanden, dass alles viel netter ist, wenn man auch mal lacht, und dafür bin ich euch ewig dankbar.

Wie immer ist alles in diesem Buch rein erfunden, auch wenn das meiste davon überall passieren könnte. Nicht zuletzt können wir alle noch einmal der Liebe begegnen. Ist das nicht wunderbar?

Wollt ihr mit mir reden? Auf Fehler hinweisen (die dann ausnahmslos meine Fehler wären)? In meinem Blog kann man, wie immer, loben oder meckern: asahellberg.blogspot.se. Aber ihr erreicht mich auch unter facebook.com/asahellbergwriter. Oder schaut euch auf Instagram meine ziemlich furchtbaren Bilder an: instagram.com/asahellberg.

Farsta im Januar 2015, Åsa Hellberg

*Åsa Hellberg*

**Sommer-
freundinnen**

Roman.
Aus dem Schwedischen von
Sarah Houtermans.
Taschenbuch.
Auch als E-Book erhältlich.
www.list-taschenbuch.de

***Es ist nie zu spät fürs Leben***

Mehr als dreißig Jahre lang waren die vier beste Freundinnen. Dann stirbt Sonja ganz überraschend. Ein letztes Mal verblüfft sie ihre Freundinnen Susanne, Maggan und Rebecka: Mit dem Wunsch »Ich will, dass ihr glücklich werdet« schickt sie die drei auf eine abenteuerliche Reise zu ihren ganz privaten Orten des Glücks. Zunächst zögern die drei. Sollen sie ihr bequemes Leben wirklich so einfach für einen mutigen Neuanfang hinter sich lassen? Doch Sonja hat nichts dem Zufall überlassen und zeigt den Freundinnen, wie viel das Leben an Freundschaft, Glück und Liebe noch zu bieten hat.

*»Eine warmherzige Geschichte, die mitten ins Herz trifft.«*
LitteraturMagazinet

List

*Nina Blazon*

# Liebten wir

Roman.
Taschenbuch.
Auch als E-Book erhältlich.
www.ullstein-buchverlage.de

***Manchmal muss man auf eine Reise gehen, um anzukommen.***

Verstohlene Blicke, versteckte Gesten, die Abgründe hinter lächelnden Mündern: Fotografin Mo sieht durch ihre Linse alles. Wenn sie der Welt ohne den Filter ihrer Kamera begegnen soll, wird es kompliziert. Mit ihrer Schwester hat sie sich zerstritten, von ihrem Vater entfremdet. Umso mehr freut sich Mo auf das Familienfest ihres Freundes Leon. Doch das endet in einer Katastrophe. Mo reicht es. Gemeinsam mit Aino, Leons eigensinniger Großmutter, flieht sie nach Finnland. Eine Reise mit vielen Umwegen für die beiden grundverschiedenen Frauen. Als Mo in Helsinki Ainos geheime Lebensgeschichte entdeckt, ist sie selbst ein anderer Mensch.

ullstein

*Corina Bomann*

# Die Sturmrose

Roman.
Taschenbuch.
Auch als E-Book erhältlich.
www.ullstein-buchverlage.de

***Ein altes Schiff birgt ein dunkles Geheimnis***

Als Annabel Hansen die »Sturmrose« im Hafen von Sassnitz zum ersten Mal sieht, verliebt sie sich auf Anhieb in den alten Kutter. Annabel, die mit ihrer kleinen Tochter auf Rügen noch einmal von vorn anfangen will, beschließt, die »Sturmrose« zu einem Café umzubauen. Bei Renovierungsarbeiten entdeckt sie Überraschendes: Vor über dreißig Jahren ist mit diesem Schiff eine junge Frau aus der DDR geflohen.
Und dann lernt Annabel auch noch einen geheimnisvollen Mann kennen. Christian Mertens Leben ist ebenfalls tragisch mit dem Kutter verbunden. Gemeinsam versuchen sie, die bewegte Geschichte des Schiffes zu enträtseln – eine Geschichte, die bis in Annabels eigene Kindheit zurückreicht.

Ein großer deutsch-deutscher Schicksalsroman, lebensnah und herzenswarm erzählt.

ullstein

*Brigitte Janson*

# Winterapfelgarten

Roman.
Taschenbuch.
Auch als E-Book erhältlich.
www.list-taschenbuch.de

***Du weißt, es ist Glück, wenn es nach Äpfeln duftet***

Claudia Konrad ist außer sich. Mit 51 soll sie plötzlich zu alt sein für ihren Job in einer Parfümerie? Nicht besser geht es ihrer Tochter Jule, die nach einem schrecklichen Unfall kaum noch das Haus verlässt. Ihre Freundin Sara ist dagegen müde – von ihrer langweiligen Ehe. Schluss damit, denken sich die Freundinnen und ziehen auf einen Apfelhof im Alten Land. Tolle Idee, aber Gebäude können morsch, Äpfel wurmstichig und attraktive Nachbarn eigenbrötlerisch sein. Die Katastrophe naht. Der Rettungsengel auch: Rentnerin Elisabeth strandet auf dem Hof und bringt mit viel Charme Ordnung in das Chaos …

List